本土叙事与建构：以地域文学书写为考察中心

车红梅 著

新 华 出 版 社

图书在版编目(CIP)数据

本土叙事与建构：以地域文学书写为考察中心 / 车红梅著. -- 北京：新华出版社，2020.11
ISBN 978-7-5166-5455-2

Ⅰ. ①本… Ⅱ. ①车… Ⅲ. ①中国文学-当代文学-文学研究 Ⅳ. ①I206.7

中国版本图书馆 CIP 数据核字(2020)第 208598 号

本土叙事与建构：以地域文学书写为考察中心

作　　者：车红梅

责任编辑：徐文贤　　封面设计：周香菊

出版发行：新华出版社
地　　址：北京石景山区京原路 8 号　　邮　　编：100040
网　　址：http://www.xinhuanet.com/publish
经　　销：新华书店
购书热线：010-63077122　　中国新闻书店购书热线：010-63072012

照　　排：北京海胜印刷排版工作室
印　　刷：北京京鲁数码快印有限责任公司
成品尺寸：170mm×240mm
印　　张：16　　字　　数：300 千字
版　　次：2021 年 3月第 1 版　　印　　次：2021 年 3月第 1 次印刷
书　　号：ISBN 978-7-5166-5455-2
定　　价：60.00 元

绪论

文学作为社会生活的反映，必然与国家和民族文化有着密切的关联。文学叙事形式上的体现是叙事方式，而最核心的是体现本土文化内蕴。所以，文学本土叙事与建构涉及文学的内容与形式等多方面的话题。这是值得深入探究的内容。

叙事文学的传统就是讲故事，换句话来说，能否成功地讲好一个故事是判断叙事文学作品成功与否的标志之一。仅以小说为例来说，作为小说的本质属性，叙事性是受中国传统文学叙事的影响，古典小说就有注重故事讲述的传统；也有国外理论的影响，典型的是爱德华·摩根·福斯特的《小说面面观》，该作引用法国批评家阿比尔·谢括利曾给小说下定义："小说是用散文写成的具有某种长度的虚构的故事。"① 福斯特在这里强调认同谢括利的观点：小说的故事性特征，他提出："故事是小说的基本面，没有故事就不成为小说了。可见故事是一切小说不可或缺的最高要素。"② 他还认为"任何超过五万字的虚构的散文作品，在我涉及演讲中均可称为小说。"③ 福斯特在指出小说的故事性方面特征的同时，又在强调"故事叙述的是时间生活，但小说呢——如果是好小说——则要同时包含价值生活。"④ 中国现代小说反叛以话本、章回为主的传统小说叙事传统，在吸收西方小说为表达基础上淡化故事，用西方现代小说模式创作，但这并没有使得始终传统中断。相对而言，在中国现代小说史上，老舍、赵树理的小说创作及主张具有独特的价值与意义。老舍不但在小说中体现鲜明的故事性特征，理论上主张"凡是小说都须有个故事"，

① ［英］福斯特（E. M. Forster）：《小说面面观》苏炳文译，广州：花城出版社，1984 年版，第 3 页。

② ［英］福斯特（E. M. Forster）：《小说面面观》苏炳文译，广州：花城出版社，1984 年版，第 23 页。

③ ［英］福斯特（E. M. Forster）：《小说面面观》苏炳文译，广州：花城出版社，1984 年版，第 3 页。

④ ［英］福斯特（E. M. Forster）：《小说面面观》苏炳文译，广州：花城出版社，1984 年版，第 25 页。

“小说是诗与史的合体”（《文学概论讲义·小说》）赵树理写小说就是讲好故事，创造了评书体小说模式。1950年代的中国小说，尤其是革命历史题材的小说具有讲述故事的明显特征。1980年代中期以来，中国当代小说观念发生的巨大变化，传统小说叙事模式受到了挑战，显示出中国小说向西方现代派小说的迈进。小说叙事方式的变化自然会带动小说结构、文体形式等方面的变化。但传统小说讲故事的叙事方法并没有改变，在地域文学作家的创作中一直持续着这一传统。小说之所以被读者需要，其表面上是满足了人们对故事性需求的共同心理；深层次的原因则是故事讲述背后的价值判断，在故事讲述基础上所彰显的价值意义与审美内涵也是小说拥有读者的一个原因。在颇具作家才情的叙述中，传达出创作者的爱恨情思，寄托着他们深沉的人文情怀和明确的价值评判，这些各具特色的故事讲述具有的艺术魅力，是其他书写样式不具备的。不可否认，这一传统并不是唯一的，但作为叙事文学的一种基本特征，讲故事到何时都应该具有不可替代的重要意义。

在一些地域文学作家创作中，他们始终坚守故事性这一小说艺术重要的魅力特征，在反抗讲故事的文学潮流中，将故事的讲述摆到创作的重要位置，使得故事具有了特殊的意义。在那个以讲不讲述故事，如何讲述故事几乎成了现代与传统小说的表征，甚至成为判断高雅与否、精英与否的一个标志时，一些作家并非是“躲进小楼成一统”，成为落伍者，而是将故事作为他们小说要素进行本土叙事与建构。用传统的现实主义创作方法，用传统的故事讲述，走进历史、再现生活。

本土这一个词语是在全球化话语霸权中产生的，“是第三世界作家进入国际文化流通市场的地方性标识，也是置身全球化语境的中国作家突破西方主流文化编码的重要依据。”① 本书研究的对象都是在20世纪80年代初期开始创作的本土作家的创作，这是在主流文学中成长，并经历了80年代的文学潮流，但他们的叙事始终建立在当代中国社会历史发展的现实根基上，他们的历史叙事以空间化的历史展现，表征了本土化的民间精神立场，体现着作家们的本土性叙事建构的用意。本土建构中的文化身份认同既是作家个体文化心理认同的体现，也彰显着中国作家面对全球化时代积极参与到本土性建构的努力。

进入现代以来，尤其是面对西方话语霸权，中国文学中的本土意识凸显出来，民间意识开始觉醒。文学叙事面对中西方文化、传统与现代、本土与异域的二元话语中，一些作家从本土民间中发掘出宝贵的文化资源，建构现代本土

① 王金胜、段晓琳：《上海历史叙事与本土性建构——重读王安忆<纪实与虚构><长恨歌>》，《海南师范大学学报》，2014年第10期，第54页。

叙事想象。本土叙事成为中国文学民间呈现的一个符码，并处于不断的被阐释、建构的过程中。在众声喧哗中，本土叙事背后支撑的中国经验构成了充满矛盾的复杂的中国现代性话语的重要元素。中国作家的本土叙事以一种独特的中国故事讲述方式，传达出了具有本土特征的生命体验和文化内涵。作家以本土意识的自觉想象，建构本土叙事话语，阐释并建构自己的精神立场。作家以民间价值立场、现实主义笔法建立起的本土化叙事摆脱西方文化的影响，同时，中国文学以地方性的叙述和地域“特产”进入世界文化领域，呈现出对本土民间化、地域化的特征与活力。

文学本土化精神的构建是建立在对现代性的质疑性继承、继承中反思的基础上，作家通过叙事介入到本土建构的社会和文化情境中。在具有本土文化范式的叙事中，本土化精神在对社会历史现实和精神现象进行叙述和审视的同时，更加深入地开掘本土历史与现实的成因，在重新确认本土悠久的人文价值理念的同时，强调本土叙事所体现的社会、历史、意识形态等方面的深入解读和思考。当然，无论多伟大的作家都难以在作品中展现本土历史与现实的全貌，每一种叙事的背后都蕴含着不可避免的局限性，而恰恰是这种局限又昭示着合理性的存在。他们讲述本土故事的出发点不同，但他们希望建构本土叙事的目的却是一致的。正是这种建构的尝试，才使得叙事本身在阐释历史的同时，也参与到本土建构的巨大工程中来，推动着叙事朝着更适合本土理念的方向发展。

本书分为七章来探讨本土叙事与建构：

第一章整体上把握红柯小说创作的诗化特征，红柯是中国当代文坛独具风格的一位小说家。他的精神世界打上了浓重的新疆印记，小说具有浓郁的诗化特征，从宏观和微观两个方面对其解读，探究红柯诗化小说的文化内蕴。

第二章在民间立场下探究王立纯的小说创作，其民间立场大体分为知识分子的民间想象、知识分子与民间的双向互动以及民间世界的内部切入三种，既彰显了民间的反抗精神和自由意志，呈现了底层对苦难的精神超越，表达了对小人物的深切关怀。王立纯对自由诗意的民间理想的坚守使他对自然祛魅进行了反思。

第三章对杨宝琛戏剧的理想主义进行把握。从时代思潮、作家个人化经验进行溯源，指出杨作呈现出超越性和批判性的双重特质，拓宽了理想精神的阐释空间。他通过戏剧冲突的表现、审美意象的选择、戏剧情境的构建等形式来表现自己的理想主义思想。复杂的戏剧情境展现作家对崇高理念的追寻和理想化情感的赞颂。

第四章抓住韩乃寅小说中鲜明的北大荒精神，探求其内质。英雄主义精神首先是小说中革命话语的彰显，其次塑造出了平民英雄群雕，再次是在“农业+工业”的叙事模式，这是韩乃寅小说对中国当代文学的独特贡献。

第五章探讨张雅文的纪实文学作品的苦难叙事，她不局限于对苦难形而下的呈现，深入挖掘伟大而崇高者和底层弱者对苦难的精神超越。她对现实题材的开拓，萃取生命的激情成就了她的创作。

第六章 本土叙事中成功塑造了地母群像。其本质特征是创世生殖，她们具有母亲般慈悲和孕育生命的包容性，创造了凡俗生活的勃勃生机，给弱小者以保护和养育。自觉的拯救意识和自我牺牲精神是地母精神的升华。而北大荒地母的神采展现在反叛传统规约上，她们蔑视世俗、崇尚自由的生存方式，印证着女性非凡的创造力。

第七章以“重述神话·中国卷”的四部作品为研究对象，从“神话”原型与作家“重述”间的关系切入，探讨当代作家如何利用神话原型表达其对人性观念的理解，以及这种“重述”行为本身的意义及价值，不仅以其诗性智慧勾勒了理想化的世界图景，也提醒了人们在琐碎和平庸的日常生活中仍然应当坚持的精神向度。

在小说回归传统叙事后，21 世纪，文学界注重中国故事与本土叙事传统，而“讲述中国故事”成为文学界、评论界讨论的热点话题。以上研究是在关注地域文学作家所坚持现实主义的创作基础上，注重故事性的内核，同时也确认了研究对象的本土叙事传统。中国叙事文学传统不仅为本土作家提供了文化滋养，还在很大程度上决定了他们的思维和表达方式。探讨本土叙事是一个不断延展的话题，要真正深入到“本土叙事”的现实土壤中，深刻地探究其独特而深刻的思想。研究者必须以持久的关注，独立地以研究视野审视本土叙事作品，开掘出创作丰富深邃的内涵。而中国幅员广阔，文化丰富而又多元，地域性特征提升了本土叙事的魅力，增强了人们的本土文化的认同感，文学研究在文学创作、文化交流等方面具有积极作用。首先文学研究将本土叙事放在世界文学的背景下，在更广阔的参照视域中阐释这种地域文学现象的成因、现状和发展趋势，考察其对世界文学的吸纳及影响，以探索地域文学的地方性、民族性与艺术特质，为全球化视野下的本土文学的创作提供具有借鉴意义的探索；其次，总结研究本土叙事在弘扬优秀民族文化与文学传统中的有益经验，全方位观照本土叙事的文化品格、民族质素，挖掘本土文学所蕴含的人类文化和世界性文学因素，以及文学自身的文化品格等，拓展中国当代文学的研究空间。

前 言

本书是笔者在研究地域文学的过程中，带着自己的研究生所做的大胆尝试，运用文化研究、心理批评、文本细读等理论，选取独特的视角，透过本土叙事表象，对研究对象所进行的深入解读。笔者曾连续六年为中国现当代文学专业硕士研究生讲授“北大荒文学研究”课程。在授课过程中，笔者运用自己的研究成果（《北大荒知青文学：地缘文学的另一副面孔》《北大荒文学研究》），力图讲出新意，带动学生思考，激发学生兴趣，并有意识地引导他们走向地域文学与文化研究之路，取得了较为满意的教学效果。与此同时，学生们开始了探索。

事实上，研究生的年龄阶段决定了他们对本土叙事研究需要获得引导和参照，观照对象的选取和深入观照能够贴近、唤起他们心灵的共鸣，引发他们对本土文学探究和反思，并从中获得启发。于是“本土叙事与建构”就成为我们师生共同关注的焦点。本书中的部分章节，都是笔者在指导研究生过程中，带领他们深入阅读，多次讨论，潜心探索的成果。笔者带领着学生将这些思考诉诸文字，有些发表在不同的期刊上。笔者清醒地意识到这是一个有意义的尝试，正如美国著名诗人卡尔·桑德堡所说：“我是个理想主义者，虽然还不知去向何方，但我已经上路了。”我和我的学生为此倾注了热情并付出了努力，希望通过选取的鲜活个案，再现和见证作为个体的本土叙事经验，为文学研究带来一些较为新鲜的成果。

感谢我的硕士研究生们，记不清的思想碰撞和灵魂共振，给我带来了思想的火花和幸福暖流。如今，多年的心血终于化为一部专著。作为教师，能带领学生沉醉于思想的世界，追求幸福每时每刻，感悟生命成长的美妙，此生若此，夫复何求。

目　录

第一章　生命意识书写：红柯小说诗化叙事

红柯是中国当代文坛中具有独特的“新疆情结”和审美敏感的一位作家。他是陕西作家群中的第三代，并已经成长为文学陕军的重要支撑作家。红柯在陕西宝鸡岐山出生，在这片土地上流传着“封神演义”“凤鸣岐山”的神话故事。红柯在神话色彩浓郁的土地上，度过了自己的童年。他是一个从小在农村长大的孩子，沐浴自然的生活让他与自然有一种天然的亲近感。从小在神话故事的濡染下成长的红柯，汲取了文学的养分。20 世纪 80 年代，他跨进大学的校门，红柯成了一个校园诗人。1983 年，他第一次在《宝鸡文学》的诗歌专栏上发表作品，之后又在当代诗刊杂志上陆陆续续发表了诗歌作品。他的诗歌，有戴望舒、徐志摩那种雨中丁香般的哀愁，也有些泥土味。大学毕业后，红柯在高校做了编辑工作。

红柯深层的精神世界打上了浓重的新疆印记。作为诗人的激情与冲动使得他无法忍受过于平淡的日常生活，他想要过一种诗意的生活，继续以诗歌为伴。1986 年，带着对遥远的边地的美好想象，红柯西出阳关，开始了十年新疆的人生之旅。一个当初怀揣着诗歌梦想游走于天山的年轻人，十年的巨变不能不让人惊叹。两年后，红柯写了一首诗《石头与时间》，正式告别了钟情的诗歌，“表明我是天山部落的新骑手了”①。几年的教师生活，给了他的大量阅读少数民族文化典籍的机会，这是一个全新的领域，这段时间他的收获非常大。红柯内心受到强烈的震撼，他深受西北边地少数民族文化观念的影响，并开始了认真的研读。在新疆生活的十年里，他写了三百多万字的小说，西域大漠成为他自觉书写、观照的对象。

红柯小说中的诗性表达具有丰富奇特的想象力、单纯的心灵以外，还拥有西部民族的“血性”以及对人性本源的探究与追求。红柯出版了《美丽奴羊》等中短篇小说集，《西去的骑手》等长篇小说，曾多次获文学奖，被评论界视

---

① 红柯：《敬畏苍天》，上海：上海人民出版社 2002 年版，第 268 页。

为陕西文学第三代的代表作家。“写西部，红柯不是唯一一个。可在大堆以西部为背景的作品中，红柯很容易被识别：奔马、骑手、英雄、草原、大漠、风情。他奔放开阔的姿态，他绚丽沉厚的抒情，他浪漫铺陈的想象，他强硬迅疾的作风……扑面而来给读者一个直觉：新疆的异域风情造就了他、他对新疆的美化幻化已到了痴迷的地步”①。红柯凭借着自己西部小说的创作成果而作为专章进入《中国西部现代文学史》。红柯小说的特质主要是他对生命的独特观照及由此形成的生命诗学。

第一节　红柯诗化小说的文体分析

红柯小说的诗化文体，强调主观情绪而淡化故事叙事，注重审美情绪的自然流动，展现出浓郁的诗化意蕴与诗意魅力。他的小说叙事不像传统小说追求故事的线性表述，而是注重对人生情感体验的诗意传达。文本的诗化特征主要表现在诗化的语言风格与自然、神性的双重书写两个方面，使其富有含蓄、悠远的审美意蕴。红柯的小说有浑朴、粗野、清净、肃穆气，给当代“文坛吹来一股刚健清新的雄风”②。

一、诗化的艺术风格

红柯小说的诗化特征非常突出。红柯用平实晓畅的语言，富有想象力的叙事，对他观照的对象，进行了具有深刻含义的人性和灵性描写。“红柯一向的风格：在生命与自然的关系中寻求人性和灵魂的家园，在生命的梦幻化和童话化的王国里寻找丢失的记忆”③。红柯的小说带有阳光和青草的味道，在青草间燃烧着生命之火，这束纯净的火焰燃烧在他的文字中，那无限辽远的西域呈现在读者的眼前。文本以结构和情节的散淡，人物处理的粗线条，场景描绘的简约粗放，语言的感性与诗性体验，再加上诗歌、西部民歌的音乐性等，一起构成红柯小说的诗化特征。

---

① 杨朝蓉：《诗性生命的涌动——论红柯的新疆风情小说》，西南大学，2004，硕士。

② 李星：《驰骋在丝绸古道上的骑手—从红柯最新长篇<喀拉布风暴>说起》《当代作家评论》2014年第5期，第18页。

③ 徐肖楠：《大地的灵性与诗性》，《文学报》2006年12月28日。

（一）随意散淡的诗化结构

红柯小说的诗化结构，体现在对结构和情节的散淡，不注重故事性的讲述方式，他似乎已经将诗化的小说结构作为一种追求。正如作者所言："在我的意识里，文章没有文体之分，诗歌、小说、戏剧以及学术在本质上是一回事。……我从诗歌转入小说时也是一片混沌，没有长中短的意识，一个念头冒出来，写多高是多高，有意识写短篇是 1996 年以后的事"①。由此不难看出，红柯在由诗歌创作转向小说这种文体之时，没有对小说的结构经营、情节设置进行限制，呈现出诗化的结构特征，这在一定程度上影响了红柯对小说创作文体的把握。行文中不追求章法的设计，而是尽情恣意抒写西部天地的情怀，这种书写贯穿了红柯早期和中期的小说创作。红柯看似随心所欲的书写显现出诗化的美，通过几组不同镜头的组接和几个各异画面的连缀展现新疆的大美（短篇小说《美丽奴羊》）；有的小说虽然有内在的线索贯穿其中，设置了明暗两条线，但通观全篇，小说在结构上仍然显得松散有余，缺少内在的秩序（中篇小说《库兰》）。在认识到这一问题后，红柯的小说创作增加了故事叙述的成分，这种故事性明显地体现在长篇小说《西去的骑手》《乌尔禾》中，作家多角度地塑造主人公马仲英的形象，使得人物呈现出立体丰满的特征，但整体上考量，仍然能看出作家在小说的处理上对叙述成分的缺少，在历史与现实、宏观场景与日常微观生活的把握上仍表现出诗意的特征。纵观红柯的创作，这种诗性特征正是作家所追求的对长篇小说"秩序"、范式的重构。

红柯小说诗化的结构还体现在人物处理的粗线条化，淡化传统小说中惯常用的连续性情节和典型人物的塑造，着重人物的诗意描写。小说中多是对充满诗意的生活场面的营构，对人物自然状态与野性生存方式的描写充斥于小说之中。红柯摆脱了通常小说以故事性见长的特征，"从写诗到写小说，使我不刻意于故事"②，增强了小说诗意化的人物描写。人物的诗意化一方面是表现在对少数有姓有名人物的描写中，其中大多是对英雄人物的塑造，以马仲英（《西去的骑手》）、海力布（《乌尔禾》）两部作品为代表。马仲英是作家塑造最为成功的英雄人物，作为大丈夫的勇敢刚毅而又剽悍野性的霸气，呈现出一种生命的本真。但整体上看，他的性格刻画明显缺乏变化，而是单纯的英雄之气。即使涉及了最能体现马仲英特征的肖像描写，红柯也是几笔带过，只是简笔勾勒出清瘦修长却体格剽悍的标准斯巴达式的古典武士形象。

---

① 红柯：《敬畏苍天》，上海：上海人民出版社，2002 年版，第 333 页。

② 姜广平：《我抓住了两个世界——与红柯对话》《文学教育》，2010 年第 7 期。

红柯小说的诗性特征还体现在塑造人物时多采用粗线条去勾勒大体轮廓，而没有去精雕细刻人物形象。最为典型的是，小说在塑造人物时有意缺失了人物最简单的符号方式——命名。大多数人物都没有自己的名字，他们是男人、女人，或者是丈夫、妻子，或者是营长、连长……红柯笔下的人物与自然世界融为一体，他们与山川树木、沙漠河流、飞禽走兽一样平等、自由地生活在西部疆域，人和牲畜之间并没有高低贵贱的区别，人也就没有作为万物灵长的优越感和主宰世界的野心。这就是西部目极千里的自然环境带给人们独特的生命观念和万物平等意识。作家对自然界的事物都充满崇敬之情，描写了有生命的人和无生命的物之间的交流。小说《麦子》中写道："麦子的金光洒在榆树上，榆树叶子油汪汪的麦子的金光洒在云朵上，云就像戴了金笼头，云跟牲畜一样变下脖子在明净辽阔的苍穹上吃草，云吃草的声音很柔和，窸窸窣窣。老婆婆摸麦穗呢。她的手像一只松鼠，跳到麦芒上，麦芒浓密绵长就像夏天的睫毛，老婆婆触摸到夏天最美丽的地方"①。这段诗性十足的描写体现出老婆婆和麦子间心灵的沟通，人与自然间灵魂的交流，对人物内心感受及大自然存在意义的重视，充满了诗性的审美快感。红柯在小说中通过塑造没有姓名的人物，勾画出一个远离尘世的桃花源，人们仿佛生活在与世隔绝的时空中。人物的精神情感在这个时空中不断变化，这种精神情感内化在人物的情绪中。人物闲云野鹤般的生活构成了一种温馨浪漫的情调，这是无需抒情的抒情。难怪海力布等生活在这方水土上的人心甘情愿地终其一生独守在茫茫的草原戈壁滩上，与牛群为伍，与羊群做伴。

红柯的诗化文本一再融入自然和追求异域的情趣，以最原始、纯净的大自然作为展现人们生活的背景，唤醒沉睡多年的那份心底的亲切与温暖。他以笔为犁，用自己的文字在这片富饶的土地上耕耘着。这是十年生活中作者的真切感受，文字在不知不觉中浸染了大自然的神秘。作者痴情于山川、河流、草原、牧场，甚至是一草一木，就连蚂蚁也都因生活的地域而获得了一种神奇的魔力，透着红色的亮光，犹如玉石雕出来的精魂。作为西域的歌颂者，红柯展现令人痴迷的绝域之美、血性之美、剽悍之美。"风在阿尔泰荒原坚硬无比，到福海边就软了。女人们在荒原上怀儿子娃娃，在福海边怀丫头，风吹过的地方长草原森林庄稼，也长出沙漠和戈壁，风带来一切"②。如此诗意化的人物形象展现出西部生命的存在方式，尽情讴歌生命之美。长篇小说《大河》："很雄壮的太阳落下去，很小的太阳从大河的支流钻出来，太阳每天都有孩子

① 红柯：《太阳发芽》，济南：山东文艺出版社，2004年版。

② 红柯：《水羊》，《芳草》，1998年第8期。

诞生，跟水肥猪似的一跳一跳跑到天庭中央，太阳就长成一个壮汉了，它们的自然父亲捣了太阳的窝，把太阳的崽抓住吃了……”“白熊含含糊糊说了一气兽语，白熊知道人类怕它的声音，白熊压低嗓门赞美玉米和种玉米的人”①，春天来到阿尔泰，“额尔齐斯河一夜之间从冰层下翻上来，连一点声音都没有，就像一条大鱼上了岸”② 作家充满诗意的想象力萌生了诗性化的语言，极具表现力和感染力，营造了一种瑰丽的想象世界。红柯在作品中营造出的诗性氛围，给读者以独特的审美感受。阿尔泰的确是一个好地方，男人和女人都把自己的灵魂存放在草木、庄稼、牲畜、野兽和鸟儿上，这样，人的身心放松，人兽同体，草木留魂，真是此中有真意，欲辩已忘言。

（二）诗性与感性的体验性语言

红柯小说融入了诗性与感性的体验性语言，叙述自由挥洒，采用极为明快的语言句式，随意且充满锐气，奔放而优雅从容，干脆利落却不失隽永醇厚。他将自己生活在陕西和新疆的独特体验写进作品，创造出感性与诗性相融的语言，呈现出文学的生命之美。红柯用纯净的语言书写诗意澄澈的西部生活。优美的叙述语言清清爽爽，一如那优雅的羊。它们无论多么劳累，面对青草地都要先抖落身上的尘土，整洁大方地走向草地，“草原的青春激情与魅力全被化解在优雅的举止和细腻的动作里。……羊换着气咂，咂够了，把草咬断，衔在嘴里，像老汉喝酒，慢慢品，又细又长，草的滋味全出来了。草发芽长叶吹风淋雨晒太阳，就是为了让羊热乎乎的黑嘴吧轻轻地碰一下，狠狠地咂一下，细细地嚼一下。草的魂儿都出来了”③，这样的描写让人如沐和风细雨，清爽宜人，这是世间最美妙的感觉，也只有在西域的草原，也只有在红柯的笔下才会有这样的诗意享受。即使是写屠夫杀羊也异常诗意：“屠夫和他的刀子一下又一下，每下都是他杀生生涯的绝活，都是天籁，那刀刃仿佛游动于苍穹和地心，当羊皮摊开时，弥漫于天地间的音乐一下子从赤裸的羊身上涌流而出”④。这些灵动十足的语言充满诗意气息，仿佛不是在写杀戮，而是在写一场美妙的音乐会，这样纯净得如天籁般的诗化语言，只有在红柯这种如宗教教徒般崇拜的作家身上才能完美绽放。红柯笔下的西部人文场景也独具特色，是在新疆经常能见到的景观，可谓是“万类霜天竞自由”：例如，伊犁马威武旋转、羊群井井有条、人随风奔跑，构成了一副清新、活泼、灵动的画面。小说打破了现

---

① 红柯：《大河》，昆明：云南人民出版社，2004 年版，第 113 页。
② 红柯：《大河》，昆明：云南人民出版社，2004 年版，第 152 页。
③ 红柯：《奔马》，南京：江苏凤凰文艺出版社，2016 年版，第 74-75 页。
④ 红柯：《奔马》，南京：江苏凤凰文艺出版社，2016 年版，第 68 页。

代人被囚禁的时空，身心游牧于边地的历史和现实中，在西部静谧神奇的时空中诗意还乡。从中可以看出红柯对生命存在形式的深刻思考，同时也表现出他对无拘无束的生命存在形式的执着追寻。红柯用满怀诗意的笔，把自然与人文景观并置一体，绘制了西部边境最美丽的风景画。红柯是一个手无缚鸡之力的文弱知识分子，但是他笔下的文字却是充满诗意。这一切因为他曾亲身到天山脚下，走入辽阔的草原和茫茫的戈壁，感受并学习了少数民族的文化，为当地的自然与人文景观所折服。这一切都深深地浸透、流淌在他的血液中，进而使他对血性和原始生命生发出一种特有的激情。所以，他用自身的满腹才情描绘自己理想中的大漠、戈壁、高山、草原。

红柯的小说语言的诗化还体现在雄厚壮丽的景观描写，神奇美丽的边地景象使其小说更具有诗化意蕴。红柯被西部的自然和人文景观深深吸引，变化莫测的边地景象激发了他的小说创作灵感，滋养了他的诗性之思、赋予他走笔新疆大地的独特体验，形成作品诗性盎然的语言风格。行走于西部，红柯尽情体验着浪漫、多情而又充满神秘的边地风情，似乎进入世外桃源般纯情地讴歌西部生活，而不去展现自然环境的恶劣。红柯的诗性作品洋溢着美好的意境，他用诗化的小说为文坛注入西部文学的清新之气。他将故事性融入审美情绪中，自然中的动植物，甚至是一草一木都能影响主人公的思想、行动，进而影响其精神气质的形成，主人公是自然之子，对原始生命力充满了崇拜，而在这些雄厚壮丽的景观描写中，意象作为诗歌的重要元素，已经超越了事物本体的“象”而获得一种“意”。红柯说：“我开始时是写诗的。写小说以后在很长时间里也都是用着诗歌意念”①。这些意象在红柯小说中频繁出现，具有使人心潮澎湃甚至是异想天开的作用：“有高大的白杨，有火红的玫瑰……那么热烈的一簇红花，怒放在太阳底下，毫不掩饰它们的美丽”②，沙石里生长出泼辣的玫瑰与静谧的玉石相映成趣，奇妙地结合。红柯善于选取具有象征意味的意象，对其散发着的原始生命力抒发内心赞美之情。意象构建了红柯诗性的小说，浩渺的天空下，荒野草原、河流湖泊尽展风姿。活跃在天山脚下的万物生灵，尽享着属于它们自己的生活，各得其乐，无限自由。红柯小说对熊、狼等野兽的描写已经超越了形象自身的凶猛和血腥，与生活于其间的人有一种与生俱来的依赖感。动物与人的和谐相依，展现了红柯敬畏自然、人与自然融为一体的情感诉求，深化了小说的内在韵味。自然生命的大美深深震撼了人，即使是马上将要被杀的美丽奴羊也以其美丽温柔“清澈的泉水般的目光”的凝视，

① 姜广平：《我抓住了两个世界——与红柯对话》《文学教育》2010 年第 7 期。

② 红柯：《西去的骑手》，上海：上海文艺出版社，2013 年版，第 70 页。

使屠杀牛羊为职业的血腥的屠夫栽倒，手和膝盖着地，屠刀连柄都扎进沙子里。这象征着神性的目光能够化解掉杀气，象征着自然生命的强大感召力，是人物旺盛生命力的来源。红柯的小说写了一系列具有生命力的马、羊、熊、鹿，甚至是蚂蚁，并赋予它们以深层象征意味，美丽奴羊让屠夫的刀子变成一棵草，屠夫也要变成一棵草，而且觉得只要羊看他一眼就知足了。红柯笔下诗意的象征物就这样或雍容华贵或仪态万方或充满力量，承载着作家对日渐丧失的原始生命力的追思。

红柯小说中充满诗意，给人耳目一新的语句俯拾皆是。在阅读他的小说的时候，读者会不自觉地沉醉，因此而不由自主地停下脚步，慢慢地、精细地品味。读者会由衷地感叹文本的独特魅力，在每一页、每一段落、每一个句子、甚至是每个短语前停留、欣赏。值得人深入思考的是，红柯西部边疆小说中使用比喻、比拟和通感的修辞手法。红柯小说的诗性美，正在于他综合运用这些修辞手法，给读者展示了浪漫、奇幻的西部世界。小说《麦子》中："她的手像一只跳鼠，跳到麦芒上，麦芒浓密绵长就像夏天的睫毛……麦种的大网捕获土地，肥大的土块跟鱼群一样跳起来，向四周奔窜……女人就像起伏的群山"①。正是运用了比喻、拟人的修辞手法，形象生动地展示了西部边疆地区勤劳、健美的妇女的温馨劳动画面，具有诗意的色彩，彰显着乐观、积极、向上的时代精神。红柯也常用通感的手法，增强文本的感染力，给读者以不同凡响的感受。如其小说《乔儿马》中描写到："牧人的帐篷里，毡铺在地上，他们的睡眠很踏实，他们紧贴着大地睡觉。浓酽的睡眠就像是从泥土里渗出来的一样，鲜美无比"②。其中，"浓酽的睡眠像是从泥土里渗出来一样"，作者通过视觉上的"渗"给人造成了一种"鲜美无比"的味觉体验。视觉和味觉相互的联系在一起，令读者在诗性语言中享受经久不息的艺术魅力。在小说《大漠人家》中，"远方，天地相交的地方，土豆的芳香跟随潮水般的鸟群一样飞翔着呼喷着"。人闻到土豆芳香的气味，靠的是嗅觉，跟着鸟群飞翔，则靠的是视觉。嗅觉和视觉联袂演绎了动静结合的唯美情境。实际上，这些不单单是修辞技法和创作技巧，从更深层的意义上来讲，产生了"陌生化"的语言效果。一方面，作者把自然界中事物的形、色、声、温、质地、运动、气味等物理属性结合在一起，使得它们达到了内在的统一；另一方面，作者也展示了人的各种感觉、人与物之间是可以沟通的，拓宽了沟通、交流的渠道，使得人和世界的事物能够完全地融为一体。"小石头可以当板凳，再小就不能算石

---

① 红柯：《太阳发芽》，济南：山东文艺出版社，2004年版，第127页。

② 红柯：《乔儿马》《人民文学》，1999年，第5期。

头了，它们是大地的皮肤，毛茸茸长着浅草，创门就不算是石头了”①。“一堆堆白羊把头埋在草丛里，吃草的样子很虔诚，像圣徒在做晨祷”②。这些文字，使人的眼睛仿佛能看到草原上的牧草从根部流淌出来的血液；使人们的耳朵仿佛能够听清楚大地深处响起的轩声；使人感觉到自己的手指能够触摸到苹果向四方扩散出的香味……，体现了作者丰富而又细腻、精致的想象力。这些唯美的想象，富有创新性，拓宽了我们对世界的认识广度和理解深度。如果没有像红柯这类诗化抒情小说中精美语句的存在，人们对现存世界的体验也会显得贫乏。

（三）诗与民歌的自然融入

大量诗和民歌的融入，无疑增加了红柯小说的音乐感和节奏感。小说中常见的民歌可以随性吟唱，这种古老的民间艺术，给人一种亲切自然的感觉，信手拈来，异常洒脱，成为红柯小说的一大景观。民歌增强了小说的抒情性，增加了诗性的高度。文本中融入西部民族的史诗、沧海桑田的转换、民族细节的变化于经历的大小事件，无疑增加了小说的诗性之思。作家在小说中用民歌始终传达的都是超越生死的浪漫精神。“生命像沙子，风吹着它们流动，它们就这样意识到自己的美妙，于是荒原变成大海”。红柯的长篇小说《西去的骑手》中充溢着歌谣：黄土旱塬悲怆的花儿、淳朴悲凉的好汉歌、没有歌词的古歌，吟诵诗人的诗歌增强了小说的诗性特征。在小说中写抗日英雄吉鸿昌将军被捕后受尽折磨从容就义后，作家引用历史学著述《热什哈尔》中的诗句，大地深处、苍穹地上传来滚滚声浪“当古老的大海朝我们涌动迸溅时，我采撷了爱慕的露珠”表达敬仰之情。小说结尾，红柯又引用此诗句，预示了大西北的大英雄马仲英的最终命运。草原古歌里唱的“英雄乌古斯汗出生四十天就吃成一个壮汉。英雄玛纳斯出生一个月就吃下一只整羊。英雄江格尔出生三十天就吃掉一条牛腿”。无比壮丽的大自然孕育着强大的生命之根。生命又是渺小的存在，在准格尔盆地几万只羊撒进去就像撒一把沙子一样。小说中以诗谣和民歌的自然融入，在随性的吟唱之中，进一步加强了文本的诗化风格，给人一种含蓄、委婉的自然之美，增强了小说的抒情与诗意特征。

---

① 红柯：《石头鱼》，《延河》1998 年第 1 期。

② 红柯：《美丽奴羊 · 奔马》，百花文艺出版社 1998 年，第 4 页。

第二节　凸显自然、神秘的双重书写

写诗的人写小说是很特别的，这一种小说，因为是出于诗人之笔，人们会注意到他的诗歌，容易把他的小说本质忽略，像在欣赏一首诗歌一样，关注着他的小说创作。因为作者曾是诗人，他写小说也就有了诗歌的长处。红柯小说的诗化倾向体现在注重主观情感抒发和语言的诗意上，具有深厚的文化内涵和浓郁的西域民族特色，给小说世界展现了一个美好而明净的图景。可以说，红柯的小说给当代小说带来了更富当代性的创作范例。“作家在构思中，突出故事情节以外的‘情调’、‘风韵’或‘意境’”①。这成为红柯小说努力创作的形式——兼具小说和诗歌的特征，淋漓尽致地抒发对西北大生命大气象的敬畏之情。小说的诗化追求是作为作家的红柯的自觉追求。诗化的灵光在西部文学里闪现，而红柯文本的诗化倾向主要体现为两个方面：一个是浪漫诗意的自然书写；另一个是传奇梦幻的神秘书写。

（一）浪漫诗意的自然书写

红柯用大量的笔墨、生动的语言展示人与人、人与物的关系，彰显着作者强烈的自然生态意识。他的“天山系列”小说将时间和西部边境地区的空间作为一个并列的生命空间来表现，西部边疆独特的荒漠、草原等自然景观的也被艺术化的呈现。在作者的笔下人与熊、狼等野兽的关系已经不再是简简单单的敌对关系，而是相互依存，甚至是给人注入生命力的源泉，而人与马、羊、树更是和谐相处、相依为命的关系。作者构筑充满灵性的文学空间，人的生命往往是与大自然的生命紧密相联，和谐共存。

红柯的小说具有浓厚的浪漫主义气质，他的作品满溢着童话般的色彩，重点表现人物的情感，极富想象力的创作使小说以生命体验取胜。那种充满浪漫生命特质的生活方式，生生不已的状态昭示着红柯小说的与众不同。红柯的小说内部有一种浪漫的大美，是充满诗意和灵性的。让万物生灵尽展其性，展示本真之态。保存自己独特的特色，这种浪漫自然的书写最具代表性的是在《额尔齐斯河波浪》中，河流在作家笔下成为超越俗世生死的体现。红柯给河流赋予了永生的象征意味，痴情于徜徉在大河里的父亲在大河中游着，就像迷

① 陈平原：《中国小说的叙述模式的转变》，上海：文艺出版社，1988 年版，第 137-138 页。

恋那致命诱惑的红罂粟一样，义无反顾地投向额尔齐斯河的怀抱，父亲又好像一个婴儿，拼命地寻求母亲的庇护。父亲在母亲怀里完全回归了，大河像母亲一样欣然拥抱了她的孩子。作为英雄的父亲永远回归到额尔齐斯河里。带着浓郁的西域色彩的河流，具有迷离梦幻般的神奇色彩，作为地之子的英雄与母亲河有着天然的亲近感，充满浪漫诗意的自然书写情调。在红柯的小说中，河流既是指西部大地上流淌的河，又有着象征色彩，指人们向往的美好的诗意的远方，那里完全没有生和死、哀与痛，是一个魂牵梦绕的所在。长篇小说《大河》讲述了托海因为听了牧马的老人说给他的有关哈屯郭勒河的故事，这位末世英雄坚信这条河里有自己苦苦追寻的爱人，他要和她永远在一起。于是，末世英雄毫不犹豫地投入河流。在超越生死的时空中，在河水最深处获得永恒。红柯对河流的书写，融入了他对英雄塑造的个人化的浪漫质素：英雄最终要在河流中获得永生，这是作家对西部世界生生不息的万事万物的崇拜。

红柯对边地的热情讴歌，是用一种富有诗意的逻辑去表达的。这种诗意浪漫的抒写把他笔下的自然与普通的景物区别开，日常的一景一物因为这种诗意的描写而焕发出别样的光彩。红柯是一位极富激情的作家，他把小说当成抒情诗一样，骨子里就是一位激情四射的诗人，他的小说中的“诗性”，更多的是他的一种写作姿态，诗性的语言是他的生态哲思的载体。红柯西部边疆小说诗意美的动力和源泉是对西部边疆本身美的舒展，感官的描写是作者的表现手法。红柯的第一故乡是关中平原，西部边疆地区是他的第二故乡。红柯无比依恋西部大地，他截取自己的情感世界中最为真诚、脆弱的生活片段，描绘出西部地区一幅幅醉人的风情画、风俗画、风景画。红柯用娴熟的笔调将西部边疆地区人们的生活塑造得如诗如画般美妙。在小说《过冬》中，作者用拟人化的笔法塑造了一个和炉子为伴的老人形象。这位老人的子女不在自己的身边，他在寒冷的冬天，自己围着炉子烤火取暖。他和炉子日久生情，把炉子当作了自己的伴侣。这个故事的情节很简单，充满着人情美与人性美，这是西部大地简单、淳朴、诗意民风的具象化呈现。

在西部，面对大自然，油然而生的亲近感以及对充满野性的自然文明的崇拜，来自内地的深受现代文明熏陶的年轻老师（《哈纳斯湖》）是在与牧人图瓦老大哥的交往过程中不断被教化、濡染下彻悟并融于哈纳斯的湖光山色中，自然文明让他回归于宁静。图瓦人以马角入药，疗救现代人。以人的解放为核心的原始的本能，是对生命的尊崇。在红柯作品中，西部的山川河流，甚至是一草一木都要让人敬畏的。人可以在自然中重生，大自然赋予了人类生命，也给人以重生的机会。人们回归自然，人们的生命力旺盛，人性回归于本真。回归自然文明，守望人类永远的精神家园。

纵观红柯“异域”题材的小说创作，无论是早期还是当下，浪漫主义书写都是其重要的特征，小说中的神秘、诗意和梦幻色彩氤氲在红柯的文学视界，水乳交融。他把西部世界当成诺亚方舟，载着他到达自己理想的彼岸世界。红柯在新疆经历了十年的“异域”生活，受到西部文化的浸染，他对世界和人生有了重新认识，审美也随之发生变化。红柯深深感觉到西部文化中的魂魄和力量是汉族文化，尤其是传统文化所忽略的。那辽远的天山、那宽广的草原、那奔腾的河流都滋养了红柯浪漫的气质和诗意的生命之思，他在文学世界中书写自己对西部的痴情。回归自然的新疆，这种浪漫主义情调属于红柯朴素的情感世界，他从西部世界探寻到自然的所在，对区别于喧嚣都市的宁静无比向往。他的文字是在描写原生态的生活中熠熠发光的，回归自然的书写和异域大美的呈现成为红柯在当代文学创作中的独异之处。这也成为作家红柯的标签。西部世界见性见情的生活透露出人的血性和本真，这与中原文化的内质有着明显的区别，带有草原文化的特征，体现的是生命的自由和顽强，张扬的是人最血性最强悍的文化精神。

红柯深入到西域民间生活，用生命体验为中原传统文化寻求到了血性的生命根系。他从异质文化中汲取到丰富的养料，开辟出探寻理想的自然的文学之路。那扑面而来的质朴，那融入骨子里的本真都是他在生活的新疆大地上采撷到的独异风景。这些在审美价值、人物塑造、诗意书写等方面都带有作家追求回归自然的原初生活的浪漫，呼唤顽强朴素的生命意识，反思当下人生存的焦虑与精神困境根源。红柯试图用小说营构一方充满自然美、人性美的诗意栖息地，这方心灵的净土不在中原，而在遥远的西部，红柯的文字开启了读者对神秘辽远的异域——新疆世界的向往之思。在那感性的、浪漫的、诗意的文字异域之旅中。

红柯对自然生命的热爱，对顽强生命意识的讴歌，对西部少数民族文化的展现，他从西北这方水土中找寻到传统文化中日渐萎缩的根，找到传统文化中的勃勃生机，表现出他对异域文化的深切观照和弘扬民族精神的努力，这是红柯的西部小说创作的难能可贵所在之处。

红柯在长篇小说《生命树》序言中有这样一句“地球是一只长翅膀的鸟，栖居在生命树上。大地上最高的不是山，是树”①。这充满诗意的想象为小说定下基调。小说中充斥着生命宏阔的气象：草木由人的毛发化来，河流是人的血流形成，泥土是人的筋肉形成，山脉是人的骨头铸就，这史诗般的书写彰显着人强大的创造力。西部优美的神话传说，动人的民谣回响在红柯的小说中。

① 红柯：《生命树》，上海：上海文艺出版社，2013 年版。

它们像红柯小说生命树上的枝叶一样顽强地栖身于主干上，诗性勃勃地生长于文学的大地。这是一棵人类生存境况的隐喻式意象。将本来以叙事为主的长篇小说抒情化处理，壮丽神奇的自然风光，自在逍遥的人生状态。通过神话、寓言将自己的思想感情和精神诉求传达出来，天山的树是自然生长的，随物赋形而不是择地而生。《生命树》中关于生命树的传说，多么令人心驰神往，那树在草原民族神话和英雄史诗里，总是与女人和生育联系在一起；《跃马天山》在这个让人异想天开、心血来潮，甚至幻想着自己的英雄梦的地方，给人无数诗意的想象；《西去的骑手》又引得多少人真正体会到生命的宏阔与伟大。

红柯的思绪驰骋在充满诗情画意的西北边地。他的文字强化了小说语言的表现力，将情与境完美地结合营构意境，抒情性蕴藉在小说的字里行间，有一种独特的诗性，耐人品味。红柯的小说蕴含着丰富的文化内涵，饱含西部民族文化的精髓。代表了西部小说诗化的创作实绩。“哈萨克人没有说这是一棵什么树？只说是一棵生命树，长在地心，每片叶子都有灵魂。从那一刻起，大地上的树就在我的世界里不存在了……”①。红柯修改这部小说时，将生命树定为胡杨树，因为维吾尔族人把它叫做托克拉克，意思是最美丽的树。红柯再次强调自己的认知：大地上最高的不是山，是树。红柯小说史诗般的气息，气势恢宏，荡涤着人的灵魂，让人对西部的自然万物油然生出一种敬畏，特别是对那些不屈的生命，甚至是弱小的苍生充满膜拜之情。那种张扬的血性，勃发的生命力，再加上神话和传说的融入呈现出天地间万物的神性气象，恢弘壮美、别具神采。西域有很多史诗流传，这是与西域人的血脉和性情最亲近的，如《乌古斯传》《江格尔》《玛拉斯》等，大量的神话传说都以容纳多种元素，红柯把人物定格在西部大自然中，新疆的自由、剽悍之气弥漫在每一个角落，那个如梦如幻的世界，那散发着幽香气息的黄金草原，那蕴含强大生命力的金色阿尔泰。红柯小说人物的塑造，情节的安排常常蕴含了某种抒情色彩。自然场景描写也包孕着一种浓浓的情感氛围，相由心生，情由景生，无数个韵味十足的意象构成了纯美的意境。广袤无垠的黄金草原唤醒了人亲近自然的天性，疲惫的心灵栖息在心灵牧场和精神家园中，感受西部的辽远与浩瀚，谛听沙漠与草原的呼吸，人原始的生命激情被彻底激发出来。红柯的小说《吹牛》，叙述的是一个自然洒脱的故事，作者展现了草原男人间亲切质朴的友谊。红柯笔下的草原景色自然、唯美，他也把草原人们的人文风俗做了精细的展览，草原男人间亲切质朴的友谊与人文风俗融合在一起。红柯笔下的草原风情，不仅给人一种“天苍苍，野茫茫，风吹草低见牛羊”的苍茫体验，更使人向往憧憬、

① 红柯：《生命树》，上海：上海文艺出版社，2013年版，第382页。

感慨人与人之间的质朴、深沉的关系。红柯的小说《阿力麻里》赞颂的是青年男女之间自由爱情，作者描绘的是天真、稚嫩的纯情小儿女羞涩、甜蜜的初恋体验。他们之间的恋爱故事在秋天的果园，美好的爱情和秋天里果实自然发生、生长。红柯把草原风情画写的别样精致。这个故事体现了作者对人与人、人与自然和谐共生状态的强烈渴望。

相对人物、故事情节来说，红柯更沉醉于对新疆自然的描写。巍峨群山、荒凉大漠、无垠草原在他描绘新疆风情的小说里随处可见。作家用浓墨重彩把自然景观与他小说中人物的命运紧密勾连起来。“金色的阿尔泰山”是蒙古人不惜万里之遥历尽辛苦跋涉迁徙的终点，“啤酒花地”能够让死去男儿精神可以复活，让图瓦人夫妻能死在一起的神秘哈纳斯湖，还有伴随他们一生的红鱼，“奎屯河”狂野的夺去了无数个破冰人宝贵的性命，“麦子”如新生命般眨着眼睛般明亮，“生命树”更是寄托人们对美好生活的希望……作家由衷地喜爱、包容、亲近自然，文本中他对自然的描写无处不在。在他的小说文本中，很难找到描写现代文明的文字，即使找到，这些文字给人的也是躁动感、疲倦感、黯淡感。红柯创设简明而又纯粹的原生态自然情境，引人体悟自然天然、洁净之美。这是作者对纯然精神世界的坚守，对污浊复杂现代文明的隐在的否定。

（二）传奇梦幻的神秘书写

红柯的小说有浓郁的神秘主义气息。他认为“草原有一种神性，这也是最让我动心的地方。人身上有神性，写出这种神性是我的文学追求”①。生命的强悍与神秘，正如长篇小说《大河》体现出神秘的气息，小说写到熊给人带来的生命活力，这源于北极熊从遥远的北冰洋来到阿尔泰山的传说，也源于艾力·库尔班的传说，他是人和熊的后代，力大无比。这部小说描写的生活如梦幻一般，充斥着遥远神秘的气息。小说以历史人物马仲英为原型，作者用“虚实相间”的文学创作手法和神话传说的浪漫色彩，把马仲英神秘的英雄气概渲染得淋漓尽致。马仲英有一匹大灰马，它是从青海湖中腾空而出的神奇之马。他亲眼看到这匹马死而复生，马仲英震撼马骨头可以在神马谷里托着英雄战魂不停地驰骋，他曾经六次处于濒临死亡的边缘，却又六次奇迹般的重生，最终，他在大灰马的脊背上被大灰色带进了黑海，给读者留下无尽的遐想。通过主人公诡异传奇的人生经历刻画，神秘的风格自然生成。伊斯兰文化神秘莫

---

① 金莹：《“草原的神性最让我心动”——陕西作家红柯谈长篇新作<乌尔禾>》，《文学报》，2007年7月12日。

测，在宗教追求中投射出深刻隽永的生命观，暗示着主人公的命运走向。马仲英是一个英雄，“博大的爱慕”之心是他想拥有的，他想“做那玫瑰花上的露珠”，他更渴望“活出一身的辉煌”。他在生死间挣扎，顽强地活着。他坚信“我活着，我将永生”。在临近死亡边缘的时候，他的耳边经常响起的坚强富有诗意的声音：“当古老的大海朝我们涌动迸溅时，我采撷了爱慕的露珠”①。他的一生是短暂的、辉煌的，但他在绝望的人生中依旧璀璨夺目。

除了神话传说之外，新疆原色的文化是红柯小说具有神秘感的又一主要原因。从万里长城、大兴安岭到阿尔泰山再到青藏高原，是关东文化与西北文化的界限。《江格尔》《玛纳斯》《格萨尔王传》是人们世代口耳传唱的史诗。这些史诗保留着丰富的民族神话史料，但对于外界来说，它们神秘遥远，充满传奇性与神异色彩。这些千百年来都被文人们所忽视。新疆地域的民族文化史料彰显着民族旺盛的生命力，寄托着生存其中的人们的殷切梦想，因此也是诗意文学的生成地，文学在这种氛围的渲染下走向诗性与成熟。具有浓重英雄色彩与神秘意味的“现代悲剧神话”在这种契机下就产生了。红柯浪漫的诗意文学世界也就自然诞生了。

十年与大漠的亲密接触，那种万物有灵的思想已经深深扎根于红柯的灵魂深处。对自然生命的敬畏影响了他的创作观念。红柯的灵魂深处有对大自然的敬畏心理，他关注着西域的风云雨雪，凝望着高远的天山，感受着自然生命的强大，折服于神秘的一角一落。红柯以《美丽奴羊》《西去的骑手》《大河》等为标志的天山系列小说，建构了一个充满神性色彩的世界，人们在这个世界里从容镇定地生活，没有大喜大悲，更没有那种贫富贵贱的区分，生命是平等的。这群有着崇高英雄气概的人们，对他们认为神性的事物却虔诚的崇拜着。小说《美丽奴羊》中，屠夫宰杀羊像庖丁解牛的刀法一样熟练。屠夫用刀时，下刀十分利落，动作也十分的优美。在他将要宰杀一只美丽的羊时，那只羊的出现，使他感觉到这只羊身上有一种神性的力量，而且只可意会难于言传。他根本不能去直面这只神羊“泉水般的目光”，“他告诉大家：那是只神羊，杀不了的”②。人和人、人和物相处融洽，合为一体，源于他坚持以自然为宗教信念。这是他自主进行文学创作的力量源泉。红柯笔下的人物有信仰，有所畏惧，可以使读者获得灵魂的慰藉，抛却琐碎的生活给人的茫然、困惑感，给读者带来人生的一些启迪。在敬畏自然的虔诚中，红柯笔下的主人公们有尊严地活着。他笔下的自然充满着神秘的力量，远远超越了其本身的价值。自然成为

① 红柯：《西去的骑手》南京：江苏文艺出版社，2009 年版，第 215 页。
② 红柯：《美丽奴羊》，天津：百花文艺出版社，1998 年版，第 107 页。

神性化的所在，人自身在神性中升华至灵性的境地，每个人的生存方式都是独特的，给读者以新鲜而又极富个人化的情感体验。人们能找到超越平凡现实生活的信念，聆听到作家心中最本真的声音。红柯用文学这种方式，构建着自己心中的理想栖息地。他通过小说写作这种方式，为缺失精神信仰的现代人指引超越生命极限的出路。他描绘了一个充满诗意的生活情境，渴望在某个地方，或者是某个是时候，人们有可能过上这样的生活。

红柯自觉地将各民族神话传说中的精神生态意识与日常生活融为一体，书写大西北不为人知的神秘灵魂。他的小说沉浸在远离都市的自然山水中，沐浴在淳朴的民风习俗中，人们纵情而诗意的劳作，那些凝结着天地魂魄的日常饮食，那些游走于大地上的精灵……所有这些都成为红柯小说最动人的生命乐章。人们对大地母亲赐给自己的生命源泉充满着无限的赞美和无尽的感激之情。

红柯对神秘主义的执着书写是为了构建自己的精神家园。“人就是精神，而人之为人的处境就是一种精神的处境”（雅斯贝尔斯语）。红柯在《最美丽的树》的后记中说：“大地上最尊贵的不是人，是人的灵魂。在红柯的西部世界，似乎忽略那些疯长的欲望。尤其是与贪欲无关，而那些涉及人的尊严、自由的反倒成为关注的中心”。在他的世界观中，“人类生活无所谓边远与中心，哪一种生活更人性我们就过哪一种生活”（红柯：《最美丽的树》）。小说《生命树》真正的思想价值和审美意蕴，不是简单的表达了作者对现代都市文明、工业文明的困惑，进而想逃避这种现实的环境，去寻找灵魂的皈依之地。同时，小说所传达的内容与“隐士”文化和传统无关。而是，作者生存在关中腹地继而又在新疆工作生活十多年，自身对生命和人类文明有更加深切的感悟。人首先是自然的生命个体，源于自然，人是生物学意义上的人。在生命的进化和人类文明的不断发展过程中，人与自然继而产生了休戚相关的关系。人类把自身的情感和精神意志附着在自然事物上，人们理想的生活状态和人类文明更表征了人的自然化。在红柯的小说中，反复出现神牛和乌龟拯救地球以及造福人类的神话，还有生命树的寓言意象。马来新、马燕红等人物的精神世界中存在着这些神话和寓言意象，心灵中扩大并不断的蔓延。他们在实际的生活中不断地传承着这些神话和寓言意象，他们的后代王星火自幼就自觉地守望生命树和寻觅神牛。作者所要传达的内容，不仅仅是想告诉读者人是具有思想智慧的饮食男女，更是要让读者意识到，人是具有“神”性的。红柯认为：抒写人性的目的是探索人性的顶点即神性，没有人性内在的光芒，地球就是一堆垃圾。

红柯的小说给人时空的静滞感。沉醉于西部和谐的生命形态，纯真的自然人性形态，人与自然的和谐相处。他将人生命内涵的美作为西部民族性格的基石。“人类精神史的历程，便是要唤醒流淌在人类血液中的记忆而达到向完整的人的复归”①。带给读者的是大自然壮丽的风景和西部人民随性自在的生活，带着幽秘的美感，充满抒情诗的风采，让久居文明重负下的疲惫灵魂得到解脱。好像在炎炎烈日经过长途跋涉，终于走进葱茏的绿洲。进入小说好像走进了一片人间仙境，不光有怡人的景色，还有淳朴可爱的人物。静谧如四季的湖水静静地流淌，如宁静的村庄，就像沈从文笔下水意葱茏的湘西，汪曾祺笔下静水深流的高邮。

红柯用两种叙事风格讲述不同历史时期的两个人物的生命走向。最具代表性的是《黄金草原》中的《库兰》与《金色的阿尔泰》。文中有两个不同历史时期的人物，后者在前者生存的土地上寻找前者的精神品格和行走履历，后者在延续前者的生命品格。如兵团营长之和成吉思汗，阿连阔夫之和普尔热瓦尔斯基，他们超时空的对话给人时空停滞的错觉感。时间在红柯的笔下已经凝固了。草原时空给人的静滞感，是红柯对历史人物和草原文明的真挚热爱和无限眷恋。作者笔下的自然都蕴藏着他对生命的思考。红柯的小说给人一种刚烈、自由、豪迈、坚韧、顽强的感觉，他将那些自然都做拟人化处理，西部独特的自然环境给人的情感体验。长期生活在无垠沙漠的深处、戈壁草原地区的羊和人们，在灵异的环境中滋长，成为一个个孕满天地灵性精华的生命个体，共同点缀着西部“生命大美”的绵长画卷。羊群是可爱的，人们是善良的。人们认为自身的生命和羊群的生命无法分离、融为一体，在灵魂精神上高度契合。

十年在西部边疆生活，西部的自然、人文景观冲击了作者原有的价值认知，开阔了作者的眼界。作者对神秘的西部地区深入的体会和认知源于作家十年西部边疆生活的积累。在作家的笔下自然的人化赋有灵动美，人化的自然更令人沉醉。红柯描写的西部边疆自然时空，是人们生活方式的化身和象征，寄予了人们美好幻想和情感。从这个意义上说，作者把西部边疆当做一个被精神化、灵魂化的空间来建构。作者笔下的一切事物，都具有使人难以忘怀的精神气质和人格意志。“人在大地上诗意地安居。这是红柯最深的梦想。是他的小说反复弹唱的主题”②。红柯用大量的笔墨、生动的语言展示人与人、人与物的关系，彰显着作者强烈的生态意识。他的“天山系列”小说将时间和西部边境地区的空间作为一个并列的生命空间来表现，西部边疆独特的荒漠、草原

① 荣格：《荣格文集》，北京：改革出版社，1997年版，第283页。

② 董雄儿：《中美西部“边疆小说”比较研究》，兰州大学，2013，硕士。

等自然景观的也被艺术化的呈现。在作者的笔下人与熊、狼等野兽的关系已经不再是简简单单的敌对关系，而是相互依存，甚至是给人注入生命力的源泉，而人与马、羊、树的关系更是和谐相处、相依为命的关系。作者构筑的充满灵性的文学空间中，人的生命往往是与大自然的生命紧密相联，和谐共存。

红柯的神秘主义书写凸显了人与自然的和谐共融，同时，也对现代文明进行了深刻反思。现代文明造成了价值理性缺失与工具理性越位的现象，出于对现代文明的危机意识，红柯发掘、展示新疆地区独特“生命之美”。在他浓墨重彩的舒展西部原始野性的生命之美，同时流露出对精明势利的“现代文明”强烈的失望感，现代文明带来的原始生命强力的退化令他困惑。在两种文明的比照中，他更加挚爱西部文化，明白西方文化的深层蕴含，“西部从来就不只是地理意义上的概念，而是一处太阳照耀下的闪现着神性的土地，西部在红柯那里具有无法说的吸引力”①。红柯在西域边塞地区十年的生存体验和人生阅历，对他个人的成长和文学创作来说都是具有积极而深远的意义。在这十年中，红柯寻觅到了自己小说中的独特意象：长天、皓月、骑手、额尔齐斯河、黄金草原，甚至是红蚂蚁。西部大地上充满着神性的力量，深深地影响了外来者，红柯刻画了风格各异的西部边疆镜像。

第三节　红柯诗化小说的文化探寻

红柯的诗化小说是作者他审美情感的激情表达，具有奇特的艺术魅力。十年新疆的生活经历和阅读西部少数民族典籍，红柯的小说蕴含着强烈的生命意识和执着追寻的宗教精神。红柯的小说文本展露的生命旋律和生命意志高亢，积极的反驳表现了悲观、病态的生命形态。

一、崇高的生命意识

顽强的生命力和崇高的生命意志是人追求的终极至美，这种精神是红柯小说追求的本质所在。红柯几乎每一部的小说都洋溢着生命的激情，蕴含着深刻的诗性之思。他的作品通过主人公的命运探讨人生的意义和价值，讲述西部民族沧桑的历史、传奇的人生故事、人性的善与美。他的小说诗化体现在主人公们生生不已的创造力量和反抗命运的不屈精神。他在当代文坛画廊描画了关于

① 董雄儿：《中美西部“边疆小说”比较研究》，兰州大学，2013，硕士。

人生与人性的巨幅画卷。在《金色的阿尔泰》这部小说中，从野战军营长变成建设兵团人后，去了一趟阿尔泰就被“震了个没吭声”。此后，眼里全是阿尔泰的森林、湖泊和草原。那贵族气质的群山把王震将军震住了，静悄悄的阿尔泰让营长的灵魂都飘出来了。作者以独特的诗意笔触叙述，展现了一位在开天辟地建设阿尔泰的营长对自然的热爱和在阿尔泰开荒种地的奋斗精神。他作为一个充满着革命英雄气概的军人，仿佛变成一个小孩，在桦树林中与马鹿为伴，并被驮回，林中全是鸟叫，阿尔泰把他的灵魂震出来了。挨了土匪许多枪子，血肉模糊的他靠着不想死，还要种地的信念，“流掉的血还会回来，张开的洞会发芽长肉”①。大地是我们的母亲，富有诗意而又朴素的话是从营长嘴里说出来的，他是种庄稼的好手，他能在石头缝里种出麦子，“他的庄稼黑压压沿边境线排过去，从阿尔泰到塔尔巴哈台到伊犁河谷，直到天山南北，绿色海洋无边无际”②。在小说《金色阿尔泰》中引用昌耀的长诗《慈航》“在善恶的角力中，/爱的繁衍与生殖，/比死亡的戕害更古老，/更勇武百倍”③。展现顽强的生命力与生命意识。在西部，庄稼长势凶猛，男孩子如熊般地强壮，女孩子美貌出众。作家红柯有时写着写着也怀疑自己的“文字是小说？是诗？是史？是神话？有一点是清楚的，那就是生命的裂变。凭着这仅有的一点清晰度，继续进行叙述吧”④。在红柯的叙述中，我们不难看出在生活中是新鲜、神奇的，跳荡的是一颗顽强的不屈服命运的生命，他以英雄气概和火一样的热情追求生命的大美。西部河流的浩瀚博大，养成了他笔下人物宽广的胸襟和坚韧不屈、顽强抗争的精神。在生与死、成与败间，他们选择的是坚持，面临丈夫被杀、王位被篡夺，孤苦的母亲通过神话告诉怯懦的铁木真“娇嫩和柔弱必将生出强大”。红柯小说对生命具有终极意义上的观照意识，尊重赞赏生命。他的小说在时间和空间上消弭了生死的界限。

红柯执著于探寻崇高的生命意识，他一反传统的乡土文学或对苦难的书写或对乡村做田园牧歌般的吟唱，在主观情感和生命体验的支撑下，红柯创作出了可以与天山雪莲、大漠孤烟相媲美的西部文学世界，展示了一个充满顽强生命力与生机勃发的世界，创造性地展现了西部文化的独特生命强力。红柯小说《库兰》讲述了白俄罗斯的将军阿连阔夫和俄罗斯的探险家普尔热瓦尔斯基在新疆生活的故事，以及20世纪初，新疆变化莫测的政治形势。作者用浪漫的色彩讴歌了精忠报国的传奇故事，凸现了伊犁守关将军杨飞霞的英勇神武，督

---

① 红柯：《黄金草原》杭州：浙江文艺出版社，2002年版，第188页.

② 红柯：《黄金草原》杭州：浙江文艺出版社，2002年版，第226-227页.

③ 红柯：《金色的阿尔泰》石家庄，花山文艺出版社，2001年版，第213页。

④ 红柯：《金色的阿尔泰》石家庄，花山文艺出版社，2001年版，第216页。

办杨增新的大智若愚。红柯的《哈纳斯湖》，讲述的是一个田园牧歌般的美丽传说。图瓦人是蒙古族的一个分支，他们长期在草原上生活，经过很长时间的迁徙，最终找到了景色宜人又合适的栖居地哈纳斯湖畔。图瓦人智慧，有着勤劳、勇敢的优良品质。在这里生活的人们用自己的生命，演绎着温馨、醉人的草原牧歌。红柯着重展现西部社会的和谐美，将生命的顽强与不屈贯注其中，将神话故事和英雄传说贯注其中，为当代文坛贡献一抹浪漫、诗意而又神秘的西部风情，同时彰显了图瓦人崇高的生命意识。

红柯坚持底层叙事视角，塑造平民英雄形象，为当代文坛吹来了强劲的西部的文风。红柯自觉疏离知识分子内心深处固有的贵族意识，从人类文明的中心地区走向了文明的边缘地带边疆沙漠。红柯写出了具有浓郁的西部生活气息的作品，那辽远大地上的每一个故事都为当下炫富式的创作注入了新的生机。他继承了中国现代文学展现生活的传统，着重展现生活在艰苦环境中的人高扬的生命意识，同时又立新标，做出了新的探索。

（二）雄浑的民族血性

红柯的“文化寻根”不断汲取、体认伊斯兰文化的精髓，全方位的思虑汉族传统文化，表现出对本性日渐缺少野性生命力的汉民族传统文化的担忧：“生命力、生命意志这种终极大美，这种创世精神是西域最本质的东西，是中原文化所缺少的”①；“明清以后，西北人向往汉唐雄风，而回民做得很好。他们人少，但有一种壮烈的东西。我们这个民族近代以来几乎是退化了。我想把那种血性又恢复起来”②。作家对孱弱的传统文化的焦虑感，促使他自觉地向少数民族伊斯兰文化寻求精神的慰藉。

红柯不仅着力凸显个人英雄主义，他还直面多元化的现实存在。他体悟到旺盛的原始生命力，更加稀缺，更值得珍视。同时，他也张扬作为万物之灵长的人的聪明才智以及科学技术对人类发展强大的推动力量。小说《西去的骑手》中主人公马仲英就是为作者所崇拜的英雄人物典型，他是一个很有担当的人，敢作敢为、骁勇善战，作者也不回避对他任性固执、小孩子气一面的展示。红柯在创作过程中，高度认同并且执着地表现新疆地区充满着天地神气的旺盛、壮观的生命大美。面对生命的委顿，红柯也深深担忧：面对全球化、现代化的强烈冲击，这些原始文化生命力是否能够占据一席之地，恒久的存在？

① 李敬泽、红柯《群山草原和大漠的神性之美——访谈录》《跃马天山·跋》，长江文艺出版社，2001 年版，第 9 页。

② 红柯：《跃马天山》，长江文艺出版社，2001 年版，第 397-398 页。

这也是令人质疑的。作者也坦言，“我也清楚这一点：随着全球网络化、西部大开发，我所津津乐道的西部美能持续多久？在美消失的时候，保留一点，算是我的梦想吧！”① 而西部之美，不仅体现在自然山水，更体现在旺盛的生命力和崇高的生命意识。

红柯塑造了黑暗反动势力的人物形象。如《古尔图荒原》里的老王一家圆滑世故，《西去的骑手》里的盛世才、金树仁，《库兰》里的阿连阔夫、普尔热瓦尔斯基。作者塑造这些人物形象，他们的存在是为了凸显正面人物的正义感，取得最后胜利的艰辛。红柯用骨子里流淌着的浪漫精神和诗意情怀，来对冲工业文明、羸弱化和礼教化。红柯受到中原传统文化、伊斯兰民族文化的影响，他崇尚阳刚之美，内心淳良，正气凛然。红柯用笔下的文字肯定了“异域”自然美、人性美和人情美，舒展了民族的真实品质。《生命树》不仅是作者对乡愁的礼赞，对自然的颂歌，更是充满英雄气概的史诗，悲剧色彩浓重的神话。红柯写了主人公马来新和牛禄喜之间的礼尚往来，以及让人如痴如醉的神秘奶歌。红柯的作品不仅让人们在新疆和陕西的地域上流动，更是将传统文明的厚重与异质文化的瑰丽交融在一起。这部小说让人读来稍显有生涩感，源于在天山听到关于生命树的传说。红柯听到的传说是，地球是女天神创造的，但是由于地球是有重量的所以它不断的下坠。女天神为了解决这个问题派了大公牛顶住地球。公牛不仅要顶住地球还要帮人类干活，最终疲劳过度累死了，死后它成了一棵长在地心树。树上的每一片叶子也是有生命、有灵魂的，它们能够繁衍长成新的生命。这棵神秘的生命树生成了主人公们各不相同的命运。高中女学生马燕红遭遇了被强奸的事实，不得不辍学到遥远的地方疗养，在疗养期间嫁给了种土豆淳朴的农民；王蓝蓝因为现实婚姻生活与自己的理想生活状态有差距，自己走上了去乡下支教的道路；徐莉莉是一名记者，把自己全部的生活理想都寄托在像象牙塔般的书本精神世界里，徐莉莉的丈夫杜玉浦一直追寻感情的温暖，却一直得不到，最终抑郁而死；马亮亮是一个在陕西念大学的学生，一个唐朝女人的魂魄奇异地缠住了他。小说中的每一个故事都给人悲凉感和荒诞感，他们有的最终将生命寄托在纯真的自然世界中，有的迷恋自己第二故乡，他们的精神寄托都和那神秘的草原奶歌，向远方延展。远方是别样的追求，远方是荒凉的未知世界，对他们而言更是充满诱惑的神秘世界，对冲现实给他们的枯燥感与贫乏感。文本中充满悲剧色彩的神话与现实生活交织，诗意美和神秘色彩回环往复。“生命树”是作者笔下人物追求理想生存方式的一种情感寄托品。红柯远走他乡去寻找别样的人生，他在新疆十年的

① 红柯：《跃马天山》，长江文艺出版社，2001 年版，第 92 页。

生活，内化为自己的心路情结，最终外化为他流淌在比笔间的文字。他的文学作品蕴含着自然的生命力和崇高的生命意识。红柯探索生命的真，追求生命的力量，寻找积极向上的生存方式。

二、物我两忘：人与自然的相融

在红柯的小说中，没有人与残酷的大自然间的对立，只有二者的相互交融共同显现强烈的生命意识。写英雄与火焰驹、大灰马（《西去的骑手》）、女人与白熊（《大河》）、少年与羊（《乌尔禾》）人与树（《生命树》）。“初到新疆，辽阔的荒野和雄奇的群山以万均之势一下子压倒了我，我告诫自己：这里不是人张狂的地方。在这里，人是渺小的，而且能让你强烈地感觉到自己的渺小与无助”①。阔大辽远的新疆，蕴含着种种强烈的生命气息，给人一种强烈的情感震撼，神奇的西部，万类霜天竞自由的状态让生活于其间的人顿时感到自身的渺小，油然而生的是一种自然崇拜和敬畏自然的心理，人与自然相互助力尽显生命的顽强。

在红柯的“天山系列”小说里，他笔下的男人粗犷又不乏人性的温情，女人贤惠又不缺乏坚韧的品性。小说《农事诗》描写的是生活在戈壁中的女人，她和父亲生活在一起的时候，跟着父亲去种树，后来又跟着自己的男人去种棉花。正是他们这种辛勤的劳作使得荒凉的沙漠、戈壁变成有人烟所在，浓浓的人情软化了那里的风云。女主人公对此有深刻的体悟。“她和她爹住在戈壁荒滩上，戈壁那么荒凉，可戈壁终于长出了树，树林里有了房子，人住在房子里。太阳就爱到有房子的地方来，到有房子有人烟的地方太阳就聪明了。太阳在戈壁滩上肯定是呆滞的”。女人在和父亲一起种树、和男人在一起种棉花的辛勤的劳作中，他们都看到了生活的希望，收获了幸福感，他们顽强地生命意识使荒漠变成良田。生活在这里的男人和女人，他们有种天然“心有灵犀”的默契，言语间流淌的是生命的顽强。《农事诗》中的女人，和父亲在一起生活时，用羸弱的身躯和坚强的意志挑战着戈壁滩。在爹为了解决缺水问题想挖一条渠来引水时，帮他们挖渠的男人，能干而又有力度，她被这种力量所折服。他自然而然的、简简单单就成了她的男人。情欲在人的自然渴求中自然生成，没有道德、礼仪的束缚，崇高的生命意识纯洁得感人。小说《奔马》讲述的也是一个浪漫的爱情故事。米琪和翔子心灵的默契是整个故事中最吸引人的；小说《打羔》中的女人被自己内心深处一种无形的声音引导着，和牧人生活到了一起，此后，他们过上了幸福的生活。荒凉的、绝美的自然环境，也

① 红柯：《跃马天山》，长江文艺出版社，2001年版，第92页。

有时不愿和人们合作、伤害人的时候，这时人们就需要用坚强的意志和耐力去征服它。人们在与自然的合作、对抗中，天人合一，两者紧密地融合在一起。红柯笔下的人物大都是充满英武之气的普通人，他们用必胜的信心和强劲的姿态，积极地迎接自然给人发出的挑战信号。这里的自然、人文景观也深深地感染了从异地来的大学生。“科学家的感觉还留在好多年前的银月之夜，在高高的马鞍上，一本本书化为咩咩的羊叫，王者之气弥漫天地。”① 在这种情境中，大学生更深切的体悟到，“科学不喜欢顶礼膜拜的人，它钟情的是强悍的王者”②。

三、宗教追寻的“诗性”质素

在道家崇尚自然的思想影响下，红柯构建了一种返璞归真的、充满诗意的精神家园。红柯的小说创作自觉地追寻理想，观照现实，在其营造这种美好、和谐的理想境地的同时，红柯又酣畅淋漓地抒发人性之美、自然之美。小说《美丽奴羊》中的屠夫，他对自己的技艺充满了自信，根本不拿连长当回事，他杀牛杀得很有艺术性，他自然而然地一位技艺高超的艺术大师。杀羊对他来说不是一个工作，而是追求最好的人生场域的方式。“屠夫和他的刀子一下又一下，每一下都是他杀生生涯的绝活，都是天籁之音，那刀刃仿佛游动于苍穹和地心，当羊皮全摊开时，弥漫于天地间的音乐一下子从赤裸的羊身上涌流而出”③。红柯钟情于对大生命的展示，更注重对人身上灵动之气的凸现，疏离于对个体的、短暂的生命的描摹。他的这种创作立场，使得红柯从当代众多作家中脱颖而出。同时他坚守诗意氛围的独特风格，这是由于他汲取了西部边疆文学养分。红柯将故事情节淡化，所以他笔下的人物甚至是英雄人物也少有展示自己个性的机会。他笔下的一切物都被当作有机的生命个体来呈现，绝非是单纯的展览无机的物质世界或精神世界。在现实的现代社会中，即使是农业和畜牧业的存在，也是建立在以取得更大的经济利益为目标的基础上。这种现实的存在，也就导致泛生命意识的觉醒和生成。所以，庄稼长成后就要收割，牛羊长成要面临被屠宰，个体生命走向衰老时就面临死亡，这些并不是单纯的意味着世界对生命的摧残，而是为成熟生命所精心准备而举行的盛大庆典。世间所有的生命自然诞生，而后又顺其自然地走向终结。这种对生命顺其自然的绝对重视，就是对自然生命最高级别的礼遇。

---

① 红柯：《美丽奴羊》，天津：百花文艺出版社，1998 年版，第 122 页。

② 红柯：《美丽奴羊》，天津：百花文艺出版社，1998 年版，第 98 页。

③ 红柯、李敬泽：《对话：神性之大美》，《延河》2001 年第 8 期。

从终极意义上来看，个体生命的开始和结束是成长不可或缺的一个过程。出生和死亡是同体的。从生命精神层面的延续角度来说，死亡不能简单地定义为个体生命的终结，更应该被定义为新的生存形式的开始。真正精彩的个体生命不会因为死亡而黯然失色，生命会在广阔的天地间永远延续。死亡与生命存在一样，需要经受严酷的考验，生命因而更有魅力。这才是真正的死亡、真正的生命，红柯极力地推崇、赞美它们。

红柯喜欢综合运用比喻、比拟和通感的修辞手法来表现诗意之美。他利用比喻和比拟这两种修辞具有通感的特性，通过句子把人的视觉、听觉、味觉、触觉都相互沟通联系起来。他能够通过比喻和比拟将人和动植物、动植物之间的体验感受浑然地整合起来。因此，学界公认，红柯的西部边疆小说的理念相对淡化，而更注重个人感觉的精准表达。这种体察使得他的小说具有一种诗意美。他笔下的人物和动植物都有很强的感受力和亲和力。“铲子正从地里往外翻，翻出一堆土豆，圆浑浑的，这是土地下的蛋。唐布拉，这天堂里的草原，用它丰饶的软草和鲜花在太阳的面颊上打了一个印记，太阳一下子辉煌起来。天是青的、地是黄的，天地之间的那颗太阳丰满而悠闲”①。更具诗意色彩的描写还体现在红柯的《美丽奴羊・过冬》中：“老头睡觉前关了灯，炉子一下子到了暗处，像一头熊进入幽暗的林子……夜晚滋生的黑暗跟蝙蝠似的纷纷躲进屋里，兴许被冻坏了，进了屋跟猫一样专往热处蹭。这下可给炉子逮住了。炉子憨憨的，笨手笨脚，可劲儿很大，把黑暗全抓住了，抓得死死的，全拽到自己跟前，炉子索性连外壳都不要了，赤裸裸一团大火跳跃在黑暗当中”②。红柯有着宗教般虔诚的信仰，他笔下的西域世界是一个充满浪漫的地方。十年的西部生活，他走遍天山南北，但更多的时间生活在阿尔泰。额尔齐斯河的生活散发着古老的人性光辉，熊成为丈夫，成为父亲，成为生命的源头。古老的传说中，苍狼和鹿成为一个民族的祖先，生下儿子就说是狼，生下女儿就说是狐。这宗教般的信仰流淌在红柯的文字中，为作家的“诗性”创作提供了精神源泉。在匈奴语里，祁连就是天的意思，这生机勃勃的群山是苍狼和鹿成仙的地方。山峦起伏犹如大海的波涛，引发了作家宗教般地对人生带有终极性的精神追求和价值确认，一种无边的诗意蕴含其中。美好的人生追求与现实的诗意想象使得红柯小说中的人物有着纯真美好的人性。作家在人物身上寄予了追求自由诗性生活方式的情愫，这也是对生命至真至美的阐释。坚守着自己的精神家园，获得一种自由完满的生命体验。满怀诗心的红柯在西部寻寻觅觅十

① 红柯：《太阳发芽》《文学世界》1999 年第 4 期。

② 红柯：《美利奴羊》，天津，百花文艺出版社，1998 年版，第 130 页。

年，找到了理想的家园，精神有所依托，他的西部系列小说昭示了诗性的世界：在那一望无际的草原，在那神奇梦幻的天山，在那生命的源头，被称为灵魂诗人的红柯在金色的阿尔泰牧场尽情放纵身心，将灵魂安放在心灵的栖息地。小说《西去的骑手》《大河》等带有悲壮的色彩，犹如一首抒情诗。这些诗意在作家那里带有宗教般的虔诚意味。

红柯的小说不追求叙事的完整性，而追求一种充满情感的意境氛围。大自然的灵性和让人感动的勃勃生机在红柯小说中时时闪现，那原生态的人性之美折射出原初的诗意与激情，浓浓的诗性笔触书写了西部原始生命力的礼赞，抒发了对生命的诗意理解，体验生命的尊严、温情与活力，那种“洪荒”之地的生活令人心向往之。红柯在西部广阔而又宁静的空间中享受着人生的自由，享受着生活的无限诗意和畅快。那种纯净、本色的人性彰显着诗意的存在。他的小说肯定人的自然本性，人性的单纯与美好，在广袤的大自然中生存，人与人之间的关系也变得友好，即使是素昧平生的两个人偶遇也会敞开心扉交流、痛饮三杯，人们乐善好施，对于有难的陌生人也会慷慨解囊。人与动物之间也平等相处，俨然是亲密的伙伴。老金（《大河》）与动物间具有亲密的关系，老金救了小鸟，饲养鸡、狗，狗救了老金，又带着儿子和松鼠游戏，像两个好朋友一样。老金带孩子到森林里和白熊交上了朋友，展示人与自然界的和谐状态，表现作家对本色健康的生命赞美。老金和军垦区的女医生发生了关系，在被押解到团队的路上被白熊劫走。马福海（《乔儿马》）独自在深山里生活了35年，走遍森林、大河、山川，他救过的母狼都成为他的好伙伴，人与狼成了亲密相处的一家人。一个人在荒漠里，心是静悄悄的，月亮像灯一样挂在天上，星星就像从石头缝里钻出来的。这是一种万物有灵，众生平等的诗意叙述，人与动植物和谐相处，熊和人一样有自己的生活和感情，“白熊跟许多异类生命建立了友情。比如白鸥、白鹤、鸟类都很喜欢白熊，还有企鹅，它们离不开白熊的足迹，否则他们会在暴风雪中迷失方向。在生存中建立的友情是非常牢固的，陆地上的植物也是如此。白熊水淋淋地走上陆地，躺在冰冷的地上睡一大觉，原来很矮的青苔很快长就高了。一片金光灿烂，召唤着白熊去那里休息。白熊很容易把辽阔的苔原地带看成一张大皮子，白熊躺在一张最好的皮子上，打滚，翻跟头。这就是植物的爱情”①。红柯神往淳朴自然充满原始生命力的西部世界，营造出充满温情的理想世界，他不懈地追求人的终极意义。跟灯一样吊在天上的月亮，像从石缝里钻出来的星星，上床睡觉的太阳向森林里移动显得懒洋洋，需要到古老的森林里去住一宿，让它彻底地放松。“太阳

① 红柯：《大河》，上海，上海文艺出版社，2013年版，第29页。

每天剥一层皮，太阳是不会老的……太阳就蹲在老兵结实的胸口，跟火一样慢慢地烤着小鸟”[①]，鹰的翅膀遮住整个地平线，鹰把天空、空旷的山谷、险峻的峡谷都擦干净了。“山脉缓缓升起，就像徐徐展开的一幅油画，灰蓝的岩石，深蓝色的河流湖泊和天空，沉浸在其间的是大片大片金红金黄的树。山谷里有一种沉静而神秘的蓝光”[②]。

红柯小说的主人公处于最自然、最简单的生命状态。人与人之间有一种心灵的默契，一些耐人寻味的话中带着人类记忆中最为遥远也是最为清晰的记忆。如《金色阿尔泰》中的老妈妈告诉铁木真：“地在懒汉手里越折腾越小，在勤快人手里越折腾越大”[③]。人通过土地孕育生命，养活自己，西部肥沃的土地收获了庄稼，人与土地天然具有一种亲近感，麦子是祖先用命变的，麦子上的麦芒像箭一样，是夸父射向太阳的金箭。这样的对话让铁木真深切感受到最柔弱者必强大，他创造了最有诗意的武器，人与自然万物奇妙地融为一体，“朕要把太阳抓住，拴在树上，给我们看守蒙古包”[④]。作家用主人公头脑间源于自然的、最朴素的植物来定位自己的武器——麦苗形状的新兵器。在这样的自然环境中，体现在他的认知中的都是自然的物象，素朴真挚而又诗意昂扬。

红柯小说将这种崇尚自然，醉心于人本性的内蕴，通过充满诗意的语言将这种人生理想融化其中，描画出一幅西部生活的美好画面，那是人类理想的栖居之所。“阿尔泰的黄昏永远是壮丽的，大地长出青草，青草变黄变成一片纯金，黄昏就成太阳最美妙的时刻”。“牧草唤起羊的记忆，牧草的絮叨声跟歌子一样越来越动听，羊们全都愣住了，全都抬起头，草叶的絮絮好像来自苍穹之顶，跟雨点一样落到地上，羊嘴巴碰一下冰凉的草叶，羊就咩咩叫起来”[⑤]。西部世界，草木含情，牲畜留语。红柯以诗意的眼光打量大自然的万物，于是，万物与人之间便有了一种息息相通的灵性。树睡在山坡上，发出低沉的呼噜声，松鼠、狐狸等森林的孩子鼻子特别灵，“在几百公里之外就能闻到带着酒味的松香。牲畜们肉乎乎的大嘴在蒿草丛中拱着，就像吃奶的孩子。大地胀鼓鼓的，马群羊群牛群都过来了，大地很畅快地出了一口气。”[⑥] 这是一种大自然旺盛生命力的展现。牧民们攥着青草起誓——永远做草的子民，在这里，人与草木已经没有距离感，人与万物平等的状态增添了人的生命活力。红柯的

① 红柯：《大河》，上海，上海文艺出版社，2013 年版，第 49 页。

② 红柯：《黄金草原》，杭州，浙江文艺出版社，2002 年版，第 13 页。

③ 红柯：《金色的阿尔泰》，石家庄，花山文艺出版社，2001 年版，第 215 页。

④ 红柯：《金色的阿尔泰》，石家庄，花山文艺出版社，2001 年版，第 217 页。

⑤ 红柯：《大河》，上海，上海文艺出版社，2013 年版，第 63 页。

⑥ 红柯：《乌尔禾》，上海，上海文艺出版社，2013 年版，第 53 页。

小说给人类的精神生活平添了一份对大自然诗性的爱恋。在这个充满纯净澄明的西域世界，自然具有无限的魅力，这是一个生活在别处的现代人无法追寻却又非常渴望的原始、自然的生态世界。在红柯充满诗意的小说时空中，人们不追求世俗的功名利禄，白发垂髫怡然自得成为生活的常态。人们似乎生活在原初时期，回归了人性之初的善和美。

红柯注重浪漫诗意的书写，他以追求真性情的浪漫精神，刻画出了真诚率性的人物。他以生命的热情抵御了欲望世界的侵袭，他将切身感受真诚地融入文字中，以崇高的精神引领人们寻求人文情怀，为中国当代文学中的西部地图平添了浓墨重彩的一笔，丰富了西部文学世界，张扬了西部作家的独特魅力。守望浪漫精神是红柯的一种精神性的标志，精神的诗意浪漫是作家内心的一种需求。精神浪漫者红柯用自己的文字营造了一种精神浪漫的氛围。不管世事如何变迁，文学都是要有灵魂有热度的，人都是要有自己的精神需求的。在这个物质泛滥的时代，总有像红柯这样的作家展现着强烈的精神追求，这种追求是永远不会被自然环境的恶劣和生存的重负所淹没的。红柯是一位诗意浪漫的精神守望者，他的西部文学守护着人生的永恒价值，观照着人类的精神家园。

第四节　红柯诗化小说的时代意义

红柯的小说拓展了西部文学的当代审美视野。他的诗性小说在中国当代小说中具有重要的地位，其意义至少有以下三个方面。

一、拓宽了当代小说的精神向度

红柯小说弥补了现代人日渐丢失的强劲的精神向度，建立起宏大的生命观。他的小说充满着飞扬的生命意识，展示生命的力度，创造生命的激情以及超度生命的大爱，有力地拓展了中国当代小说反映生活的精神向度。他对自然生命有一种由衷的尊敬和热爱，认为世间万物都是有生命的，一切生命都是平等的，都值得尊重。他感叹“生命应有的剽悍与野性我们太少了……那是一种原始的血性”[①]。他对有血性的英雄人物格外迷恋，对以马仲英为代表的英雄人杰有一种天然的赞美。《西去的骑手》开篇就体现那惊天地、泣鬼神的头

① 红柯：《一个剽悍民族的文学世界 敬畏苍天》，上海：上海人民出版社，2002 年版，第 25-27 页。

屯河大战，人和战马以血肉之躯与天上的飞机、地上的坦克激战了两天两夜，这种悲壮的场面蕴含了英雄不屈的抗争精神。在新疆，有许多这样的英雄，“如今你在天山南北碰到的兵团老人，个个都是海明威笔下那个圣地亚哥形象，太阳把他们晒成黑人，脖子上全是肉瘤子”①。这就是红柯小说中要极力展现的硬汉形象，他们曾经是血战沙场的军人，如今，成为普普通通的新疆人，但仍然掩盖不了他们英雄气质。普通人身上具有的血性、力量和刚硬的美是红柯钟情的元素，它具有强烈的英雄崇拜情结。而《奔马》中的司机与马的较量充满了一骑绝尘的力量之美；汽车也是有生命的，而在汽车的狂奔中，所有的部件像马的筋肉一样充满雄浑之力。一个普普通通的哈萨克汉子的勇敢、乐观的精神显示出草原哈萨克民族的刚毅性格。一个男子（《山的儿子》）在自家地里干活时，不小心被一条剧毒的蛇咬伤了，他不慌不忙地拿起镰刀，手起刀落将毒蛇砍为两截，然后用镰刀一点点地把小腿肚上的蛇毒刮净后，像往常一样回家。西部有大美，红柯的小说用那种绚丽深沉的情感、纵横恣肆的神态，体现出小说对生活精神向度的开拓广度。在红柯小说中，当庄稼成熟就要收割，牛羊长成就要宰杀，人也会面临着生命的终结，但这并不是生命的结束，而是对生命成熟后的盛大庆典。不光是动物，作为高贵的人也是一样的，这是生命平等最重要的体现。伊斯兰教的经典《古兰经》经文告诉信徒，每个人都会面临死亡，但死亡并不可怕，因为真主安拉会赋予信徒新生。在复活日，死去的人会复活。死和生在伊斯兰教中没有区别，都是作为生命的一部分存在。死亡并不是生命的结束，而是生命新的开始。伊斯兰文化影响下的穆斯林都会坚忍顽强地面对生存中的任何困境，从容地面对死亡，因此死亡也显得异常的高贵。由此不难看出，死亡与生存一样成为生命过程中的要素之一，死亡成为重要组成形式，在时空中转换而成为延续的一种形态。从终极意义上看，生和死一样都要经过历练而成为永恒，真正有生命质感的死亡才是具有生命活力的体现。

红柯的诗性小说以突出的美感、内在的生命强力而得到读者的肯定。长篇小说《大河》讲述了白熊与女兵交配，生出的孩子具有原始的生命强力的故事。老金带着儿子见识了神话般的白熊，“白熊认识老金，白熊也认识孩子，孩子的母亲挺着大肚子离开森林的时候，白熊就用它那双神眼认识了母亲子宫里的胎儿”②。《大河》熊和孩子一起游戏，熊专注心思地跳舞，让孩子长大后成为最好的摔跤手和骑手。额尔齐斯河两岸因为一只从北冰洋来的白熊而散发

① 红柯：《敬畏苍天》，上海：上海人民出版社，2002 年版，第 281 页。
② 红柯：《大河》，上海：上海人民出版社，2013 年版，第 127 页。

着古老的人性光芒。人类与熊的交往使得自身有了一种更为强健的生命力。神话传说蕴含在《大河》这篇小说中，阿尔泰人是熊的后代，熊成为他们的祖先，神力无比而又充满人性的美。人们对那种不可征服的自然神力无比崇拜，在金色的阿尔泰，熊是最具力量的象征，熊成为阿尔泰人的祖先，人神同体，人类成了不可战胜的人。这里当然包括那种充满野性的动物本性。红柯的长篇小说《大河》中多角度审视人和白熊的故事，女兵的意中人被熊吃了，她独自一人到山里和熊生活了一段时间，后来又嫁给老金。熊成为丈夫和父亲，成为生命之源。这种生命的强力涤荡了尘世的污垢，剔除了现代文明带给生命的懦弱，展现了西域生命的活力和血气。不可否认，人的行为本身有动物性的成分，但这些行为不能仅仅停留于动物性层面，红柯小说中的人物以其血性之美将动物性升华到人性。即使是羸弱之躯在西部自然的濡染下也会焕发生机，尤其是在熊的传说与书写中获得野性的力量。《大河》呈现出一个动物性与人性完美融合的理想生命状态，健康、优美的人性释放着生命的光彩，甚至接近于神性。红柯以诗意的笔触将灵魂深处潜藏的诗意抒发得淋漓尽致。东风车在新疆大地，“有一次，在去伊犁的路上，在风景如画的果子沟，哈萨克人的马群迎面而来。他老远按喇叭，马群闪在路两边，他刚加大油门，一匹大灰马突然蹿上来，奔到车门跟前，鬃毛刷刷打着车身，跟风里的细沙一样。大灰马与他并列而行。他把车子打到公路左侧，给大灰马让出一半官道。在狭长的果子沟，一辆车和一匹马一前一后，紧追不舍。结果可想而知，大灰马把他和他的车队远远地抛在后边。骏马绝尘而去，山谷里只有骤雨般的马蹄声”①。那种风驰电掣般地速度让这名驰骋在原野上的司机和汽车不堪其“速”，气喘吁吁地趴在路上时，疾驰如飞的大灰马已经原路返回。一头吃草灰色的马把他驾驶的汽车比下去了，他和汽车败给了这草原的骄子。这是生命的存在的最好状态，可是后来，他驾驶着汽车压断了这匹马的腿，他陷入深深的忏悔中，直到他和妻子遇见了一匹有灵性的红马，他才渐渐地解脱出来，马这种草原的神灵将这种积极进取的精神传递给他刚出生的儿子。在人与奔马的竞争中，获取超越生命的体验意味，展示了生生不息的草野强力。

红柯小说没有因为文体质的规定性而失去其十足的美感和独属于红柯的个性，小说有各种写法，红柯就在探索自己的小说文体。他骨子里就有一种与生俱来的壮怀激烈，西部恰恰提供了他寄托生命大美的时空，他的小说给人以深刻的启示。红柯把小说的灵性凸现出来，使西部世界彰显独特的魅力，给遥远神秘的天山罩上一层虔敬的情愫，让西部男人女人身上充满生命的神韵。他们

① 红柯：《奔马》，南京，江苏文艺出版社，2016年版，第16页。

真正地栖居于大地之上。他们生命的过程呈现出来的血性、高贵和超脱，让人油然生出敬意，在面对死亡时，他们也是淡定、宁静、从容，这是红柯眼中、笔下的普通的新疆人，也是充满英雄气质的高贵的生灵。红柯以西部的风物为书写对象，将自己独有的生命激情融入许多独特的意象中，融入他的“阿勒泰”中。《红蚂蚁》中的红蚂蚁“透着亮光的红，跟玉石雕出来的精灵一样”①，《哈纳斯湖》里，阿尔泰山在黑暗里闪出一道蓝色的弧光，那就是哈纳斯湖，红鱼升起来，仿佛是从水面升起的太阳一样夺目，“圆浑浑的，有翅膀，有嘴巴，有很大的腮，有气场的身子和腿，有火焰般的皮肤，血比玫瑰还红”②。梦幻般的阿勒泰，温暖而清澈的额尔齐斯河，把房子都要点着了的月亮……沉浸在诗意的西部里，那种美不胜收的感动简直让人无法呼吸。《金色的阿尔泰》中，蒙古老妈妈告诉营长“你走过的地方牧草会燃起绿色的火焰，花儿会发出宝石般的光芒，丫头会心花怒放”③。语言鲜活跃动感十足，这种美景加上诗情，画面感极强。《红蚂蚁》中那个啃油馕的人，“不是啃一块油馕，而是往嘴里塞金子，简直是在镶金牙，他满嘴金光，那个燃烧在沙漠上的太阳很猛烈地闪了一下，太阳张嘴呢，太阳的晚餐显然不如他的油馕那么诱人，太阳在啃沙子，太阳在沙漠里是吃不到什么好东西的，顶多是一些梭梭、红柳和骆驼刺。太阳多么羡慕这个家伙呀，傍晚的太阳跟老人一样谦和，一点也不骄横，白天它只是一只老虎。老虎现在变乖啦，差不多瘫在沙丘上了，老虎眯着眼睛看这家伙享用油馕。一块油馕几乎是一颗太阳，从馕坑里掏出来的时候他就意识到了，他忍不住看一眼天空，太阳很傲慢地在蓝天上迈着阔步，跟个过往一样。他就像个仆人，他很乐意做太阳的仆人。他正好跪在地上，一手扶着馕坑，另一只手很虔诚地伸进去，半个身子都贴上去了。完全是一个圣徒做礼拜的样子，不停地匍匐下去，再匍匐下去，而且货真价实地捧着香喷喷的油馕，不是一个而是一大堆，地上铺着一块白布，金黄的油囊码成一堆”④。这就是红柯笔下中的“黄金草原”，人物带着他们的故事引领着读者进入了一个桃花源，这里诗情是最纯粹的，时空仿佛永远定格在那诗意的瞬间，清新温婉的语言流泻着诗意的色彩，犹如伊甸园般令人长久驻足于此。

红柯用诗性的笔触叙述着新疆的生命大气象，丰富了新疆文学的整体建构。边地书写的浪漫充斥其间，作家红柯追求的是浪漫的神性大美，生命本质的强劲透射出的大美。西部是人与自物和谐相融的世界，是纯净、本真、自然

① 红柯：《黄金草原》，杭州，浙江文艺出版社，2002年版，第238页。
② 红柯：《黄金草原》，杭州，浙江文艺出版社，2002年版，第4页。
③ 红柯：《黄金草原》，杭州，浙江文艺出版社，2002年版，第193页。
④ 红柯：《黄金草原》，杭州，浙江文艺出版社，2002年版，第232-233页。

而又具有原始生命力的所在。诗意的叙述带来了生命的激越，在诗意的叙述中，无论是平凡的还是激荡的生活都带有生命的激流在穿越，生命的存在和死亡之所以都显得如此的高贵，如此神圣，就是因为没有被现代文明熏染，具有浸润天地万物之气的生命强力。

二、推动新疆风情的边地文化小说发展

红柯具有浓厚的西域情结和英雄情结，他在建构充满原始生命强力的西域世界时，展现出生命的大美，具有天人合一的审美特征，追求生命的高贵、辉煌与洒脱。

红柯高度关注西部底层社会生命的庄严、崇高和生命的伟力。他追求草原人的刚烈、野性与强悍，这也是内地的“文明”人无法接受的，那种率性而为的纯真，那种不受羁绊的血性是中原文化濡染下的内地人所不具备的，“往西，尚武不尚智，粗犷、单纯、鬼气少而人气旺，再往西呢，就有人性的至极神性”①。在某种意义上，红柯新疆题材的小说是对边地文化小说的推动，有力地补充了少数民族文学的表现空缺，彰显了西部文化对于他文学创作的深刻影响。

经历了十年不同寻常的西域生活，红柯不仅是以“卷曲的头发和沙哑的嗓音”的外表而变得像新疆人，更是以那带有民族雄风和传奇文化的内质的文字色彩彰显了西域文化风骨。红柯小说展现了充满蓬勃生命强力的文化精神，那种浪漫，甚至是梦幻般的情境代表了少数民族文化的特质，那种气吞山河的态势正是西域文化的精髓所在。红柯小说创作的灵感和激荡的诗情来自雄壮瑰丽的自然景观、淳朴剽悍的民族风情以及伊斯兰民族文化的熏陶，他对自然、生命有了新的理解和思考。红柯创作的过程就是他向伊斯兰文化皈依的过程。游牧文化的雄健，崇尚性情的心态，新疆地域文化的精神气质都在红柯小说中体现出来。

红柯以创作实绩助推了“新疆小说”的发展。他的小说尽显边地的独特，“好的小说应该是诗。诗意不应是小说的装饰，而是小说的精神。小说的诗意是由‘非诗人’所创造的，它似乎更源自创作者，对事物的深刻感受。它无意为之，而自然形成，所以，它更从容——在从容中把诗意弥漫在行文里，虽然它与诗人所要达到的艺术目的的本质一样，但前者显得更加意味深长”②。

① 红柯：《为愚人而歌》，《文学自由谈》2008年第6期。

② 卢一萍：《地理位置和文学良知——在二〇〇一年新疆长篇小说改稿及研讨会上的发言》，《新疆日报》，2001年4月11日。

红柯的“天山系列”小说打破了人类中心主义的观念，取而代之的是万物有灵的理论，他是以自然为宗教的观念，展现人在与天地万物间交流的生命轨迹，那种对生存困境的超越，有一种对自然血浓于水的天然亲近感溢满小说。

真正的作家是“用自己的灵魂、血性、激情和生命来写作”①。红柯的小说在对历史英雄人物处理时，着重刻画他们作为领袖的不可被征服、打败的铮铮傲骨，还有那种生命强悍的野性与不容侵犯的尊严。无情地讽刺了那些为了个人私利而渔利天下的阴险之徒。红柯对于西部历史情有独钟，在追溯历史中融进了现代意识，展现他的时代诗思。沙山和阿尔泰山（《金色的阿尔泰》）的神秘力量，呼唤着一名建设兵团的营长带领一家人融入草原与荒漠，融入最原初的大自然中。壮丽的山河、谷地，还有充满梦幻色彩的西部美景，成为他在阿勒泰地区奉献着自己的青春年华的动力，为了让“天山南北好粮仓”的梦想成真，他献了终身献子孙。“金色的阿尔泰”蕴含着诗意的大美，在他们眼里，土地和粮食是他们的灵魂，他们在田野劳作的时候充满着诗意美。他笔下的男人是粗犷豪迈的，一个个刚烈勇猛的英雄在他笔下复活。小说《复活的玛纳斯》中的团长充满了强壮和血性：他能一拳头将一个壮汉打倒，驯服一匹顽烈成性的野马，一个人建造一栋房屋，一天开荒地三亩半，他就是已经复活了的传说中的英雄人物、草原雄狮玛纳斯。在长篇小说《西去的骑手》中，伊斯兰教的领袖马仲英在浩渺的大地上纵马驰骋，大漠瀚海连成一片，草原尽头是无边的沙漠和茫茫的戈壁滩，西域大地的全貌汇成了一道神奇的美景。新疆的山川、河流、草原再加上那茫茫的沙漠都成为英雄生活的动人风景，图就了西域文学的底色。大量的奇特自然景观，衬托出马仲英遵从内心的本能要求，追求生命的辉煌瞬间的风采。他追求生命的质量，绝不无意义地苟活于世，他的生命自己把握，有一种生当作人杰、死亦为鬼雄的尊严感。率性而为的马司令出入大漠如入无人之境，他的咳嗽声都让敌人闻声丧胆。“马仲英身上蕴藉着的伊斯兰文化和彰显出的骑手的强悍气质，能使人们在追忆往昔边塞声号角声的粗砺激越之时，清醒地审视今朝疲软虚脱的现代人的生存状态，从而弥补、提升，使生命重获生长”②。马仲英以回民族的血性精神彰显着中原文化所缺少的那种生命的大气象，照亮了西部荒原，激活了西部边地少数民族文化的雄浑与宽厚的生命力。红柯崇拜英雄主义，并认为这是一个民族文化中重要的元素，“现在不少文人一提英雄意识就反感，热衷于个人化、情

① 卢一萍：《地理位置和文学良知——在二〇〇一年新疆长篇小说改稿及研讨会上的发言》，《新疆日报》，2001年4月11日。

② 韦建国等：《陕西当代作家与世界文学》，北京：中国社会科学出版社，2004年版，第28页。

绪化写作，但我认为英雄意识、理想主义是一个民族非常健康的东西”①。红柯执着于对英雄人物身上的血性力量的描写和探寻，以此来弥补汉文化中缺少的阳刚之气，通过具有血性的人物塑造，将马背上的民族那种豪迈、坚毅、刚强、坦诚的品格展示出来。

生命的创造是生物物种延续的关键，红柯的文学作品中表现出强烈的生命意识，即创造出超越生命长度的生命，小说《奔马》中那气吞万里的奔马，那让人为之震撼的奔马，雄壮、高贵而又飘逸的奔马的神韵已经在新生婴儿身上传递，婴儿和骏马的叫声浑然一体，悠长而飘逸，这就是边地人顽强的生命力。这是响彻世界的西部天地神人的生命延续的合奏。短篇小说《雪鸟》写了一个老太婆在遭遇了丈夫、两个儿子常年与水打交道而被河水吞噬后的悲惨经历后，毅然送三儿子去水工队工作。这是何等令人感动的悲壮与豪迈情怀！这种前赴后继的精神感召了乌鲁木齐的女孩，在老妇人的三儿子殒命于河水之际，他的孩子即将成为另一个不屈服于自然的英雄。生命的不屈与辉煌的延续铸就了红柯边地文学的风采。

红柯诗性小说的抒情性使得小说有一种诗的自由洒脱，更具地域和民族化色彩。他将目光聚集在新疆，讲述充满血性的人和事，将西域的神性展现出来。诗性结构拓展了小说的审美内蕴，意象的选择、意境的创造，扩大了小说的容量，建构起血肉丰满的诗化小说模式。他在那些普通人身上发掘出人类神性的光辉，在动物身上发现人性的大美。诗化加强了小说的美感，强化了小说的审美品性。诗性小说是深入社会、体验生活后的纯然反映，红柯尊重并敬畏西部的天地生灵，遵从自己内心最真实的想法，艺术化、个性化地展现自己眼中的西域生活。红柯小说对诗性追求显示出创作的自觉，“一种感觉要想是美的，只是不受实用目的束缚是不够的，它必须用更大的感情背景联系起来”②。诗性感情凝结于心，红柯的“新疆系列”小说是投射他自己的丰富情感的，也是极具大美的所在。小说融诗性于其中，内蕴的感情增强了其美感。

三、弥补文学身份认同的裂痕

新疆小说是在诗歌和散文之后发展起来的，也是随着西部大开发的进程而发展起来的。在国土面积上，新疆虽然占据着西部最广阔的一大片，但长期以来，书写这片土地生活的文学作品仅占很小的比例，远远达不到紧邻的甘肃和陕西文学的繁荣程度。新疆边塞诗和散文创作的一度热态似乎只让人们记住了

① 李建彪：《绝域产生大美——访著名作家红柯》，《回族文学》，2006年第3期，第74页。

② 帕克：《美学原理·序》，北京：人民文学出版社，1965年版，第4页。

边塞美丽的风光和独特的少数民族风情；而且似乎只有在拥有新疆生活经验的作家那里才展现出这些元素。

不可否认，移民的进入使得新疆出现了一大批汉族作家，在以少数民族世居为主的这片土地上，汉族作家们大都是停留在描写生活在新疆的外地人生活。他们的小说不仅展现新疆特殊的自然环境和少数民族生活状况，更多的是写出了特定历史时期新疆复杂而又特殊的移民成分构成：政治移民、流放、逃亡、谋生等，很多作家的新疆小说，描写的是这群移民包含血泪的心灵史。而不是那些扎根于新疆人的生活。如今，这些移民及其后代已经占新疆人口的一大半，他们的文学作品记录了当年移民到新疆的人和事，吟唱着自己的生命之歌。除了王蒙、陆天明外，无论是董立勃以五十年代新疆荒原上的垦荒者为书写对象的“下野地”系列，还是赵光鸣创作的反映新疆流浪汉群体的小说，他们触摸那些极易被忽略的小人物的心灵世界，记录着这类因各种原因移民新疆的人的苦难和精神困境，讲述着他们的心酸故事。

红柯则不然，他弥补了其他作家文学身份认同的裂痕，展现的是西部世界的生命，“一个美好的世界应该是这样的：地上有马，天上有鹰，加上一个渴望飞翔的孩子”（红柯《奔马》卷首）。他进入新疆十年，大漠、草原上的每一个生命都成为他生命激情的点燃者，那奔驰在壮丽草原的马，那种万马奔腾的草原精神，彰显着一种昂扬向上、自由不羁的民族精神。驰骋于新疆草原上的骏马，竟然能把代表现代化的汽车远远抛在后面，马对主人无限忠诚，同主人一道出生入死。从奔腾不息的骏马身上隐喻了西部草原强悍的生命力，这是他对西部民族精神的守望和敬畏。西部天地中的生命激起了红柯的无限遐想，昂扬的生命意志，也深深地感召着红柯。红柯在新疆触摸到大地最坚硬的骨头——西部人坚强不屈的精神，红柯把这些作为大梁，建构自己的精神家园。展现人熊之子的传说，这种充满原始生命力和民间顽强生命意识的“大河”都是红柯对理想生命状态的追求。

在人们眼中蛮荒、凶险的西部，在红柯看来则是一个诗意栖居的世界，是红柯心中的家园。他怀着浓郁的激情去描绘它，描绘生活于其间的一切，如山川河流、草木鱼虫、风霜雪雨，这些都是吸取了天地精华的充满灵性的事物。他以诗人的眼光，饱含激情去追寻自己心中的理想，而不是像其他作家那样着意于对苦难的书写与救赎，他用浪漫主义的传奇手法营构了心中那纯美的家园。以三代人的命运展示出生命树的精神，让读者领略到生命的别样风采。红柯真正通过凝聚灵魂的文字，抒发的却是对于新疆少数民族那种乡野间顽强生命力的赞颂与推崇，这些少数民族虽然屡屡遭遇到磨难，有时甚至是灭顶之灾，但他们那生生不已的生命力昭示着什么是奔腾不息、绵延不绝的生存的韧性。这就是西部民间旺盛的生命气势。那棵活了无限寿命的松树倒下去，沉到大地深处，变成优质的黑钙土，这是它生命的另一种形式。红柯为西部大地上悠久的历史、多元的文化深深折服。他用自己的文字为远逝的历史人物、西部英雄树碑立传，在现实书写与历史呼应中，展现西部民族伟大精神所在。回族英雄传奇人物——“尕司令”马仲英（《西去的骑手》）历经六次大难，每一次生死关头都能化险为夷的传奇经历。红柯让这个人物充满神化色彩，马仲英反抗压迫，年少之时就以七条枪起家；有胆有识，敢于与“西北王”冯玉祥手下的悍将吉鸿昌决一死战；无比神武，敢于同阴险狡诈的新疆督办盛世才正面交战；英勇刚烈，以血肉之躯对抗苏联的飞机坦克，小说描写了西域史上最为悲壮惨烈的头屯河大战，是善要权谋的盛世才请求苏军王牌部队助战才打败了马仲英，最后马仲英坚信“我活着，我将永生”，他以骑手的姿态纵马跃进黑海。最后以骏马、战刀、血与骨头捍卫了骑手的强悍与光荣。英雄以超越生死来证明人性至高无上的尊严，以融入大海唱响人类内在的神性。

红柯小说张扬的是生活于新疆的人那种活力四射的生命激情，这种相互融入中特有的生命韵味来自西部人和自然，人与自然万物一样的平等，人高贵的品性，那种见性见情的、敞开的、无所畏惧的生命状态。他以诗意的浪漫手法，展现了西部人特有的生命激情与魅力，追寻西部人灵魂的家园，展现西部文化的精髓。战斗英雄刘大壮从朝鲜战场回来就自愿来到乌尔禾，草原赋予他神奇的力量，戈壁滩上的生物都和他贴心贴肺地诉说，刘大壮在人们心目中就是传说中的“海力布”，他用生命向人们展示着平凡普通的生命可以如此地接近神灵，在荒凉的大漠实现自己诗意奇绝的梦想。海力布像小说的魂灵一样在生活中，他不愿掩盖自己因战争伤痕累累的脸，将救过他的志愿军女护士永远珍藏在心底，把草原上随处可见的石雕像当作牺牲了的她一样。他奔走草原，为了别人而不惜牺牲自己。王卫疆因他的养育而充满男子汉的英武之气。他已经成为人们心目中的海力布，与传说中的海力布和石像一起汇聚在美丽的草原。他似乎已经脱去了汉人的印记，成为像王卫疆这类人的精神之父。红柯认为，“新疆就是生命的彼岸世界，就是新大陆，代表着一种极其人性化的诗意的生活方式”（《西去的骑手》序）。红柯的小说带有某些浪漫、神性色彩，他用浪漫的神话传奇来对抗回到内地后所看到的动物世界化的成人世界，来对抗失去儿童天性的小大人世界的冲击，他以《奔马》《美丽奴羊》《鹰影》《雪鸟》《金色阿尔泰》等展现偏远荒凉而又富饶瑰丽的西部世界，他以西部的神性世界来彰显生命的大美，抵御着来自内地的“志短”和“失节”。这是红柯“天山系列”小说的根本意义与价值。在让人异想天开的西部世界，红柯的追求生命的大美的文字就这样滋养生长，在这人间至美之地与戈壁，甚至是天堂与地狱相连的地带产生了人间罕见的浪漫情怀，他在现实和想象间飞升着自己的理想，寻求理想中的精神栖息地。他歌颂了诗意生活的美与真，在自由率真的追求中留存那份崇高与美好。在人生价值取向日益多元化的当下，红柯的西部系列展示了一种诗意的人性化地带。

小说中的诗意是他生命的轨迹与灵魂的模样。诗性小说是对作家的感悟能力、叙述能力、审美能力的综合考量，红柯以灵动的意象、恢宏的意境、自由的表达打破了中国小说表现中原文明的刻板，如空谷足音回响在当代文坛。用小说这种文学样式表现对西部生活的哲思，像一些传说或歌谣则带着明显的诗性的胎衣，有些作品基本上是散文诗化的小说。红柯就是在这样一种背景下开始散文诗创作的。他在新疆漫游十年，又是诗人。在他的小说创作中，具有浓厚的西部文化气息，又有明显的诗化特色。这是红柯文学心灵深处蕴藏的最宝贵诗歌生命在边地寻找到的终极归宿。他的小说显示出的诗学特征，对小说的发展有着独特的引领作用。

在小说创作中，红柯始终致力于小说的诗化，并以自己的作品影响着中国小说的走向，对小说创作中诗化起到主要的导向作用，引导小说进入了诗化轨道。在小说诗化道路上的实践与坚守，是他从事创作的旨归，也是他的小说特质。红柯的小说从进入构思、写作到最后完稿，都伴随着语言的诗化过程。语句的推敲、诗意的想象都彰显小说诗化的各要素。红柯的小说有一种让人过目难忘的感觉。像这样的词语比比皆是。他许多小说的题目，如：《美丽奴羊》《乌拉乌苏的银月之夜》《玫瑰绿洲》《金色阿尔泰》《永远的春天》《跃马天山》《太阳发芽》，《骑着毛驴上天堂》，《黄金草原》《咳嗽的石头》《草地上的月亮》《永远的春天》《高耸入云的地方》《生命树》《昆仑山上一棵草》《手指间的大河》《敬畏苍天》等，题目本身就充满诗意的魅力，美妙的意境让读者流连其中。红柯把小说写成了真正的心灵之诗，西域的天地万物，山川草原，无论是灵感来临、叙事想象、意象选取，语言锤炼，意境营造，都是值得称道，显示出小说独特的生命力。

红柯小说的语言像山间的溪水如琴瑟鸣奏，清澈见底，跳跃在字里行间，给读者一种灵魂的洗礼，进而对西部世界有一种心向往之的遥想。他对小说创作的尊崇与不懈的探索和对诗性小说的执着追求，与小说创作中的随意化语言，空洞指向形成了鲜明的对照；与功利化、虚饰化的矫情，泡沫化的文字形成反差；更给醉心于物欲膨胀，道德沦陷的社会生活表达者以一种警醒。也许现在不能说红柯是什么样的作家，也不能确定他的哪些作品可以成为经典，但把他的小说作为诗化创作的范本来研究是客观的。红柯用自己的创作实绩证明，将诗性的思想植入小说的努力，用自己的激情与心血创造并强化小说的艺术生命。这在小说领域，推及文学领域，都具有鲜明的指向性。

西北边地生活着信仰伊斯兰教的穆斯林民族，世代生存于严酷的自然和生存环境，养成了伊斯兰民族顽强、刚烈的品性，再加之地处偏远，相对中国传统文化和突厥文化来说，他们更多的是接受了后者中剽悍野性的质素。红柯深深地被这种充满原始强悍的力量吸引“这是一种浸透着浓烈的血性力量和原始生命激情的少数民族文化，具有独特的生命本真的光辉，而浸润在千年儒家传统之中的汉族文化，相对缺乏的就是西部少数民族文化中的这种血性力量”[①]。这种边地草原的野性文化使得伊斯兰民族迸发出阳刚之气。哈萨克族、维吾尔族、蒙古族的男人的强悍、血性是与生俱来的。

① 红柯：《敬畏苍天》，上海，上海文艺出版社，2002年版，第279页。

第二章　民间立场：王立纯小说建构

王立纯（1950——2011）是一位扎根黑土地、书写小人物的优秀作家。在二十多年的创作生涯里，他创作了包括长篇小说、中短篇小说以及散文在内的五百余万字作品。他的小说坚持民间的创作立场，涵盖乡村、林区、油田、城乡结合处等多种题材，语言幽默谐谑又让人笑中带泪。

陈思和在文章《民间的还原："文革"后文学史某种走向的解释》中，对"民间"的概念解释道："我在这里使用的民间……包含着两个层面的意思：第一是指根据民间自在的生活方式的向度，即来自中国传统农村的村落文化的方式和来自现代经济社会的世俗文化的方式来观察生活、表达生活、描述生活的文学创作视界；第二是指作家虽然站在知识分子的传统立场上说话，但所表现的却是民间自在的生活状态和民间审美趣味，由于作家注意到民间这一客体世界的存在并采取尊重的平等对话而不是霸权态度，使这些文学创作中充满了民间的意味。"① "民间"的概念有不同含义，因此，"民间立场"的含义也就有了不确定性，进而形成完全不同的作品表征。例如莫言秉承"作为老百姓的写作"② 的创作态度，完全以民间百姓的视角来看待生活与历史，没有知识分子的启蒙说教，丢弃知识分子的话语系统；而有的作家是从外部观察民间，想象民间，他们笔下的民间世界是过滤过的、变形的或诗化的民间，他们的民间立场带有深刻的人文关怀色彩，如汪曾祺、迟子建、张炜等。这两种民间立场虽然含义不同，但都植根于民间大地，是作家自由人格与民间自由精神的融汇交织，是对缤纷多彩又元气充沛的民间世界的真实书写。

本文谈到的"民间立场"包括了这两种含义，即不管是从内部表现民间现实的生活方式，还是从外部想象民间，只要是把民间世界作为自己的创作出发点并对它持尊重或认同态度，并且作品表达出丰厚的民间文化内涵的，都可以称作"民间立场"。这种包容性的民间立场能更好地与王立纯小说中多样的

---

① 陈思和：《鸡鸣风雨》，上海：学林出版社 1994 年版，第 73-74 页。

② 莫言：《文学创作的民间资源》，《当代作家评论》2002 年第 1 期，第 5 页。

民间存在形态相契合，以更加深入地挖掘其作品中知识分子情感和民间文化形态之间的张力关系。

第一节　王立纯小说民间立场的呈现方式

王立纯在初涉文坛时民间立场并不明显。他早期小说（1979——1983 年）的主人公多为见识超群的知识分子、官员或民间英雄，作品表达的主旨也多是二元论的是非善恶，或是对政治策略的解释。在《重返绿草营》里，主人公甘江是一位有书生气质的锐意进取的改革家，他是心怀林区的英雄，自觉担当起拯救衰败林区、改善人民生活的责任。其小说政治意识形态浓厚，借甘江之口说出“党是对的”[①]“四个现代化是靠翻老本翻出来的吗”[②] 之类的政治口号。这类小说还有《天牢日记》《老木匠》《夜晚，我们面对星空》《飞来的灰喜鹊》《绿色的旋律》等，几乎沦为了“席勒式地把个人变成时代精神的单纯的传声筒”[③]，其中知识分子的独立精神不强，更不能说有民间立场。

王立纯“1983 年之后的作品中，所表现的豪情壮志有所减少，艺术笔触的重心发生了转移”[④]。从这时起，王立纯逐渐找到了自己的文学立足点——民间，他作品中的人物不再高大伟岸，不再喊政治口号，而逐渐回归生活本身。也是从这时期开始，他的作品呈现出显著的民间立场，展现出了充沛的生命活力和文化内涵。“他走笔于民间和主流意识形态之间，将深刻的社会问题置于民间视角来观照。”[⑤] 在王立纯不同的小说文本中，他的民间立场有着不同的呈现方式，它们大体分为三种：知识分子的民间想象、知识分子与民间的双向互动以及民间世界的内部切入。这些不同的呈现方式体现了他创作的动态历史性和复杂性。

一、知识分子的民间想象

王光东在著作《20 世纪中国文学与民间文化》的引论中谈到“知识分子

---

① 王立纯：《熊骨烟嘴》，天津：百花文艺出版社 1991 年版，第 126 页。
② 王立纯：《熊骨烟嘴》，天津：百花文艺出版社 1991 年版，第 123 页。
③ ［德］马克思 恩格斯：《马克思恩格斯全集》，北京：人民出版社 1972 年版，第 573-574 页。
④ 连秀丽：《含泪微笑的歌者---王立纯论》，哈尔滨：黑龙江人民出版社 2002 年版，第 133 页。
⑤ 车红梅：《北大荒文学研究》，北京：中国社会科学出版社 2017 年版，第 177 页。

的民间想象"[①] 时说，"这一类的叙事文本更侧重个人化的精神和审美构造，他们在现实感受的基础上，对民间日常生活进行新的整合……在这类作家和作品中，民间更多地具有了精神象征的品格，是作家个体精神建构方式在民间客体上的观念投射和伦理化的关怀姿态。"[②] 在王立纯早中期的部分文学作品中，他为现实民间注入浪漫哀伤的诗意化色彩，借民间来表达自己的自由追求。这样的民间是作家想象下的民间，不是现实存在的民间世界。

王立纯早期切入民间的方式之所以是这种知识分子的民间想象，是因为他与民间文化的隔膜。王立纯虽出身底层，但他从小饱读诗书，具有浪漫诗意的文人情怀，他在创作中自觉摒弃了民间沉默自私、藏污纳垢的一面。这种对真实民间的隔膜让王立纯在最初书写民间时不能彻底走进民间内部，而是在观察想象中构造出自己的"民间"。这样的民间带有诗意色彩，它是作者走出故乡后精神回溯的视野落脚点。这种诗意民间是王立纯记忆中最美好亲切的故乡印象，故乡生活的天人合一与自由自在在他心中留下了最神圣的标签。受这片自由土地的滋养，王立纯以后不管走到哪里，都谨记心中的理想圣地，那就是回不去的精神故乡。

（一）浪漫哀伤的想象基调

王立纯早中期的部分作品语言柔和哀伤、情节奇幻浪漫，自然描写古朴诗意，人物具有孤独彷徨的色彩，这些特征使这部分小说饱含浪漫忧伤的情调。代表作品有短篇小说《火狐狸，白脑门》《熊骨烟嘴》《鹰迹》《乔原四季歌》《栗色的风》《敖古都拉》《绿火》、中篇小说《三原色》《斜雨》《旋转猎场》《天风》和长篇自传小说《苍山》等。

首先，这部分作品的语言与质朴自然、轻松明快的民间语言相比具有诗意哀伤的特点。作者运用通感、比喻、夸张等各类修辞手法，调动丰富的想象力，将日常生活描绘得诗意盎然，作品语言清丽哀伤，在轻柔绵密的细节描写中渲染出淡淡的哀愁。《火狐狸白脑门》中描写森林里出现一只红狐狸时，写到"绿色的乐章里从此添了一个火红的音符。这音符一直在你的心弦上袅袅颤动，叫你许久不能平静。"[③] 作者将视觉色彩转化成听觉感受，生动描摹出火狐狸的灵动活泼；《斜雨》中描写龙佳对安捷的感情变化时写道，"他看不到安婕的眼睛，她的影子在他那双新鞋下面微微颤动，像一团灰色飘忽不定的

① 王光东：《20 世纪中国文学与民间文化》，上海：复旦大学出版社 2007 年版，第 7 页。
② 王光东：《20 世纪中国文学与民间文化》，上海：复旦大学出版社 2007 年版，第 7 页。
③ 王立纯：《熊骨烟嘴》，天津：百花文艺出版社 1991 年版，第 130 页。

气体，他觉得伸手可触却又难以捉摸。”①，这段描写并没有直接写人物的感情面貌，而是通过影子颤动、气体飘忽等细微的起伏来说明人物的心理波动。其次，这些作品的情节故事是奇幻浪漫的：森林中的熊瞎子能和人斗智斗勇，火狐狸能幻化成女孩儿和猎人捉迷藏、游戏戏耍，清盲流别动队的进山巡逻本是严肃的政治任务，在作者的笔下却是充满趣味、轻松愉快的旅行，生存在拉依林场的山里人虽然物质资源匮乏，但他们却有诗意浪漫的精神世界。再者，这些作品中的环境描写或苍凉或恬淡，具有古朴的诗意。《鹰迹》中写道：“在暑气蒸腾的地平面上，那只孤独的鹰象纸鸢一样仄着翅膀滑翔，绛紫的斜阳在它身上镀出一层金属的颜色。”② 这段描写将鹰的孤独与草原的广阔形成鲜明对比，突出了苍鹰的孑世独立；《敖古都拉鳟鱼》中李凌望在旅途中惊奇地发现自然之美：“这里的草原并不是他所想象的一马平川，而是有着柔和的母性般的隆起，像是大海的浪涌，滚动着滚动着，突然就凝固了。天空的湛蓝是澄澈的，简直就像是梦幻，没有一点儿杂质。”③ 诗意古朴的大自然使久居都市的李凌望找寻到了失落的自由。最后，这些作品中的人物多是孤独落寞的边缘人，他们的孤独哀伤和大自然的寂静平和形成呼应或对比。他们是没落的猎人、孤单的守林员、离群索居的采油人和不被欣赏的基层官员。他们的孤单心理就像《鹰迹》中的主人公维说的，“我是一个被熙熙攘攘的人群包围着的孤独者。我是一个异类。”④ 他们不被理解又顾影自怜，只能自我放逐于民间大地、自然之间。

这部分作品的浪漫哀伤想象基调，是作家多愁善感性格的投射。王立纯在散文中提到他在年少时腼腆爱哭、多思内向、喜欢想象，他在创作中不自觉地加入了自己的这种性格色彩。他在后来的创作中不断深入民间、从民间汲取文学的养有知识分子的彷徨哀伤，而是充满同情、略带调侃地表达老百姓最寻常的苦难和心酸。因此在他后期的作品中，这种知识分子的惆怅孤独感便基本消失。

（二）自由独立的诗性追求

当王立纯把目光投向民间时，他向往的自由主义精神在民间文化形态里找到了寄托，于是他在作品中贯注了对独立自由的强烈追求。他追求的自由是一

① 王立纯：《拉依浪漫曲》，天津：百花文艺出版社 1998 年版，第 264——265 页。
② 王立纯：《熊骨烟嘴》，天津：百花文艺出版社 1991 年版，第 235 页。
③ 王立纯：《白云苍狗》，北京：中国文史出版社 2015 年版，第 349 页。
④ 王立纯：《熊骨烟嘴》，天津：百花文艺出版社 1991 年版，第 237 页。

种理性自由，是对民间自由精神的诗性追寻。

广袤诗意的自然环境培育了王立纯自由自在的性格，使他在创作中执着地追寻自由。王立纯在山里长大，林区的生活与大自然十分亲密，有大片的森林、河流、山川、各种动物，这些使王立纯从小便亲近自然、无拘无束。在王立纯的成长环境中，父母也没有给他施加太多压力，使他得以按自己的本性独立自由地成长。而为官之后，他的独立自由性格与官场的谄媚逢迎格格不入，官场的长期压抑使他更迫切地在文学中找寻自由理想。王立纯曾说道："我是注定不会伺候人的，别说是装孙子，忍受胯下之辱，就是装傻充愣，闻闻别人的腋臭都不能够。"① 他抛却了官位，在身份上选择了民间。民间的自由自在与他契和，他开始写故乡的猎人、农民、守林员、石油工人和城市贫民，并在他们身上寄托了自己自由主义的民间理想。

王立纯的自由理想与民间文化形态的自由有所不同，民间的自由精神是由原始性的自由欲望引发，它具有来自民间的、生命内在的反叛激情。而王立纯的自由精神是知识分子式的过滤过的民间自由，它摒弃物质欲望，重视理性精神，具有浓厚的人文色彩和理想主义。陈思和在解释民间的特征时说道，"自由自在是它最基本的审美风格。民间的传统意味着人类原始的生命力紧紧拥抱生活本身的过程，由此迸发出对生活的爱和憎，对人生欲望的追求，这是任何道德说教都无法规范、任何政治条律都无法约束、甚至连'文明''进步''美'这样一些抽象概念也无法涵盖的自由自在境界。"② 因此民间的自由精神具有感性特点，它包含了民间藏污纳垢的浊气，王立纯早中期作品中的自由精神显然与此不符。他作品中的人物在诗性自由精神的感召下大都清高孤傲、不与现实妥协，坚持理想，选择诗意地生存。其短篇小说《三原色》中的杜克依最后还是回到了草原，坚持着风餐露宿的采油工作，在他心中，采油是自己的梦想所在。短篇小说《旋转猎场》中的林场厂长最终也守护了自己的尊严，没有为十万块钱出卖良知。《火狐狸白脑门》中的知青守林员也放弃了返城指标，选择守护大山。他们对独立自由的诗性追求决定着他们不会趋炎附势随大流，而是为自由主义理想牺牲现实利益，这使他的小说展现出崇高悲壮的审美效果。

对自由精神的赞颂和呼唤一直贯穿在王立纯的创作中，不过他后期小说逐渐趋向写实，对独立自由的诗性追寻和理想主义坚守渐淡。他逐渐深入到民间文化的复杂肌理，认识到真实的民间世界少诗意浪漫而多苦难荒诞。因此他后

① 王立纯：《溯流而上》，北京：中国文史出版社 2015 年版，第 24 页。

② 陈思和：《鸡鸣风雨》，上海：学林出版社 1994 年版，第 35 页。

期的作品更多的是表现民间底层百姓自由缺失的压抑感和无奈感。

二、知识分子与民间的双向互动

在王立纯早中期的部分作品（如《太阳从背后升起》《栖息在七楼上的麻雀》《拍手歌》《文驼子》《庆典》《月亮上的篝火》等）中，可以发现作家的知识分子情感和民间文化具有冲突、融合的张力关系。这种冲突融合表现为知识分子与民间的双向互动，在互动中知识分子不断深入民间、皈依民间。知识分子和民间遭逢时，先是知识分子占了上风，他作品的叙事声音对民间世界持一种理性的批判态度，而后民间的强大力量会占据主导，它会把知识分子拉拢到自己的阵营中。因为民间世界是一个庞杂的存在，当知识分子面对民间的污垢部分时，作家的理性情感和现代意识会让他们站到民间的对立面，与原生态的民间文化产生冲突；而当民间积极明朗、乐观自在的一面展现在作家眼前时，又使他们自发地皈依民间、与民间精神相融合。王立纯对民间的这两种复杂态度使他这部分小说具有知识分子声音和民间声音的共存性和对话性。两种声音的强弱变化使他的小说展现出不同的审美意味。当前者声音占据主导时，小说的情感色彩灰暗阴郁，充满悲哀的基调；当民间的声音强大起来时，小说的色彩变得明亮了，具有了朴实乐观洒脱的风格。这部分作品正是在这种对话性、复调性上达到了王立纯小说的最高艺术成就。

（一）知识分子对民间污垢的批判

陈思和在解释“民间”特征时借用了政治术语说民间是“民主性的精华与封建性的糟粕交杂在一起，构成了独特的藏污纳垢的形态。”① 王立纯对民间世界污垢性的一面是很难认同的。在此，他的民间立场体现出一种对平等、独立、自由等现代价值的追求，并以此为基础去发现、尊重并认同民间。虽然作者忠实于民间文化，如实还原了这些污垢的存在，但叙述者批判的声音暴露了作者对它们的否定态度。这种批判表达了作者建立理想民间的努力，正是因为对民间世界的爱和眷恋，他才执着于批判其间的污浊。王立纯小说中对民间污垢的批判可以分为三种：讽刺批判下的沉重叹息、谐谑调笑下的温情批判和尴尬苍白的无力批判。

首先，对民间世界中虚伪荒诞的污垢因子，叙述者通过讽刺性话语给予了深刻批判，表达了作者的悲哀态度。《庆典》中谷玎讽刺官员朋友不干实事只琢磨领导意志时讽刺道：“什么叫政治热情？你以为没事胡琢磨人就是政治？

① 陈思和：《鸡鸣风雨》，上海：学林出版社 1994 年版，第 35 页。

依我看，中国的问题就是你这种半吊子小不点儿政治家太多，实干家太少了！"[①] 叙述者在这里通过人物之口对官场的虚假逢迎进行辛辣的批判；在批判北沙县人的虚假势利时，叙述者用庆典上的气球广告标语来讽刺："烟厂是大户，两个气球两则广告，一个是：抽三发，发发发！另一个是：北沙政府忠告市民，吸烟有害健康！"[②] 香烟广告和戒烟广告同时悬挂，在悖论矛盾之下突出了北沙县人为了经济效益对烟厂表面排斥，实则吹捧的虚伪态度。他对民间污垢的沉重批判集中在他创作的早中期，这时他对现实的民间文化空间有悲哀失望态度，对理想民间的追寻与寻而不得使他的小说弥漫了浓重的悲剧色彩。

其次，叙述者对民间底层人物身上的污垢进行谐谑调侃，作者对他们的批判是温情的，是理解性的嘲笑。《风水宝地》中叙述者调侃懒散的农民："一大群闲汉没事可干，在草地上横躺竖卧，款爷郊游一般仰颏晒蛋。"[③] 农民的无所事事一方面是出于懒惰，但更重要的是他们遭遇了洪灾还无处可去；《春天的花玻璃》中陈小米托关系进入了保安队，穿"一套黄不黄绿不绿的制服，掂一根黑不溜秋的橡胶警棍"[④]，谐谑的语言透露出对陈小米的略微嘲讽，但又隐含着对他迫于生计的同情理解。《换心》《拍手歌》《"愚公"搬家》等作品都是用幽默调侃的话语做温情的批判。

另外，当知识分子与民间遭逢时，他的虚伪、不切实际部分会遭遇民间的反批判，这时知识分子对民间污垢的批判是苍白无力的。因为民间污垢表现在善恶交织、美丑互现、高尚与卑鄙共存的文化形态上，正是在这种文化形态中孕育着具有现代性的民间精神，"民间的生命力已经与它的藏污纳垢性与生俱来，昏昏默默，无法截然分开。"[⑤] 所以民间污垢中也蕴含着民间充沛的生命活力，知识分子在它面前就会相形见绌。《甜菜进行曲》中身为省城记者的"我"斯文儒雅，而村长刘大哈却满口脏话，叙事声音这时看似批判了刘大哈，可当刘大哈对"我"调侃省城四大虚之"记者的稿"时，"我也笑了，嘴咧开一角，像是被酸着了似的。"[⑥] 刘大哈用玩笑直指"我"的要害，"我"所代表的知识分子的凛然正气轰然消散，对刘大哈的批判声音也变为了赞扬；《栖息在七楼上的麻雀》中的严平是个正直的打工仔，当他发现女友是陪酒女

① 王立纯：《庆典》，北京：作家出版社 1998 年版，第 155 页。
② 王立纯：《庆典》，北京：作家出版社 1998 年版，第 240 页。
③ 王立纯：《欠债还钱》，北京：中国文史出版社 2015 年版，第 83 页。
④ 王立纯：《雾失楼台》，北京：中国文史出版社 2015 年版，第 189 页。
⑤ 陈思和：《中国当代文学史教程》，上海：复旦大学出版社 1999 年版，第 367-368 页。
⑥ 王立纯：《弥天大谎》，北京：中国文史出版社 2015 年版，第 102 页。

时决然与其分手。这里的严平虽是底层人物，但他的思想是知识分子式的，当他用知识分子的价值观念来批判要求底层人物时就显出了理论的苍白，在生存面前，任何的道德尊严都成了脆弱的泡沫。

知识分子对民间污垢批判的无力感是知识分子与民间深入对话造成的结果，叙述者自觉不自觉地逐渐发现民间世界污垢中的生机，因此对民间的批判性减弱，以至于最后知识分子被民间乐观自在的文化形态吸引，自愿地向民间靠拢和皈依。

（二）民间对知识分子的包容接纳

民间具有承载的特质，它像大地之母一样包容蕴含着一切。历史上，民间一直是知识分子的庇护所，那些被流放的读书人正是在民间世界里找到自己的生存价值，并从民间汲取到宝贵的文学营养。在王立纯作品中，民间包容的不得志的知识分子包括坚守传统儒家济世思想的读书人和寻求自由主义的现代性知识分子。民间的朴实、真诚、自由、洒脱、乐观等文化形态使知识分子大加赞扬，此时民间的接纳性就体现为知识分子的自觉皈依。这其实是知识分子在民间重新寻找的身份认同感，由于这种认同感有强有弱，使得他们的精神皈依程度也有不同。

首先，对于那些怀抱“修身齐家治国平天下”志向又不得的知识分子来说，是民间在他们受到伤害时给予他们最淳朴的暖意和希望。这些作品中的知识分子在初入民间时会遭逢民间世界的各种污垢，但另外一面，民间的博大宽厚也包容着这些郁郁不得志的知识分子，使他们从庙堂或理想世界跌落后能有个容身之所。文驼子（《文驼子》）是个有才华却不擅逢迎的读书人，耿直的性格让他在官场中起起伏伏。与此相对的是他的老友杨安伯不管在他富贵还是落魄时一直都把他当朋友。杨安伯是没多少文化、信菩萨的农民，但是他乐观随遇而安的性格包容了文驼子的孤傲任性，使他在残酷的生存环境里有了精神慰藉。杨安伯的形象是民间的象征，在政治势力对文驼子任意践踏时，是民间向他张开了怀抱，以至于他最后离开官场回老家时只对杨安伯依依不舍。

其次，对于追求自由的现代知识分子来说，民间也是他们最自在的去处。虽然这里也会有对自由的压制，但由于民间世界的庞大与多元，他们总能在边缘处缝隙间找到生存地。这种“生存地”对小炉匠（《拍手歌》）来说是艺术，对荆黎（《苍山》）来说是写作，对马本良（《月亮上的篝火》）来说就是厨艺。

最后，对于那些行为极端的知识分子，民间也能给以包容接纳。《太阳从背后升起》中的关朝宁是个追求美和自由的“格路人”。他不吃大蒜，在对两性关系十分保守的年代就使大学同学怀孕，婚后和同事发生关系，只因为对方嗓音好听情不自禁。年老后还因为在沙滩上摸外国女孩的金色头发被当成了流氓，他解释说只是审美行为。《月亮上的篝火》中的焦洪林头脑中满是狂热的政治口号，对那个时期虚妄政治的热爱使他压抑了自己的个性，行为古怪。像他们这样和民间格格不入的人物，民间虽然会对他们调侃嘲笑，但也会对他们同情尊重。如关朝宁的妻子黄兰虽然不太理解他的精神世界，但还是尽可能地保护他。焦洪林的工友们虽然很厌烦他天天挂在嘴边的政治口号，但对于他的奉献精神又很尊敬。

民间对知识分子的包容性使知识分子自觉地向民间靠拢皈依。为官一生的李秋生（《黑水河，白水河》）到生命的尽头才明白官场的无奈和不自由，他对方老五说："要是有来世，要是允许我选择，我也跟你做渔夫"①。《甜菜进行曲》中写虚假报告的"我"在真诚的农民面前自惭形秽，于是"我"由官方阵营走到了民间阵营，帮着他们一起对抗上级的荒谬政策。对民间皈依程度的不一致，使不同小说中的知识分子形象也大不相同。像谷玎（《庆典》）、荆黎（《苍山》）、文驼子（《文驼子》）这样的知识分子是流落到民间的，他们的理想主义情怀使他们不能完全融入民间，甚至还有与民间相抵触的地方（如他们对民间污垢的批判态度），他们的思想高于民间，有着强烈的自省意识和孤独感。而像"我"（《甜菜进行曲》）、刘播、马本良（《月亮上的篝火》）这样积极学习民间文化、向民间靠拢的知识分子身上既有知识分子的独立思考与批判精神，又有民间洒脱自由、随遇而安的生存哲学。他们从生活习惯到文化趣味上都极大地接近了民间。因为知识分子与民间的极大统一，使他这些小说既有明朗乐观的感情基调，又有深入理智的人文关怀。

三、民间世界的内部切入

王立纯在创作早期就注意到民间世界与知识分子的隔膜，当抛开知识分子的精英视角从民间内部观察时，他看到了民间世界的世俗一面，小人物的生活现实粗鄙却又生机勃勃。他早期的部分作品直接以小人物为主体，通过对他们的描摹完成了对民间世界的世俗化呈现，并表达了对"民间传统生活方式和伦理精神的挽留"。② 作者熟悉、尊重并认同小人物的价值信仰和生存方式，尽量以他们的思维方式来思考、讲述，叙述者对人物不再是居高临下地批判，而是与人物平等对话。这类早期作品有《"土耳其总统"的故事》《拍手歌》

① 王立纯：《弥天大谎》，北京：中国文史出版社 2015 年版，第 195 页。

② 王光东：《20 世纪中国文学与民间文化》，上海：复旦大学出版社 2007 年版，第 6 页。

《文驼子》《拉依浪漫曲》《生存训练》《笑一笑，或者说“茄子”》等。这种对民间世界的内部式观照一直贯穿于王立纯小说创作中，他的作品不断摒弃知识分子话语方式，向民间价值观念靠拢，积极借鉴民间文化形态，以至他在后期创作中完全回归民间，抛弃了知识分子的话语系统，通过底层视角和通俗幽默的民间话语来表达民间。但他始终坚守知识分子的人文关怀，对乡村民间的世俗呈现表明了他对现实民间世界的尊重与热爱，而对小人物命运的同情是他在民间立场下最真诚的底层关怀。

（一）乡村民间的世俗呈现

民间世界从空间上可以划分为乡村民间和城市民间，王立纯的艺术重心是落在乡村民间上。他曾说过自己“最熟悉的领地还是林区和乡镇，其他都是浮光掠影。”① 他的小说人物大都有乡土气，即便他们处在城市，也会浸染乡村的精神气质。王立纯从民间内部出发，更多地观察到了乡村民间世俗性的一面，这样的民间世界不具有诗意，可能还包含污浊的部分，但它充满不事雕琢的质朴感和旺盛的生命力，十分贴近底层百姓的生活、思想状态。王立纯对乡村文化的世俗呈现体现了他对乡村文化的尊重认同和对民间世界的草根情怀。

王立纯具有丰富的乡村生活经验，这使他对乡村人的日常生活和欲望追求十分熟稔。王立纯出生于哈尔滨市下辖的木兰县，他小时全家移居到穆棱，从此这片林场便成了他的故乡，他在成为专业作家之前一直在这片土地上挥洒青春。后来他携家人移居大庆，成为大庆市文化局的专业作家。虽然身处都市，但他经常到石油一线、乡村采访，“每年都找机会下去转转，在乡下的热炕头捕捉鲜活的灵感。”② 王立纯在充分了解并尊重乡村文化的基础上，如实地表现世俗化、日常化的乡村世界。具体来说，他对乡村民间的世俗呈现表现在对乡村生活现实粗俗的描摹、对乡村人安分保守性格的刻画和对乡村人欲望追逐的展示。

首先，现实的乡村世界不是诗意盎然，而是现实粗俗的，王立纯真实还原了这一民间世界。乡村生活的艰难困苦使人们只能注重现实利益和实用价值，再无暇顾及诗意和美。《月亮上的篝火中》中韩桂花楼下空出一片地，她把空地种上了各类蔬菜而不是花卉；《笑一笑，或者说“茄子”》中根宝“脸黑裆大、憨头憨脑，怎么也看不出光彩来”③，他的生活目标只是生存、户口和养

① 连秀丽：《含泪微笑的歌者---王立纯论》，哈尔滨：黑龙江人民出版社 2002 年版，第 133 页。
② 王立纯：《溯流而上》，北京：中国文史出版社 2015 年版，第 334 页。
③ 王立纯：《拉依浪漫曲》，天津：百花文艺出版社 1998 年版，第 1 页。

孩子，这样的生活现实无味，没有多少诗意；《甜菜进行曲》中的刘大哈张口不离脏话，行为举止也很粗俗。王立纯并没有高高在上地批判这种现实粗俗的生活方式，因为他从乡村人粗野鄙陋的习气中看到了生机勃勃的元气，看到了他们充满韧性的生存形态。

其次，王立纯小说中呈现出了乡村人（居住在乡村或深受乡村文化影响的人）身上独特的乡村文化特征，其中以安分保守的性格特征最为明显。乡村空间具有封闭性，自古以来的农耕文明使人们安土重迁、拘于一地。这使得受乡村文化影响的中国人安分守己，少开拓精神。《庆典》中谷玎一心想为儿子谷毛宁找个稳定工作，即使在烟厂不景气的情况下还是让儿子去厂里上班，只因为烟厂是集体产业不会失业；《甜菜进行曲》中李春立在一直拿不到工资、家里经济拮据时还不愿离开甜菜厂这个所谓的铁饭碗。《月亮上的篝火》中的马本良在爱情面前一直不敢表明心迹，结果错失爱情。乡村人的安分保守还体现在对重义轻利的儒家道德的坚守。他们的坚守是作者对传统乡村伦理道德的精神挽留，也是对物欲横流、肤浅媚俗的现代社会的理性反思。

最后，王立纯小说展现了乡村世界饮食男女对世俗欲望的追逐，由于地位卑微，他们的追求大都围绕最基本的生存欲望（性、生育、吃饭、谋生等）展开。《阵雨，有冰雹》中即使计划生育官员看得再紧，张玉民和老婆还是东躲西藏地生了第八胎；《月亮上的篝火》中大家喜欢听张家生唠荤段子以排遣性苦闷，作品也多次写到马本良做饭的细节和人们享用食物的快乐；《春天的花玻璃》《风水宝地》中围绕村民的利益诉求展开叙事。这些人物的欲望可能不被法律道德认可，但他们在生命内在本能的驱动下顽强地生存下去。他们对欲望的追逐展示了世俗民间强烈的生命活力。

（一）为小人物悲欢歌哭

王立纯丰富的民间生活经验使他十分了解小人物的生活方式、思想愿望，这为他描摹小人物奠定了基础。他在从事文学创作之前长期在基层生活，作为基层官员的他要处理民众工作和生活的方方面面，要和形形色色的人物打交道。王立纯曾开玩笑地说“什么都得管，闹死中国心了”。① 他在博客中回忆往事，林区的小人物“崔大鼻涕”“姜蘑菇”“牡丹花”被他描绘得栩栩如生，而这些性格各异的底层形象也成了他小说中的人物原型。他在《悲悯的目光应该投在哪里》一文中写道：“我们能看得到他们（小人物）的细枝末

---

① 摘自王立纯对其新浪博文《牡丹花》的评论，链接：http：//blog. sina. com. cn/s/blog_4d0ae27b0100qaj4. html

节，他们的举手投足，他们灵魂上的每一块斑驳。他们是弱者，但他们不装，这是问题的关键。他们率真地自然状态地活着，连缺点都是那么可爱。”[①] 正是他对小人物的熟悉和热爱使他把笔触放在小人物身上，使“他立足于民间，专注于底层人物，在社会转型期艰难的生存境遇中展现他们的生存状态和情感价值取向”。[②] 于是他在创作中自觉地为小人物代言，为他们悲欢歌哭。这体现在王立纯作品的底层视角上，也体现在他外冷内热的叙事语调上。

王立纯小说广泛使用底层视角来展现小人物的生活状态和所思所想，这种视角将镜头拉平到小人物的身份地位，能较真实地表现他们的生存面貌和欲望诉求。王立纯小说的底层视角又分为非聚焦型视角和聚焦型视角，在这两种视角下观照了底层群体悲哀的生存境遇和个体复杂的精神世界。第一，王立纯小说很多采用非聚焦的底层视角对小人物群体进行集体观照，叙述者通过不断切换叙事焦点达到了对底层世界的全方面展示，《庆典》中以谷玎为叙事线索，但叙事视角又不仅限于他，还包括农民、工人、酒店老板、包工头等，叙述者以全知视角来展现北沙县里的各色小人物的挣扎，叙述重心不是表现个人而是对他们做集体的观照；《月亮上的篝火》《龙伞》《雾失楼台》《最后出演》等作品都采用这样的非聚焦型底层视角，从宏观上表达了底层群体严酷的生存环境以及他们的应对之道。第二，王立纯小说还多采用第一人称内聚焦或第三人称内聚焦来叙事，视角的内化使他的叙事真实可感，叙事声音也更加贴合小人物身份，从而直接表达小人物的悲欢歌哭。《栖息在七楼上的麻雀》以“我”（打工仔严平）为视角展开叙事，小说所写都为“我”所见，发表的评论也是“我”的感想，叙事者的声音退居幕后，严平的苦难遭遇直观感性地呈现在读者面前，很容易引起读者共鸣。《游进海水的老头鱼》以第三人称晋三中的视角展开，他的底层身份使他看到的也是底层世界，通过他的眼睛观察到了何姑娘的不幸身世、沙船老板的狡诈与善良。

“在远离社会重大事件的凡人琐事里阐释生命现象，解剖各色人生本相，关注他们的悲喜情怀与生命体验，王立纯作为平民作家的意义就在于此。”[③] 王立纯在书写小人物时尽量放弃他知识分子式的说教与批判，而在外冷内热的叙事语调中表达对小人物的深切关怀，这形成情感上的表达张力，在轻松的语言下寄托着作者对底层人物深沉的爱和同情。这种外冷内热表现在外在对人物幽默调侃，内在却隐藏着对他们的极力赞扬和深刻同情。《风水宝地》中叙述

① 王立纯：《溯流而上》，北京：中国文史出版社2015年版，第347页。
② 车红梅：《北大荒文学研究》，北京：中国社会科学出版社2017年版，第188页。
③ 车红梅：《北大荒文学研究》，北京：中国社会科学出版社2017年版，第188页。

者说李六指“傻大夯粗，是羊群里的一匹骆驼”[1]，在轻松的语调中，叙述者描述了李六指在白音花村插科打诨、为集体利益不惜断指威胁不守拨款承诺的颜金，透露出对李六指乐观勇猛精神的赞赏；《月亮上的篝火》中叙述者多次调侃张家生的粗俗言行，但同时又通过语言行动描写表明他的善良朴实，传达出赞扬的叙事声音；《拍手歌》中叙述者用幽默轻松的话语写小炉匠失落的人生，悲惨的内容通过漫不经心的方式表达出来，加深了叙事的情感力度，也更加凸显了小人物的悲剧命运。

综上，以王立纯创作时期为线索，以文本分析为主，结合作家成长经历可以发现王立纯民间立场的三种呈现方式。从民间想象到知识分子与民间的互动再到民间世界的内部切入是他不断深入民间、学习借鉴民间文化形态、剥离知识分子话语的过程。大体来说，这三种民间立场在王立纯早中期作品中都有体现，他后期作品更多是从民间内部出发，作品更加贴近民间底层的思想观念和生活方式。

第二节　民间立场下的主题内涵

王立纯小说的主题大都围绕小人物、乡村展开，小说大量描写民间的权力形态、苦难和乡村原始自然美的消逝。在同情底层、尊重民间文化形态和守护理想民间的立场下，作者写出了民间对权力的质询、底层对苦难的精神超越，描写了自然祛魅后的悲哀后果。在书写过程中，王立纯既对民间世界进行原生态展示，包括如实刻画民间百姓的生活习惯、生存哲学和欲望表达；又极力赞扬了自由自在的民间精神，其中权力质询和苦难超越的过程也是自由精神的彰显；同时，对自然祛魅导致的自由缺失，作者发出悲哀的叹息。

一、民间对权力的质询

民间一直以来是权力的受统治者，它以被动的姿态接受权力的意志灌输。但民间有自己的利益、价值诉求，当自上而下的政治权力违背了他们的诉求时，民间便从行动上对权力存在的合理性发出质询，即在宗族意识下团结起来反抗权力压迫，在自由人格的感召下对权力进行突围。民间对权力的质询态度

---

① 王立纯：《欠债还钱》，北京：中国文史出版社 2015 年版，第 68 页。

彰显了权力压迫下底层百姓的生存智慧和不屈的反抗精神，表达了民间世界自由自在的生存理想。

（一）宗族意识下的权力反抗

以村落聚居为主要人口分布方式的传统中国是一个宗族社会，它在团结族人、维护族群利益方面起到了重要作用。传统的宗族是“由父系血缘关系的各个家庭，在祖先崇拜及宗法观念的规范下组成的社会群体”①。这个群体的成员自发围绕在有德有才的族长周围，形成一个封闭自足的权力体系，这种权力是自下而上形成的，它直接代表宗族集体的利益。王立纯小说中的村落虽然形成历史并不长，但由于村民大都是闯关东过来的移民，他们先在地带有中原传统的宗族意识。这种宗族意识表现为农民的原始集体主义情感，讲究苦难共济，互帮互助，他们“维护个体生存发展的需求，实质上是追求一种‘想象的共同体’”②。当上级权力严重损害族群利益时，他们会自发的、或在村长的带领下对权力压迫进行反抗。

首先，农民们在宗族意识下对权力压迫进行自发反抗，由于他们的底层地位，他们的集体反抗往往是以弱对强，反抗方式原始野蛮，带有民间的藏污纳垢性。很多时候他们的反抗并不能对权力造成威胁，《春天的花玻璃》中奶农们不满牛奶收购的价格，只能把奶牛牵到县政府门前示威，却被信访部长老郑搪塞回去；有时他们的反抗还需要动用农民的狡黠，《甜菜进行曲》中甜疙瘩村面对上级“1550亩甜菜种植量”的硬性指派，他们想出了用菠菜种子代替甜菜种子蒙骗领导的主意，最终成功改种了大豆；反抗有时还表现为宗族绕过政治权力约束，直接以暴力手段维护集体利益，《庆典》中莺歌岭的发展资源被旌旗营掠夺，他们在谋求政府干涉无果的情况下，和旌旗营发生械斗，狂热的村民对到场调解的领导发言全然不信，甚至在混乱中打伤了他。这个情节既写了宗族矛盾的爆发，又表现了宗族权力和政治权力的直接对抗。在这种反抗中，表达了民间底层守望互助的宗族情感，也对上层权力进行了直接的质询和解构，彰显了民间大无畏的反抗精神和不妥协态度。

其次，“宗族”里的精英阶层带领民众进行有组织、有计谋的权力反抗，他们的反抗体现出民间力量与政治权力的冲突。王立纯小说中这些精英代表包括村长刘大哈、村长小赵、村长李结实、村长李社火、政委刘播等。他们的身份具有两面性，一方面他们是国家干部，另一方面他们又自觉担当起族长的角

① 冯尔康等：《中国宗族史》，上海：上海人民出版社2009年版，第16—17页。

② 车红梅：《北大荒文学研究》，北京：中国社会科学出版社2017年版，第89页。

色。他们的宗族意识比一般人还要强烈，在权力压迫到其“族人”的利益时，他们首当其冲地站在了权力的对立面，带领大家有组织有计谋地与权力对抗。刘播（《月亮上的篝火》）为了改善石油工人工作环境，机智地欺瞒领导整出落地原油给大家取暖，事后又派马本良去给领导做饭取悦领导。村长刘大哈（《甜菜进行曲》）在接到种植甜菜的行政命令后，偷偷组织村民商量对策，在他的带领和决断下，甜疙瘩村最后成功哄骗了来视察的领导。社长王大干（《龙伞》）为了给江耗子要烈士荣誉，集结群众去找县长以壮声势，他先是和县长求情讲理，没有效果后又让辛老疙瘩给江耗子写材料往报社电台送。虽然最终没能如愿，但可以看出他们的反抗是理性有策略的。

王立纯小说中的基层干部要么本就是农民，要么与底层关系密切，与政治身份相比，他们更倾向于认同自己的民间“族长”身份。传统社会的族长是族群的最高权威，族人之所以敬仰他，很大程度上是由于他对族群利益的权力守护。王立纯小说中这些基层官员能够站在民间的立场上与权力冲突对抗，说明在他们心中族群的权力才是最高价值，他们对这些底层怀有强烈的爱和责任感。作家通过他们表达了宗族文化在现代社会的积极意义，以及在政治权力与民间力量的冲突矛盾中，民间力量看似弱小，实则有强大的优势。

（二）权力异化下的人性突围

权力（power）本是伴随着公共服务而产生的社会力量，它应该服务于权力主体，但随着权力的演变发展，它有了异化的可能。“所谓权力异化，就是指权力主体被权力本身所奴役和统治的一种客观状态。”① 权力主体即人此时成为权力的奴隶，人被异化的权力压迫囚禁，此时人对尊严、安全和爱的渴求得不到满足，独立自由的个性被压制。面对权力对人性的异化，民间百姓以他们各自的方式对权力进行质询反抗，努力冲出权力的奴役捍卫独立自由的自然本性。由于身份和性格的不同，他们的突围程度和方式也不一样。

首先，王立纯小说中为官者对权力的突围体现为矛盾挣扎中对权力的反省逃离和人性觉醒下对自我的救赎。前者具有很强的独立意识，为官者感受到权力的异化后陷入痛苦的矛盾挣扎中，最后对权力做出清醒的判断，自觉远离了权力。代县长谷玎（《庆典》）想顾及北沙县的每一个褶皱，“让一个崭新的城市拥有同样漂亮鲜活的内容”。② 可事实上他却每天疲于应对无意义的会议、饭局和不合实际的领导决策，为了在官场生存，原本正直、追求独立个性的他

① 王晓广：《权力异化及其人性根源》，《天中学刊》2009 年第 3 期，第 68 页。

② 王立纯：《庆典》，北京：作家出版社 1998 年版，第 177 页。

被权力打磨得虚假逢迎、圆滑世故；林场团委书记荆黎（《苍山》）原想为林区百姓做些实事，可为了官位他得对顶头上司俯头贴耳，百般迎合。这与他桀骜清高的个性极不相符。在他们头脑中，独立意识在异化的权力下一直在挣扎逃脱，寻求突围，这表现在外在便是其行为的矛盾延宕。谷玎有时候在领导面前装傻充愣，有时又耿直 地指出领导的错误；荆黎在讨好上司辛河时表现得犹犹豫豫，被辛河看出他不情愿的态度。挣扎的结果是逃离权力，以避免个性被权力再度异化。谷玎在宾馆建成后，他选择远离权力中心不再接管；荆黎直接辞别了官场，成为一名自由作家。

而后者的突围没有前者果敢，他们在仕途中为了权力自觉丢弃了善良、独立的品格个性，只是到生命尽头才迷途知返，表现出在人性觉醒下的自我救赎，虽然他们的救赎只是精神上的自我安慰，但也表现出皈依人性的突围努力。刘老根（《边城三老》）年轻时为了得到权力不惜痛打自己的亲哥哥，在他得癌症后又让妻子给大哥烧纸以求宽恕；镇长李秋生（《黑水河，白水河》）在知道自己因贪污被调查后，决定自杀，他对方老五说："要是有来世，要是允许我选择，我也跟你做渔夫。"[①] 张建设（《一路同行》）在生命的最后时刻终于卸下了权力的虚假面具，展现出他对周围人发自内心的真诚、关爱和忏悔。

其次，无官者对权力的突围体现了民间底层对权力的自觉疏离和直接对抗。平民对权力异化的反抗是决绝激烈的，在他们身上极大地彰显了民间的原始生命活力和自由精神。他们通过对权力的疏离和对抗完成了对权力异化的直接质询。首先，方老五、田蚯蚓、许世峰等人对权力的自觉背离是对权力异化的被动反抗，在他们心中，自由而非权力才是最高价值标准，他们既无意争权夺利，也不想靠近权力。渔人方老五和镇长李秋生是喝同样奶水长大的兄弟，但他不看重甚至是远离李秋生的干部身份，而对自己的贫民生活乐得其所。田蚯蚓一心琢磨种大米而远离权力中心，他在自己的世界里实现了自由自在。《飞翔的鱼》中，在别人都对村支书庞大运顶礼膜拜时，唯独许世峰独来独往地对他不理睬。这些人物通过远离权力的方式避免了被权力异化，守住了自己的自由本性。其次，平民中的另一部分人在遭遇权力对独立人格的侵害时，敢于直接对抗权力，他们是对权力异化的主动突围。这样的人物又分为三种：傻子、无产者和具有独立意识的读书人。首先，王立纯小说中的傻子是最自由的人，也是最彻底的反叛者。他们虽大脑短路但能简单地分清好赖，因为傻所以不受社会规范的制约，可以随心所欲地生活，也只有他们敢无视甚至挑战权

① 王立纯：《弥天大谎》，北京：中国文史出版社 2015 年版，第 195 页。

威。《欲望之水》中在选村长时曲发想操控选票，只有傻明子不惧他的威逼利诱，硬是不选他当村长；《岛国》中只有胡傻子敢于在二丫得势后大声说出她的底细；《拉依浪漫曲》中的吴二傻子在别人因为村支书的震慑而远离文秀秀时，依然坚守在她身边，支持她追求自己的幸福。另外，对权力反抗激烈的还有农村中个性强烈的无产者。他们是底层中的底层，权力损害他们的尊严，剥夺他们的自由，但他们对权力却嗤之以鼻，直接与掌权者对抗。康秃儿、陈年四、朗高等公开与村长叫板，即使遭到算计也在所不惜。最后，那些追求自由独立的现代知识分子也以决绝的姿态对抗权力的异化。赵珊（《七号闸》）和白音音（《天风》）是受过教育的知识女性，她们的婚姻都是政治婚姻，权力的压迫使他们失去自由，但她们并没有妥协，而是选择反抗。赵珊替情人挡了子弹，安然地死在了情人的怀抱；音音最终选择用自杀来对抗这个压制她自由的社会。文驼子（《文驼子》）即使总是遭到刁难也不向权力屈服，他的孤傲也是其独立自由人性的外在表现。

二、底层对苦难的精神超越

从哲学上来讲，承受苦难是生存的本质，就像叔本华所说，“人生在整个根性上便已经不可能有真正的幸福，人生在本质上就是一个形态繁多的痛苦。”① 王立纯笔下的底层人民遭受着饥饿、劳累、病痛和性苦闷等身体苦难，也忍受着焦虑、孤独、缺乏尊严与安全感的精神苦难。底层力量的弱小使他们对人生苦难无可奈何，他们只有从自身出发在精神上对这种沉重的苦难感受进行超越，从而获得内心的平静和快乐。他们的超越之路主要有两条：民间道德的坚守和喜剧精神的宣泄。

（一）民间道德的坚守

民间道德有复杂的内涵，它既受儒家思想“仁义礼智信”的浸染，又有佛道两家文化的渗透，因此它有安贫乐道的一面，也有对人生命运的参透释怀。虽受到官方道德的影响，但它经过了民间的自发选择而符合民间的生存方式。千百年来，对民间道德的信仰和坚守给予了人们超越苦难的勇气和信心。在现代社会的飞速发展下，人们逐渐摒弃了民间道德的约束，去追逐各种物质利益，只有在越靠近民间的地方才能越多地发现它的存在。底层社会是远离官方意识形态的民间世界，在这个困苦不堪的集体中，存在大量坚守民间道德的

① ［德］叔本华：《作为意志和表象的世界》石冲白译，北京：商务印书馆 1982 年版，第 443 页。

人。底层通过对民间道德的坚守来确立自己的生存价值，以此承受对抗现代社会对他们的经济压迫和精神排挤。

首先，他们通过对民间道义的坚守来超越生活中的苦难。他们的道义观受儒家哲学的影响，穷且志坚、正直、善良、重义轻利是他们的道德准则。道义的坚持对底层来说具有重大意义。他们在现代社会中处于边缘地位，经济上的困境和精神上的创伤使他们必须要依赖道德上的自信来确认自身的存在。他们把生活中的苦难经历当作磨炼意志的过程，以承受苦难来检验对道德信仰的忠诚度，只要能守住心中的道义，在精神上便是安然自在的。晋三中（《游进海水里的老头鱼》）、方老五（《黑水河白水河》）、张老板（《月亮上的篝火》）皆能守住他们的道，因此他们虽历经苦难，但并不觉愁苦。当社会对底层威逼利诱使他们堕落时，是对道德的坚持让他们实现了自我救赎。严平（《栖息在七楼上的麻雀》）虽是个穷困的打工仔，但他一直恪守着诚实正直的做人原则，这让他在苦难生活中也能坦然自若，充满骨气地生活。当他知道自己在无意中帮老板偷卖国家原油、女朋友原来是陪酒女时，异常痛苦。于是他用道德力量约束自己，辞了工作，与女朋友分手，及时避免了自己错误的恶化，达到了内心的平静。《口罩》中张力为面对矿上窑主许发的威逼利诱，最后还是选择了站在道义的一面为死去的小玉子讨说法。小说中这些人物对民间道德的坚持有种悲壮的色彩，因为现实中传统道德已经被物质化、享乐化的现代社会冲淡稀释，故而他们用道德来超越苦难是理想主义的，是穷人的自我安慰，这也是作者的民间主义理想：在一个物欲横流、肤浅媚俗的社会中，亟需这样的民间道德来感化人心。这些坚守者是王立纯小说人性美的集中体现。他们的超越之路既是对苦难的对抗，又是现代物质社会的人性坚守。可以说，他们对民间道德的顽强坚守为现代人普遍的生存困境找到了解决出路。

其次，王立纯小说中有些底层人物能够参透苦难的永恒，他们跳出自身局限，从更广阔的视角来看待苦难，从而实现对自己苦难感受的超脱。这种应对苦难的方式受佛道思想的影响很大。他们坚持的民间道德既有洒脱自然的一面，也有遁世消极的一面，显示了民间道德的复杂性。王立纯小说中这类人物并不是很多，但他们的形象却很突出。《庆典》中的谷老爷子承受着生活的苦难也观察着别人的苦难，他认为众生皆苦却找寻不到出路，于是对人生有了彻悟般的和解。而谷玎身上既有儒家的入世精神，又有道家的出世哲学。当他被社会压抑地身心俱疲时，是这种超然物外的道家精神使他得以喘息。《龙伞》中的田蚯蚓一直被嘲笑压迫，但他把种水稻当作自己的精神寄托，全然忘却了自己遭受的苦难。他活在令他痴迷的水稻世界里，因此能对苦难做形而上的超越。这些人物展示了民间文化洒脱的一面。他们代表了在苦难的重压下仍具有顽强生命力的广大草根阶级。

（二）喜剧精神的宣泄

喜剧精神来源于民间，带有浓重的平民色彩。“这种精神内涵的外显形式和效果则是自由、轻松、幽默或讽刺的‘笑’。”[①] 它是民间百姓天然形成的乐观洒脱的人生态度，在喜剧精神的强力注入下，底层的苦难痛苦被宣泄一空，取而代之的是平等、自由和狂欢的喜悦。那些在现实世界中承受苦难的底层人物得以实现精神上的解放和愉悦。在此意义上，民间喜剧精神不仅完成了对苦难的超越，还极力彰显了民间巨大的生命韧性和自由自在的生命意识。

首先，王立纯小说中的喜剧精神表现为追求快乐、乐观自在，底层百姓用这种人生态度来超越生活中的苦难挫折。中国民间历来有乐感文化的基础，王国维也曾说：“吾国人之精神，世间的也，乐天的也。”[②] 中国人缺少宗教情结，对往生来世的兴趣大大小于对当下的关注。当以乐天知命、注重现世快乐的精神对待困苦庸俗的日常生活时，人们便将重心放在了对生活中美、趣味的用心感知上，这消解了苦难感受，甚至赋予其诗意的审美色彩，达到对苦难的精神超越。长篇小说《月亮上的篝火》《苍山》《山野趣事》《闲猎三题》中人们的生活环境是蹇劣艰涩的，自然条件恶劣、物质资源匮乏、精神娱乐活动也极少。可人们的精神依然盎然向上，乐观自在。他们总能在琐碎的日常生活中发现美好。即使是一碗清淡的葱花汤，在饥饿的石油工人眼里也是美味可口的。厨师崔大可（《月亮上的篝火》）“往大汤盆里撒了一把葱花，一把大粒盐，湍急地一冲，再用勺子婉转地一搅，汤就成了。大家又吱溜吱溜一阵猛吸，出来时拍拍肚子，竟然拍出了热水袋一般稀里咣荡的声响。”[③] 这段话生动描写出了石油工人苦中作乐的生活场景。《月亮上的篝火》中的张老板（原名张家生，因为来工地之前是车老板子，故被取此外号）是个大老粗，但他爱逗嗑说笑，乐观幽默的他成了油田上深受大家欢迎的人物。他游街串巷为大家修鞋时，吆喝着一语双关的口号：“谁家有破鞋，交给我来收拾啦。”[④] 让听到的人哈哈大笑。因为有了民间喜剧精神对苦难体验的超越，才使得这些小人物能在苦难中处之泰然，精神饱满地奋斗下去。也正是因为这种喜剧精神才使得民间世界具有强大的生命力和感染力。

---

① 杨太：《论东北民俗文化的喜剧精神》，《辽宁大学学报（哲学社会科学版）》，2007 年第 5 期，第 74 页。

② 王国维：《红楼梦评论》，长沙：岳麓书社，1994 年版。第 11 页。

③ 王立纯：《月亮上的篝火》，北京：中国文史出版社，2015 年版，第 24 页。

④ 王立纯：《月亮上的篝火》，北京：中国文史出版社，2015 年版，第 87 页。

其次，王立纯小说中的喜剧精神有时也会发展为一种狂欢精神，底层通过狂欢来发泄郁闷，以获得精神上的超越和心理上的满足。巴赫金说道，“与官方节日相对立，狂欢节仿佛是庆贺暂时摆脱占统治地位的真理和现有的制度，庆贺暂时取消一切等级关系、特权、规范和禁令。”① 狂欢追求平等、无序，它是一种癫狂快乐的游戏，藐视一切压制自由的制度和常规。王立纯小说中这种狂欢化的情景很多，有忆苦大会的夸张喧嚣（《月亮上的篝火》），有农民械斗的热闹混乱（《庆典》），还有群众的“狂欢”游行（《上下求索》《QML别动队》）。《月亮上的篝火》中石油工人的婚礼现场像是一场狂欢化的表演，“新郎冯长发骑着那匹红鞍大马，韩桂花则坐着用两根钢管一把椅子捆绑成的花轿，由八个汉子抬着颠着，围着钻机转起圈来。钻工们敲打着身边所有能发声的钢铁，发出野蛮狂放的欢呼。”② 工友们正是在这种歇斯底里的狂欢中释放了淤积在心中的苦闷情绪，借这种仪式他们得以集体沉浸在乐观的理想主义激情中，以此超越个体的苦难体验。

三、自然祛魅的悲哀

自启蒙运动以来，西方理性主义和科学逐步揭开自然世界的神秘面纱，拥有解释自然权威的各种宗教黯然失色。马克斯·韦伯在20世纪初把这一过程概括为“世界的祛魅”（disenchantment of the world）③。祛魅后的自然被人们当做物质材料去研究探索、随意改造利用，这带来了一系列的生态问题，破坏了人们赖以生存的家园。自然祛魅与中国民间对待自然的价值观截然不同：民间认为自然不是客观的物质构成，而是有着自己主观意志的主体存在。而且她与人类个体具有内在的统一性，植根民间的道家哲学提出“天人合一”，强调人本来就是大自然的一部分。因此自然的祛魅也是人的祛魅，是一种人精神深处自然美的丢失和悲哀。王立纯小说正展现了这种祛魅下的民间现实世界：生态破坏、自然人性美的凋敝。对于自然祛魅带来的恶果，作者发出怅惘的叹息，并极力呼唤人类对诗意家园和自然人性的回归。当民间的生命意识与生态主义的宇宙精神发生碰撞融合时，便生发出一种宽广博大的人文关怀。

---

① ［苏］巴赫金：《巴赫金全集 第六卷》李兆林、夏忠宪等译，石家庄：河北教育出版社，2009年版，第11页。

② 王立纯：《月亮上的篝火》，北京：中国文史出版社，2015年版，第74页。

③ 王泽应：《祛魅的意义与危机——马克斯·韦伯祛魅观及其影响探论》，《湖南社会科学》2009年第4期，第1页。

（一）诗意家园的颠覆

人类居住的地球本是一个诗意的存在，但人类对生态的破坏颠覆了人们赖以生存的诗意家园，也破坏了民间自由诗意的栖居方式。这种破坏包括砍伐森林（《庆典》《苍山》《QML 别动队》）、污染河水（《一路同行》）、捕杀野生动物（《月亮上的篝火》《苍山》）、侵占野生动物的土地（《月亮上的篝火》）、超过土地负荷地种植经济作物（《甜菜进行曲》）等。

王立纯以穿透历史迷雾的清醒态度，站在民间立场上反思了人们对生态的破坏。首先，这种破坏不仅对自然生态是伤害，它反过来也对人类自身造成灾难性的后果。《一路同行》中张建设提出“流送”的主张，即把白练河水“分段憋起来，积蓄了足够的水量和势能，把采伐的木材滚到河里，再依次开闸放水，迢遥传递到明镜湖去”①，此举不仅使白练河水和明镜湖水变得浑浊不堪，也使河水变得脾气暴躁，经常有人被开闸的洪流淹死或被流送的木头撞伤。连张建设的老爹也不幸被河中木头捣伤，成了植物人。环境的恶化促使张建设得了脑瘤，林场中人们稀奇古怪的病也日渐增多，明镜湖里的鱼快要死绝，剩下的也不敢吃，只好当做养殖场狐狸貉子的饲料。《龙伞》中由于人们不节制开采，导致嫩江流域水土流失严重，最终造成了洪水泛滥、百姓流离失所。其次，自然环境破坏对人类的精神生态也产生了伤害，由于底层百姓的弱小无助，他们遭受的精神创伤更是巨大、难以弥补的。很多政策性的采伐、掠夺自然资源并非他们所愿，但是贫穷让其沉默顺从，结果就是他们自食苦果，由于乡村生存条件更加恶化，他们只得背井离乡来到城市打拼。但他们享受不到现代城市的物质文明，却被都市的冷漠、拜物化、空虚等现代病传染。那些打工者们（阿英、胡老七、严平、阿白、凤兰等）既失去了亲爱的故乡，也没能走进城市的中心，当他们赖以生存的故园不复存在时，精神家园也无处找寻，他们的灵魂便处于一种无根漂泊的状态。

王立纯小说中那些追求自由生存、具有强韧生命力的人物对现实和精神上的家园进行了坚定的捍卫。荆黎（《苍山》）为保护森林，减少滥砍滥伐不惜和他的上司辛河决裂；廖九哥（《因公出差的沙河羊》）和胡达飞（《弥天大谎》）都把羊当做通人性的动物而对它们爱护有加；滕爱诗（《清水出山》）为保护生态多次撰文批判唐莫扎建拦河大坝。但他们是孤独、不被理解的。由于自身的弱小和对手的强大，他们的声音和命运就像自然一样脆弱不堪。荆黎对环保和良心的坚守不受周围人理解，最后不得已逃离了故乡，廖九哥、胡达

---

① 王立纯：《弥天大谎》，北京：中国文史出版社 2015 年版，第 354 页。

飞因为不合群、执拗被当做傻子，滕爱诗的文章虽有理有据，却仍阻止不了大坝的准时开工。但他们冒傻气的坚守和反抗，恰好彰显了民间自由力量的不可压抑，表达了人类对于自然的敬畏和尊重。于是他们的存在有了悲壮感和崇高感，作者在他们身上寄托着追求自由自在的民间理想和人类诗意栖居的希望。

（二）自然人性美的凋敝

自然与人性具有内在的统一。心理学家鲁道夫·阿恩海姆说道，“那推动我们自己的情感活动起来的力，与那些作用于整个宇宙的普遍性的力，实际上是同一种力。只有这样去看问题，我们才能意识到自身在整个宇宙中所处的地位，以及这个宇宙整体的内在统一。”① 人类栖息的大自然具有一种诗意美，它可以表现为“大漠孤烟直，长河落日圆”的壮阔美，也可以表现为“小桥流水人家”的闲适美。自然美也包含生命之美，这种“生命之美，是自然界的有机生命体自身的美。”② 因此大自然的美表现在人身上可以呈现出一种自然活泼、天真善良的人性美。现代社会的自然祛魅否定了自然美的客观性，把自然当做可利用的工具材料，这不仅破坏了自然美，也破坏了自然的人性美，这是有违人性和自然规律的可怕后果。

在王立纯小说中，自然人性美的凋敝着重体现为年轻女性身上单纯自然品格的遗失。这些女性在刚出场时大都美丽天真，具有乡村、山林的自然气息，但她们不断被以男性为主导的社会伤害，她们因为美丽单纯容易被男性觊觎、占有、利用和伤害，为了躲避不幸，她们会自觉不自觉地抛弃自己最初的美好品质，换以虚伪世俗的面貌去融入社会。在这个过程中，她们身上的自然美也随之剥落。男性对女性的压迫也隐喻了人类对自然的压迫，女性的美丽脆弱和自然如出一辙。《苍山》中的洛丽本是个漂亮单纯的混血女孩儿，她有淡蓝色的眸子，“那两点微微的凹陷里带着难以驯服的野性，稍作颦蹙，连石头都能点燃似的。她的鼻子不大不小，中和了两个民族的优点，让人无法指摘。她的头发黑如鸦翅，脸蛋白里透红，上面还带着柔细的茸毛。”③ 她热爱自然和劳动，对小动物亲切友爱。她和荆黎两情相悦，可这段感情却被荆黎的父亲极力阻挠，理由是她的血统会影响荆家的血脉。她不得不放弃爱情远赴澳洲，嫁给了有钱的老头查理。她的性格也由简单可爱变得现实世故。阿英（《山女阿英

---

① ［美］鲁道夫·阿恩海姆：《艺术与视知觉》滕守尧、朱疆源译，成都：四川人民出版社 1998 年版，第 620 页。

② 刘成纪：《重新认识中国当代美学中的自然美问题》，《郑州大学学报（哲学社会科学版）》2006 年第 5 期，第 126 页。

③ 王立纯：《苍山》，北京：中国文史出版社 2015 年版，第 128 页。

的罗曼史》）、米新朵（《月亮上的篝火》）、文秀秀（《拉依浪漫曲》）等女性也都有这样的遭遇。

最典型的是《宋大辫子》中的宋大辫儿，她有这个绰号是因为她有一对乌黑漂亮的长辫子。年轻的她追求美丽诗意的生活，却一直因为好看和生活方式突出遭到打压。后来她开始摒弃自己的个性，“把头发剪成短短的女干式，两个挺翘的奶子用一条带束紧，臀部尽量收敛，不致使人想入非非”。[①] 她通过掩藏女性身份在男性世界里取得了事业上的成功：先是做妇女主任，后又办街道工厂。存款折上有了“五”字打头的四位数。抽烟喝酒猜拳行令样样精通，干起活来身先士卒、骂起人来男女都怕。这样的宋大辫儿成了人们心中的“女强人”，可她也失去了最初那个爱美的、追求诗意生活的自己。当她在床底下发现自己年轻时剪下来的辫子时，不禁疑惑：“妈了巴子的，真见鬼了，谁的辫子呢？”[②] 这条辫子象征了她的自然美，当她想在男权社会中打拼事业又保住自己清白时，只能牺牲自己的女性美，剪掉辫子像男人一样生存。对辫子的迷惑意味着对自己女性身份的迷失，当她丢掉了女性特有的美丽时，便丢掉了自我，成为男性世界的傀儡工具。

王立纯通过对女性命运的书写传达了对美的消逝的悲哀。这些温柔烂漫的女性形象是作者精神故园的寄托，当她们身上的美被破坏时，作者心中那能安放心灵的“故园”也回不去了。这种美是乡村的、最原始的自然美。它的核心即自由自在，它的衰落也是民间自由精神的衰落。这是背离民间和自然的结果，在此意义上作家给了世人深刻的提醒和警示。

第二节　王立纯小说的民间性叙事策略

秉承民间立场的王立纯在叙事时自然地选择了民间性的叙事策略，这种叙事策略是对民间叙事的借鉴与回归。民间叙事是指“生活于社会底层的老百姓的口头叙述活动，主要指他们的艺术叙事”[③]，其本就对文人创作具有深刻影响，董乃斌曾经指出，“当小说文体形成之后，民间叙事不断给小说创作以营养，从故事题材，人物形象，情节模式，民俗场景，细节言语，直到伦理、

① 王立纯：《白云苍狗》，北京：中国文史出版社 2015 年版，第 17 页。
② 王立纯：《白云苍狗》，北京：中国文史出版社 2015 年版，第 19 页。
③ 董乃斌 程蔷：《民间叙事论纲 上》，《湛江海洋大学学报》2003 年第 2 期，第 12 页。

价值、审美（爱憎、是非、美丑）等一系列观念和充满生活气息的语言，文人创作都能从民间叙事获得养分，甚至可以说，文人与民间叙事亲近和熟悉的程度，决定着他们创作成就的大小。”① 就王立纯来说，当他充分运用民间叙事策略来创作时，便达到了他较高的艺术审美水平，刻画出一个充满活力、富有生机的民间世界，展现出幽默亢奋、狂欢化的叙事效果。王立纯小说借鉴民间性叙事的范围很广，着重表现在三方面：对民间文学母题的借鉴、人物塑造的类型化和民间语言的狂欢化表达。

一、民间文学母题的借鉴

母题是人类从原始社会流传下来的集体文化印迹，它主要用于民俗学、民间文学研究领域。美国学者汤普森对母题进行解释：“一个母题是一个故事中最小的，能够持续在传统中的成分。”② 民间文学的母题原型多种多样，有异类幻化、出走追寻、仙乡淹留、善恶对立、因果报应等。这些母题结构的变化应用，传达了民间的道德教化，表达了民间百姓的喜怒哀乐和期盼。王立纯小说显然借鉴了这些母题结构，他的小说有描写狐仙幻化的女子（《火狐狸，白脑门》《紫衣》等），也有表达因果报应的故事（《试金石》《口罩》《黑水河白水河》等），还有魔道斗法的场景（《欲望之水》《山村“政变”》《雾村故事》等）。纵观他的小说创作，他对追寻母题和善恶母题的借鉴比较多，他的多部小说呈现出“出走追寻”的情节模式和“善恶对立”的故事结构。对民间文学母题的借鉴让他的小说具有浓厚的民间趣味，即具有百姓喜闻乐见的情节模式，在这种模式下表达了民间传统的道德观念和价值祈盼。在这种模式框架内，他的小说情节生动一波三折，具有很强的可读性，这是王立纯在民间立场下向民间叙事的自觉靠拢。

（一）出走追寻的情节模式

出走追寻是民间叙事中常见的母题类型，如民间宝卷中的入冥追寻，通过鬼魂在地狱中的所见所闻来劝诫人们行善积德；还有从民间文学发展来的《西游记》《三宝太监西洋记》等都是追寻母题的演化。这种母题在文学作品中常以出走追寻的情节模式表现。这种出走追寻模式最浅易显明的小说类型为流浪汉小说，它的情节多为探险、流浪和奇遇。王立纯小说中出走追寻的情节

---

① 董乃斌 程蔷：《民间叙事论纲 下》，《湛江海洋大学学报》2003年第5期，第47页。

② ［美］斯蒂·汤普森：《世界民间故事分类学》郑海等译，上海：上海文艺出版社1991年版，第499页。

模式表现为人物的“欲出行（为了寻求金钱、因为承诺或命令、偶然出行、欲脱离现实身份）、途中经历（探险、流浪、经历各种坎坷磨难、趣闻）和结果（返回原处或留在目的地）”。与这种行为模式相伴随的还有人物的心理演化模式，即出行前（轻松、疲惫、期望、好奇等），旅途中（精神受伤、成长、净化等），结果（精神成长或精神返乡）。这种情节模式为王立纯演绎精彩饱满的故事内容提供了框架，人物的途中经历部分或曲折跌宕或趣味横生，可读性很强。而人物在精神追寻过程中或完成成长，或重返故乡。王立纯利用这种出走、追寻再回归的母题模式来为现代人寻找灵魂栖息的地方。

王立纯小说的出走追寻情节中，有很多表现为农民进城。他们因为贫穷离开了自己的故乡，来到城市谋求更多的经济收益。这是他对九十年代以来大量农民工涌入城市现象的文学响应。这些来自乡下的打工仔，他们的城市故事有相似的模式：满怀期望与抱负进入城市，刚开始被城市的丰富物质资源吸引，然后遭遇各种生活磨难，尊严被伤害，以至于精神失落彷徨，最后在心理或行动上又踏上了返乡的路途。《口罩》里的小玉子为了赚工资来到矿上，刚开始他很活泼开朗，城市多样的休闲方式让他乐不思蜀，可后来在感情上的失败让他受挫，因为不听话被老板整治，他由最初的单纯乐观变得胆小，唯唯诺诺。在他想离开时却被矿上的塌方事故炸死。工友张力为他报仇后代替他返回了乡下。《彗星临空》中“我”本来是戳大岗的，因为机缘巧合成了东门子公司老板金查理的助手，跟着他“我”一下子变得衣食无忧，但时间久了便难以忍受老板的粗俗和罪恶，最后“我”又回到了戳大岗的职业。严平（《栖息在七楼上的麻雀》）因为经济拮据没能上大学，但他有知识有雄心，希望在城市攒下买房子的钱，把父亲接过来。可他也经历了发迹、痛苦、放弃的过程。另外，还有阿英（《山女阿英的浪漫史》）、秦三发（《游进海水的老头鱼》）、落渣（《换心》）等人物的故事都是这样的追寻情节。对于底层人物经历的模式化叙事，表达了作者对这一群体鲜明的同情态度。他们在追寻中集体受到的伤害尤其是精神创伤，表明了现代文明恶的一方面，他们最后追寻不得，又退回到乡间的态度也是作者对现代社会的反思。

王立纯小说出走追寻情节模式还有另外一种表现：脱离身份，向民间乡下和自然追寻。《朝圣》中的冯小民是个车间工人，他因治气出行，在孤独的旅行途中却净化了心灵；《敖古都拉鳟鱼》中副市长李凌望隐瞒了干部身份独自前往敖古都拉钓鱼；《上下求索》中艺术团以慰问的名义开始了一趟乡下旅行。这类追寻情节是从城市到乡村，因此它们的情节都呈现出舒展欢快的色彩。冯小民（《朝圣》）在旅行中遇到热情的姑嫂、正义的大巴司机和长寿白眉的老英雄，还一路欣赏黑龙江边境的美景；《QML 别动队》出行的目的是要清盲流，但他们却像是在参加一次郊游，遇到了疑似盲流的也并没多为难他们。这种出走追寻情节的深层含义是人物的精神追寻，他们在追寻中解放了被束缚的精神，在远离都市的乡下寻到了自由快乐，实现了灵魂的净化和升华。这种追寻模式和上述模式对照，可以看出作者对诗意生活方式的眷恋，其实这种诗意只在想象中存在，因为他的人物在旅途中看到的只是乡村的表面，是浮光掠影式的对乡村的浪漫化想象，真正的乡村已经破败不堪，不再是灵魂的栖息家园。

（二）善恶对立的故事结构

小说的结构不仅是故事的框架，它还蕴含着更深层的含义。“一篇叙事作品的结构，由于它以复杂的形态组合着多种叙事部分或叙事单元，因而它往往是这篇作品的最大的隐义之所在。”① 民间文学中存在许多善恶因果类的故事，如兄弟分家类故事和灰姑娘类故事。这类故事的叙事通常采用善恶对立冲突的故事结构，在善恶对立中完成对善的彰显，对恶的鞭挞。善良的人常是弱者，他们的善因会给他们带来好运，他们也会得到各路神仙好人的帮助。而恶者刚开始虽处于强大的地位，但在和弱者的较量中因为失道寡助最终会遭遇厄运，自食苦果。这种善恶对立结构充分表达了民间对善良本性的呼唤，对弱者悲剧命运的同情。文学作品中那些通过各种机缘巧合、外物援助实现人生幸福的底层形象给现实生活中正在经受苦难的弱者以安慰和希望。而王立纯小说中也大量存在这种善恶对立的故事模式，这使他的小说充满了民间趣味，显示了他站在民间立场表达百姓心声的创作出发点。他的作品既借鉴了民间叙事结构，又有自己的超越。他在善恶对比中突出善的力量和人性的光辉，弱者虽然也受到帮助，但弱者自身的力量被他极力彰显，甚至最终能感化邪恶，以此完成善恶由对立向消解的转换。

首先，在王立纯小说中，恶是善的对照，恶人是为突显善良之人。他的小说大都将视角落在底层人物身上，这些底层通常也是善良的代表，严平（《栖息在七楼上的麻雀》）虽穷但热心助人，对室友阿白、凤兰和倪红都照顾有加；艾克（《双煞胭脂扣》）虽只是基层警察但他凭一己之力奋力保护罗兰；晋三中（《游进海水的老头鱼》）是个没钱没势的穷光蛋，可他也是最仗义的人，他下水救起水烟袋，又保护何姑娘。即使小说中人物刚开始对他们嗤之以鼻，随着剧情的发展他们也会因为善良正义而被尊敬。而那些恶人的代表通常是煤炭老板（许发）、村长（曲发、老莫、王大干）、企业老板（邱明山、颜

① 杨义：《中国叙事学》，北京：人民出版社1997年版，第39页。

金令、齐维佳）等相对有钱有势的人。他们正因为行恶事才有了权力和金钱。这些恶人是弱者行善的故事背景，他们与弱者为敌或挤压弱者的生存空间。他们的恶行处处与弱者的善行形成对照，凸显出了善良人的道德品行。王立纯经常是把善恶推向极端的冲突中来彰显善的力量。底层百姓即使牺牲生命，也要守住心中的善念。在此王立纯对民间百姓的善良坚守表达了强烈的赞赏，并在对照中突显了有权有势者的庸俗、猥琐形象。

其次，好人在与坏人斗争过程中，虽然也会出现帮助者（如《双煞胭脂扣》中局长、老刘鼎力支持艾克破案；《风水宝地》中武副市长帮助刘小欧；《游进海水的老头鱼》中王小朔帮晋三中找工作），但作者更加强调好人自身的力量。这点和民间故事中的叙事模式不一样，民间故事中当好人出现麻烦时，总会及时出现宝物、仙子或者清官、高人帮他渡过难关，而并没有过多地求诸自身。这说明了民间百姓对自身现状的无能为力，只能把希望寄托于外物。而王立纯小说中的好人遭难时，他们具有坚韧不拔的毅力与决心，不断地与恶势力斗争。《欠债还钱》中的“我”以一己之力与强大的来顺公司对抗，最后成功圆了老爹的心愿并抱得美人归；《欲望之水》中陈年四被恶霸村长曲发欺压，他不甘受辱，不断地与曲发抗争。作品对他们之间的三次冲突描写颇像《西游记》中的魔道斗法。《甜菜进行曲》中村民们发动集体智慧成功瞒骗了前来视察甜菜长势的领导们。这些弱者虽然刚开始时力量渺小，但他们通过发挥聪明才智，总能扭转局势战胜欺压他们的邪恶势力，彰显了民间底层人物的强大力量。

最后，善者在道德上不断引导恶，使恶者皈依善良是王立纯善恶对立故事的最终结果。虽然善者的境遇恶劣，但他们始终保持这份纯善之心。在善恶斗争中，善良之心能够不断瓦解恶的欲念，以至使恶人都受到感化。这也呼应了佛家说的善因结善果的说法。《龙伞》中王大干做尽坏事被抓，十二年后当他从牢里出来时，善良的田蚯蚓不计前嫌收留了他，从此他洗心革面成为老实巴交的农民。《欲望之水》《山村“政变”》中的村长刚开始都是欺压村民的恶人，在陈年四、朗高与他们斗法的过程中，他们逐渐意识到自己的错误，最后他们都被改变，成为为他人着想的人。村长曲发在陈年四的感召下放弃了骚扰马兰花，和他一起加入了抗洪队伍，村长老莫看到朗高比自己有才有德后也开始反思自己的过往，并配合朗高给村子里安装自来水。这种由善恶对立到善感化恶的叙事模式使小说具备浓厚的民间趣味，它响应了百姓对善良的淳朴期盼和赞美，同时也彰显了善良正义的传统民间道德。

二、人物塑造的类型化

在人物塑造上，王立纯借鉴了民间文学、通俗演义和中国古代戏曲中常用的人物类型化塑造方法。与人物个性化相比，类型化更突出人物的类型特征，突出人物性格的共同性、普遍性和单一性。如戏剧表演中的脸谱化和生、旦、净、末、丑的人物分类都是人物类型化的体现。类型化人物是扁平人物，他们因为性格单一鲜明、好记易懂，所以更容易被文学素养不高的民间大众接受。王立纯小说人物形象也呈现出类型化的特点，主要体现为人物的江湖气和丑角化，这两种类型化塑造方法也广泛存在于民间叙事文学中。这种类型化的人物塑造方法更贴合大众的欣赏趣味、审美水平，体现了王立纯积极向民间文化学习靠拢的创作心态，也正是作者的民间立场使他充分挖掘民间叙事资源，使得“引车卖浆者流纷纷走进门去浏览一番”①。作者对人物进行江湖气和丑角化的塑造时，也为其注入了现代活力，表达了民间追求自由快乐的精神期望和不妥协不屈服的反抗精神。

（一）人物江湖气

据学者张远山考证，在《庄子内篇·逍遥游 第一》中首次提到“江湖”。他认为“庄子左右了江湖文化”②，给江湖注入了自由反叛的民间精神。江湖之大，浮得下五石之瓠，也容得下苍生；江湖之远，故不受庙堂控制，是最自由之所。江湖人藐视权贵狂放不羁、自由自在，果敢勇猛又快意恩仇。江湖气即是指人物具有豪放不羁、不受管教和约束的个性特征，也表现为粗俗草莽甚至狡猾，其核心是民间自由精神。这种江湖气是民间大地强悍充沛的力量，它带着反叛不屑的态度有力地冲击着正统政治力量的统治。

具体来说，这种江湖气首先表现在不受约束的生活方式上，持有这种生活方式的人喜欢说粗话，行为粗俗放纵不受管教，但待人真诚朴实，性格豪放。《月亮上的篝火》中的钻井队队长许增号称土匪队长，他做事雷厉风行，大大咧咧地爱说粗话，当他爱上寡妇韩桂花时敢于违背“三五八”的禁令，直接承认恋爱事实，又和情敌大打出手。正是他的匪气豪爽使他活得真实，使他成为书中鲜活的角色。《甜菜进行曲》中的村长刘大哈虽说是个干部，可他更是个不受拘束的农民，他敢和上级反抗，当他不想签协议时他对乡长说“你们

---

① 王立纯：《溯流而上》，北京：中国文史出版社 2015 年版，第 340 页。

② 张远山：《“江湖”的词源——从陈平原<千古文人侠客梦>谈到江湖文化第一元典<庄子>》，《书屋》2004 年第 5 期，第 76 页。

这是屈打成招。脖子上勒着个绳套，谁还敢喘大气！”①，当他看到上级部门的形式主义时还会插科打诨地讽刺：“糊弄谁呢？你们是白天瞎……忙，晚上……瞎忙！”② 他没有官架子，喜欢和村里妇女打闹。面对领导的视察，他和村民用菠菜替代了甜菜蒙混过关。蛮横霸道的王大干（《龙伞》）、果敢豪爽的黄兰（《太阳从背后升起》）咋咋呼呼的胡保卫（《最后出演》）等皆具有这种活泼生动的江湖气。而谷玎（《庆典》）和宋大辫儿（《宋大辫子》）的性格呈现出由文静向这种江湖气的转变过程，展现出民间环境的强大改造力量。

其次，江湖气最核心的部分就是对自由的追求和对权贵、制度的睥睨态度。这是一种“独与天地精神往来，而不傲倪于万物”的大气从容。即使不被人理解，他们也要做孤身前往的独行侠。在王立纯小说中，这些人物经常被置于孤立无援的境地，甚至被人们视为傻子、疯子。《风中飞花》中为父正名的燕子受到村长的压制和初恋情人的鄙视，《因公出差的沙河羊》中廖九哥想找回自己的羊却得不到别人的理解支持，《报仇》中为父报仇的李狗娃身份低微，找寻不到接近仇人的机会。当社会无视、嘲笑、阻挠他们时，他们仍坚持心中的“义”，一意孤行地走在自己的江湖世界里。所以猎人一次次地找大熊决斗，以证明自己的尊严（《熊骨烟嘴》）；谷玎费尽千辛万苦地建设宾馆（《庆典》），方老五虽穷却活得最自在（《黑水河，白水河》）。

与“处江湖之远，则忧其君”的儒家思想不同，王立纯小说中人物的江湖气深受道家精神的影响，道家提倡的“江湖”人格正是傲视王侯、安居江湖、傲立江湖，正是这种不媚上、不合作的反抗态度和对自由正义的追逐彰显了民间的强悍力量。这种江湖气质越强烈，他的人物就越鲜活生动，越具有民间性特征。

（二）人物丑角化

王立纯在塑造人物时倾向于使其丑角化。在这点上他深受东北民间谐谑文化尤其是二人转的影响。二人转是丑角艺术，在一旦一丑的表演中，丑角担任逗耍说戏浪的主要职能，他扮相丑陋滑稽，言语粗俗挑逗幽默，动作夸张。丑角在舞台上可以调笑戏谑、颠覆传统，使观众在哈哈大笑中达到发泄不满、心情舒畅的效果。

王立纯小说人物丑角化通常体现在人物刻画的滑稽谐谑上。王立纯小说中

---

① 王立纯：《弥天大谎》，北京：中国文史出版社 2015 年版，第 100 页。
② 王立纯：《弥天大谎》，北京：中国文史出版社 2015 年版，第 103 页。

有诸多这样的滑稽形象：田蚯蚓（《龙伞》）刚出生时相貌十分丑陋，“就像凉锅贴饼子，出溜得不成样子，又用指头在上面胡乱戳几个眼眼了事。”① 渔人晋三中（《游进海水的老头鱼》）的形象像一条满脸皱纹的老头鱼，秦赖巴（《庆典》）则有猴气的小眼睛，整天敞着怀，仰着脏兮兮的苦瓜脸。他们在言语行动上更是惹人发笑。《欠债还钱》中“我”为了还债进城，作为乡巴佬在城里出尽洋相；《月亮上的篝火》中的张老板是个注重享乐的大老粗，他的荤笑话常把大家逗乐；村长刘大哈（《甜菜进行曲》）说话嘻嘻哈哈没个正经，喜欢和村上妇女调笑。当他和女性开玩笑，又被女性追打时极具喜剧效果，就像舞台上的丑角表演。

人物丑角化塑造使王立纯小说具有反抗官方权威、欢乐幽默的精神特质。他笔下的丑角人物“具有快感原则的积极肯定的性质，战胜了自己的恐惧，并且在传播非官方的真理中发挥作用，由此在公众之间创造一个乐融融的和睦局面。”② 由于弱小和丑角定位，他们通常不被官方意识形态所注意，因此他们在政治上处于边缘，而在文化上却处于中心位置。他们调侃自己也调侃权威，因此常能言人所不敢言，看问题直指实质。张老板（《月亮上的篝火》）在艰苦的采油生活中时常发发牢骚，表达对“三五八”“忆苦大会”的质疑。他对吃喝享乐的热衷消解了特殊时期的政治荒诞，传达了底层民众的真实心声。《黑水河，白水河》中方老五打鱼打到了王八令金美娘很惊喜。只见“方老五把王八往地上一放，高嗓大气地说，‘来了这么多领导，能没有王八吗，领导有王八命啊！’”③ 他的话一语双关地骂了领导，表达了百姓的真实想法。当他们在行动和言语上插科打诨展露丑态时，能快速地把气氛带动起来，给人们带来欢乐。“我”（《欠债还钱》）因为衣着邋遢被售票员看不起。当售票员态度恶劣地催“我”下车时，“我”的装傻充愣一下子逗乐了乘客。这种扮丑不仅化解了尴尬，还极大地愉悦了满车人，车上人笑得“波澜壮阔，荡气回肠”。④ 老头鱼（《游进海水的老头鱼》）、刘大哈（《甜菜进行曲》）、落渣（《换心》）和李六指（《风水宝地》）等角色都是因为丑角天赋被人们喜爱。

可以说王立纯的小说人物大都有丑角的气质。他们带有乡土气息，真诚、朴实、清醒又务实。他们是民间最自由快乐的一群人，为艰辛的生活带去笑声和希望。他们又是民间的“丑角英雄”，具有追求平等与自由的大无畏精神。

---

① 王立纯：《龙伞》，北京：作家出版社 2010 年版，第 5 页。

② ［德］汉斯·罗伯特·耀斯：《审美经验与文学解释学》顾建光等译，上海：上海译文出版社 1997 年版，第 297 页。

③ 王立纯：《弥天大谎》，北京：中国文史出版社 2015 年版，第 167 页。

④ 王立纯：《欠债还钱》，北京：中国文史出版社 2015 年版，第 111 页。

王立纯人物塑造的丑角化倾向是他学习民间文化的结果，他小说中的丑角人物最能表达民间百姓乐观的日常生活情状和世俗化愿望。

三、民间语言的狂欢化表达

狂欢是一种广场活动，在狂欢活动中，人们可以抛弃平日的身份限制，任意调笑戏谑，在情绪宣泄中达到自由平等的精神追求。巴赫金认为“狂欢是一种未被认知的、激越的生命意识，是民间的底层文化的地核，而官方文化不过是民间文化浮出海面的一角冰山。作为一种既能创生也能毁灭的力量，狂欢在文明即阶级与国家形成的条件下被迫转入地下或民间，以弱化的形式存在于各种仪式或表演形式中，存在于各种诙谐的语言作品及不拘形迹的广场语言中。”① 民间语言诙谐生动，具有广场语的特征，它包含的大量的方言俗语、口语歇后语、粗话脏话等，呈现出粗鄙性、谐谑性和追求平等性的特点，因此可以说民间语言具有很强的狂欢化倾向。王立纯小说语言十分贴近民间日常口语，出现了大量的方言俗语、荤段子和脏话粗话。对民间语言的熟稔运用使他的小说语言呈现出狂欢化色彩，这主要体现在方言口语的戏谑化和脏话詈语的平等化两方面。通过语言上的狂欢化叙事，王立纯表达了民间自由自在的生命力量和反抗精神。

（一）方言口语的戏谑化效果

戏谑能够打破常规，它抛弃了正统和规范，对神圣和严肃进行嘲笑和戏仿。通过戏谑可以达到削平深度、挑战权威、塑造平等话语权的效果，同时在叙事上营造了轻松欢乐的狂欢化语境。巴赫金注意到了法国作家拉伯雷谐谑特征的民间源头，他指出：“拉伯雷从古老的方言、俚语、格言、谚语、学生开玩笑的习惯语等民间习俗中，从傻瓜和小丑的嘴里收集智慧。一个时代的天才及其先知般的力量，通过这种打趣逗乐的折射，得到淋漓尽致的展示。”② 东北方言本身就极具幽默性，民间百姓在长期唠嗑闲扯中形成了戏谑调侃型的语言风格。王立纯作品中充斥了大量东北地区的方言口语，它们在叙述者和不同人物的口中说出，形成了畅快幽默、消解严肃的戏谑化效果。

首先，小说中俯首皆是的歇后语俗语具有拉平身份，解构崇高的效果，人物在幽默调侃中带来笑声和轻松。在《圈里人》中，别人讽刺“我”说：“听阿香歌的人多，还是看你破小说的人多？现在你们那玩意破落了，大年三十捡

---

① 王建刚：《狂欢诗学——巴赫金文学思想研究》，上海：学林出版社 2001 年版，第 7 页。

② ［俄］巴赫金：《巴赫金文论选》，北京：中国社会科学出版社 1996 年版，第 95 页。

个兔子，有它没它都过年，给阿香开车门都不配呢!”[①] “大年三十拣个兔子，有它没它都过年”幽默生动地表达了作家的可有可无，在这里通过戏谑化的手法表达了老百姓对作家的认识，将作家拉到了和平民百姓一样的认识层面。这种戏谑既是小说人物的话语方式，也是叙述者的话语方式。《雾失楼台》中叙述者形容霍建平的老实勤快，“一以贯之，从身边的点滴琐事做起，跳蚤尥蹶子——小踢打，科里打水扫地啦，擦桌子订报纸啦，全他一个人包了。”[②]本来是要赞颂霍建平勤快，但“跳蚤尥蹶子——小踢打”又消解了这种赞扬，变为了对小说人物的略微嘲笑和讽刺。正是这些大量存在的俗语歇后语俏皮话让王立纯的小说沉浸在诙谐幽默的语言氛围中。

其次，王立纯小说中经常出现雅俗掺杂或戏仿政治话语的语言，形成了一种具有粗俗、谐谑、颠覆效果的狂欢化语境。小说《双煞胭脂扣》中前一段话很抒情，“艾克推开窗子，就闻到了沙果树的芬芳。这是一棵形体完美果实累累的沙果树，在明媚的朝阳下焕发出勃勃的蜡绿色，使他联想到绢纱或塑料做成的工艺品。”[③] 然而下文描写艾克的思绪时用语却很口语化，“梁山伯不仅仅是个不辨雄雌的马大哈，还是个冥顽不灵的低智商，祝小姐爱上这么个木头疙瘩死羊眼，又有什么道理?”[④] 这种突然逆转的调侃具有强烈的反讽意味，它抹平了高雅与粗俗的界限，使小说叙事语调变得轻松幽默，富有张力。王立纯小说中人物喜欢引用文革语录，《风水宝地》中的老黄在鼓动群众坚守阵地时慷慨激昂地说：“霍阎王想把咱吓跑，占领这块风水宝地，那是痴心妄想!经过特大洪水战斗洗礼的白音花村人，是那么好吓唬的么？毛主席早就说过，有些阵地，无产阶级不去占领，资产阶级就必然要去占领。咱要牢牢站在潘半仙一边，和狗日的死狗斗争到底……”[⑤] 老黄说这段话时早已过了“文革”时期，而且他要占领的领地只是一块坟墓（村民把这块地方当作了风水宝地），这种脱离语境的装腔作势是对政治话语的戏仿。他在引用这段话语时并没有对其抱有严肃态度，而是借此煽动群众情绪，在精神狂欢中得到宣泄的快乐。政治语言本身的严肃性也就被消解掉，反而成为戏仿调笑的对象。

（二）脏话詈语的平等化诉求

狂欢化最突出的特征之一就是各种下流话、污言秽语的使用，这些语言的运

① 王立纯：《白云苍狗》，北京：中国文史出版社 2015 年版，第 185 页。
② 王立纯：《雾失楼台》，北京：中国文史出版社 2015 年版，第 213 页。
③ 王立纯：《欠债还钱》，北京：中国文史出版社 2015 年版，第 1 页。
④ 同上。
⑤ 王立纯：《欠债还钱》，北京：中国文史出版社 2015 年版，第 92 页。

用彰显出蔑视权威、追求平等的精神。脏话詈语在这里大体是指与“性行为、排泄行为或性器官”[1] 有关的话语词汇。人物通过这种脏话詈语将高高在上的一方直接拉回到生存的最低级层面，在心理上拉平了彼此的身份地位，从而达到了平等化的表达效果。王立纯小说中存在不少这样的脏话詈语，尤其是人物语言的粗鄙化，这些语言乍看之下十分粗俗，但正是这些脏话粗话有力地表达了底层的狂欢精神，表达了底层渴望平等与反抗压迫的自由精神。

首先，人物语言习惯中的脏话运用让使用者自觉或不自觉地粗鄙化，他不再咬文嚼字装腔作势，而希望与对方进行平等坦诚的交流。他们在使用脏话时带有亲切的认同感，借脏话拉近情感距离。《春天的花玻璃》中村干部刘大头向陈小米诉苦说：“农村干部没个……当，按下葫芦起来瓢，说不定哪天，火柴垛就得让人给点了！”[2] 在这里刘大头用脏话试图拉近与陈小米的身份距离，以快速消除两人的隔膜，达到情感上的共鸣。《游进海水的老头鱼》中的老头鱼每次和村长通话时，两个人都骂骂咧咧的。这正是他们特有的对话方式，通过脏话互相问候交流，老头鱼与村长达到了亲切平等的对话。《秋天的诺言》中李社火去找侄子种地，不想搅了侄子的美梦。文中写道，“常青正搂着媳妇做好梦，被突然惊醒了挺不是滋味，也没问问来人是谁，就硬邦邦甩出来一句：干……啥？李社火一听，火气就蹿上来，也荤话荤对说：下……地！里屋又说：催……命！李社火刹不住车，又说：活……该！有如文人对诗，特务对暗号，屋里外头都笑了。”[3] 这段李社火和侄子的互骂脏话亲切调皮，显示出侄子常青能与叔叔插科打诨，两人身份平等、亲密无间的亲情关系。

另外，弱者用脏话詈语来发泄情感，他们通过使用脏话进行咒骂来反抗权威权力，以达到心理上的安慰与平等。有的脏话是用来直接咒骂，《春天的花玻璃》中陈小米面对县长司机的特权十分愤怒，他骂道：“贼他妈势力，母牛不下崽——牛×坏了！其实他和赶大车的车板子有什么区别？”[4] 面对权势而无可奈何，他只能用下流的语言去诋毁咒骂，以此来反抗自己无力改变的现实。而有的脏话是弱者用来讽刺不合理的制度和不平等的关系。《甜菜进行曲》中刘大哈常是一副荤嗑挂嘴边，可他用黄段子说出来的都是赤裸裸的事实。对于农民的悲惨境遇他说道：“现在的……事，公鸡压母鸡——一级（鸡）压一

---

① 茅芽：《“脏话”的意义——王立纯小说<甜菜进行曲>的语言分析》，《北京科技大学学报（社会科学版）》，2002年第4期，第64页。

② 王立纯：《雾失楼台》，北京：中国文史出版社2015年版，第202页。

③ 王立纯：《雾失楼台》，北京：中国文史出版社2015年版，第408页。

④ 王立纯：《雾失楼台》，北京：中国文史出版社2015年版，第200页。

级，兔子大的官官都能管住农民！”[①] 他的话虽粗俗，却道出了问题的实质。这种用下流语的咒骂与讽刺一方面暴露了弱者的底层位置，他们话语的狠毒映照了他们境遇的悲惨与无助。脏话詈语是他们最后的武器。另一方面也显示了底层民众蔑视权贵的勇气和反抗精神。在他们粗俗的话语中隐藏着一颗善良淳朴的心灵，它追求自由与平等，渴望爱与美丽。因此他们口中的“脏话”又是最干净的语言。

王立纯在写作中不断向民间文化学习靠拢，最终完成了对民间文化的皈依。他对底层苦难的同情，对小人物反抗挣扎的深切悲悯使其具有人性观照、社会批判的深刻内涵，这是他在民间立场下的现实关怀；他通过艺术手法表达了人类对自由自在的祈盼，对压制自由的反抗，在作品中极力彰显自由精神，强烈呼唤人类诗意栖居的生存方式，这是他民间立场的理想表达，也是他民间立场的核心部分。他的小说广泛采用民间性叙事策略，呈现出浓厚的民间趣味和民间文化内涵。

王立纯小说深受东北民间文化的濡染，他曾说过，“我的精神脐带，和那片冰天雪地紧紧连在一起。”[②] 正是对故乡的精神眷恋和对民间百姓深切的热爱才让他选择了“民间”这一立场。他的小说部分存在情节重复、人物形象不突出、叙述肤浅的问题，但瑕不掩瑜，他作品中对东北民间生活的广泛深入描写和语言的鲜明地域性使他成为东北民间文化的优秀传播者。

① 王立纯：《弥天大谎》，北京：中国文史出版社 2015 年版，第 104 页。

② 王立纯：《溯流而上》，北京：中国文史出版社 2015 年版，第 155 页。

第三章　理想主义视角：杨宝琛的戏剧创作

杨宝琛是在北大荒土地滋养下成长起来的黑土戏剧作家，学者王咏梅称他是“黑土地哺育的缪斯之子”。他的话剧以浓郁的理想主义气息、丰厚的生活积累和粗犷大气的现实场面而独树一帜，他的《北京往北是北大荒》获得了文化部文华新剧目奖和曹禺戏剧文学奖，《大青山》获中宣部“五个一工程奖”。在业余创作时期，杨宝琛曾用《雪夜探矿》等独幕剧来展现某种理想化的思想，虽然这种创作仍受到当时“文艺为政治服务”观念的束缚，但其中展现的英雄人物和垦荒精神已有了希望精神的萌芽。1983 年发表的《将军的战场》标志着杨宝琛的话剧进入了专业创作的阶段，理想化创作冲动与现实理性思考的进一步结合使他的话剧从表层感性抒情转向了深层理性思考。他的代表作品《北京往北是北大荒》《大江在这里拐了一个弯》《大青山》《关东大集》等话剧描写了北大荒人克服困难积极奋斗的生活场景，这不仅仅是作家在理想主义的希望精神下对未来的美好展望，更是作家用辩证思维对未来建设的理性思考。杨宝琛从苦难中发掘人物的崇高与伟大，用理想化的人物精神来构建理想主义的希望哲学。在此基础上，他又用理性思维对自己亲手建构的理想主义的希望精神进行了重构，让自己的戏剧从神圣化走向日常化，用现实与理性赋予戏剧中的理想主义更深刻的意义。

理想主义是一种哲学概念，可以用英文 idealism 来表述。它的词根是 idea 是“想法、观念”的意思，说明这是一种精神思想，并不是实指的具体的物质，“—ism”是表示“至上”的后缀词尾。从构词法中我们知道理想主义是对人的精神追求的一种描述，是对一种绝对“善”的追求。理想主义最早就是在乌托邦的设想下引申出来的，所以了解理想主义的本质需要从乌托邦精神的实质开始着手。1516 年托马斯·莫尔在《乌托邦》一书中虚构出“乌托邦”一词。“乌托邦”（Utopia）这个词是由希腊语的词根“ou”（表示“没有”或者“好”的意思）和“topos”（表示“地方”“处所”之意）组成，它可以翻译为是“乌有之乡”，即人们向往的并不存在的美好的处所。这层含义有两重性，一是完美性，二是作为“乌有之乡”的非现实性。乌托邦思想萌芽是希伯来上古先知乐观精神的延伸。他们渴望通过重建的伦理、社会、政治与文化来维系社会人心，激励整个民族克服困难，建设完善理想化的国家。柏拉图的《理想国》认为教育制度将少数人培养成至善的智者，这些人寻求真理并使大多数人过上由真理支配的生活。亚里士多德在《政治学》中质疑柏拉图这种理想化的思想中把一切划为公有，坚持完整划一的一元性思想。恩格斯认为乌托邦“这种新的社会制度是一开始就注定要成为空想的，它愈是制定得详尽周密，就愈是要陷入纯粹的幻想。”① 他认为乌托邦社会脱离现实经济基础而单纯依靠社会关系制度的完善的选择导致了乌托邦的空想性。乌托邦思想是一种绝对完美的理想状态中引申出来的一种理想期待，而实现这种完美的理想期待需要的限制性条件决定了这种政治制度想象的虚幻性。绝对完美的政治理想（即乌托邦社会的设想）在实践过程中被否定，但是人们却通过这种表层的政治设计结构认识到这种政治设计内在精神（即乌托邦精神）的重要性。赫茨勒在《乌托邦思想史》中提出乌托邦精神认为“社会是可以改进的……实现一种合理的理想的”②，乌托邦精神对社会的合理化改造提供了动力和依据。乌托邦精神中的希望精神“蕴涵着某种普遍性和根本性的意义”，为那些“处于苦难之中的人类”追寻“他们梦寐以求的地方”提供动力。③ 布洛赫认为乌托邦是一种“希望的哲学”，它为人类冲破异化结构的积极行动提供了根本动力，也为社会发展的方向展示了一种可能的前景。曼海姆也从知识社会学的角度肯定了乌托邦的存在促进了社会进步。对保罗·蒂利希来说，这种乌托邦下的“希望精神”不仅仅意味着社会的发展的无限可能性，也为个人存在的发展提供了无限可能。哲学家们从乌托邦的设计精神的角度出发，将乌托邦置于人类生存状态的终极关怀的维度上，认为乌托邦的政治设计对现实的超越也是为了实现新的历史的构建和人的解放，乌托邦精神的实质是一种以积极的态度实现人的全面发展的美好期待。人们相信虽然乌托邦绘制的图影难以朝夕之间实现，但乌托邦精神可以引导自己以一种积极的姿态完善自我，实现自我的救赎与超越。乌托邦精神在客观上为个体的奋斗提供目标和动力，但是乌托邦过度理想化的目标有时候又会将个体引向一条不切实际的歧途。乌托邦精神本身就是绝对理想化的社会制度构思下的产物，作为虚构空间的产物决定了它本身的虚幻性。曼海姆将这种虚幻性做了进一步阐释，他认为

① 《马克思恩格斯选集·第3卷》中共中央马克思恩格斯列宁斯大林著作编译局编，北京：人民出版社1972年版，第409页。

② ［美］赫茨勒：《乌托邦思想史》张兆麟译，北京：商务印书馆1990年版，第4页。

③ ［德］约恩·吕森：《思考乌托邦》济南：山东大学出版社2010年版，第242页。

“在原则上永不能实现的概念叫作乌托邦”，“一种思想状况如果与它所处的现实状况不一致，则这种思想状况就是乌托邦。”① 正因为乌托邦是与现实相对的，是超越现实的，它作为人类意识的产物，是一种超越现实模型的设计蓝图。所以，实际存在与虚幻目标的矛盾决定了乌托邦的不可实现性，也注定了乌托邦精神虽然是一种理想化的乐观、希望精神，但并不能简单地等同于理想主义思想。

理想主义从乌托邦思想中汲取了积极的希望精神，理想主义却更具有思辨理性色彩。理想主义与乌托邦精神是有联系的，理想主义像乌托邦精神一样将追寻完美的状态作为自己发展的动力，柏拉图在《理想国》中就提出了“至善”的发展目标，他渴望建立一个完美的理想国，在这个社会中“每个灵魂都在追求善，把善作为自己全部行动的目标”②，善成为人性与社会形态的终极追求。心灵的理智、激情和欲望三部分构成了完整的人性，理想主义就是人性在理性占主导作用的情况下的一种积极追求。但是理想主义并不能简单地等同于乌托邦精神。乌托邦精神追寻的一种绝对至善状态，这种状态因为忽略过程而让目标的实现与现实脱节而成为一种空想。理想主义是连接乌托邦与现实的桥梁，它在强调主体在理性思考下主体的能动性的同时更强调实际合理化的追求过程，它是一种摆脱了盲目性的希望的精神。与乌托邦精神一味乐观地强调完美预期不同，理想主义更进一步地思考了如何将这种完美预期变成现实的具体过程。为了实现“至善”的目标，理想主义将关注的重心放在影响目标实现的现实因素上。它用客观理性的精神来辩证地看待外部因素的存在，用乐观的心态积极奋斗，同时还用批判性的眼光审视现实中的不足，将前途的乐观与计划的理性相结合才是理想主义的完整内涵。

如果说实现理想的态度可以区别乌托邦精神与理想主义，那么理想主义的主体对象又决定了在集体理想主义和个体理想主义不同的立场。两种立场下的理想主义都是追求“善”，但对不同的主体来说“善”的所指并不相同。从集体的角度来说，它要保证整个社会系统的正常运行，所以这时候的“善”追求的是整个社会整体延续和发展，这就需要集体制定一个合理的社会制度来保证社会中的个体和谐的相处，更需要个体自觉认同集体的社会身份参与生产来保障物质生产效率的最大化。露丝·列维塔就把强调物质的“更好生存方式的意愿”作为理想化的乌托邦社会发展的首要追求目标，这也就意味着独立

① ［德］卡尔·曼海姆：《意识形态与乌托邦》黎鸣，李书崇译，北京：商务印书馆2000年版，第196页。

② ［古希腊］柏拉图：《柏拉图全集：第2卷》王晓朝译，北京：人民出版社2003年版，第501页。

的个体成长目标是满足社会生产力的发展需要，同时社会生产力的发展又进一步为更多的社会个体成长提供了物质基础。中国本土的文学创作中也有这种集体理想主义存在的痕迹。张隆溪曾指出中国文学传统中《诗经》中的“乐郊”和“天下为公”的儒家大同思想就是理想化的集体社会想象，他认为“乌托邦的要义并不在文学的想象，而在理想社会的观念，其核心并不是个人理想的追求，而是整个社会的幸福，是财富的平均分配和集体的和谐与平衡”[①]。中国传统文学强调个体在用道德约束自我由此实现整个群体的进步的思想，这正是从宏观角度强调社会整体发展重要性的集体理想主义思想。到了近代，“主义话语的繁杂，构成了现代社会的一个基本现实。”[②] 无论是自由主义、无政府主义还是民族主义，这些“主义”话语实质都是通过构思一定的社会秩序来实现整个社会的某种理想目标，在深层它们都是渴望通过一个理想的民族——国家想象完成一种合理的政治设计，将个人的理想愿望集合以集体的理想的方式实现。这样的集体话语下的理想主义以利他主义的形式表现出来，鼓励了英雄与精英的诞生，以个人对社会贡献的尺度来衡量个体的存在意义。这样的理想主义是将个体正义扩展成集体正义，从低级的个人正义向高级的政治正义发展，用献身精神来实现崇高而伟大的社会公认的合理化的目标。

集体立场下的理想主义为人们提供了坚定的价值定向和信念，集体共同的目标增强了人们的凝聚力，但是简单的把理想主义等同于集体主义，否定人的个体性也是不可取的。当集体的理想主义成为统率一切话语的总体性话语的时候，这种普遍性、总体性的“终极语汇”虽然为人们指明了统一的努力方向，但是却也容易沦落为禁锢个体思想的枷锁，“个人被排除了自我选择和自我创造的可能。同时，个体生命的价值和意义将成为由外在规范来予以评判和定义的对象。”[③] 因此我们需要个人立场下的理想主义来发掘独特的个体存在，肯定个体的存在价值意义，促进社会的多元化的健康发展。

从个体的角度来说，理想主义是个体在希望精神的指引下对自我的完善。个体化的理想主义就是追寻个人信仰的相对的“真理”，实现对自我精神需求的满足，从个体身份对“善”进行独立的思考。“多元互动的交融与冲撞赋予理想主义以内在的活力……理想主义不应该是一种排斥异己的最高价值，它应

① 张隆溪：《乌托邦：世俗理念与中国传统》，《山东社会学》2008年第9期，第13页。

② 刘小枫：《现代性社会理论绪论现代性与现代中国》上海：上海三联书店1998年版，第198页。

③ 贺来：《超越理想主义与犬儒主义的“辩证法”——对当代中国人精神生活的分析》，《学术月刊》2014年第1期，第46页。

该开放性地包容所处时代与人性发展相适应的价值探求。”① 我们不应该因为集体性理想主义存在就否认个体理想的存在价值，集体性理想主义为个人的生存提供了物质保障，反过来个体性的理想主义精神对现实产生独立的思考，有助于社会主体用辩证的眼光思考现实的复杂性，避免了僵化的模式和抽象口号让集体的理想沦为虚无的幻想。在哲学中，整体包含部分，部分从属于整体。两者在一定条件下可以互相影响，互相转化。集体的理想主义与个体性的理想主义之间正是整体与部分的关系，把握个人领域与社会公共领域之间的边界，承认“个人理想”与“共同理想”各自存在的价值，只有这样真实的信念才能找到基础，理想主义才不会沦为抽象的口号和专断的工具。

本文选取理想主义视角解读杨宝琛的戏剧创作，将理想主义的哲学思想深化成文学理想主义对杨宝琛戏剧进行深入的解读，用新的理论视角发掘杨宝琛戏剧深层的含义，这是本文的创新之处。文学中理想主义不仅仅是对复杂的现实的反映，同时它也是作家生产的产物，是作家的个人思想的一种积极传达。首先，文学中的理想主义的独特价值是创作个体的希望精神在文本中的理性投射。它强调“人文精神、弘扬人性、理性、智性”等精神力量，认为这些精神为社会的正常运行提供智力保障。“（文学理想主义）它对现实世界的关注，不能是一种功利性的解决问题的态度，而应是用‘彼岸理想’的价值作参照，来不断揭示现实人生、社会现存思想的困境，以打破有关现时的一切虚幻的假象，引领人类走向健康美好的精神家园。”② 杨宝琛作为北大荒三次建设高潮的亲历者，他感受到了革命理想主义乐观的精神在特殊年代发挥的积极作用，也感受到了北大荒人与人之间温情的可贵。他用“生命对生命的直接呼唤”③探索人的精神世界，将理想主义从生存基础的物质追求上升到精神超越的哲学追求。他的戏剧的理想主义在抽象的崇高精神之外加上了具体的人性色彩，他解开神性的镣铐对人性自由的约束，展现人性的真善美，回归到个体本身将理想主义做出另一种诠释。其次，文学作品中的理想主义是作家复杂的个体精神的完整呈现。作为社会的一分子，任何作者都无法跳出历史环境和时代共鸣的影响，他们无意识地接受社会意识的熏陶，在自己的作品中表达集体理想主义的成分。史铁生那样追求自由反抗世俗的“躲在园子深处坐轮椅的人”，为了“在众人眼里也能有个位置”他将自己的处世哲学以文字的形式表达出来也是

① 黄发有：《重建理想主义的尊严——对近三十年中国文学的一种反思与展望》，《南方文坛》2008 年第 6 期，第 16 页。

② 吴义勤：《九十年代中国文学中的理想主义问题》，《莽原》2003 年第 2 期，第 180 页。

③ 杨宝琛：《北大荒人写北大荒的戏》《剧作家》1995 第 3 期，第 76-78 页。

为了让自己的思想得到社会集体的认可。他用个体的生命体验去追寻生与死的意义，却又想让社会从这种个体的经验中汲取到更多的希望与生命力，所以他在生命的最后时刻也不曾放弃写作，用个人燃烧的生命给更多集体中的个人照亮前路。杨宝琛的戏剧中通过展现北大荒新人的理想实现过程来展现集体理想主义精神。北大荒新人们投入集体建设，通过劳动与贡献来确证自我生命的意义价值，通过与自然战斗的方式来表达自己不畏困难努力建设新社会的决心。人们在共同建设的过程中对集体拥有了巨大的认同感，所以他们将自己的个人理想上升为集体理想，他们通过建设北大荒彰显自我价值，通过牺牲与利他来进一步确认集体身份的归属感和自我价值的认同感。最后，文学理想主义是作家对个体存在与社会共同体关系平衡的思考。

文学作品既需要集体性理想主义为社会发展指明方向，又需要个体理性观念对社会性理想化精神进行独立思考提供多元化的参考角度。杨宝琛的戏剧还原人们建设北大荒的历史场景，他真诚记录下特殊时代整个社会的建设热情，记录了垦荒、拓荒、改革开放等重大历史事件，这是对主旋律的一种呼应，是集体主义精神的历史回声。杨宝琛笔下的北大荒新人的形象中又蕴含了某种个性化的理想主义思想。这些垦荒者热爱集体却不盲从权威，他们有共同崇高的集体信念却又不曾放弃自己的人性温情。作者将目光重新回到个体本身，将宏大叙事的框架下理想主义赋予多元化的因素，他在探寻个体在社会身份认同中实现自我精神自由的更多可能性。

第一节　杨宝琛戏剧理想主义溯源

“文学作品是一个纯粹意向性构成（a purely intentional formation），它存在的根源是作家意识的创造活动”①，作家生产文学作品的意识创造活动具有受动性和主动性的二重性的特征。一方面，作家的文学生产具有受动性。作家创作受到自然关系和社会关系制约，创作时所使用的语言和叙述惯例以及作品的主题思想都不可避免受到意识形态的影响。另一方面，作家的文学生产又有能动性。作家作为实践的主体可以依据自己的意志和创造性行动来支配外部世界。文学生产是在艺术规律和商品经济规律等外部因素影响下的他律与作家的

① ［波］英加登：《对文学艺术作品的认识》陈燕谷，晓未译，北京：中国文联出版公司 1988 年版，第 12 页。

审美创造下自律协调中产生的。探究一个作家的生产动机可以从文学生产的外因和内因即“布迪厄所说的文学场”和“作家的心灵”① 这两方面进行研究。换句话说，在时代潮流下形成的文学场域与个人化的创作经验的共同作用下，杨宝琛的戏剧才有了理想主义的特质。

一、外部因素：时代潮流下的理想主义

“一种新的历史语境形成，文学肯定会做出必要的呼应。”② 文学本身就是当代文化的一部分，一方面它是历史语境的一种反映，另一方面它还创造了新的历史语境，推动旧思想与新观念发生新的化学反应。八十年代之后，社会历史语境从向政治斗争为中心到经济发展为中心的变化，生产建设需要恢复在“文革”中被破坏的社会秩序，人们对美好社会的诉求从阶级斗争的胜利转向了个体生存的满足。杨宝琛的戏剧创作反映了时代的矛盾，《将军的战场》到《北京往北是北大荒》的戏剧主题的关注点从阶级问题转成了发展问题，这种变化就受到了时代环境的影响。杨宝琛的戏剧创作也在探索文学理想主义的边界，杨宝琛戏剧的理想主义将个体叙事从宏大叙事的组成因子拓展到日常生活的话语主体。他的戏剧不仅仅是英雄人物的悲壮传奇，也是邻里守望中脉脉的人性温情，是在日复一日的平淡生活里对初心的坚守，也是在纷繁世事里去伪存真的方寸之心。

（一）80 年代新启蒙思潮下对“人”的还原

曾有人这样评价杨宝琛：“作家是以善良的人性即人道主义的思想感情照亮笔下的真实和野性，从而使野性的真实闪烁着壮美的光彩……作家源于生活发乎本心出于至诚地赋予道德以人性美和艺术美的光辉。”③ 杨宝琛的戏剧有意识地强调“人”的重要作用，用真实、自然、立体化的“人”来展现理想化的戏剧。这种“以人为本”的创作思想其实受到了当时新启蒙思潮的影响。

人道主义下的思想解放为杨宝琛的戏剧创作指引了新方向。宾克莱在《理想的冲突》中用人道主义的理论重新解释了“实践的马克思主义”。他认为马克思也是重视人的个体价值的，所以才对人的异化有着深刻的洞察力。新的人道主义思想认为要摧毁物对人的统治，把人当作人，恢复人的尊严，尊重

---

① 马大康：《文学活动论》杭州：浙江大学出版社 2012 年版，第 109 页。

② 南帆：《双重的解读——八九十年代中国文学的一种描述》，《文学评论》1998 第 5 期，第 68 页。

③ 杨治经：《北大荒文学艺术》哈尔滨：北方文艺出版社 1988 年版，第 392 页。

人本身合理的道德伦理判断，发挥人的主观性，“以理论性的人的科学为基础”实现有意义的生活。杨宝琛也热衷于设置复杂的情境，展示人物的内心冲突，通过展示人物的行动来彰显人的主体性。他曾说，“我在编剧时常把复杂的人物历史、人物关系放到一个错综复杂的情境里，使人物的内心世界丰富起来，同时选择人物一生中最富有戏剧性的一段生活，作为全剧的框架的基础。”[①]《天鹅湖畔》的卢杰拥有复杂的身世与善良的本性，她在复杂戏剧情境中展示出内心的煎熬，但是还是依靠自己的力量实现了自我的升华。

文学理论的变革影响了杨宝琛戏剧创作。“文革”时期的文学工具论以“阶级斗争为纲”的标准去衡量一切，用阶级性、革命性压抑人性。人的描写成为作家们反映现实的工具[②]，文学创作也被限制在固定的框架内，失去了它本身作为艺术的审美价值。以刘再复为代表的理论家曾提出文学要以人为思维中心进行创作，强调尊重人的实践能动性和精神世界。杨宝琛在这种思想的影响下认为理想化的戏剧创作应该用“崭新的社会内涵”来表现生活的复杂性。在他笔下，政治生活中的边缘人也有脉脉的温情，国民党军官也有自己个人化的情感，他们也会像正常的人一样思念妻儿，他们在改造后也可以展示出有血有肉的人性化的一面。[③]作家赋予每一个人正常的爱与恨的权利，生活在北大荒的妇女们更是爱的炽热又洒脱。窦婶在追求自己的幸福时还有自己的一套生命哲学——女人既要学会保护自个儿还要认识到自己与男生“谁也不比谁低一头”。北大荒乡土女性不再是男性话语下的想象，而是有了自然生命力的真实个体。杨宝琛强调的“崭新的社会内涵”正是通过还原“人”本身的真实与野性来向展示戏剧理想中的真与美。

（二）西方思潮影响下对“真”的探寻

对一个作家来说，文学创作本身就是追寻理想的过程。探寻文学的真谛，找到文学的真正价值正是作家展现自我理想主义的重要手段。为了实现自己的文学理想，作家会制定一套写作规范来指引自己走向理想化的目标，不同的目标决定了不同的写作规范。一部分作家将这种目标简单地等同于政治目标，用“革命信仰高于一切”的原则作为自己写作的出发点和落脚点。这样的写作思

① 王咏梅，杨宝琛：《尽展大荒极目天——杨宝琛访谈录》，《文艺评论》2002年第4期，第54页。

② ［苏］季摩菲耶夫：《文学原理 文学底科学基础》查良铮译，上海：平明出版社1955年版，第24页。

③ 杨宝琛：《忠于生活 勇于探索——创作话剧<将军的战场>点滴体会》，《戏剧创作》1985年第2期，第39页。

想导致了他们会简单地根据阶级立场来判断文章本身的价值，忽略了文学本身的审美追求。杨宝琛渴望探寻生活的本真，也认识到这种将立场等同于一切的写作方式的弊端，因此他在制定写作规范时会开始积极地从各个方面汲取营养，为自己的创作提供一定的参考。奥尼尔的戏剧精神和存在主义思想都为杨宝琛的戏剧创作带来了一定的启发。

奥尼尔的戏剧精神为杨宝琛戏剧的理想主义思想奠定了基础。奥尼尔偏爱安娜、罗伯特、布克这样的底层人物，用这些小人物坚守的日常生活让理想主义更贴近现实。杨宝琛也塑造了那小勤、王瘸子、善涛这样的小人物，用他们的奋斗故事来激励更多的人去坚持自己的梦想。罗伯特追求理想而不得却始终没有放弃希望，最后在遗憾中死去。这样的悲剧精神也让杨宝琛感悟到“北大荒一代老垦荒者不正是以这种悲剧力量演出了一部惊天地泣鬼神的话剧吗?”[①] 杨宝琛用高贵的灵魂与坎坷的人生形成对比，用悲剧去诠释理想主义，让读者在情感的震撼中对人生产生更深刻的反思。这样的悲剧思想让杨宝琛创作了《将军的战场》《天鹅湖畔》《大江弯弯》等一系列带有悲剧色彩的作品。

杨宝琛的戏剧中也有一定的存在主义的色彩。存在主义认为人生就是在内部和外部困境的共同作用下不断挣扎的过程。杨宝琛也会将人物关系放到一个错综复杂的环境里，把人物放置到人生本体困境中，他认为这些人物在困境中挣扎展现了一种悲剧的美和精神力量的可贵。存在主义关注个体存在的意义，强调“对现代人的关切”，思考“怎样使每一个人成为真正的人”。[②] 杨宝琛在这种思想的影响下也开始思考个体存在的意义。他通过展示普通人的人生困境和他们解决人生问题的态度来思考个体存在的真实意义。无论是积极创造财富的右派那小勤还是挣扎在各种矛盾中坚持改革的吴场长，杨宝琛戏剧中的主人公都从自己的角度证明了人生的意义正是在克服困境的中获得成长。存在主义的代表作家萨特认为“结合超越性和主观性，即我们所谓的存在主义的人道主义。”[③] 存在主义强调人的主观能动性，认为人具备克服各种困境的能力，人不应该为自己的奋斗目标设置上限。杨宝琛在写《青山不老》就希望通过一个“老人与山”式的故事来展现主人公在逆境中不畏艰险战胜自我和自然

① 杨宝琛：《北大荒人写北大荒的戏》，《剧作家》1995 年第 3 期，第 78 页。

② 车铭洲：《西欧中世纪哲学与现代西方五大哲学思潮》天津：南开大学出版社 2015 年版，第 425 页。

③ 车铭洲：《西欧中世纪哲学与现代西方五大哲学思潮》天津：南开大学出版社 2015 年版，第 426 页。

的无畏精神。[1] 他渴望塑造一种在自然、社会环境乃至自我精神中的挣扎但却绝不屈服的人格，通过这种人格面临的困境乃至悲剧思考的是人生的本体困境，强调理想的意义。杨宝琛在阅读西方戏剧作的过程中实际上潜移默化地接受了存在主义思想，这种思想也成为杨宝琛塑造人物性格、设置戏剧矛盾的出发点和落脚点。

二、内部因素：作家个人化经验下的理想主义

文学创作的过程是作家有意识的表达自己的观点的过程，杨宝琛戏剧中展现出的理想主义也是对自己生命经验的一种传递。文学创作不仅仅是创作者对外部世界的摹仿，更是对其本身内在经验的书写。刘再复也曾强调文学活动是作家作为精神主体的创作活动。作家从各种束缚中解脱后才能在最好的内心环境下进行文学创造。[2] 探究杨宝琛戏剧中的理想主义就要从他本人的内心世界找寻答案。作家在外在环境的影响下会形成某种个人化的情感，这些情感对他的戏剧创作有一定的影响。从某种程度上说，北大荒情结和虔诚的革命信仰正是杨宝琛戏剧创作的根源与动力。

（一）北大荒情结的真诚抒怀

作家创作很多是由生命意识的感触引发的文学情思，外部环境的气候、物候的变化都能激发这种生命意识。“气候通过物候触发文学家的生命意识，再通过气质的介入，最后形成文学作品的风格。”[3]，北大荒独特的地理环境和气候在潜移默化中影响了杨宝琛的作品气质，他的作品中总是有意无意地展示出北大荒独有的地方文化，他将自己的这样的创作冲动解释为“北大荒情结”。[4] 杨宝琛的戏剧风格受到了地理环境的影响。从地理条件上看，人们在寒冷的气候下身体外部纤维的末端就会紧缩起来，加快血液的流通，心脏就会更有力量，人就会获得较为充沛的精力，个人的气质也会有所改变，人会更有自信和勇气，人也会更为直爽，较少策略和诡计。[5] 在北大荒寒冷的气候影响下，北大荒的居民形成独有的精神气质，他们更加的乐于挑战自我，崇拜原始力量，

---

① 杨宝琛：《第一次惨败的经历——谈创作话剧<青山不老>的教训》，《戏剧文学》1999 年第 9 期，第 67 页。

② 刘再复：《论文学的主体性》，《文学评论》1985 年第 6 期，第 24 页。

③ 曾大兴：《气候物候与文学 以文学家生命意识为路径》北京：商务印书馆 2016 年版，第 110 页。

④ 杨宝琛：《北大荒人写北大荒的戏》，《剧作家》1995 年第 3 期，第 76-78 页。

⑤ 孟德斯鸠：《论法的精神上》张雁深译，北京：商务印书馆 1961 年版，第 273 页。

他们的性格也更热情质朴。杨宝琛在作品中就将这种北大荒人的特质的热情质朴与不屈不挠的精神内化为自己戏剧人物的基本精神。独特的地理环境造就了北大荒人独特的个性特征，个性化的北大荒人的交往方式形成特定的风俗习惯，这些独特的风俗习惯就约定俗成地被称为黑土文化。戏剧的理想主义要求作品能够反映现实生活，所以杨宝琛致力于“每个作品都有坚实的黑土文化的底蕴”①。一方面，北大荒“轻礼法、重自由”的文化传统为杨宝琛的戏剧创作提供了良好的天然环境。另一方面，作为描写对象的北大荒居民本身气质特点也影响了杨宝琛戏剧主题内容的描写。杨宝琛从北大荒居民的身体、心理、观念、人格等因素想象北大荒，构建了充满生命力的，与自然和谐共存的北大荒世界。

北大荒是一片充满生命活力的土地，北大荒寒冷的气候赋予了北大荒人无尽活力，他们时时刻刻都表现出对力量的崇拜。杨宝琛笔下的北大荒人，从“身体”再到“行为”无不是“力”的代名词。花玉兰在成为北大荒人之前专职唱戏，身上有很明显的女性化的特征。他的形态是“不男不女的卖弄着”，说话也是“女人腔地”，靠自己的情人才有了个少校军衔。这样的一个人，在进入北大荒之后就学会了自食其力，能在材料不足的情况下做出很多好菜，更是去掉了自己身上的那些女性化特质。他能够独立挑饭筐，说话也从女人腔调变成了充满原始野性的脏话——“像他妈的破坦克似的”。除了言语和形态的反差，杨宝琛也会通过刻意展示人们身体上的伤痕的方式来展现北大荒的原始生命力。伤痕是北大荒人与自然抗争的印记，抗争过程是每个人都必不可少的，关东来的小脚女人哪怕小脚扎得像血葫芦似的都要脱了鞋下地拉犁杖。伤痕是北大荒人为了生存与自然搏斗留下的印记，是北大荒人不向自然屈服的证明，是北大荒新移民的闯劲儿的具象化的表现。《青山不老》里的魏青山左脚粉碎性骨折，为了大青山的可持续利用，他每天趴在地上伐树，加重了自己的伤情。但是伤痕并没有影响他垦荒的效率，反而成为他英雄身份的证明，他带伤伐树的精神反而激发了其他人参与大青山建设的热情。《大青山》里的老穆头的腰被大树砸伤，甚至留下了后遗症，但是他仍旧坚持自己每天种树，还能安慰孙子“瞧，爷爷身子骨儿多壮？”北大荒人的身体上的伤痕不单单成为他们与自然抗争的生命印记，他们在自我抵御这种身体苦痛时的乐观还展现了北大荒人生命的韧性。

北大荒人生命的韧性不仅仅是体现在与自然的“力”的抗衡上，还体现在他们与社会环境阻力的抗衡中。北大荒人一直在与外力搏斗，不仅仅是自然

① 杨宝琛：《北大荒人写北大荒的戏》，《剧作家》1995年第3期，第78页。

的“力”在他们的身体上留下了天然的烙印，社会的“力”在他们的心灵上也留下了无法摆脱的印记。杨宝琛认为看不到青年心中的美好的世界，就写不出激动人心的好作品①。正视人们的心灵创伤，展现出青年在战胜自我时的心灵力量，才能在作品中体现出北大荒人独有的人格魅力。吴耀祖本来是逃难到北大荒的盲流，被吴常福收留才在北大荒生存下来。因为吴常福怀疑他和自己老婆有私情，所以他除了要像其他北大荒人一样努力去垦荒与自然环境搏斗，他还要忍受吴常福的刁难。对吴耀祖来说，身体上的苦痛尚可以忍受，表面的创伤也能结痂，这段丧失了尊严和人格的回忆却成为他心里的一道无法愈合的伤口。吴耀祖回北大荒投资创办酒厂的决定就是对自己的心理阴影的一种挑战，他是在积极地面对自己心灵的伤口，坦然地面对昔日给予自己刁难的吴厂长。两人在对峙中解开了对彼此的心结，摆脱了外在环境给自己留下的伤痕。吴耀祖能够这样不计前嫌的帮助吴常福创办酒厂其实也是北大荒人独有的个性表现。“北大荒人讲义气，男女之间朋友之间爱就爱个死，恨也恨个够”②，寒冷的自然环境决定了北大荒人热情质朴的个性与敢爱敢恨的性格，他们将生命热情就转换成了一种乐观主义的精神，来消解自己与外部世界抗衡的心灵的创伤。善涛和杜恒被组织上当作叛徒送到北大荒改造。叛徒的污点成为他们终身的阴影，但是这并没有消磨他们生活的热情。善涛每天坚持体育锻炼也能积极融入北大荒的环境氛围，杜恒努力用自己的专业去教授学生，他们历经磨难却初心不改，渴望将一八四八农场建成世界上一流的现代化农场。他们用北大荒人的乐观精神抚平自己的心灵创伤，积极地投入到北大荒的建设潮流中。他们的乐观精神展示了北大荒人生命的韧性，这也是杨宝琛戏剧中理想主义的希望精神所在。

杨宝琛的北大荒情结表现出了一种对原始的生命力的崇拜。北大荒人与自然的“力”的抗衡过程是一种积极进取的民族精神的展现。杨宝琛记录北大荒人与自然搏斗的伤痕其实是对原始生命强力的赞颂。伤痕成为北大荒人战胜自然的一种印记，也是作家对北大荒的原始生命力的标记。作家有意识地将这种生命力与垦荒这样的国家政治事件结合，成就了一曲英雄主义的赞歌。北大荒人热情质朴与敢爱敢恨的性格成为他们抵御外部环境压力最好的武器，他们本身强大的精神力量成为杨宝琛理想主义希望精神的动力源泉。

---

① 杨宝琛：《探索与思考》黑龙江省艺术研究所，《当代话剧探讨黑龙江省话剧学术讨论会专集》哈尔滨：黑龙江省艺术研究所1986年版，第28页。

② 王咏梅，杨宝琛：《尽展大荒极目天——杨宝琛访谈录》，《文艺评论》2002年第4期，第54页。

（二）革命信仰的自觉追求

新中国建立后，马克思主义的历史唯物论和阶级斗争观点逐渐占据了社会思想的统治地位。革命理想主义希望建立人全面自由发展的共产主义社会，这需要革命者们一起为了共产主义事业而奋斗，一起打破物质和社会的枷锁实现全人类的解放。解放战争的传奇故事和新中国成立场景让杨宝琛对革命的理想主义充满向往。他的成长过程与国家新政权的建立几乎是同步的，苏联革命小说里的革命思想让他自觉产生一种崇高感、责任感、使命感和献身精神。青年时期他接受了革命英雄主义的教育，先辈的英雄故事让他向往北大荒，渴望建设中国的共青城。新中国成立后焕然一新的气象让他感受到作为新中国公民的那种自信心与自豪感，也让他产生了渴望建功立业的愿望，这样的情感让他戏剧作品中充满了拓荒者的奋斗气息和乐观精神。

1958 年，18 岁的杨宝琛与转业官兵、知识青年一起奔赴北大荒。此时他对未来的一切充满了期待，渴望干一番大事业。来自五湖四海的青年们为了理想自愿离开繁华的都市，扎根北大荒积极劳动，这种景象被杨宝琛称为“那个美好时代的奇迹。”1959 年，杨宝琛在石英场目睹了广大转业官兵住在马架子的草埔里，吃冻碴子饭和咸菜的场景。转业军人的“与天斗其乐无穷”的英雄主义精神打动了他，也让他明白了北大荒军旅文化中革命理想主义的真谛。他的第一部独幕剧《雪夜探矿》就表达自己对这些北大荒建设英雄的崇敬之情。他后来还创作了《天鹅湖畔》《将军的战场》这类以转业官兵为原型的戏剧来还原这些拓荒者艰苦拓荒的岁月。

“到目前为止一切社会的历史都是阶级斗争的历史。”① 革命话语鼓励无产阶级形成一个集体，在革命领袖的领导下赢得革命的胜利。珍宝岛保卫战让他对集体和革命的力量有了更深刻认识。他与广大军民一起投入战斗，写立功材料，教唱革命歌曲。他在战火中感受到了军民骨肉情，也感受到了浪漫的英雄主义的气息。战斗经历让他对无产阶级革命者献身共产主义的伟大激情有了共鸣。战友们的豪情壮志与自愿献身的真诚打动了他，也让他对英雄化、理想化的人生追求有了更深的理解。杨宝琛曾说北大荒的生活经历和共产主义事业让他明白了热爱集体、积极奋斗是革命理想主义人生中最具价值的东西，它为个人提供指引，也是时代的主旋律。② 杨宝琛在创作中将革命理想主义升华成爱

---

① 《马克思恩格斯选集 · 第 1 卷》中共中央马克思恩格斯列宁斯大林著作编译局编，北京：人民出版社 1972 年版，第 250 页。

② 杨宝琛：《北大荒人写北大荒的戏》，《剧作家》1995 第 3 期，第 78 页。

国主义理想。虽然他后来的创作中增添了很多个人化的因素，但是弘扬时代主旋律，坚持爱国精神却是他始终不变的主题，这也是他对革命信仰的一种坚持。

第二节　杨宝琛戏剧理想主义呈现

理想主义是一种追求至善至美境界的哲学精神。它脱胎于乌托邦精神，早期的理想主义就是对人类社会理想化的建设图景的想象。初级的理想主义是以群体主义立场为本位的。社会的发展让人们发现了乌托邦的虚幻性以及这种抽象精神对个体价值的遮蔽。所以，理想主义的追求中增添了理性的因素，理想主义从群体的热情狂欢变成了个体理性的哲学思考，它从一个与现实对照的希望精神标杆变成了生命个体摆脱虚无走向真实的精神指引。

杨宝琛的戏剧理想主义经历了从简单理想化的热情展示到哲理性的精神重塑的过程。他在苦难中发掘人物的崇高与伟大，歌颂这些人物为理想献身的精神，他借这种崇高而伟大的献身与牺牲精神来展现垦荒者的建设热情与乐观。杨宝琛描绘人们美好的感情而不是写历史过程中的功过是非，这种纯粹的情感歌颂正是一种简单化理想主义的情绪展示。他从个体精神的角度出发，认识到个体存在本身的意义，其实这也是一种理性的理想主义的话语表达。他在戏剧中注重描写人的灵魂，坚持理想主义下的元伦理学下的道德判断，肯定具体化的理性精神。他用多元化的价值观念来思考具体的道德论点的性质，避免在新形势下抽象普遍的传统标准对人们思想的束缚。

一、追寻崇高："彼岸"理想下美好追寻

建设新天地的愿望与追寻崇高的精神是杨宝琛戏剧创作的动力和源泉。拓荒者建设北大荒的故事和他们甘愿奉献牺牲的精神激发了作家的创作激情。在革命理想主义盛行的时代，人人都崇尚英雄，都渴望模仿英雄的行为来彰显自己的忠勇。劳动者们以积极参与集体劳动的方式来确认自己的存在价值。杨宝琛希望以戏剧创作的形式来表现自己的理想主义思想。"他就像一位热诚的朝圣者，虽然跋山涉水、不辞辛苦地追踪着缪斯女神的圣迹而来。"① 他早期创作的话剧都洋溢着集体理想主义青春理想的激情与昂扬，书写着自己浓厚的政

① 王咏梅：《拓荒者的生命交响--杨宝琛论》哈尔滨：黑龙江人民出版社 2001 年版，第 9 页。

治热情。在多元化的社会思潮的感染下，他的理想主义中逐渐感染了包容的理性精神，但他始终坚持着将集体理想主义下的牺牲奉献与乐观奋斗的精神作为自己戏剧灵魂的底色。

（一）人生意义的探寻

“北大荒人写北大荒的戏”是对杨宝琛戏剧创作最好的说明。杨宝琛对北大荒有着深厚的感情，这片土地在他的文学地理世界中有着独特的含义。从某种程度上说，作为个人的杨宝琛与作为乡土的北大荒在精神文化的层面上是相通的。“人与乡土的关系将获得更深刻的精神文化性质，表现为人与其世界在相互寻找中的遇合，更能反映人主动的文化选择和个体人的精神特性。”[①] 对杨宝琛来说，北大荒不仅仅是提供物质生存资料和建设、改造的地理空间，事实上它的象征意义可能大于实际意义。

在杨宝琛的戏剧中，北大荒作为一个地理空间有着自己独特的象征意义。在《北京往北是北大荒》中那小勤就因为六块六毛六的“贪污”事件要被送往北大荒劳教。表面上看，去北大荒是对那小勤贪污行为的惩罚。北大荒是古代犯人流放和改造的场所，“林则徐犯上，窦尔敦盗御马”[②] 都会被发配到这里。但实际上，前往北大荒其实是那小勤自愿的选择。那小勤本可以通过写一份深刻的检查就能逃避惩罚，但是她却拒绝这样做。她厌倦了家庭和北京，她希望通过在北大荒获得自己改变命运的机会。那小勤来北大荒垦荒，与其说是被迫流放，不如说是自愿的出走。出走这个动作本身就隐含着寻求的目的，即出走是为了寻找一个超越当下生活的世界。

对那小勤来说，她虽然从小在北京长大，但是却并没有在北京找到归属感。在北京，那小勤从来都没有被集体真正地接纳过，母亲是王府格格，父亲是国民党军官，出身让她处处低人一等，另类的身份让她无法得到集体的信任。李经理轻而易举地就能诬陷她偷带鱼，给她扣上“不注意政治学习、改造思想，个人主义”的帽子。那小勤作为集体中的异类，她无法在北京找到自己的信念、价值的归属感与自我的认同感。北大荒虽然是异域，却以宽容的胸怀收留了各地的流浪者，而且作为她祖上的发源地，和她在某种程度上有血脉上的联系。北大荒对那小勤来说不仅仅是逃避人生困境的庇护所，更是自己重新找寻自己信仰的理想空间。寻找不同于当下的异域空间其实也是找寻自身未知身份的一个过程。异域空间吸引我们走出当下，我们为了适应新的空间会

① 赵园：《地之子乡村小说与农民文化》北京：北京十月文艺出版社 1993 年版，第 30 页。

② 杨宝琛：《北京往北是北大荒》，北京：中国戏剧出版社 2001 年版，第 137 页。

生出新的自我，这样的改变能够帮助我们看到不一样的自己，回归真正的自我。[①] 那小勤对北大荒的追寻过程也是对人生意义和真正自我追寻的一个过程。

北大荒的边缘性让它区别于垦荒者以往的生活环境，它作为一个异域空间为垦荒者提供了一个重新追问人生意义、重新找寻全新自我的心理空间。此外，北大荒作为一个空间符号，它本身有着更丰富的含义。首先，从历史的角度看，北大荒的发展史本身就带着浓厚的意识形态的意味。转业官兵开荒、几十万知青下乡还有改革开放这些国家政策影响的事件引发了北大荒的建设高潮。垦荒者响应国家号召到北大荒垦荒，这种自觉回应国家政策的行为更像是垦荒者们对集体理想的自觉皈依，他们参与垦荒的过程也可以理解成他们对集体信仰找寻的过程。其次，北大荒不同于北京这样现代化的大都市，它仍旧蕴含着一些原始的乡土气息。北大荒是这些垦荒者的“第二故乡”，它为垦荒者们提供了心灵栖息地。相似处境的垦荒者们在北大荒相遇，共患难的情谊将这些被城市抛弃的异乡人团结起来，他们在接纳他人的时候认识到了集体的意义，在团结的过程中完成了自我集体身份的确认，这种自我身份的认同反过来又加强了北大荒作为心灵栖息地理想化的属性，为垦荒者发掘自身的人生意义提供理想化的空间。最后，北大荒恶劣的自然环境为垦荒者提供了自我磨砺的成长空间。垦荒者战胜自然克服苦难的过程就是对自我不断超越的一个过程，在这样的建设过程中垦荒者的心智也得到成长，他们在皈依集体超越自我的过程中也实现了内心世界和人生理想的重塑。

对垦荒者来说，找寻与建设北大荒的过程就是对人生价值意义的寻找过程。这些创业者从故乡“出走”扎根在北大荒，是希望在这片新天地上重新定义自己人生的意义，他们将国家民族的复兴作为自己生存的使命，他们用青春的血汗来书写对国家的忠诚，垦荒的过程对他们来说就是自己实现理想的一个过程。北大荒从一个需要被改造的地方变成了垦荒者的心灵家园，垦荒者与北大荒一同成长，并在北大荒的建设目标实现中完成人生意义的追寻。

（二）人生理想的坚守

杨宝琛的北大荒戏剧融入了自己的生命体验，他以深情歌颂这片土地的美好。垦荒者们在北大荒找寻自己的生命意义，将北大荒的垦荒过程作为他们皈依集体的一场仪式，将自我价值的实现与民族国家的现代化的想象同构，将坚定的革命信仰转化成对北大荒建设现代化建设的热情。“每一个社会都会生产

① 王小华：《放逐与追寻》杭州：浙江师范大学，2004年，第35页。

出它自己的空间”[①]，在北大荒这样政治化意味浓厚的空间里，人们的崇高追寻中都带着革命理想主义的因素。垦荒者用自己虔诚的革命信仰来浇灌这片土地，在与自然搏斗的过程中彰显自己与命运抗争的果敢与坚定。北大荒恶劣苦寒的自然环境洗礼了这些垦荒者灵魂，让他们在征服自然中完成自我的超越和英雄传奇的续写。“这种毅力，仅仅说是吃苦耐劳是不够的，那是经得起打击和摧残的一种精神，是一种处于劣境下仍然奋发向上的精神，是一种在北大荒本应有作为而未实现，依然顽强抗争向前的精神。”[②] 北大荒人每年冬天都要冒着被冻坏的风险下湖打鱼。他们将自然环境中的苦难视为常态，以身体受难的方式完成对自然的征服。北大荒的小脚女人就算小脚扎的像血葫芦似的也会在春天开荒时赤脚拉犁杖。[③] 他们将顽强的生命意志和不向命运屈服的奋斗精神写进灵魂，成为人生不可割舍的一部分。

如果说北大荒人与自然的抗争展现了他们不向命运低头的顽强生存意志，垦荒者们克服建设过程中的艰难险阻来完成他们理想社会的想象则是将人生信仰从个体或者部分人的生存哲学上升到集体的社会信仰。乌托邦是真实的，它表现了人的本质和生存的深层目的。它作为一种希望精神帮助个人规划自己理想化的人生目标和计划。[④] 垦荒行为就是人的主体精神与社会理想的有机统一的社会实践。个体在参与垦荒的过程中完成个体人生的规划，将乌托邦式的社会理想作为奋斗目标，个体在实现集体梦想的同时完成个人价值的满足。乌托邦是人们美好的社会理想，人们对这个理想充满信心并为之奋斗，这种乐观与奋斗的精神就是乌托邦希望精神的再现。垦荒对垦荒者来说就不仅仅是一种求生存的行为，更是一种为革命信仰而奋斗的实践。

参与北大荒的建设是垦荒者在政治理想指引下的选择，也是他们革命精神的继承与发扬。垦荒者们常常以革命斗争的思维方式进行生产建设，在这种思维框架下，生产建设的过程就是革命理想主义下与困难斗争的过程，垦荒史的叙述就是对革命史的重构，外在的艰苦环境变成了对革命忠诚的考验。在《天鹅湖畔》中，垦荒者们大部分都是转业战士，“床下流水叮咚，墙上万紫千红”这样简陋的居住环境正是为他们提供了一个展示自己革命决心的舞台，他们坚持弘扬敢打硬仗的军魂精神，住在简易的房子里每天都要跋山涉水来回百十里路，用运动线裤当麻袋来运送粮食。垦荒者们用战胜自然的决心和勇气

---

① [法] 亨利·勒菲弗：《空间与政治》上海：上海人民出版社 2008 年版，第 10 页。

② 肖复兴：《啊！老三届》合肥：安徽文艺出版社 1988 年版，第 107 页。

③ 杨宝琛：《北京往北是北大荒》北京：中国戏剧出版社 2001 年版，第 166 页。

④ [德] 蒂里希：《政治期望》徐钧尧译，成都：四川人民出版社 1989 年版，第 214 页。

来证明自己坚定的革命信念和爱国情怀，他们积极地提升自我，让个人价值在建设集体中展现出真正的意义。当然，对于赵镇长、那小勤、吴常福这样的改革者来说，北大荒的现代化建设任务就从自然改造转向了社会建设，他们需要用这种坚定的革命信念和爱国精神在物欲横流的时代坚持有意义的人生，用革命理想主义重新改造、战胜自我，为北大荒社会建设与改造和集体的理想生活添砖加瓦。在战斗精神的鼓舞下，垦荒者们的拓荒行为从个体生存的自觉意志变成了追寻崇高的集体信仰。

杨宝琛对垦荒者的赞颂也体现在英雄的塑造和英雄主义的颂扬上。垦荒者们在革命崇高信仰的追寻中，将英雄看作自己的偶像，用英雄的品质观照自己的人生。吴双印被战斗的无私精神打动，将自己的私人心结放下，认识到同志们应该团结起来，在革命胜利后一起建设城市。对北大荒的垦荒者来说，英雄主义也是展现自我尊严和自我价值的重要表达方式。“北大荒知青的尊严体现在：即使青春的生命之旅有痛苦和困惑，孤独与死亡，他们内心依然充满追求崇高的激情，拒绝被动荡的生活左右，克服人生无意义的物化存在状态，甚至不惜牺牲生命去赢得人的尊严。”① 卢英在朝鲜战场上被俘，以盲流身份流浪北大荒，她一直徘徊在过去的阴影中，甚至不敢与昔日的恋人相认。在政委的帮助下，卢英通过日常劳动又重新融入集体，在劳动中证明自己的个人价值。她在关键时刻挺身而出与熊搏斗，拯救了战友的生命。她用自己的牺牲证明了个体追求崇高的激情，也证明了自己的人生意义，维护了自己做人的尊严。

二、超越虚无：“此岸”思考下理想重塑

在五六十年代国家建设的主题下，理想主义与国家政治话语共同谱写了以集体为中心的思想主旋律。“由中国式政党实践导致的全方位的高度整合（社会、观念、心性被组织化）乃中国式‘现代’的根本规定性”②，为了寻求理想社会下集体的“正义之善”，文学常常为了某种神圣崇高的精神而忽视了个体本身的存在意义。在这样极端的集体化的理想主义之下，个人成为无足轻重之物，甚至成为某种超验的、抽象的精神牺牲品和附属品。日常生活从时代的集体记忆中消失。极端追求群体意识的理想主义，只追求宏大叙事，太过于抽象，忽略了对个体日常生活的关注，只注重国家话语的宣传，高扬集体的神圣，并没有达到对个体精神的救赎。这种“大写”的理想主义脱离了具体生活，它使文学走上脱离日常、抽象空洞的模式化创作，在某种程度上会推动犬

① 车红梅：《梁晓声北大荒知青小说的理想主义叙事》，《求索》2013年第1期，第147页。
② 余虹：《艺术与精神》北京：社会科学文献出版社2000年版，第4页。

儒主义的展开。面对这种现实，在文学中重塑理想主义精神，找到一个承认个体存在意义的理想主义新坐标就显得十分重要。

从历史发展的哲学基础角度来看，传统的理想主义根植于传统的社会形态，呈现出“同质性”和“未分化性”的特征，这种以“共同体”为本位的社会依靠一种同质性的价值体系维持国家的团结和稳定。“文革”结束之后，国家的状态趋于稳定，国家话语的主流就从革命斗争转向发展和建设，传统的一元理想主义已经不能满足多元化的文化思维方式的发展需要，“人们无法再依仗于某种先验理性来为生活意义提供终极的保证”①，人们需要承认合理范围内的不同价值信念上的分歧，利用科学理性、人文精神重新衡量理想主义，打破政治权力话语禁锢下的保守思想。新理想主义文学应该适应现代化发展的需要，学会利用个人主体精神、文学主体性和文化多元性等思想来重新丰富理想主义的内涵。

国家话语一方面肯定传统的理想主义中崇高的无私的集体主义精神，但已不会将这种一元价值论的判断标准统一到所有的个体中，不再将某种精神作为强制性的道德规范，而是适度肯定个体的价值，从个体的角度出发，从个人化和日常化的角度去找寻理想主义的新形态。这种观念在文学上的体现就是伊恩P·瓦特所提倡的文学创作回归个体化、日常化的价值取向，他认为文学的创作可以建立一种“思想体系”使神话叙事、英雄叙事转向对普通人日常生活的深切关注。首先，社会要把普通个体看作严肃文学的叙述主体；其次，社会个体之间的信念和行为是多样化、不完全相同的；最后，社会是在众多个体的相互作用下形成的复合体，个体之间相互依存相互作用。② 在文学创作中关注个体的价值，关注主人公的心灵世界以及他们和外部世界的关系，从日常叙述中寻找个体存在的独特价值，赋予理想主义新的内涵。

杨宝琛戏剧中也表现出了这种超越虚无的文学创作倾向。杨宝琛在创作的中后期开始有意识回避将“青春无悔”式的建设口号作为戏剧主题的创作模式。他尝试将北大荒人的身份认同感下的现实思考与理性精神下的社会发展期待结合起来。他用人道主义的思想去塑造人物，挖掘人的情感。他认为历史已经成为过去，个体的美好情感鼓励人们去发现更多的真善美，这种情感才是不应该被忘记的最宝贵的财富。③ 从某种程度上说，杨宝琛的这种思想正是在理性精神影响下接受个体立场的理想主义的一种表现。

① 贺来：《超越理想主义与犬儒主义的“辩证法”——对当代中国人精神生活的分析》，《学术月刊》2014年第1期，第59页。

② 瓦特：《小说的兴起》北京：生活·读书·新知三联书店2003年版，第62页。

③ 杨宝琛：《北大荒人写北大荒的戏》，《剧作家》1995年第3期，第78页。

如果说在杨宝琛的早期的戏剧创作中，理想主义是“彼岸”理想下的美好追寻，是一种为个体存在和发展提供保障的约定俗成“社会正义”。那么在创作成熟之后，杨宝琛就认识到理想主义就不仅仅是一种美好的愿望，而是一种可实现的道路的探寻。理想不是幻想，理想主义之所以不同于乌托邦就在于它将着陆点放在此岸的精神世界的理性思考，理想主义需要对人的精神自我的重塑，用真实的个体生命实现真正的理想主义，拒绝信仰成为盲目的热情宣泄和抽象僵化的精神枷锁的借口。理想主义强调人的主体性，作家只有塑造出真实而自由的人格才能在此基础上重新理解这个真实的世界。“主体生成的重要标志之一，并不在于获得绝对的真理，而是具备反思和批判的理性、科学精神。”① 对个人来说，真正的理想主义不是对某一抽象精神的追求，也不是对神圣和崇高的幻想，更不是将自己的个人价值理想的实现寄托在虚幻彼岸世界，而是对当下世界的正确认识并力行改造。这种改造是对过往的自我反思，认识到此岸世界的复杂性，并重新建立富有新的时代精神的理想主义。杨宝琛将关注点回到人的本身，他将笔下的人物放置在私人化的情感空间中来展示理想主义下的个体的内心世界，他通过笔下人物的爱情观与生活态度来展示这种主体生成的过程。也正是因为杨宝琛从这种个人化、实践化的角度来诠释理想主义的爱情、乡村主题，所以他笔下的爱情主题与乡村生活的主题是突破了以往模式化创作套路的，他通过重塑理想化的爱情与理想化的乡村来诠释这种理想主义下个体的真实。

（一）理想爱情的重塑

爱情主题是文学创作中的经典主题。五四时期，受到启蒙主义思潮影响的现代作家就把“恋爱”视作“个性解放”的同义语，革命文学早期阶段的“革命加恋爱”模式强调了爱情在文学创作中不可或缺的地位。与这些理想化的爱情想象不同，十七年时期的北大荒文学中的爱情叙事是基于双方共同的革命立场的。情侣们必须是共同进步、一起参与建设的。爱情只有建筑在热爱劳动、歌颂建设事业的基础上才是有价值的。② 这样的爱情实际上是为政治的垦荒任务服务的，并不是全面个人的自我表达。“文革”结束后新文学创作面临如何重新塑造人的问题。新时期的文学重新发现了人，强调尊重人的价值和尊严，强调人物的塑造要重新发现人性和人情。③ 新时期的文学认为，健全的社

① 郭彩侠：《“主体生成”及其现代性想象》上海：上海大学，2013 年，第 23 页。

② 了之：《爱情有没有条件》，《文艺月报》1957 年第 3 期，第 54 页。

③ 刘再复：《论中国文学》，北京：作家出版社 1988 年版，第 268 页。

会里的人是独立自主且客观理性的，他们能够自由地发挥自己的创造性更能够自由地爱人。[①] 杨宝琛的戏剧创作中也加入了人性化的情爱书写。从《将军的战场》到《大江到这儿拐了一个弯》，他的戏剧创作中几乎都少不了情爱叙事。他笔下的情爱故事也逐渐从革命道德中不谈爱情的压抑转向了合理合法地表现自然人性的感性体验。这种对爱情理想的重塑也是他将理想主义从神圣的彼岸革命信念转移到此岸现实生活的一种尝试，是他探寻新理想主义的一种方式。他的情爱书写肯定了人的正常感性欲望，是对抽象化革命精神的一种超越，是理想主义向真实的回归，是作者理性思考的体现。

杨宝琛在戏剧创作中尝试打破革命话语的禁锢，表现人性化的真挚爱情。他从人物的身份、矛盾的设置以及人物的行动等方面来展示人性化的情爱理想主义，解构恋爱为政治服务的传统话语。在《将军的战场》中，刘雪平与刘靖的爱情就是一种对传统革命爱情话语言说的一种解构。刘雪平因为爱情选择了出身不好的刘靖放弃了门当户对的徐冬梅。刘雪平的爱情选择从某种程度上反映了他的身份认同。徐冬梅最适合刘雪平革命英雄的身份，刘靖意味着心灵相通的爱情。

刘雪平冒着被划为右派的风险和刘靖结婚，这意味着政治身份不再是评价个体的全部标准。个体可以打破身份的偏见，从个体存在自身出发，看到人性本身的真善美。对于英雄人物来说，革命事业也不再是单纯的生命中唯一的奋斗目标，他们在一定程度上也可以为自己的个人幸福做出自己的努力。在血统论盛行的年代，刘靖作为国民党少将迟禺的未婚妻与刘雪平作为地道的革命者的结合无疑是十分艰难的。多年的革命教育让刘雪平对刘靖的社会身份有很深的顾虑，他的理智让他明白刘靖的身份会断送自己的前程。同时，作为一个普通男人，刘靖的善良与温柔又让他不自觉地心动，让他决定诚实地正大光明地去爱她。[②] 刘雪平的经历是对历史的还原。杨宝琛以北大荒军官们的实际经历为原型，承认现实中军官们也有个人化的情感，他们也可以为了爱情放弃前途，即便是革命英雄也不是不食人间烟火的怪物。[③] 杨宝琛展示了刘雪平的爱情欲望，将英雄人性化的一面展现出来。这正是杨宝琛的理想主义追求真实，肯定个体化精神的一种表现。刘雪平的爱情欲望也是真实人性的还原。人的欲望是生命活力的体现，欲望推动了人的创造力。[④] 刘雪平是革命英雄，但是他

① 弗洛姆：《健全的社会》，孙恺详译，贵阳：贵州人民出版社，1994 年版，第 57 页。

② 杨宝琛：《北京往北是北大荒》，北京：中国戏剧出版社 2001 年版，第 13-14 页。

③ 杨宝琛：《忠于生活 勇于探索——创作话剧<将军的战场>点滴体会》，《戏剧创作》1985 年第 2 期，第 39 页。

④ 刘再复：《性格组合论》，上海：上海文艺出版社 1986 年版，第 451 页。

的真实人性中也有感性欲望，这种人性欲望也可以成为他进步的动力。他可以为了自己的爱情牺牲自己的前途，爱情也成为他建设北大荒的动力。刘雪平作为一个忠诚的革命战士有着真诚的革命情感，作为真实的个体，他又有着普通人的七情六欲，也会对异性心动。这是一种对真实人性的还原。杨宝琛在情爱叙事中展现了现实的理想主义对人性“真”的肯定。

对杨宝琛来说，爱情不仅仅是志同道合的革命战友之间的情投意合，更是两个真诚的个人抛开身份，进行“生命对生命的呼唤”。杨宝琛曾说自己的创作不仅仅是为了还原历史，他还希望通过还原历史中的复杂关系为今天的社会发展方向提供指引。[①] 新的时代主题是和平与发展，日常生活的主题也从政治化转向了多元化。梁山与日本人千叶樱子之间的若有似无的情愫其实就是杨宝琛进一步地对爱情描写的“去政治化”的体现。梁山与千叶樱子本身的关系并不是革命战友，甚至樱子作为日本人千叶遗孀，她与梁山的关系在某种程度上可以说是敌对的。她一开始救助梁山只是出于自己的同情心，后来梁山救了她的女儿并告诉了她日本人屠杀中国人的真相，她被梁山的勇敢与正义所打动，梁山也被她的温柔与善良所吸引。虽然两个人立场不同，但是他们的爱情是真挚的。人与人之间的感情是不应该简单地用阶级之间、人和人之间的仇恨来简单判断的，而是应该用人性中真实的情感去理性判断。这是杨宝琛在时代潮流的变化中感受到人道主义的生命力，也认识到人生命中真善美的可贵。他呼唤美好人性重返生活，试图在自己的文学世界中构建一种人性化的理想主义精神。

在杨宝琛戏剧中，爱是一种神圣的信仰，爱情不仅是对抽象的政治精神的消解，而且它还是人们的心灵寄托。在北大荒社会，人与人间的温情是鼓励他们坚守初心、战胜苦难的精神力量。这种精神力量甚至可以成为一种信仰，指引他们向理想的目标前进。人与人之间的真情促进了社会和谐，理想化的社会关系为社会发展提供了动力。北大荒社会的真善美都融成一种爱的信仰，这种信仰为生活在复杂形势下社会个人确认了生存的意义。[②]《大青山》里老高太太苦等自己丈夫谢尔盖二十多年，并且一直把丈夫留下的白熊牌啤酒商标珍藏。因为这个白熊牌啤酒商标是丈夫留下的唯一回忆，保有这个啤酒商标就是保有她对爱情的回忆。对于老高太太来说，这个白熊牌商标就是自己和丈夫爱情的证明，为了留下这份纪念品，她不仅拒绝金钱的诱惑，更是与其他想要抢夺这个商标的民兵玩命。老高太太把代表爱情的白熊牌商标看得比生命还重

---

① 王予，杨宝琛：《铃兰花覆盖的地下（多场次史诗剧）》，《剧作家》1987年第1期，第3页。

② 杨宝琛：《苦难中的高贵》，《中国戏剧》1994年第6期，第24页。

要，即使在“文革”时造反派将她打得死去活来，将她与谢尔盖所有的回忆都摧毁，她仍旧冒着风险保留了20多年这个可能成为自己罪证的商标。她在自己哪怕只剩一口气儿的时候，也偷偷保留着这个商标，她可以为了生存失去贞洁，但是却愿意为了这个商标而死，还说这个商标就是自己的陪葬品，哪怕死了也要这个商标陪着自己。其实对老高太太来说，商标不仅仅是关于谢尔盖记忆的纪念品，更是自己爱情的象征。她愿意付出生命去守护的与其说是这个纪念品，还不如说是自己爱情的信仰。爱情的希望成为她生存的寄托，是她作为个体生存意义的展现。一部好的文学作品需要“情感信念”的支持，忽略了情感信念只强调意识形态的作品是不合乎情理的，甚至可以说是没有任何意义的。[1] 爱情在这里成为一种“情感信念”丰富了杨宝琛戏剧的意义内涵。这种表达也是一种个体的多元化的理想主义的展现，是对理想主义的一种真实还原。

（二）理想乡村的重塑

杨宝琛对北大荒乡村社会的展现，在某种程度上是对革命理想主义下国家伦理的消解，是对抽象政治精神的抵抗。刘小枫认为中国现代化的国家伦理的形成受到了某种强势的价值理念的影响，这种价值理念下农村的传统结构被破坏。社会的社会成员都自觉将组织化、意识形态化的政党伦理作为自己的行为规范的准则。[2]“文革”时期社会成员遵循的国家伦理崇尚集体精神中牺牲奉献的道德，提倡阶级斗争意识以及强调对组织的无条件信任。民间伦理是普通民众从实际生活的现状出发，根据生存和发展需要制定的一套行为道德规范。[3] 它的伦理精神其实在某种程度上契合了以人为本的思想。民间伦理作为约定俗成的民间规范，具有包容性、边缘性以及实用性的特点。[4] 这些特点决定了民间话语伦理不同于国家伦理话语的特质。

国家话语伦理中提倡阶级成分，民间伦理中讲人性与人情。在《北京往北是北大荒》中臭子喜欢勤子，但是在国家伦理话语的影响下，他碍于那小勤的阶级身份，只能拿出对待阶级敌人的态度来对待那小勤。[5] 他过度地强调

---

① BELLOW S. Literature and Culture：An Interview with Saul Bellow［J］. Salmagundi. 1975（30）：14.

② 刘小枫：《现代性社会理论绪论 现代性与现代中国》，上海：上海三联书店1998年版，第395－400页。

③ 李长莉：《略论晚清时期社会转型与民间伦理》，《光明日报》1999年4月9日。

④ 贺宾：《论民间伦理的特征》，《中州学刊》2006年第2期，第122页。

⑤ 杨宝琛：《北京往北是北大荒》，北京：中国戏剧出版社2001年版，第157页。

阶级立场忽视了实际情况，是一种异化的个人情感。与他形成鲜明对比的是北大荒的窦婶，她用慈母般的爱关怀这些在北大荒生活的女孩儿们。在女孩儿们集体逃跑时，她害怕他们遭遇不测就四处找寻她们。生产队长对小柳儿心怀不轨的时候，她又处处维护小柳儿的清白。她的行为就是民间亲缘思想影响下的乡村人情文化的产物。窦婶的行为实际上就是民间伦理对政治伦理中阶级斗争文化的消解。

在国家伦理的要求下，人的一切行为都要听从组织领导，饥荒时期下湖打鱼违反了场党委的决定。所以在国家伦理话语的逻辑下，只能让全场的职工挨饿。而在民间伦理中，生存需要是大于一切的，窦婶偷偷打鱼的行为正是民间伦理下人们渴望生存的愿望的表达。而窦婶的行为给了邢队长启发，让全农场人都去打鱼，实现了对“左倾”错误的纠正。实际上打鱼事件的圆满结束就是民间伦理对僵化的国家伦理的一次解构。如果说打鱼事件是为了求生存而被迫无奈的选择，那么为了那小勤利用毛主席语录智慧消解了“毁田换地”的危机就是民间伦理主动对僵化的政治权力的对抗与解构。毛主席语录对革命青年来说本来是神圣不可侵犯的，背诵毛主席语录本来就蕴含着向革命表忠心的意味。但是那小勤却与北大荒的众人商量伪造毛主席语录，保护连里种植的小站稻。她敢于质疑不合理的上级政策，使用灵活的策略与不合理的现象作斗争。[①] 这种行为背后的话语逻辑正是“咱们就是为了活着嘛”的民间伦理的求生意识的展现。而北大荒的众人一起伪造毛主席语录的行为正是对传统政治权力话语权威性的对抗与解构。这里的垦荒者们不再是任政治规训的被动角色，这些垦荒者们在融入北大荒后利用民间的生存智慧和道德立场无意识地抵抗着政治的驯化。

“文革”结束后，文学通过描写日常生活来实现创作主题的去政治化，作家开始恢复被压抑的日常生活的正当性，文学中的理想主义也可以是具体化、个人化、日常化的。[②] 杨宝琛对垦荒者们日常生活的描写就是新的理想主义对人的主体性的还原，这也是他为重建理性与健康的理想乡村而做出的努力。外来者们把北大荒看作“第二故乡”。因为除了垦荒的主题生活之外，北大荒还为他们提供了更加私人的生活化空间。杨宝琛在《北京往北是北大荒》中不仅描写了女青年们的垦荒建设的生活，还在这种建设主旋律之外写了更多她们的生活日常。她们在与窦婶的日常聊天中，大部分聊的都是爱情、家庭这样私人化的家常话题。她们为了报复臭子对自己的刻薄待遇，约好集体捉弄臭子扒

① 杨宝琛：《北京往北是北大荒》，北京：中国戏剧出版社 2001 年版，第 183 页。

② 李杨：《文学史写作中的现代性问题》，太原：山西教育出版社 2006 年版，第 277 页。

光他的衣服，也明显是私人化的个人行为。作家在《大江弯弯》中对善涛和杜恒的描写也是围绕着他们的日常生活展开。作家在剧本的背景交代中写善涛每天做广播体操锻炼自己，他还每天熟练的使用方言和乡亲们玩闹。乡村不仅为这些小人物提供了展示他们真实日常生活的场所而且还向他们提供展示个人情感温度的舞台。在文学的发展历史中，曾有人认为理想主义就是对“高大全”式崇高精神的追求。但是抽象的崇高精神由于缺乏人性温度而显得“假大空”，这种不切实际的理想主义引起了人们的反感①。对北大荒乡村的还原正是将北大荒从光荣的革命圣地光环中剥离出来，展现人性价值尺度下新的理想主义塑造的新的个人化的生活空间。对杨宝琛来说，日常精神成为抑制所谓革命精神泛滥的良药。他在北大荒乡村的重建中展现的日常精神也是对“文革”成因的一种反思。他走出了自己以往的简单的对与错、高尚与卑劣、崇高与庸俗的表达框架，拓宽了理想化的戏剧阐释历史的空间。

二、理想化的人物群像

人究竟是什么，怎么样的人才能代表理想主义的精神？自从苏格拉底开启了“认识你自己”的哲学追问之后，人们对于人的本质都有自己的思考。什么样的人是理想化的人物，每个作家都试图给出自己的答案。杨宝琛既赞赏那些勤勤恳恳为集体目标而奋斗的理想主义者，又肯定人性本身的自然与真实。杨宝琛笔下理想化的人物既有自己真善美的一面又有自己的个性化的特质，作家用一种理性的理想主义为我们真实地展现了自己心目中典型的理想性人物。

（一）心忧天下的知识分子

杨宝琛笔下的知识分子都是真诚的，他也尝试用真诚的笔调去还原这个群体最真实的面貌。在“文革”运动中，很多知识分子由于自己小资产阶级的软弱性的缺点成为社会中被改造的对象，他们一边努力地向社会主义的建设理想靠拢，又一边坚守着传统的文化和精神，用一颗赤子之心去努力实现自己在新社会的理想，体现自己的个体价值。杨宝琛也真实地还原了他们的处境，展示了他们的选择，为我们展现了特殊时代下一群坚守的知识分子。

“穷则独善其身，达则兼济天下”这是历代文人为人处世的座右铭。中国的知识分子都是在儒家思想的浸染下成长起来的，他们遵循的伦理道德就是从个人道德理想的完善开始再到救世理想的追寻，“修身齐家治国平天下”就可以说是对这些知识分子的理想精神的概括。杨宝琛笔下的知识分子虽然境遇各

① 张江，高建平，李国平：《文学呼唤崇高（文学观象）》，《人民日报》2014年8月29日。

有不同，有人身陷囹圄也不忘追寻“自由而无用”的灵魂，有人经历了跌宕起伏的人生也不忘自己的救世理想，但是他们都有一个共同点就是以真诚的灵魂去面对自我，确认自己作为一个读书人而存在的价值。

《北京往北是北大荒》中的那小舟就是一个固守传统忧心天下的知识分子。他的阶级身份和残疾决定了他很难直接为祖国的建设出力，但是他依旧时刻关注着社会发展的动态，还积极地为社会发展献言献策。此外，在那小勤决心去北大荒的时候，他并不像那姑那样因为心疼那小勤而阻止那小勤去北大荒。相反他在一开始就劝那姑同意妹妹建设北大荒，他告诉那姑北大荒建设的劳改农场需要的人很多，这样的机会是有助于那小勤发展的。他时刻关注着北大荒建设的信息，并把自己最珍视的收音机卖掉来支持妹妹的北大荒建设之行，甚至在妹妹要走的时候还借算命鼓励那小勤去北大荒一定要有一番作为。那小舟身处逆境却始终不忘自己报效祖国的决心，这样的人生经历其实在某种程度上也是作家自己的人生写照。杨宝琛本来在北大荒拓荒的过程中也曾因为身份问题而一直郁郁不得志，但是这种失意并没有打倒杨宝琛，他始终坚守在岗位，坚持自己对国家的那份热爱。作家表面上是写那小舟这样一个因为阶级身份而报国无门的知识分子坚持理想的故事，实际上他是借那小舟这样逆境中也不屈服的传统知识分子来展示自己的那份始终割舍不下的爱国真心。

除了那小舟这种隐约透露出自己心忧天下情怀的知识分子，杨宝琛笔下的读书人更多的是渴望直接用自己的所学来建设北大荒。像《将军的战场》中的小老头，他在平时的言谈间张口“古人云”闭口“老朽”的一副旧文人的做派，被俘虏之后还是不忘“安得广厦千万间，大庇天下寒士俱欢颜”的传统救世理想，但是即使作为一名传统的知识分子他也认识到“世界潮流，浩浩荡荡，顺之则昌，逆之者亡”的道理，顺应时代的自觉扮演垦荒人的角色。他积极参与北大荒的建设，为养鸡大楼提出自己的意见，用才华打动了刘雪平为自己争取了施展才华的机会。《北京往北是北大荒》中的延河则是典型的新知识分子的代表。她生于战争年代，长在建设时期，对她来说去北大荒研究如何种植高寒水稻是继续参与革命的一种方式。她愿意放弃优渥的家庭条件并付出整个青春去研制高寒水稻。陈巍在林学院毕业之后自愿回到北大荒，为林场对外开放的建设尽一份心力。为了解决林场工人发不下工资的困境，她放下卧病在床的母亲和入学考试的女儿积极联系苏联劳务出口的工作解决了林场建设的燃眉之急。在谈到她重返林区的原因时，她告诉张海林“扭曲的时代也有我们的一份真诚”，自己是怀抱着真诚的建设理想来到大青山的，大青山接纳了她的梦想也为她提供了成长的舞台，所以她愿意继续为了大青山的建设奉献自己。陈巍作为一个至情至性的知识分子，甘愿坚守在大青山，终身为大青山的建设而奉献。

陈巍这类将青春奉献在北大荒，为北大荒建设带来希望的知识分子固然让人感动，但杨宝琛笔下的另一类明知坚守的希望是渺茫的仍无怨无悔的坚持为梦想而付出的西西弗斯式的知识分子更让人钦佩。这类知识分子的人生可能像西西弗斯一样为一个渺茫的希望而努力，但是他们的生命意义并不是为了功利地实现某种必然的结果，而是他意识到了这种渺茫的希望却仍旧能坚持向命运抗争。《青山不老》中的俞树林他的一生都在致力于植树造林这项事业，但是因为自己的理念不适应经济建设的社会潮流，他一直没有办法施展自己的抱负。俞树林因为反对苏联专家大面积采伐的理论被下放到农村，但是他被下放之后仍然坚持给领导写信建议停止采伐原始林区，后来好不容易能够重返学校教书的他仍然坚持提倡停止采伐原始森林导致自己再一次被下放。对俞树林来说，宣传植树造林的理念就是他作为知识分子为中国的可持续发展能做出的最大的贡献。但是北大荒的工人们却不理解他的苦心，认为他的发言是不利于经济发展的右派言论。俞树林不忍心北大荒重蹈家乡沙漠化的覆辙，所以即使被误解不被接受也坚持向人们宣传砍树的危害，他还努力研制各种提高植树效率的方法，为了前途渺茫的植树事业宁愿牺牲自己的名誉和个人的幸福。他的这种"知其不可而为之"的精神不正是反抗荒谬命运的西西弗斯式的精神吗？俞树林为了自己心目中的真理可以坚持内心的信念，坚持与荒谬的命运反抗，从而确认自己的理想，确认自己存在的意义。《大江弯弯》中杜恒和善涛因为历史遗留问题彻底失去了能够施展才华的舞台，但是他们仍旧在平凡的日常中坚持自己知识分子的那份责任感，默默地抵抗着那些命运给予的挫折。对他们来说，自己的理想就是坚守在北大荒，等待着能够平反的那天自己重新获得组织的认可与肯定。面对苦难，他们甚至没有反抗的机会，只能默默坚持着自己的专业和对生活的热爱。对他们来说，在北大荒生活本身就是一种西西弗斯式的修炼。人生充满了波折，但是他们对北大荒的热爱却不减，为了建设理想化的社会他们可以放弃金钱与安逸的生活，坚守在垦荒的一线只为了证明自己对国家的那份热爱。他们坚守在北大荒无偿地教人英语、帮人看病的目标并不是为了平反，只是为了坚守自己那份革命忠诚，哪怕在坚守的路上是孤独的是不被人理解的，他们也愿意用自己的生命与光阴去反抗这种荒谬的命运。

（二）俚俗务实的基层干部

杨宝琛认为人的追求和奋斗本身是生活赋予人最重要的东西。人在理想的召唤下自觉的有意识地进行奋斗就是最有价值的生活活动。[①] 杨宝琛笔下的基层干部就是不断奋斗的理想人物形象的典型代表。悉德·菲尔德认为塑造立体的人物形象至少要涉及人物职业生活、社交家庭生活和私生活三方面。[②] 杨宝琛笔下的基层干部作为北大荒新时代的建设者，他们既有北大荒硬汉的俚俗亲切的地域化特质，又有开创者那种锐意进取敢于打破旧的政治伦理的勇气，同时作为立体化的人物形象，他们也将自己复杂的私人化的生命伦理一面展示了出来。

杨宝琛笔下的这些基层干部都是地地道道的北大荒人。他们继承了老北大荒人特有的创造性的开拓精神、敢于突破禁区探索真理的勇气和坚持到底的毅力。[③] 作为新时代的探索者，他们将顽强的意志与勇于克服困难的勇气作为自己坚持改革的动力与精神源泉。作为北大荒“硬汉子”他们继承了老一辈北大荒人仗义慷慨扶危济困的侠义精神。同时，为了适应新时代的发展他们将老北大荒人的生死不惧的奋斗精神升华成了世俗生活中积极乐观的生活态度。作为土生土长北大荒人，这些基层干部都表现出了俚俗有趣的一面。《孝子贤孙》中的苗委员为了让时日不多的老黑爷能走的安心，不仅答应做老黑爷的干儿子，还费尽心机的为老黑爷祝寿和唱棺材的“空城计”引起了一系列喜剧效果。在祝寿事件里，他用自己破锣嗓儿为老黑爷唱了一首跑调的《祝您长寿》，这样滑稽场面的背后是他以自己出丑的方式来化解孤寡老人在生日时的寂寞。为了化解宝山媳妇内心的怨气又逞强地模仿少林和尚武把招儿的动作，从而引发笑点化解矛盾。《关东大集》中的赵镇长为了建设赵家大集积极与各方协调，在劝说大寒不要为难投资人的时候自嘲有个比大寒厉害的前妻。在劝说方馨投资不成反被方馨指责的时候，他非但不生气还通过自嘲来化解方馨的怒气，劝说方馨投资。其实赵镇长本人的喜剧色彩的背后是他善用自嘲的方式来化解人生中那些尴尬的境遇，从而推动事件的解决。这些基层干部俚俗有趣的灵魂背后展示的是他们真实自然的生命本色，也是他们面对困难积极乐观面对的心态，更是他们为了改革事业努力做出贡献的顽强意志。作为地道的北大荒硬汉，这些基层干部不仅有着诙谐幽默的个性，还有一颗扶危济困救助盲流的侠义心肠。赵镇长在方馨养蜂失败走投无路跳河自尽的时候救了她，还给她提供了生活的保障，帮助她度过人生艰难的时刻。吴常福收留了从山东逃荒来的于曼父女俩和王耀祖。这些基层干部始终保持着山里汉子的朴实与俚

---

① 杨宝琛：《北大荒人写北大荒的戏》，《剧作家》1995 年第 3 期，第 76 页。

② 菲尔德：《电影剧本写作基础 从构思到完成剧本的具体指南》，鲍玉珩，钟大丰译，北京：中国文联出版公司 1985 年版，第 23 页。

③ 文立祥：《试论“北大荒文学风格”》，《文艺评论》1985 年第 3 期，第 61 页。

俗，言谈举止间透露出亲切随和与诙谐幽默的个性。这样“接地气”的性格让这些改革的英雄们展现了普通人的一面，作为新时代的理想人物，他们不再是供奉在神坛上不苟言笑的神像，而是北大荒独特风土人情下有血有肉的真实人物。

这些基层干部也是突破僵化政治伦理的勇士。杨宝琛笔下的基层干部常常是处于弱势地位的改革先行者，他们在改革过程中不仅要面对经济建设本身的压力还要负责协调社会人际关系等各方面的压力。这些基层干部虽然处于领导层但是他们的行动却经常受到上一级权力载体的制约，他们必须要在完成建设任务与服从上级权力之间做出选择。比如，在吴场长准备封山育林建设啤酒厂的时候却被上级张海林要求采伐林场来完成经济建设的任务。赵镇长想要盖商场迁坟却受到了乔副县长老丈人的反对，坚持迁坟可能会得罪乔副县长。而苗委员这样的基层干部只能常年默默地在基层奉献，没有更进一步施展自己的理想抱负的空间。这些基层干部手握真理，在改革的政治秩序中却处于弱势地位，他们只能想方设法地用各种策略来解决改革建设中遭遇的种种困难包括来自上级的压力。这种基层干部为了改革事业挑战上级权威的行为，实际上就是对中国传统政治伦理中的上下等级观念的一种挑战。

基层的干部还是复杂生命伦理的承担者。从社会发展的规律来看，人们的思想会随着年纪的增长也会愈发的趋向于保守，会下意识地拒绝改革变化。而杨宝琛笔下的这些锐意改革的基层干部大多是四五十多岁的年纪才登上改革舞台的，他们在经历了“文革”的伤痕之后在新时代开始解放思想努力创新焕发事业的第二春。比如，《大青山》中的吴场长在五十六岁才开始改革，《青山不老》中的魏青山第三次出场实现从伐木到育林的转变的时候也已经是五十六岁，最年轻的《关东大集》中的赵镇长也是四十二岁才开始改革，他们超越生理年龄的限制只是为了实现自己的事业梦想。正如杨宝琛所说“青年时代耽误了，只有奋起直拼晚年了。”① 他们不仅仅突破了生理年龄对心理年龄的制约，更是试图突破这样的生理年龄对身体状态的限制，挑战自己生命的极限。《青山不老》中的魏青山有陈年的腿伤，甚至还因为身体素质不好昏迷过，但他还是坚持育林事业。《关东大集》中的赵镇长也因为操心盖商场的用地问题而病倒了。改革者纵使有雄心壮志但是也无法突破自然规律下的重负，只能在这种压抑之下负重前行，无形中渲染了一种悲壮的色彩。而这些改革者承担的压抑远远不止是身体的苦痛，在错综复杂的生命伦理的节点上观察他们的家庭关系，还可以发现很多无可奈何的悲情因素。《大青山》的吴常福为了

① 杨宝琛：《北大荒人写北大荒的戏》，《剧作家》1995年第3期，第78页。

林场的建设一直在外奔波忽略了对妻子于曼的关心，导致家庭破裂，妻子另嫁他人给他留下了永久的创伤。《关东大集》中的赵镇长为了让前妻方馨投资也只能忍痛答应把儿子让给方馨，他情愿忍受骨肉分离的痛苦只是为了建设赵家商城。杨宝琛将基层干部个人化的情感脉络展示出来，展现了他们的生命力量和人格力量，将他们置于生命伦理与政治伦理交互的环境场中，让他们在这样复杂态势中展示出这些干部为了事业而奋斗的理想主义的光芒。同时这样的手法也让这些基层干部的形象有了更多人性化的侧面，让他们的形象更丰满更有深度。

（三）自然纯真的乡土女性

杨宝琛笔下的乡土女性无疑是真善美的化身。她们有着善良的内在品质，又有着热烈与豪放的性格，敢于反抗命运，敢爱敢恨。乡土女性的美还覆盖了一层神性色彩，她们是自然的精灵，她们抒发最真实的情感，讴歌人性的自然，她们用自己纯净的灵魂包容着一切，救赎一切，作为最动人的女神她们是乡土精神“美”的灵魂。

在文学历史中，女性长期处于集体性的“无名”的状态。女性作为被叙述被凝视的对象，她们的存在都是男性潜意识期待下符号化的展示。传统话语中女性都是温柔善良的代表，她们作为被征服的对象，她们的存在是男性内心的一种潜在映射和精神抚慰的象征。文学作品中的女性形象更多是男性观念中的刻板化印象。她们作为“他者”成为男性爱情神话的附属品。波伏娃认为传统文学的爱情神话铸造了女性的依附心理。女性是男性角色的附属品，满足男性的需求和想象就是女性角色存在的全部意义。① 女性为爱牺牲与奉献，将爱情作为自己生命的全部，男性则在爱情中得到动力和新生。杨宝琛的早期创作也受到了这种创作模式的影响，他笔下善良与温柔女性的形象也是自己男性主体下潜意识描述。《叔嫂情缘》里面的白玉芳作为一个新时代的女性，她也努力参与北大荒的建设，用自己扎根北大荒的行动来展现自己作为时代新女性的独特魅力，但是杨宝琛的叙述重点却是她用爱情去救助失意的肖良，最后被抛弃后又重新振作，勇敢地去追寻自己和肖英的爱情。《天鹅湖畔》中的卢英也是积极要求进步的革命女性，她以男性的标准来要求自己，她和其他的普通战士一样去背粮食参加劳动，晚上还积极学习提升自己，甚至最后卢英也依靠自己的牺牲获得了英雄的殊荣，但是对于卢英来说，她因为失去贞洁而选择放

① ［法］西蒙娜·德·波伏娃：《第二性全译本》，陶铁柱译，北京：中国书籍出版社 1998 年版，第 323 页。

弃爱情否定自己作为一个独立个体的价值，放弃追求幸福的权力，她用贞操和外貌来衡量一个独立女性的价值，其实也是男权中心思想下的一次无意识的自我阉割。其实这也是杨宝琛在潜意识的迎合儒家的守节思想，他通过设计卢英的死来完成对自己完美人格的证明。杨宝琛在革命理想主义的影响下，其实是想要消除性别的差异来塑造新时代的女性形象的。他将女性放在垦荒事业的环境下，在体力与智力上她们的作为新时代的女性并不输给男性，她们与男性有同样的建设能力。但是私人生活的描述中，这些新女性形象不是扁平空白就是在感情叙述的过程中成为男性形象的附属品。杨宝琛与他塑造的这些北大荒的外来女性都是无法逃开男性中心的儒家话语的影响，所以杨宝琛只有借北大荒本身的野性与蛮性的生命力来塑造这些土著的北大荒女性，才能跳出以前创作的窠臼，找到独属于北大荒女性的个性魅力。

杨宝琛笔下的北大荒土著女性是北大荒自然精神的化身。这种自然精神是粗犷豪放的，顺应人的自然本性的，杨宝琛笔下的北大荒人物与北大荒的自然景象融为一体，构成了壮丽雄奇的艺术境界。[①] 杨宝琛欣赏关东人“男女之间朋友之间爱就爱个死，恨也恨个够”的个性。所以他在塑造北大荒的女性的时候试图追寻一种生命的“自然状态”来展示北大荒女性的自然的人性与旺盛的生命力。这样的创作意识让他笔下的北大荒乡土女性不同于之前的女性形象。对这些乡土女性来说，情爱是生命的本能，不是自己依附男性的道具。对她们来说，爱情就是对自己生命欲望的坦诚相待，而不是自己生存的唯一目标与理想。就像窦婶对待爱情的态度，她相信男女在两性关系上地位上是平等的，爱情是“君若无情我便休”的不卑不亢的态度。对她来说，爱情是生命对生命的呼唤，两性关系的存在是生命的本能自然的吸引。在爱情的世界里，如果是真心相爱的两个人，哪怕是杀人犯或者土匪自己也能抛弃成见和他相爱相守，如果对方不爱自己了，哪怕他是当了大官自己也有重新选择爱情的权利。膘子喜欢杜恒她就积极的争取对方的好感，她知道杜恒顾及自己的身份不愿意连累自己，但是她无所谓对方的承诺与后果，她把性爱当作自己自由选择的一种权力，是人的本然的状态。她用“发乎情”的性爱来释放自己对杜恒的那种热烈的情感，是对自己生命本能的一种诚实，而杜恒“止乎礼”的拒绝让她确认了知识分子不敢面对自己真实情感的怯懦，但是这并不能改变她对杜恒真诚的感情。对北大荒女性来说，爱情是对自我情感的一种坦诚，勇敢地面对自己的真实情感，抒发生命的本真状态才是对自我存在的真正意义上的

---

① 应治国：《鲜活的史诗，崇高的生命（谈杨宝琛话剧作品及创作道路）》，《复印报刊资料（戏剧戏曲研究）》1997 年第 6 期，第 8 页。

肯定。

杨宝琛笔下的乡土女性是作为纯粹的女性本身来存在的。她们正视自己的生命欲望，是独立的个体。她们让北大荒迸发出自然的活力，她们用自己的爱与美为北大荒增添了原始生命的张力。其次，这些乡土女性作为北大荒自然孕育的精灵，她们天然地对生命有一种敬畏和慈悲，这种心态让她们对生命都尽可能地以守护者的姿态出现。北大荒女性是以地母的形象出现的，她们的生命世界是自然化的也是充满旺盛活力的。[①] 北大荒女性的博爱与其说是一种伦理教化下的母性与牺牲奉献精神，倒不如说是一种对自然生命的本能的尊重与敬畏。母神崇拜意识的本身也是从自然中孕育的，它倡导的是对生命伦理秩序本身的尊重。马莲玉对善涛的爱情是顺应自己本心的真情抒发，她为了情分与仗义也愿意为杜恒传宗接代。对她来说顺从自己本心，有感情基础的性爱本身就是坦坦荡荡的一件事。马莲玉把性爱当作顺应自我本心的情感的释放。所以她爱善涛只是听从自己内心的召唤，但是这并不代表她会无底线的为爱放弃一切，无条件的牺牲奉献。她心里知道善涛可能早晚会抛下自己回到北京，所以她也会攒好一斤二两黄金为自己筹谋，但是在知道善涛一家真的遇到困难的时候她也愿意慷慨解囊，她的爱并不是无条件的，而是需要用真心去浇灌才会开花结果的。马莲玉像吉卜赛女郎一样具有野性美，也像吉卜赛的女郎一样追求自由、忠于自己的内心感受。[②] 她对杜小荒的爱也是在多年的相处中逐渐培养出来的，这种爱不是出自血缘的责任，而是自己作为一个人真实情感的抒发。在杜小荒问她为什么对自己付出这么多爱的时候，她讲了大马哈鱼和母狼以及母熊的故事，她将自己的爱解释成一种生命的本能。她确实像一个吉卜赛女郎，热情奔放而又真诚无伪，遵循生命本体的自由冲动，为了自己所珍视的可以打破一切束缚。但是也正是这种对自由和人类本性的珍视，让她也能体会别人情感的珍贵，所以她尊重善涛和焦颖真挚的感情，在善婕来了之后不忍心拆散她和善涛而选择退出。

杨宝琛笔下的乡土女性是自然孕育的精灵，也是拥有正常欲望人格的代表。作家认为人的解放就是满足人正当合理的欲望的过程。[③] 北大荒的女性作为自然的精灵和爱与美的化身。她们摆脱传统伦理对人的欲望的束缚，抒发自己的生命的活力，展示了生命本身的纯真美好。作家用希腊女神来比喻马莲玉

---

① 车红梅：《北大荒文学研究》，北京：中国社会科学出版社，2017 年版，第 98 页。

② 彭江浩：《梅里美小说中的伦理意识探析》，《湖北师大中文学科论文选粹散花集》北京：中国广播电视出版社 2017 年版，第 92 页。

③ 王咏梅，杨宝琛：《尽展大荒极目天——杨宝琛访谈录》，《文艺评论》2002 年第 4 期，第 54 页。

也是为这种北大荒女性这种浓烈而真挚不沾染世俗的情感增加了一丝神性色彩，展示了自己对这种独特女性形象的美好想象。

第三节 理想主义下杨宝琛戏剧审美选择

理想主义作为作家生命体验的传递，不仅体现在作家思想的主题表达中，还以一种有意味的形式表达出来。理想主义的情结让杨宝琛的创作潜意识中持续性地传达出某种创作热情，作家在这种本能冲动为核心的情绪影响下，无疑会尝试找寻一种最恰当的方式来表达自己的这种理想主义情结下的思想主题。杨宝琛的戏剧作品在审美表达方面都会受到这种理想主义的影响，他在不自觉地在意象设置中就展现出这种理想主义，同时因为这种理想主义是与北大荒的建设相互交融的，所以作家在展现这种理想主义的时候会不自觉地以歌颂北大荒风土人情的形式展现出来，这种真诚歌颂的背后隐藏着理想化的建设愿望。有时为了更加明显的突出这种理想化的期待，作者会以戏剧冲突的方式来加深这种理想主义的思想内容的展现。总而言之，杨宝琛从审美意象、戏剧情境、戏剧冲突等形式上来建构自己的戏剧世界，展现自己理想主义的思想。

一、理想主义下戏剧冲突表现

杨宝琛曾说自己的戏剧创作十分注重戏剧性，他会在创作时将人物放置在复杂的情境中，利用冲突展示人物的内心世界，并将人物经历中最具有戏剧性的段落作为写作的重点。[①] 文学中的戏剧性可以分为动作性和冲突性两个方面。[②] 杨宝琛人物的戏剧性是在复杂的情境中实现的，冲突的情境更有利于生动性与丰富性的情节表达，也更有利于表现深刻的思想。[③] 他利用冲突性来强化人物的理想精神，他在戏剧冲突的安排上采用了外在戏剧冲突的弱化，内在冲突强化的方式，让戏剧的重点落在人物的心灵上，有助于我们了解人物的内心世界，展示他们理想化的人格。作家在戏剧冲突的结尾最后都会留下象征性的希望的尾巴，这是作家主观化希望精神的艺术性展现。

---

① 王咏梅：《拓荒者的生命交响--杨宝琛论》，哈尔滨：黑龙江人民出版社 2001 年版，第 178 页。

② 董健，马俊山：《戏剧艺术十五讲》，北京：北京大学出版社，2004 年版，第 71 页。

③ 余秋雨：《戏剧理论史稿》，上海：上海文艺出版社 1983 年版，第 470 页。

（一）内在戏剧冲突的强化

自然性灾祸、心理冲突、心灵的分裂和矛盾是戏剧冲突的三种类型，[76] 这三种冲突其实是一种层层递进的关系。第一种自然性灾祸只能作为冲突的原因和出发点，第二种冲突只是个人与社会或个人性情等外在因素的冲突，这两种冲突其实都是个人与外部环境的冲突。杨宝琛早期创作的戏剧就是将个人置于这种复杂的外部情境中，展示曲折的情节，丰富剧情层次，展示他对当时社会问题的思考。

自然性灾祸是指在恶劣的外在环境对人物行动的限制，戏剧人物与外在的自然性灾祸的碰撞形成戏剧冲突，增加了情节的曲折性，增强了戏剧的可看性。杨宝琛用外在环境的不利因素与主人公之间的冲突来推进剧情的发展。《将军的战场》中，开荒时拖拉机意外损坏却无人能修理这样客观的不利的外在条件造就了刘雪平信任迟禹的契机。原始森林大火这样的意外事件推动了迟禹救火受伤，刘雪平救助迟禹，两人和好等一系列事件的发展。这样自然性的外在环境冲突推动了情节的发展，所以成为杨宝琛戏剧创作中必不可少的背景性要素。《天鹅湖畔》中，北大荒恶劣的自然环境就是自然性灾祸，粮食短缺的这样的恶劣的背景环境也是导致主人公卢英牺牲重要推动因素。这样的推动剧情发展的冲突其实就是第一层次的冲突，是一种不幸事件的单纯的描述，也是构架曲折情节的一个契机，他们与第二个层次的戏剧冲突下的整体情境结合还能凸显戏剧本身想要表达的深刻的社会性意义。《天鹅湖畔》里的卢英在朝鲜战场上被俘虏、失去贞洁这件事对她来说其实就是一种意外的自然性灾祸，但是这样的意外事件与特定的社会环境发生碰撞，历史的污点让她无法面对她和战斗的爱情，其实这也体现了杨宝琛对某种社会问题的思考。

在心理冲突中，除了天生的性情禀赋是一种天然性的个人的性格问题，其他都是一种外在社会性因素引起的心灵冲突，其实也是一种社会性冲突。在人与社会环境的冲突中，剧作家会使用多种形式来呈现这些社会冲突。第一种采取把社会环境“人化”的方式，即把人与社会环境戏剧化作为剧中某个具有典型性的人物，如《将军的战场》中的李政其实就是反映当时意识形态的一个人物，他的言行举止都是典型的阶级斗争思想；第二种采取把社会环境“物化”的方式，即把社会环境戏剧化为具有象征性的道具，《青山不老》出现的哭泣的白桦仙子就是反映了伐木现象严重的社会背景；第三种采取把社会背景描写成对人物发生重大影响的背景的方式，《大江在这儿拐了一个弯》中善涛和杜恒的人生轨迹就是在“文革”的大背景下发生改变的。杨宝琛常常用第三种方式来呈现戏剧中的社会性冲突。迟禹与刘雪平的冲突其实就是特殊历史背景下的产物。解放战争到北大荒建设的历史背景的改变也让迟禹从曾经的国民党高官变成了新时期的俘虏。刘雪平与迟禹从对手到战友的身份转变以及他们的冲突与和解其实都是一个时代下相似的社会问题的映射。它是敌我矛盾解决后的社会主义建设的新时期、新时代的人道主义应该如何把握尺度的思考。作家通过对这种社会问题的思考展现了自己在理想主义的思考下对此岸世界的一种关怀。但是，这样此岸世界的关怀只是反映了社会存在问题，这样的冲突都是主人公不自觉地在外在环境的影响下被动产生的，并没有深刻挖掘人们纯粹的主观性的想法之间的矛盾，也就是黑格尔说的“人不是以心灵的身份所做的事”① 杨宝琛笔下的戏剧故事并不是一个时代的史料阐述，而是作家对一些社会问题的观点的反映，还是承载了作家的理想主义精神的文学作品。透过这些社会性的外在冲突来反映社会问题固然重要，但是更重要的是解决问题，回归到这些社会冲突的主体本身——人。杨宝琛认识到人作为创造性的主体，对人的认识不能停留在表层，要深层次的思考人与人心灵之间的碰撞，深挖人的灵魂展示他们的内心世界才能创造出有审美价值的作品。

杨宝琛的戏剧创作都呈现出一种内在戏剧冲突强化的特征，戏剧中所有外在因素最后都回归到人的心灵，以人与人之间的冲突展示出来。自然性的冲突与社会因素等外部环境的冲突可以展示曲折的情节，展示一种复杂的情境，情境只是塑造人物心灵和性格的一种外在材料，它是塑造人物的起点并不直接表现人物的个性和心灵。② 所以，真正的戏剧冲突应该从“心灵本身的分裂与矛盾”着手，用内在的冲突表现人物的个性和复杂的心灵世界，使审美品格超越个性化而达到心灵化的高度。杨宝琛在自己的戏剧创作的后期就将戏剧冲突的设置从外部环境下的不自觉冲突升华为三个层次相互交融的从外部世界与个人心灵共同作用的冲突。在他后期创作的戏剧中，戏剧冲突的原因就不再是简单的某种先天或者盲目因素下的冲突，而是在主人公与特定的情境中碰撞产生的冲突，这里冲突的双方都是主动的、合理的。《大江在这儿拐了一个弯》中善涛面临的选择就是在爱情与恩情之间做出选择。他与焦颖是年少时相知相伴的知己，焦颖也为了等他回家在他平反的过程中熬白了头发，这种爱情本身是美好的也不会造成分裂和冲突，但是在他被下放北大荒的过程中，他接受了马莲玉帮助并与她成立了自己的家庭，在这样的情境下他选择与焦颖的爱情就会产生破坏性的后果。所以在这样的背景下，善涛无论做出什么样的选择都会对另一方造成伤害，由此造成了主人公陷入了心灵的分裂和冲突。《大青山》中

① 余秋雨：《戏剧理论史稿》，上海：上海文艺出版社 1983 年版，第 472 页。

② 余秋雨：《戏剧理论史稿》，上海：上海文艺出版社 1983 年版，第 473 页。

吴常福追求林场的建设与于曼、王耀祖追求个人的幸福的冲突中双方都有自己的理由和立场。《关东大集》中，赵镇长与方馨也是站在各自合理的立场上产生了心灵的冲突。为了更好地阐述作家的理想主义精神，表现出一种艺术表达上的张力，杨宝琛将所有的戏剧冲突都从外在的社会因素与自然因素集中到人与人之间的内在冲突上，展示“心灵本身的分裂与矛盾”，呈现出一种内在冲突强化的倾向。

（二）理想精神下冲突的解决

杨宝琛的戏剧冲突从前两个层次向第三个层次升华的过程实际上就是外部戏剧冲突的弱化内在戏剧冲突强化的一个过程。但是这种内在冲突的强化并不意味着对外部环境的彻底放弃。黑格尔戏剧理论中冲突下的情节应该是单纯和集中的，冲突是“不同时因素同时并现而结合成为圆满的整体”，所以最后的冲突的展现应该是外部因素与内部因素的集中爆发，在某一点上达到平衡后得到解决。因为戏剧冲突是内部因素与外部因素的共同作用，所以我们要从冲突的整体因素的角度来考察杨宝琛戏剧冲突的设置。黑格尔将冲突的方式分为悲剧性冲突与喜剧性冲突两种，这两种不同的冲突各自对应着悲剧、喜剧两种不同的戏剧类型。杨宝琛在创作时对喜剧最有兴趣，常常会写出悲剧和悲喜剧。[①] 这是因为他的理想主义精神下的创作思想与悲剧性冲突的特征更契合。悲剧性的戏剧冲突的发展与平衡的过程更适合展示一种深刻的哲学思想，而且悲剧天生都自带着崇高的属性来深化戏剧本身的思想，这也是黑格尔在阐述戏剧冲突的类型时更偏爱用悲剧举例的原因。

在《大青山》中，吴场长与王瘸子的矛盾冲突线是全剧矛盾的主线。吴场长和王瘸子的冲突实际上是一种心灵的碰撞，是一种内在冲突。这种内在性的戏剧冲突也是一种悲剧性的戏剧冲突。黑格尔将这种悲剧性冲突的特征总结为：双方都有理由；双方都有罪过；最后归于和解。就是黑格尔说的双方都“追求某一种人类情致所决定的某一具体目的”各自活动着，都坚持了普遍伦理力量的一个方面，而且决心要把这个方面实现。在《大青山》里，吴常福与王耀祖作为冲突的两方，他们的决定也都有各自的理由。对吴常福来说，他追求的是整个林场的发展，所以他在公事上占用了太多个人的时间才会忽略了于曼的感受。他让王耀祖去黑瞎子沟溜套子也是为了创高产夺红旗，是为了集体的荣誉，并不是故意为难王耀祖的。吴常福是站在集体主义的立场上，为了集体的荣誉和利益才会忽略其他人的个人感受，他的行为本身是有一定的合理

---

① 舒张：《满身俚俗光彩的剧作家：说说杨宝琛》，《剧作家》1995 年第 3 期，第 79 页。

性。王耀祖对吴常福是有感激之心的，为了报答他，他一直无偿地给他家干活，因此才会每天碰到于曼，他理解于曼被吴常福忽略的感受，他也只是出于同情才去安慰于曼的。但是自己的好心被吴常福误会，甚至还因为吴常福的为难而失去了一条腿，所以他想要离开林场报复吴常福也是情有可原的。黑格尔认为悲剧双方都有罪过的。但是对吴常福和王耀祖来说，他们采取这些行动是没有犹疑和选择的余地的，他们也不惮于为自己的行动负责，所以说他们的行为是无罪的。但是在自己立场上成立的行动却对对方造成了破坏性，所以说这是有罪的。吴常福因为忙于工作忽略了家庭还冤枉了吴耀祖，所以他是有罪的。王耀祖辜负了吴常福的知遇之恩也是有罪的。但他们都敢于为后果负责也就成了为自己的罪行负责。对吴场长来说，林场工人发不出工资，办啤酒厂产品质量不合格，想贷款改进设备又贷不到的不利因素都是环境影响下的外部冲突。王耀祖作为关键人物可以解决这一切外部不利因素，但因为王耀祖是背叛自己救命之恩又拐走自己漂亮妻子的仇人，所以吴常福在危急关头仍旧拒绝王耀祖的投资。但是林场多年以来并没获得更好的发展，所以他被迫接受了和王耀祖联营的建议，这也是对自己没能建设好林场负责。吴场长同意联营时，王耀祖又提出要吴常福下跪的要求。吴场长因为自己的观念落后所以没能建设好林场，让林场长期落后这是他自己并不情愿但是必须要负责的事情，所以最后他还是选择下跪为自己的行为负责。对王耀祖来说，林场的生活给他留下了不少痛苦的回忆。他虽然在陈巍的动员下同意给林场啤酒厂投资，但心中也装着多年来的委屈。其实他也是一个重情重义的人，他出于同情关怀于曼，也给全场哥们儿买了价值千元的西服。他要求吴场长下跪也是出于自己情感的考虑挽回自己的尊严，虽然他这种报复心理有一定个人的狭隘性，但是他也是情有可原的。

吴场长和王耀祖的冲突实际上是在代表了两种普遍伦理的力量，这两种力量本身在抽象的状态下是和谐平稳、寂然不动的状态，杨宝琛用吴场长与王耀祖两个具体的个体将这种伦理展示出来，但是作为具体个别的代表，他们本身不可能包含这种整体力量本身那种系统的、普遍的、抽象的完美性，所以在不同的标准系统下的两种个别力量的对比肯定会展现出个体本身各自的片面性。解决冲突的途径就是各自克服自身的片面性，实现和解。黑格尔将这种解决的途径设置为毁灭和退让两种办法。杨宝琛本身在理想主义的精神影响下是倾向于喜剧创作的，悲剧式的艺术创作手法只是他深化自己表达内容的一种手段，他的戏剧中本身延续中一种希望精神，所以在他戏剧冲突设置中大多是用冲突双方退让的方式获得冲突的解决。吴常福选择向大青山下跪来忏悔自己的过错，王耀祖也放弃了对吴常福的成见与吴常福一起向大青山下跪，双方都开始克服自己各自的片面性。这里的冲突不是谁屈从于谁，而是通过他们代表的个别的具体的伦理精神来否定那种完美、抽象的普遍伦理精神，也就是通过吴场长与王耀祖各自的片面性来否定绝对的集体主义精神与绝对的个人主义精神，而在双方冲突最后退让的平衡中，实现这两种普遍的伦理精神的一种辩证地思考，也就是进一步否定他们代表的这两种具体的伦理精神的各自的片面性，通过这种“否定之否定”的过程中，实现两种伦理精神的一种平衡，展现出理想主义思想在此岸世界中对现实的一种辩证的思考。

一、理想主义下审美意象选择

杨宝琛的戏剧创作根植于北大荒这片文化土壤，北大荒本身所固有的理想主义的文化气质也潜移默化的感染他，进而影响了他话剧的表达——作家在无意中就将自己的理想主义思想以意象的形式表现出来。意象本身就是作家情感的一种载体。它不仅仅是作家情感的寄托，更是作家的想象与现实的交互所产生的艺术审美上的升华。杨宝琛的理想主义是一种文化意识，它是作家对日常生活的心理感知，它潜移默化地潜藏在作家的意识的深层结构中，即使作家没有刻意地去说明这种理想主义，但是他在艺术表达的时候还会在潜意识下将自己的这种思想倾向表现在本身并不具有特殊意义的艺术形式中。

北大荒作为一个地理空间，它本身的政治与文化属性就决定了它与理想主义有着千丝万缕的联系，杨宝琛的北大荒情结本身就是在环境影响下理想主义的一种无意识的展示，当他在塑造意象的时候就会不自觉地在自己的意象选取偏好上透露出自己的理想主义思想倾向或者是有意识地用理想主义思想将这些意象的深层含义进行升华。读者在阅读时可以通过杨宝琛展现的具体形象，用自己的日常审美经验还原隐藏在戏剧意象背后丰富的含义，来获得独有的艺术审美体验，这些意象与情节、场景的交融也呈现给读者一种独特的审美感受，这也是作家在艺术表达上理想化追求的一种表现。所以了解杨宝琛戏剧中意象的表达方式也是我们了解杨宝琛潜意识中理想主义思想的一个窗口。

（一）理想主义下意象选取偏好

在理想主义思想的影响下杨宝琛戏剧在意象本身的选取上就有自己的偏好。他从意象本身外在形象特征与文化内涵等外部特点等方面来展示自己的理想主义中的希望精神与现实理性。杨宝琛笔下的意象可以分为两类，一类是自然风物，一类是人文意象。这些意象都是作家精心设置的艺术符号，它们与人物和情节交织，共同给我们呈现出戏剧的场景。自然风物类的意象多是作为背景出现，人文意象都是以道具的方式呈现。各种意象之间不同的性质让他们各自呈现出不同的特点。

自然风物可以分为自然景观、自然韵律两方面。典型的自然景观常常出现在剧本每一场开场的说明中，比如《将军的战场》第三场的幕启就有“星月”和“篝火”就是典型的自然景观的描写。还有部分自然景观常常用主人公的言语表达出来。《青山不老》白桦仙女就是在俞树林的独白呈现出来的。《北京往北是北大荒》中湖浪、推土机以及旧王府轰然倒塌的自然韵律也是作家在叙述情节的时候作为背景补充出现的。此外，很多自然意象在杨宝琛的戏剧标题中也呈现了出来，比如《青山不老》《大青山》里面的“青山”，《大江在这儿拐了一个弯》中的“大江”，这充分展示了作家对这些自然景观意象的偏爱。杨宝琛描写的这些自然意象呈现出（颜色）浓艳性、粗犷性、神秘性的特征。杨宝琛在戏剧场景描写时会刻意表现出一种色彩明艳的戏剧场景，窦婶的家庭场景就是以明艳活力的红色为基调的，“屋内炉火正红……玻璃上贴着红艳艳的窗花，墙上挂着的红辣椒串、红灯笼和窦婶的大红袄都与外面世界形成了红与白的强烈反差，充满了生命活力。”红色是生命活力的象征，也暗示了窦婶热情豪放的性格。《大青山》标题中的青色则展现出一种活力的颜色，寓意植树事业的勃勃生机。明艳的色彩引发读者的视觉想象从而产生情绪的共鸣，色彩也给景物带来立体感和鲜活性，丰富了自然场景本身的生命活力。杨宝琛笔下的自然风物还表现出了粗犷性的特征。从北大荒本身的地理环境来说，它本身就有着粗犷豪放的自然特性，北大荒本身就有很多丰饶的物产，大森林与大平原、大矿山都是北大荒标志性的自然风物。杨宝琛借助这种大气恢宏、粗犷豪放的自然景观来展现北大荒独特的生命韵律。他笔下兴凯湖“就像万匹野马在撒欢”的壮阔景象就是北大荒雄壮之美的展现。迦达默尔认为艺术作品传递出的生命体验是由生命象征性延伸出来的体验，它会引发读者的生命体验共鸣从而产生整体性的、无限的意义，它也是对生命体验的再现。① 杨宝琛借助这类粗犷豪放的自然意象展现出他对北大荒的崇拜与热爱。而像他笔下的“白桦仙女”“大马哈鱼”等意象都因为神话等因素而染上了神秘色彩，让人能联想起北大荒萨满文化万物有灵的哲学思想，展现出北大荒丰富的文化底蕴，也展现出这片古老土地的神秘性的特征。

杨宝琛笔下的人文意象都是北大荒人创造的成果，常常以道具或背景的形式呈现在戏剧中，展现出日常化、历史化、典型化的特征。杨宝琛的人文意象呈现出日常化的特征，他笔下的这些人文意象很多都是日常生活可见的意象，

---

① ［德］伽达默尔著：《真理与方法 哲学解释学的基本特征》，沈阳：辽宁人民出版社 1987 年版，第 100 页。

如扁担（《将军的战场》）、啤酒商标（《大青山》）、收音机（《北京往北是北大荒》）等。作者用这些人们生活中随处可见的这些日常化的意象来唤醒读者的日常生活经验，从而可以引起读者的情感共鸣。杨宝琛的人文意象还呈现出历史化的特征。杨宝琛《天鹅湖畔》中的大马架子是垦荒时代特有的产物，它与现在的房屋建筑有很大不同，杨宝琛通过这一特定时期历史化意象的描写还原了历史的风貌，展现了特殊时期北大荒人的艰苦生活。在《天鹅湖畔》中，虫虫与吴双印与交谈时说自己念小学的时候就读过苏联小说《勇敢》，在这里《勇敢》这本书其实就是一种象征性的意象，它象征了《天鹅湖畔》中主人公积极进取的精神和理想的奋斗目标。《勇敢》这本书讲述了苏联共青团员在黑龙江边建设共青城的故事。这些建设者克服了各种困难，以忘我的精神进行社会主义建设。这些建设者也在建设社会主义城市的过程中获得成长，成为社会主义的新人。《勇敢》这本书就成为北大荒建设理想的象征意象，它作为特定时期的书籍反映了特定时代下人们的精神面貌和理想目标，也呈现出了历史化的特征。杨宝琛笔下的人文意象还具有典型化的特点，刘雪平的宿舍“帐篷”和“茅草屋”就有着十分典型的象征意味。“帐篷”与“茅草屋”都是十分简陋的建筑设施，这与劳改犯人居住的瓦砖房形成了鲜明的对比。茅草屋作为典型化的象征意象，与杜甫草堂还有相通之处，它象征了刘雪平作为共产党人忘我无私、甘于奉献，渴望“大庇天下寒士俱欢颜”的精神。

（二）理想主义下意象深层含义

除了意象自身表现的外在特点，意象蕴含的特殊含义也在更深层次呼应了戏剧的主题，从内在意蕴的角度表现了作家的理想主义思想。杨宝琛在戏剧中的意象是一种场景道具的展示，同时作为作家情感传递的媒介，它本身就负载着更深层的情感或哲理意义。按照意象内涵的功能作用分，杨宝琛戏剧中意象的含义可以分为暗示情节、补充细节、说明哲理这三类。

杨宝琛戏剧中的一些意象是对戏剧情节的暗示，这样的意象常常以标题的形式出现。在戏剧《大江在这儿拐了一个弯》中，该剧的标题中“大江”就是很重要的一个意象，作家用“弯”来修饰这大江这一意象，其实就是对戏剧情节的暗示。主人公们生活在江湾旁的打鱼点附近，作家在第一场的场景交代中也写了“静静的江水托出个大红火球……显得生机勃勃。”大江奔腾不息滋养了两岸的生命，本身就是活力与希望的象征。这样奔腾不息的大江本应该是笔直的，作家却说大江拐了一个弯，其实就是暗示了这种延续希望的曲折性。作家本意是想说明“人活着要有个盼头”，但是杜恒和善涛实现理想的过程却充满了曲折。他们的希望精神正如曲折的大江一样面临各种考验，但是它依旧川流不息保持着生命的活力，而这也是对故事情节的暗示——虽然会遭遇很多艰难险阻，但是希望依旧会延续下去。这里曲折的“大江”意象就是对故事情节的暗示。话剧《天鹅湖畔》中，“天鹅湖”本是一个悲剧的芭蕾舞剧，作家借这一意象暗示了战斗和卢英曲折的爱情正像芭蕾舞剧中的主人公的爱情悲剧那样曲折。“天鹅湖”这一意象正是对杨宝琛戏剧主题情节的暗示。

杨宝琛戏剧中还有一些意象是以道具的形式出现，利用它自身的抽象含义去丰富戏剧细节和内容，成为具体情节的补充。例如在《将军的战场》中的“酒”就是一个有着丰富含义的意象。酒在传统文化中就有移情、消愁和表达友好的作用。东北地区本身也有用酒招待客人来展示主人热情的习俗。刘雪平向迟禺敬酒的动作背后就有着丰富的含义。酒这一意象一方面代表的对过去恩怨的释怀，另一方面是情谊的传达。刘雪平问迟禺是不是要喝高粱美酒来庆祝将来的新生活。实际上是问迟禺愿不愿意放下过去的历史重新接受改造成为社会主义新人，同时接受自己的善意，放下过去与自己成为朋友。迟禺明明是“老酒包”却说自己不会喝酒，他的拒绝正是表明自己还没有放下过去的恩怨，没办法接受对方的情谊。而到了后来迟禺在送别刘雪平的时候又主动要求喝酒，其实是借喝酒这一行为来表明自己渴望重新开始新生活，自觉成为社会主义新人参与北大荒建设的愿望，也是对刘雪平善意的回应。其实这里酒这一意象的深层含义就是展示主人公释怀过去与好好把握现在的心态道具，迟禺从拒绝饮酒到主动要酒展示了他内心情感的变化，丰富了戏剧情节。类似的意象还有“风声”在迟禺第一次拒绝刘雪平的酒的时候“狂风怒号，烈火冲天”，这里狂风其实就是对二人内心情感的形象化展现，展示了迟禺抗拒的心情与刘雪平失望的心情以及二人一触即发的矛盾。这样的狂风还出现在李政和刘雪平二人争吵的时候，“只有狂风怒吼着”，这里风仍旧是二人激烈情感矛盾的形象化展示。而在结尾，“幕在风声中徐徐落下”这里的风声是暗示了外部政治环境山雨欲来的严峻形势，是对剧情的补充，暗示了刘雪平将继续与恶劣的社会环境作斗争的剧情。风这一意象将抽象化的人物情感以形象化的方式展现出来，并在环境的渲染中丰富了情节。

杨宝琛戏剧中还有一种意象是寓言式的意象，这类意象是借助一个故事来说明哲理的，借此深化作品的主题。在《大江在这儿拐了一个弯》中大马哈鱼因为在龙王的寿宴上迟到了所以被龙王惩罚，要让他们将成年的孩子送上岸供人们享用。所以他们在长大之后在繁殖的时候要从海里游回江里，长期的旅途已经耗尽了他们的精力，为了让自己的孩子能够健康成长他们将自己化作养料供养小鱼长大。杨宝琛借助这个寓言故事来说明人与人之间真挚的感情是生命的本能，而这种本能是可以让人牺牲自我的。这个哲理解释了马莲玉为什么要牺牲自我也要善待杜恒、善涛这些家人，正是因为她用自己生命的本能去爱着这些亲人，所以才能牺牲自己成全他们的幸福。作家在这部剧中试图展现一种人与人之间的温情，用生命的真诚去呼唤爱。他借助这个寓言故事解释了人物行为的动机并阐述了戏剧主题中用爱和真诚去感悟生命的哲理。类似的意象还有《青山不老》中的白桦仙子，俞树林目睹了白桦仙子本可以自由自在的生活，但却在人类滥砍滥伐的行为下只能哭泣挣扎。杨宝琛借助白桦仙子在自然环境破坏下的痛苦来说明人们破坏自然是对美和生命的毁灭，来说明万物有灵，希望唤醒人们保护自然的意识，呼应了青山永续利用的主题，希望人们能保护环境与自然和谐相处。

一、理想主义下戏剧情境构建

戏剧情境包含环境、事件、人物关系三要素。戏剧情境为戏剧人物的动作、性格和情感提供了展示环境，也为故事情节的发展提供了契机和动力。戏剧情境也是作家构思情节、表达思维的一种重要方式。[①] 戏剧情境下的环境包括自然环境与社会环境。外部的环境展示了社会文化状态。人物关系既包括人与人之间的关系又包括人与外部世界的联系，人与外部世界的交互中就会产生各种关系，而这样的交互过程需要具体情节去推动。而事件则是戏剧中具体的场面描写，精彩的场面描写可以增强戏剧的感染力。杨宝琛也在戏剧创作中围绕这三要素进行理想主义的叙述，具体体现为在崇高理念下奇观化追求和复杂情境中展现的人物精神。

（一）崇高理念下奇观化追求

杨宝琛的戏剧创作追求一种奇观化的戏剧场景。“奇观”这个概念是属于社会学范畴，海德格尔认为将外在世界以图像化的方式表达出来，强调视觉的重要性是奇观社会的重要特征。[②] 戏剧中的奇观化就是以图像形态的文化来博取观众视觉上的关注，它通过壮观化的场面、片段化的剧情设置或者“全景空间”的展示等手段[③]来完成戏剧画面震撼人心的效果。

① 王咏梅：《拓荒者的生命交响-杨宝琛论》，哈尔滨：黑龙江人民出版社 2002 年版，第 92 页。

② 李立：《奇观社会的文化密码 电视真人秀的游戏规则研究》，成都：四川大学出版社 2012 年版，第 37 页。

③ 濮波：《社会剧场化 全球化时代社会、空间、表演、人的状态》，南京：东南大学出版社 2015 年版，第 167 页。

杨宝琛笔下的戏剧场面设置不仅是一种社会现实背景的展示，更是一种社会文化观念的展示。他将戏剧情节的建构以视觉化的奇观图像展示，做到了奇观展示与叙事表意的融会贯通。杨宝琛营造这种奇观化戏剧场面的过程，其实也是利用空间场景的设置来表达自己理想主义思想的过程。根据空间批评理论的观点，空间在文学作品中不单是代指建筑物或者景观等处所，它本身也有了丰富的文化内涵。空间以及空间隐喻后的历史、文化、身份意识等元素构成复杂的文化意义，为作家表达个人思想提供了良好的载体。[①] 杨宝琛用片段式的剧情对比来形成强烈的视觉反差，从而让读者在心理上产生一种突兀，这也是一种奇观化场面的表现。《将军的战场》一开场就是西北某古城郊区飞机场的战争场面。战争开始前花玉兰表演《霸王别姬》这一场景本身就是一种奇观化的展现。《霸王别姬》这一戏剧本身就国民党战败后穷途末路景象的隐喻，而在这样的背景之下军官们饮酒作乐与紧张的战争场面形成鲜明的对比，这样的奇观化的场景背后反映的是国民党军队人心涣散，人人都抱着及时行乐的心态度，整个社会都呈现出一种精致利己主义的思想。而视角切换到刘雪平这里就是激烈的战争场景，展现出以刘雪平为代表的共产党战士们积极奋斗与不畏牺牲的精神。这些文化内涵不同的空间下景观不仅具有展示性，同时还具有叙事性。空间本身具有文化含义，空间的文化意义渗透到情节中为作品的叙事提供了结构和线索。[②] 戏剧空间下展示环境的场面描写就是一种叙事的结构和线索。迟禹与刘雪平出场的空间环境已经隐喻了他们生活的文化环境与各自不同的文化身份下的思维模式。迟禹作为国民党的高官是忠于统治者的传统思想，这样的思想很明显是站在官本位的立场去思考的。而刘雪平作为新中国革命者一分子，他在集体主义的思想的指导下自觉参与新中国建设的，他是以主人翁的意识自觉为革命奋斗和奉献的。迟禹的官本位的思考逻辑与刘雪平集体主义的责任意识形成鲜明的对比，作家在一正一反的两种思考逻辑对比中展示了两种不同的社会意识形态的表达，二人在不同意识形态下思想上的矛盾也为后面的叙事情节做了铺垫，这也就是戏剧中叙事性的空间对后续情节的渗透。

奇观化的叙事场景展现了一种不同文化对比反差下的视觉奇观，北大荒人与自然搏斗英勇的故事本身也是一种奇观化情节展现，这样奇观化的影像带给接受者心灵的震撼。杨宝琛戏剧场景展示的奇观化的情节是对北大荒社会和文化空间的解读，作家通过描述人生存的社会环境以及他们的社会关系来系统地

① 黄继刚：《空间的迷误与反思：爱德华·索雅的空间思想研究》，武汉：武汉大学出版社 2016 年版，第 188 页。

② 杨蕾：《论<雨果>的空间叙事》，《电影新作》2012 年第 4 期，第 36 页。

展现一种社会文化状况。

文化是社会、政治、经济等各种关系的集合，文化为不同关系的交流提供了沟通的空间载体。[①] 杨宝琛通过奇观化的情节来展示北大荒独特的社会空间下的文化内涵，他笔下的北大荒的社会空间已经是一个指涉系统、一个隐喻，而北大荒的文化内涵就通过奇观化的情节展示出来。《天鹅湖畔》中战斗他们为了让全场职工在大年初一吃上饺子又不愿意打扰老乡所以宁愿冒着生命危险与巨熊搏斗，这样奇观化的情节展示了北大荒军垦文化中人们英勇果敢与无私奉献的精神。《北京往北是北大荒》中的窦婶等人为了生存，克服恶劣的社会环境和恶劣的自然环境，在极大的政治风险下仍旧豁出性命在零下五十多度的寒风中下湖打冻网鱼，窦婶冷静、熟练地处理勤子被冻僵的状况，大家的关注点都在打鱼的收获上，并不在意自己身体上经受的苦楚，这种情节也是一种奇观化的展现，它展示了北大荒人顽强的生存毅力和理想化的人格。作家通过这些奇观化的情节展示了理想化的北大荒的社会环境和人文精神。

作家在崇高理念的指导下通过空间文化环境的塑造还原了北大荒军垦文化下理想主义的意识形态，通过北大荒人与自然英勇无畏搏斗的奇观化的情节展示还原英雄主义下的北大荒充满活力的社会环境和理想化的人文精神。

（二）复杂情境深化情感

戏剧情境为人物的行动和情节的发生提供了具体的环境。理想化的情境应该导致冲突为人物的行为和动作提供动机，展现人物的性格。杨宝琛在戏剧创作中也自觉地贯彻了这种审美理念。杨宝琛的理想主义精神是包含人道主义性质的，为了展示这种理想主义，就需要以某种恰当的方式来全面地展示人物的精神的特质。冲突下的情境本身就是展示人物性格的最佳场所，人物在场景中的活动构成了具体的场面，人物性格通过戏剧场面来展现。场面是剧本情节结构的有机组成部分，除了连贯性之外，还要保持自身的完整感和节奏感。短小精悍的戏剧场面传递丰富的信息，复杂的情境将冲突下场面之间的关系也实现了从点之间的并列到面之间的交错升级。复杂的戏剧情境下戏剧场面的剧情更富有感染力、具体的戏剧场面之间的关系更为紧密，这样的情境下无疑是能更能全面、真实地阐释理想主义下复杂的人物精神。

杨宝琛善于利用戏剧场面中生动感人的事例打动观众。在焦颖与善涛回忆过去的那场戏中，两人默契的舞步与画外音的对白让观众了解了焦颖对善涛真

① 李蕾蕾：《当代西方“新文化地理学”知识谱系引论》，《人文地理》2005 年第 2 期，第 77 页。

挚的情感和她苦守三十多年的执着。这样深情的回忆很容易让观众被他们对彼此的深情所打动。马莲玉也被他们的爱情打动所以也暗下决心要自己离开。三人在这种场面下都站在为他人考虑的立场，说着心不由己的话。焦颖明明不会喝酒可是仍旧“强行把酒灌进肚里，不住地咳嗽”。作家用焦颖勉强自己去祝福但还是难掩失落的动作来展现人物真挚的情感与自我牺牲的精神。善涛喜欢焦颖，他在北大荒的时候也经常唱《好久没到这方来》来怀念焦颖和自己的青年时期，在焦颖面前善涛还是会流露出自己的真情。但是他怕自己伤害马莲玉所以努力压抑自己的真实情感，但又害怕泄露自己的真实情绪只能继续唱歌掩饰自己的心情，最后气走了焦颖，被马莲玉发现难过的情绪却反过来安慰她。马莲玉也努力压抑自己内心的不舍，暗下决心准备离开，又努力劝说善涛放下自己和焦颖回北京。三个人在这个戏剧场面中始终都为别人考虑，努力压抑自己的真实情感。这样的场面是很动人的，这些主人公的善良和他们真挚动人的感情都是能让观众感动的。

杨宝琛善于用误会制造一种紧张的情势，在“发现”与“突转”的起承转合之中完成剧情的激变。杨宝琛在场面描写中利用“发现”和“突转”的相互作用来增强自己戏剧的生命力，“发现”造成前后剧情的反差增强了戏剧性，“突转”反映人物剧烈丰富的心理活动，这样的戏剧场面能产生出一种震撼人心的力量。在《孝子贤孙》宝山媳妇与宝山娘对峙的场面中，宝山媳妇以为宝山娘偷拿了自己买的新皮箱，所以当她准备酝酿好情绪想要与宝山娘较量，又正巧遇到宝山娘的时候，紧张的气氛就进入了一个高潮。两人一问一答间矛盾进一步激化。宝山媳妇甚至气到想要拿砖打人，正当她一掌将砖劈碎，要与宝山娘决裂的剑拔弩张的气氛下，大兴出场解释了误会，原来是两人拿错了皮箱。作家这里是利用大兴的出现，完成“发现”的技巧，实现了情势的突转。前后剧情的强烈对比给读者留下了深刻的印象，在审美上带给观众美的体验。在剧情上宝山娘展现出来的宽容心态与宝山媳妇之前一系列威胁的动作形成了鲜明的对比，展现了宝山娘的善良与宽厚。宝山媳妇在误会澄清后，用红砖砸自己的头来表示忏悔与前面的咄咄逼人形成鲜明的对比，展示了北大荒人单纯的性格和旺盛的生命力，也展现出一种理想化的生命激情。这样一个典型的误会场面描写展现出一种情绪的张力，展现了北大荒人旺盛的生命激情和淳朴个性、敢爱敢恨的性格以及宽容博爱的精神。

杨宝琛也善于用人物澎湃的激情来营造一种极富张力的场面，他将人生命活动的“最强烈的瞬间”定型并将所有的矛盾集中在一个点，在这个点中举重若轻地将矛盾化解，这些情节高度集中，剧情发展层次的各部分又相互牵动与制约构成戏剧情境的张力。这样的创作手法既是作家审美理想的艺术化追求，又丰富了剧情的层次，更加细腻的表达出主人公理想化的精神与美好的品质。杨宝琛将人们的真实情感看作一种最自然的现象，将这些情感的最自然与最真诚的一面发掘出来，完成自己戏剧的和谐与深度的建构。《大青山》最后签字时的场景就是一个极富张力的戏剧场面。众人跪倒在大青山面前的戏剧场面可以分为三个层次：吴场长答应跪着签字的条件是第一个层次，为气氛的渲染做铺垫。老穆头儿等全场老少爷们脱掉西服，摔在王瘸子面前，要吴场长拒绝签字，这是第二个层次。矛盾的激化将剧情推向了一个紧张的节点，而这种动作性的表达也丰富了戏剧的层次，剧情上也有助于表达人物的内心表现出北大荒人那种淳朴耿直的个性，也有利于展示北大荒人之间的那种关怀和温情。王瘸子诉说自己的苦衷后收回那个条件，吴场长、王瘸子与众人一齐跪倒在大青山面前是第三个层次，这里将第一、二个场面的层次串联起来层层递进完成情感的凝聚顶点，吴场长拒绝签字的表现与王瘸子的强硬态度让人们以为双方是难以和解的。这种场面的递进其实也是一种理想主义精神的升华，在第一个场面中，吴场长下跪其实是在对过去的反思与现实的理性的基础上做出的选择，是一种理想主义的理性精神的表现。在第二个场面中，林场工人们替场长不平，脱掉西服与王瘸子闹翻，其实是一种人间的温情展现。作家设计了“突转”，吴场长为了林场的发展毅然下跪，工人们也开始情绪激动地劝说场长不要下跪并脱下王瘸子送的西服表示抗议。前两个层次的情感与矛盾凝结成极端的一个点，这时候的理想主义就从个人的理性精神追求上升到美好的人间温情的展现，在矛盾的升华中展现出一种人间的真善美。第三个层次将所有的情感升华定格在这个激情的顶点上，大家集体向大青山下跪释放自己生命情感的最强烈的瞬间，也将剧情推向了高潮。他们向大青山下跪，他们个人的情绪在最后都化成了对理想的执着，理想主义下真善美的个体温情升华成了包容一切的集体大爱。这种激情与剧情相互的制约与交互展现了一种艺术上的张力，作家的理想主义精神也在这种戏剧张力中得到升华。

黑土地孕育了杨宝琛的北大荒情结，他将这份感情用超越性理想主义的方式表达出来。北大荒是建设者们确认集体位置、超越自我和实现政治理想目标的精神家园，垦荒者们在追寻北大荒的过程中找到了理想主义实现之路。这些奋斗者们以顽强的生命意志和不向命运屈服的拼搏精神完成了对北大荒的改造以及个人自我价值的确认。西方思潮的影响与时代精神的变化让杨宝琛的戏剧创作在理想主义的超越性外更有了批判性的思考。理性精神为理想主义的内涵增添了现实的色彩，理想主义下的民间伦理更是让我们看到了人性的真实与温度。理性思维重新诠释理想爱情和理想乡村的实质，拓宽了理想精神的阐释空间。

杨宝琛戏剧的理想主义可以从时代潮流下的文学场域与作家个人化创作经验两方面进行溯源。从外部因素看，80 年代人道主义思想的回归与理想主义精神内涵的更新是影响杨宝琛创作思想的重要因素。新启蒙思潮思想让作家有意识地强调“人”的重要作用，西方思潮让他对文学理想主义的辩证思考有了新的认识。从内部因素看，杨宝琛的理想主义是作家个人化经验的体现，北大荒情结与革命信仰的忠诚这些作家个人化的生命体验让作家的理想主义中充满了希望精神。北大荒的生活经验让他感受到理想主义的生命力，革命理想主义又让他认识到人的无限可能性。

杨宝琛的戏剧理想主义既是超越性的追求又是辩证理性的思考。一方面，理想主义意味着追求者们理想化的崇高追求。建设者们在北大荒的集体中确立政治自我，他们在北大荒的建设过程中展现出自己坚韧不拔的生命意志和不向命运屈服的奋斗精神，北大荒健全了他们的政治人格。另一方面，理想主义除了传统的超越性精神更需要批判性的思考。杨宝琛用批判性的下的民间伦理来消解抽象的政治精神，用超越世俗的爱情追求来还原人性的真实与温度。他还借知识分子、乡土女性、基层干部等典型人物形象来展示了北大荒纯净的灵魂和自己对人性的美好期许。

理想主义思想还影响了作家创作的表达方式，话剧中的戏剧冲突、意象选择、戏剧情境等艺术形式的安排上展现出了作家理想主义下对“真”的渴望与对“善”的追寻。作家从内在戏剧冲突的强化的冲突安排与理想主义下的冲突的和解两方面以戏剧冲突的方式来展现自己的理想主义精神的无限可能性。作家从意象的选取偏好与意象的深层含义两方面以意象表达的方式来展示自己理想主义精神对美好事物的赞颂。作家从崇高理念下的奇观化追求与复杂情境中展示的人物精神两方面着手，以戏剧情境构建的方式来展现理想主义求真精神的辩证思考。

杨宝琛的话剧在中国文学中有着自己独特的意义。首先，他作为黑土戏剧的代表作家，给我们展现了北大荒独有的风土民情。其次，黑土戏剧是当代戏剧史上一个非常重要的流派，“黑土戏剧”发端于 20 世纪 50 年代，发展于 80 年代，至 90 年代达到高潮。杨宝琛的戏剧创作历程，与“黑土戏剧”的发展道路正好是同步的。通过杨宝琛的话剧的发展脉络，我们也能体会出黑土戏剧从沉郁旷达到雄健哀婉的时代变化。杨宝琛戏剧中展现出的理想主义不仅仅是个人情感的抒发，更是一个时代的共鸣。最后，在时代的转折点，人们尝试用更多元的文化去理解世界前进的方向。杨宝琛用理想主义向着未来的希望前进，坚持着主旋律下的集体主义立场，他在北大荒民间伦理的反传统原始生命力里看到了理想主义的无限可能。他的戏剧创作让理想主义从英雄历史传说回归到普通人日常生活，他看到了现代人生存的迷茫与困惑，他用理想主义的无限可能赋予日常生活更多的意义，为我们的生活留下启发，也给了我们在时代之路上继续向前的勇气。

第四章　北大荒精神阐释：韩乃寅小说论

在中国当代作家中，韩乃寅是一个较为独特的存在。他的北大荒生活经历成就了他的北大荒文学创作：1968 年，韩乃寅上山下乡到山河农场，开始了近十年的知青生活。劳动之余，他从事新闻写作，后被调到农场宣传科专门从事宣传报道。1977 年考入牡丹江师范学院中文系也是笔耕不辍。大学毕业后仍然在北大荒，从基层开始锻炼，最后被提拔为黑龙江农垦总局党委副书记、副局长。他做官的同时也在从事文学创作，是北大荒文学的代表作家，成为黑龙江省作家协会副主席。韩乃寅的小说大多被改变成影视剧：代表作有知青三部曲《远离太阳的地方》（包括《天荒》《苦雪》《泪祭》），后被改编成 20 集电视剧《爱在冰雪纷飞时》；《高天厚土》（原名《城府》），后改编为电影剧本；长篇小说《破天荒》（分上、下两部），后被改编成 26 集电视剧；长篇小说《龙抬头》，后改编成 18 集电视连续剧；长篇小说《特别的爱》，后改编成 22 集电视连续剧。韩乃寅用 1000 万字的作品，为自己生活的北大荒这方水土留下了令人震撼的历史纪录。韩乃寅一直有一个愿望：写出北大荒人的骄傲。“这么多年，我几乎所有的作品都源于北大荒情结，一种遏止不住的激情促使我不停地写作”①。韩乃寅观照北大荒的现实生活，尊重北大荒开发的历史，凭借辛勤的耕耘，他的作品先后获得多种大奖：知青文学三部曲《远离太阳的地方》获东北地区首届文学大奖一等奖；长篇小说《城府》《岁月》获丁玲文学奖一等奖；另外他的北大荒小说将黑龙江省文艺作品精品工程奖、中国图书奖、中宣部“五个一”优秀作品奖等囊入怀中。韩乃寅为北大荒代言，写出这片神奇土地的神奇、富饶、凶险，也写出了北大荒人在荒蛮的土地上创造出的辉煌成就。

北大荒因为地处荒蛮、物产丰富而又极为苦寒而成为历朝历代统治者想要征服的地带，但都以失败告终。真正有组织到北大荒来拓荒的主要是十万复转官兵，此后，又有五十四万知识青年到北大荒。作为生活在北大荒的作家，韩

---

① 李瑛. 韩乃寅——深陷北大荒不了情［N］. 北京娱乐信报，2002 年 11 月 17 日。

乃寅创作了展现新中国成立后意识形态对北大荒开发建设的作小说，这些作品与十万复转官兵、“右派”作家、北大荒作家创作相比，显现出韩乃寅在北大荒文学创作中的突出成绩。他从北大荒的开发事业，经历的二次创业，直到21世纪以来的繁盛，小说创作融入了韩乃寅的北大荒情结，他成为北大荒的书写者，北大荒精神阐释者。

第一节　自然的生命强力

历史上的北大荒是流放犯人的地方，这蛮荒奇寒的地方是死亡的代名词，也是丰饶的宝地。所以无论是历代君王，还是外敌夷寇者都垂涎三尺却没能圈占此地，极端凶险恶劣的环境让开拓者们梦断于此。新中国成立前，人们很难查到关于北大荒开发的较为完整的史料，开发北大荒这块土地对于人们来说简直就是异想天开。熔铸了开发建设者智慧、汗水、生命的北大荒精神的形成是带有必然性的，“是该区域自然生态环境、物质生产与生活方式、特定的历史文化传统、风俗习惯和地方群体性格气质与心理底蕴，以及生命价值取向在长期的互动中整合的必然结果”。[①] 北大荒精神的形成是与独特的自然环境分不开的。整体看来，韩乃寅的北大荒小说“以浑厚质朴的乡土气息取胜”[②]，这种浑厚质朴首先彰显北大荒地域的一个显著特征：自然的生命强力。韩乃寅的文字将北大荒自然环境有机地融入他的故事中。他从小生活在北大荒，熟悉这里的自然环境，深刻体会到在北大荒精神的熔铸过程中，恶劣的自然环境考验着北大荒人的意志力，人要想在北大荒生存下去，就必须战胜大自然。这种自然环境不仅锤炼了北大荒强壮的体格，还从养成了他们豪爽乐观、顽强不屈的品格，这些构成了韩乃寅小说的外在特征。

一、雄浑的自然生命强力

自古以来一方水土养育着一方人，这证实了自然环境对人的性格、行为等有着深刻的影响。不同的地域都有着不同的景观，不同的水土也养育了性格各异的人群。荒凉原野的狂风暴雪、幽深的森林、吃人的沼泽孕育出东北边地人

① 杨太：《论东北民俗文化的喜剧精神》，《辽宁大学学报》，2007年第5期，第77页。

② 车红梅：《北大荒知青文学：地缘文学的另一副面孔》，北京：中国社会科学出版社2012年版，第172页。

的顽强生存的本能。他们的身体和性格无不打下了自然环境所赋予他们的烙印，成为他们的血液，印刻在他们的言行中，成为他们生命的一部分。严酷的自然环境成为检验了北大荒人顽强生命力的战场，来自大自然的生命强力打磨着北大荒人的意志力。探究韩乃寅小说的北大荒精神，首先要考量北大荒的自然环境，探究其中所蕴含的大自然的生命强力。对强大的大自然生命力量的展现构成了韩乃寅北大荒小说的精神内涵的前提和基础。韩乃寅在展现人与自然的顽强斗争中凸现他对自然生命强力的敬畏和对人旺盛生命力的崇拜，他的小说有一种昂扬向上的精神显示着面对自然时生命的不屈与高贵。

北大荒有着历代统治者都难以征服的巨大魔力。生存成了拓荒者最难攻克的难关，凶险异常的自然环境直接威胁着人们的生存。韩乃寅小说对自然生命力的赞美和崇尚是他对自然敬畏的生命态度。追溯北大荒的自然环境的描写，可以看到较为集中地体现在20世纪三十年代出现的东北作家群的创作中，而且是萧红、萧军为代表的，以一种独特的自然描写享誉文坛。此后，黑土地上又崛起了一批本土作家，韩乃寅就是其中的一位，他笔下的自然是荒凉而又富有生气的，最有气势的当属冬季的暴风雪（当地人成之为“大烟炮”）这一独特景观：

砭人肌骨的凛冽的寒风，迎面扑来，像利刀，针尖一样，刺骨扎肉。它怒号、狂扑着，暴虐地在“全副武装”的人们身上逞凶。树梢被刮得呜呜直响，地上卷起一溜溜雪线，呲呲地飞蹿着，像一条条飞驰的白蛇。

凛冽的寒风、一溜溜雪线正演绎出大自然旺盛生命力，这是作家对大自然生命强力的讴歌。荒凉冷寂的北大荒反而激发了人们与之长相厮守，开创造家园的斗志；也赋予作家韩乃寅丰富的想象力和书写北大荒的激情。尽管“大烟炮儿”狂躁不安，把北大荒搅得一片昏暗，肆虐的暴风雪“无情地嘲弄着人们对大地母亲的崇拜”①，它让“雉之不能飞，狍不能走，熊不出洞，野无虎狼”（聂绀弩《北大荒歌》），昭告世人这个自然界的无比魔力。

北大荒的自然生命强力还体现在这个天然的物种竞赛场中万物繁盛，水、陆、空三军应有尽有，像是在举行盛大的聚会：

这广袤深邃的荒野里，草甸子衔着烂泥塘，片片芦苇缠绕着水泡子，虎啸熊嗷，野狼成群，那野鸭、野鸡群集惊飞时遮天蔽日，那水泡里的鲤鱼、鲫鱼、草根子、鲇鱼挤挤挨挨，互相碰撞，遇上炎夏天旱水里缺氧时，死鱼漂起，水面上白花花一片。②

---

① 梁晓声：《今夜有暴风雪》北京：经济日报出版社陕西旅游出版社1997年版，第377页。

② 梁晓声：《今夜有暴风雪》北京：经济日报出版社 陕西旅游出版社1997年版，第377页。

北大荒的丰厚物产、唯美的景色吸引了无数外来者，而极寒的气候对他们来说就是一个严峻的考验。韩乃寅笔下那蓬勃雄浑的自然生命强力，正是他对大自然的真实描摹，作家端木蕻良说："惟有在自然里，才能使人性得到最高的解放，才能在崇高的启示里照彻了自己"。[①] 韩乃寅天生怀有一种对大自然的崇拜和敬畏之情，他的笔下的大自然生气勃勃。黑土地就是其中的一个典型，她是自然的存在，还是韩乃寅北大荒小说展现的地域所在，也是北大荒人生活、奋斗之所，更是生成作家创作的不竭源泉，这"是一种蕴含丰富的形象……是大地之母，是一切生命的源泉"[②]。人与大自然有着各种联系，土地成为作家寄托情思、传达思想的意象，尤其是韩乃寅的北大荒情结的具体承载物。

雄浑的自然环境滋养了韩乃寅作为北大荒人昂扬奋发的精神气质，这不仅体现在他选取那些最有生气的自然景物，比如千里荒原、暴风雪等北大荒的代表物象，还表现在受到自然生命强力影响的人所形成的精神品格。广袤的黑土地这一意象就有着上述特质：

大地不仅总是被描绘成像海洋一样汹涌澎湃，起伏波动，充满了生命的律动，而且，大地的形象总是同春天、同生命的孕育和生命欲望联系在一起。这位大地母亲既孕育了广大的草木庄稼，更孕育了大地的儿子。[③]

大地有旺盛的生命力、宽广的胸襟接纳、养育了一切，既有"人们在自然中感受到生命意志，产生生命的紧张感和压抑感。文学中对天道运行、物候现象的描写，正是这种感觉的产物。"而且"表现那些作为时间之流（实际上也就是生命之流）的表象的自然变化景象"，[④] 这就是作家对生命的敬畏与赞美。韩乃寅以书写者的眼光体悟到土地作为一种生命体的强悍之美，令身处其中的人顿感自身的渺小。在北大荒，恰恰在看似普通的物象中蕴藏着自然生命自身的强力与不可替代的独特魅力。在韩乃寅的北大荒小说中，自然生命独有的强悍力体现作家对这方水土上的动植物由衷的敬意。在苦寒恶劣的环境中，一切自然生命激发出了旺盛的生命力，这种生命强力张扬着自然野性的强悍，森林、原野、河流、沼泽在雄浑、苍茫、辽远中都蕴藏着自然的生命力。

---

① 端木蕻良：《科尔沁旗草原》《端木蕻良文集》（第 1 卷）北京：北京出版社，1998 年版，第 128 页。

② 逢增玉：《黑土地文化与东北作家群》长沙：湖南教育出版社，1997 年版，第 79 页。

③ 端木蕻良：《科尔沁旗草原》《端木蕻良文集》（第 1 卷）北京：北京出版社，1998 年版，第 128 页。

④ 钱志熙：《唐前生命观和文学生命主题》北京：东方出版社 1997 年版，第 310 页。

二、自然之子的生命强力

人作为自然之子而生活在大自然之中，因此人一直是与自然同生共存的，马克思曾说："人直接地是自然存在物。作为自然存在物，而且是有生命的自然存在物，人一方面赋有自然力、生命力，是能动的自然存在物；这些力是作为禀赋和能力、作为情欲在他身上存在的；另一方面，作为自然的、有形体的、感性的、对象化的存在物，人和动植物一样，是受动的、受制约的和受限制的存在物，也就是说，他的情欲的对象是作为不依赖于他的对象而在他之外存在着的；但这些对象是他需要的对象；这是表现和证实他的本质力量所必要的、重要的对象。"① 由此可见，作为养育、制约人的存在物，大自然的生命强力赋予人类生生不息的力量 。因此，在观照了大自然的生命强力后，我们就要探究作为自然之子的人的生命强力。可以说，文学创作是对人生命力的阐释和张扬，是对人生命力的长情告白。在考量形而上的生命意义的同时，文学作品也关注作为世俗的人的生存诉求、生活理想和生活方式。人自身迸发出来的强大生命力彰显着人性顽强与坚韧，因此，文学用形象展现生命力的存在意义。"生命确实需要一种强力，委顿病态的生命体验给予人们的大都是一种悲观和绝望式体验。而在一种强力体验中，充溢着一种不屈的反抗意志，充溢着一种强力精神。"② 韩乃寅的北大荒小说以扑面而来的朴野、阳刚的生命气息感染着读者。尤其是在物质充斥人们头脑的时代，在精神退位、道德沦丧的当下，韩乃寅没有追风逐潮，而是将目光聚焦在自己熟悉的北大荒人的故事，展现他们作为曾经的拓荒者，今天的建设者的生命伟力，用具体的人物形象来诠释什么是北大荒精神，在中国当代文坛独树一帜，呈现出人类顽强不屈的生命强力。

对拓荒者来说，北大荒恶劣的自然环境是一种严峻的挑战，也是他们精神品质的考验。马克思强调，主体生产对象，对象也生产主体。在北大荒的开发过程中，拓荒者与恶劣的自然环境构成互为映衬对象化的关系。作为自然环境对象化的人，凶险的环境造就了更加强壮的主体；同时，人与自然形成一种同构的关系，人也改造了恶劣的自然。韩乃寅小说彰显在对抗自然的威胁中人的生命强力，体现出来的悲壮的大美正是现代社会中人们所缺少的生命力。

恶劣酷寒的自然环境，肩拉人扛的原始生产方式，地窝棚、马架子的生活

① 马克思：《1844年经济学——哲学手稿》刘丕坤译，北京：人民出版社1979年版，第120—127页。

② 李咏吟：《文体创造与张承志的小说体诗》，《当代作家评论》，1996年第1期，第108页。

环境，都要求北大荒拓荒者必须要有顽强的意志和充沛的体力与自然抗衡，逐步征服自然获得生存资本。要在北大荒生活，人必须有强健的体魄来对抗变化多端的自然环境，并在其中最大限度地获取生存资料。拓荒者经受住了残酷的自然环境的考验，他们以自身的生命力和意志力将亘古荒原变成家园。拓荒者对生命力的彰显实际上是在克服荒原上接踵而至的困难中自我意志力的释放，这也是他们实现自身价值的有效途径。最初来到北大荒的复转官兵们并没有使北大荒的八家子村农民们的相信，这是一支和他们一样要扎根的队伍。“这大老远地跑这荒甸子里来，遭罪呀，没有待长的。北大荒啊，折腾来，折腾去，都没留下，就剩这八家子，谁敢往这儿来呀？”① 村民们的怀疑是有道理的，但他们不知道那种自发开发北大荒的行为不能形成强大的集团作战，所以很难战胜暴风雪、狼群等自然灾害。但他们没有想到的是国家开发北大荒决心之大，复转官兵们意志力之强：出血热的威胁，重体力劳动，食物的单一等等。靠着顽强的意志力拓荒者们最终在荒原驻扎下来。条件再艰苦，他们不等不靠，用习惯拿枪的手握起犁镐，投入到垦荒的战斗中，虽然没有必要的物质保障，没有什么外力支援，他们坚定地迈开脚步，用双手在荒原上书写下最动人、最壮丽的拓荒者的诗篇。诗人郭小川深深地被北大荒的拓荒者的顽强生命意志力震撼。他写下了一首著名的诗——《刻在北大荒的土地上》，高度赞扬了这支特殊垦荒部队：

哦，没有拖拉机，没有车队，没有马群，却有几万亩土地——在温暖的春风里翻了个身！哦，没有住宅区，没有野店，没有烟村，却有几个国营农场——在如林的帐篷里站稳了脚跟！怎样估价这笔财产呢？我感到困难万分，当我写这诗篇的时候，机车和建筑物已经结队成群，怎样测量这片土地呢？我实在力不从心，当我写这诗篇的时候，绿色的麦垄还在向天边延伸！②

这首诗集中笔墨真实描写北大荒的拓荒者面临的困境的，但这些没有难倒在炮火硝烟中冲锋陷阵的革命英雄，他们以军人的雷厉风行作风，以无坚不摧的气势在北大荒这片神奇的土地迅速建功立业，创造奇迹。

作为北大荒的拓荒者，他们首先必须通过严寒的天气这一关，这是对来自全国各地的复转军人肉体的考验。韩乃寅的小说《岁月》首先通过对恶劣的自然环境描写体现军人顽强的生命意志。“这北大荒的气候自有特点，自十月份起就开始落雪算是入冬，来年四月份才能冰雪消融……一年十二个月中有六

---

① 郭小川：《中国当代名诗人选集 郭小川》，北京：人民文学出版社 2006 年版，第 128 页。

② 韩乃寅：《破天荒》，北京：作家出版社 2010 年版，第 13 页。

个月属于乍寒、严寒和尾寒。”① 而资料记载：在北纬四十九度的高寒地带最寒冷的时候气温可能降至零下五十多度，这种严寒天气对那些北大荒土著居民来说都是一种考验，更何况那些来自南方的转业官兵呢，这简直是战场上又一次生死考验。

对于革命军人来说，寒冬并不可怕，刚到北大荒的第一个冬天，拓荒者们并没有像当地人那样尽量不出门，也就是“猫冬”。他们在冰天雪地里继续着建造家园的事业。难怪八家子村的村头王继善（《岁月》）老人在越冬会上以过来人的身份语重心长地告诫大家：“这可不比你在上甘岭打仗，有智慧、英勇无敌就能打胜仗。要当北大荒人，必须先让皮肉受这严寒的考验。……这就叫做北大荒人的第一基本功。”② 北大荒冬季不仅寒冷而且漫长，尤其是有时一天中的黑天竟占到四分之三，长达十八个小时。再加上有时大烟炮一刮起来就是三五天不间断。冬天就变得更加难过，极端天气下人在外边撒尿时，尿还没落地，已经冻成了一根棍儿了。面对严酷的自然环境十万复转官兵以顽强、执著的生命意识、永不言败的豪情壮志征服了北大荒。北大荒的夏日也非常考验人：昼夜温差大，白天表面上那艳阳高照，但无处躲藏的人们会被烤得皮肤爆皮，中暑也是常常经历的。在一望无际的田里劳作时本来就酷热难耐，再加上身穿短衫长裤更是觉得憋闷，尤其是在田间犁地时，扶犁者要用双手紧紧握住犁把，而那三个拉犁的人更是要弯腰奋力前行，仅仅靠着双腿来支撑并保持身体的平衡，用双手的摆动配合腿脚一起掌握身体重心，只有做到了这些才能使犁能够在一条直线上前行，不伤及庄稼。这还不是最消耗体力的，在劳作时，拉犁者的腰要弯成九十度，可见这难度相当大。而在你追我赶的现实中，大家互相较劲、不肯落后，每个人都挥汗如雨，劲头十足。战斗英雄高大喜（《岁月》）在高强度的劳动中的更加激发了斗志，在完成已有的开荒任务后，他主动要求要靠肩扛人拉再完成开荒十万亩的任务。复转军人们没有满足于已有的开荒业绩，而是更加拼命一天当两天过，“早晨出工三点半，晚上收工看不见，在地里吃四顿饭”，他们简直就是永不出问题的开荒机器，而且经常连轴转。对他们来说，可怕的不是拽着猫尾巴上炕的劳累，而是“早晨出工和晚上要收工前一个多小时那阵子，蚊子、小咬和牛虻，还有小刨锛儿，发疯似的叮你——”，你“越痒越想挠，越挠就越痒，三挠两挠就破皮了……”③ 在北大荒的夏天蚊虫苍蝇、蠛蠓牛虻们像已经排好三个班次，轮流上阵、从不脱

① 韩乃寅：《岁月》，北京：作家出版社 2010 年版，第 85 页。
② 韩乃寅：《岁月》，北京：作家出版社 2010 年版，第 165 页。
③ 韩乃寅：《岁月》，北京：作家出版社 2010 年版，第 89 页。

岗，还有草爬子这类毒虫的侵害。这些自然的磨难是奠定了北大荒人的艰苦创业的精神基石，举世闻名的北大荒精神就是这样创造出来的。

为了解决垦荒战士建立家园的后顾之忧，农垦组织从山东动员二百多支边女青年来北大荒。她们各个方面都表现出色，劳动中也是不甘落后于任何人。小说《岁月》中写在窑地搬砖的冯二妮戴着已经磨露的手套被，十个手指肚都被磨出了血，她却满不在乎："没有苦中苦，哪有甜中甜呀！"①。而其他支边青年也是如此，她们靠的是坚强的意志力在荒原上和男性一起建立家园，因此作为领导的贾述生深深地被姑娘们的精神打动了。正是因为拓荒者们个体的生命强力让严酷的自然环境成为她们的精神品质的见证。第一代北大荒人坚强的拓荒意志让那种生命的强健之美，那种英雄之气流荡在荒原上，张扬着生命力的顽强。

恶劣的自然环境考验并见证了北大荒人顽强的生命力，这种生命力量蕴藏着无限的财富，在能带来困境，有时是毁灭性的打击面前，来自人的力量顽强不屈地战胜灾难，智慧的拓荒者从各种灾难中总结了宝贵的经验，他们不仅能感受自然生命强力的震撼，也迸发出作为万物灵长的意志强力。从荒无人烟的北大荒变成北大仓，这方黑土地深深镌刻着拓荒者们生命印记，这是作为彰显人的意志力的杰作，是开拓者用顽强的生命创造的壮丽图景。韩乃寅的《破天荒》《岁月》等长篇小说，展现经过复转军人几年的开发，脚下的这片土地已不是过去的荒原，而是拓荒者们亲手建设起来的家园。

三、坚韧顽强的精神品格

韩乃寅小说展现北大荒人艰苦独特的拓荒史和三代人自强不息、无私奉献的感人故事，贯穿其间的是弘扬北大荒人的群体精神。"生命过程的本质因素是创造形式的内在强力，这种强力不是适应环境，由外部条件来决定，而是主动利用，开发环境，让环境来适应生命，服务于生命。"② 拓荒者战胜北大荒恶劣的自然环境，是与他们革命战争年代磨砺的坚强意志密切相关，在此基础上，他们发展创造的精神品质成为北大荒精神的重要组成部分，也彰显了革命英雄的勇往直前的意志。不怕牺牲、无往不胜的革命精神已经铸就了北大荒人生命的底色。韩乃寅小说创作张扬着北大荒人坚韧不拔、顽强拼搏的精神，对于后来者是一种无比宝贵的精神财富，具有强大的感染力和号召力。

生活在北大荒的人曾经面临酷烈的自然环境，还有内忧外患的动荡社会，这些都使他们经受过苦难。他们清醒地认识到要想战胜磨难寻求生存的空间，

---

① 韩乃寅：《岁月》，北京：作家出版社 2010 年版，第 116 页。

② 范志军：《自然中的强力意志》，《理论月刊》，2005 年第 7 期，第 51 页。

他们必须靠顽强的生存意志，这也就是北大荒土著居民们最重要的精神品格之一。他们生命的激情透射着顽强的生命力，洋溢着人作为万物之灵的强大精神。再加上 1958 年，北大荒作为暴发户一下子扩充了十万复转官兵，这一群体大大强化了生存于此的原住民的昂扬不屈的精神气，破天荒地使得北大荒成为虎啸龙吟、生机盎然 的所在。韩乃寅北大荒小说正是在这个意义上成为独特的文学范本。北大荒人富有生命的激情和创造力的拓荒史，北大荒的沧桑巨变让官员韩乃寅感受了人的力量伟大。他以作家的生命激情，将自己的感受融入小说创作中。勇于担当的气度和革命英雄主义精神造就了第一代北大荒人的积极进取的精神，韩乃寅重点捕捉他们的精神气度，用小说呈现主人公不畏艰难困苦，勇往直前的精神。

在韩乃寅小说中，北大荒涌动着自然原始的生命强力与主人公们张扬的生命本真及顽强的精神相得益彰。大自然的生命强力让生活其间的人更加激情飞扬、充满创造活力。北大荒人顽强的精神品格是作为个体的生命对实现人生价值需求，这又与国家意志实现了共振。人的生命强力迸发出一种无坚不摧、舍我其谁的精神状态，更何况拓荒的十万复转官兵是由一支具有敢打敢拼的革命军人组成的队伍，他们服从国家意志，转战到北大荒，释放出生命的激情与强力，在北大荒创造着生命的不朽。韩乃寅的小说将这些具有强烈冲击力的元素纳入其中，用人物来阐释涌动的生命激情。他们生命本能的韧性，将自身生命力淋漓尽致地释放出来。那种勇于担当、无所畏惧的革命精神就是他小说中个体生命强力的展现。韩乃寅小说中的北大荒人大多性格粗犷豪爽、侠义助人、崇尚自由、不受羁绊，散发着狂放的生命气息，这是大自然呈现的生命状态，也是北大荒人对生命存在的自我确认方式。“北方各民族萦怀于心的不是逸乐而是痛苦，他们的想象却因而更加丰富。大自然的景象在他们身上起着强烈的作用。”① 人受大自然的影响，也受生活的群体感染，韩乃寅将自己的审美理想投射到北大荒的自然中去，将其作为北大荒人精神气质的生成基础。变幻莫测的大自然不断激发了北大荒人强大的征服欲望，焕发出强大的生命力，人强大的精神力量来自自然物的刺激和映照，人与自然间构建了一个生命交流平台，强悍的自然景物中蕴藏着人的顽强的精神品格，承载着人的旺盛生命力和创造力。

韩乃寅的小说展现的是北大荒人改天换地的火热开发建设生活，大自然顽强的生命力激发了人的生命意志，北大荒人与大自然一起共同展现生命力的壮美。韩乃寅笔下的人物用自己的故事阐释了他们如何在开发北大荒中超越平凡

---

① ［法］斯达尔夫人：《论文学》徐继曾译. 北京：人民文学出版社 1986 年版，第 147 页。

人生，又如何绽放生命强力的。这一大规模的开发运动，挖掘了他们的作为个体的意志和生命力蕴藏的巨大力量，克服一切困难，完成国家交给的开发重任。韩乃寅书写了凶险的自然锤炼了人的精神力量，在超越人生极限中彰显生命本身的力量和胸襟，革命军人创造了北大荒军垦文化成为北大荒文化的根基，“文学有根，文学之根应深植于民族传统的文化土壤中，在立足现实的同时又对现实世界进行超越，才能挖掘传统文化对于现代化社会中的民族正负值影响，去负存正，重构文化。”① 韩乃寅的小说传递出对北大荒军垦文化带来的生命强力，这种生命强力已经成为北大荒人开发建设的内在动力，深受军垦文化影响的拓荒者最终将北大荒变成了北大仓。北大荒文化中蕴藏的生命力构成了我们民族的文化发展的动力。

对于具有顽强抗争精神的复转军人来说，自然环境越是艰苦，越能增强他们战胜自然完成垦荒任务的斗志。千难万险并不能减少拓荒者的创业激情，他们住在马架子、窝棚里，在烈日下肩拉着纤绳在奋力拉动划犁，在寒风呼啸的林海里啃着冻馒头……就是在如此恶劣的环境中，北大荒创业者发挥他们的敢于、善于对抗艰苦环境的创造潜力，取得一个个会战的胜利。韩乃寅以作家的审美眼光展现了拓荒大军强大的精神力量。在茫茫荒原，第一代北大荒人寻找着灵魂诗意的栖居之所，他们也诗意地打量北大荒艰苦的生活。小说《岁月》中山东支边女青年在刚刚到北大荒时并没有错被艰苦的环境吓退，而是学会了苦中作乐，在不能下田劳动的雨天举办舞会，在没有音乐伴奏的情况下，她们居然能够伴着水滴滴落到屋檐下的嘀嗒声翩翩起舞，姑娘们分享着大自然为她们创造的天籁之音。北大荒的独特的自然环境锻炼了北大荒知青，磨炼了他们的坚强的品格。知青三部曲《远离太阳的地方》中写北大荒给刚到的知青们一个下马威：严寒已经冻僵了知青们的身体，但这并没有冻住知青们扎根北大荒的火热激情。知青们以昂扬的斗志，在冰天雪地里掀起了大会战的高潮，这就是建设边疆的理想带来的强大生命力。老军垦们强大的感召力、北大荒环境打造着知青们的精神品格，十年的历练让返城后的他们身上仍然保持着北大荒人的优秀品质，不畏挑战、继续开创人生的新起点、新高度。女知青白玉兰以女性的韧性和气度，变得更加动人。即使遭遇不幸，她也能毅然做出抉择，把握自己的命运。在北大荒生活了几年之后，本来是南方的女知青们不仅从体型上具有了北大荒女性腰圆臀肥的强健，也没有了原来的娇情，她们从形体到精神都具有了北大荒人的顽强的毅力，能够独自坚强地面对人生的风雨。

冷硬荒寒的自然环境造就了北大荒人热情豪爽的性格特征。尤其是韩乃寅

① 韩少功《文学的“根”》，《作家》，1985 年第 4 期。

的小说呈现的暴风雪、“大烟炮”磨炼了北大荒人的顽强，广袤无垠的土地、森林涵养了北大荒人豪放粗犷的性格，这就是自然孕育的人蓬勃旺盛的生命力上。在严酷的自然环境中，北大荒长期从事渔牧猎狩的原住民养成了强大的生存智慧和无所畏惧的性格特征，而后来的闯关东者能够成功闯荡到北大荒就足以显现出他们身上所具有强大的生命力，还有开拓进取的勇气。以渔猎为主的生产和生活方式不断强化着北大荒边民雄强的生命意志。他们顽强求生的生命意志凝聚成为一种原初的北大荒精神，她包含了无视困难、敢于挑战自身极限的拼搏精神。这是北大荒作家韩乃寅着力展现和张扬的生命意志，这是几代北大荒人传承下来的精神品格。他们坚强不屈、乐观向上的精神外化为一种创造的生命力量，内化为一种不可战胜的精神品格。它以一种潜在的力量助推着北大荒开发建设大业。北大荒人的生命意义就在于是释放更多的征服自然、创造价值，践行北大荒精神，完成自身使命，彰显强烈的生命意志。韩乃寅诗意地凸现了这种精神的创造者和实践者。他们的生命意志是在特定的垦荒环境下呈现的，拓荒者用生命的顽强和执着打破了无人企及的北大荒神话。在响应国家开发建设北大荒的号召过程中，他们的创造激情与强悍的生命得以彰显，这是征服北大荒的生命态度与庄严承诺。韩乃寅的小说诗意地开掘了北大荒人身上世代相传、勇于开拓的生命意志和力量。人是靠着坚强的意志力不断创造着生命独有的精彩，“强力意志作为最原初的动力，不是自我保存的意志而是积聚力、释放力，意欲征服、占有，成为支配者的意志。作为强力意志的显现，生命的本质同样不是自我保存，而是寻求释放它的力量，自我保存只是其次要的，附属的结果。生命本身是充实、丰富而非干枯、贫乏的，这是因为强力意志是充盈、饱满的，……生命是富于进攻的。”① 北大荒人的生命强力体现在征服自然、创造价值，践行北大荒精神，完成自身使命，彰显强烈的生命意志。

第二节　英雄主义精神

韩乃寅北大荒小说中的人物身上有一种强烈的英雄主义精神，这种精神的形成于拓荒初期，十万复转官兵将他们的英雄主义传统带到北大荒，他们是久经沙场的战斗英雄，解甲归田后又重新走上了开发北大荒的战场，他们保持着

① 范志军：《自然中的强力意志》，《理论月刊》，2005 年第 7 期，第 51 页。

英雄的本色，在漠漠大荒展开了大决战。其次，另一支开发北大荒的队伍则是来自全国各地的支边青年，他们是当时向往着在北大荒实现人生理想的优秀青年代表，他们是听着英雄的故事成长起来的一代，成为英雄是他们的梦想；不容忽视的是，要完成北大荒艰巨的开发任务，拓荒者们必须发扬不怕牺牲、排除困难、决胜北大荒的革命英雄主义精神。

一、拓荒大会战：革命英雄主义精神显现

韩乃寅的小说彰显着北大荒人强烈的英雄主义精神，这是他小说的重要精神特征。"一种鼓舞千百万人进行伟大社会实践的精神力量的形成，是和一定的地域环境、人口构成以及人们改造自然和社会的实践活动密不可分的。我们探寻北大荒精神形成的轨迹，就不能不在走入北大荒特定的自然和社会环境的同时，进一步了解北大荒人这个群体，是怎样被历史定格在这片神奇的土地上的。"① 老北大荒人这一群体绝大部分是由解放军部队中的现役军人、转业干部（包括上尉、少尉等）组成的，第一代来荒原拓荒的官兵们都是刚刚从战场上转战下来，一声令下就开进茫茫的北大荒。他们用顽强的革命英雄主义精神带领拓荒大军战胜一切困难，英雄主义的精神是他们不断地取得胜利的重要保障。重新开辟战场后，这种精神成为鼓舞和激励复转官兵再次建功立业的潜能，这种精神力量转化为北大荒开发的实际动力源。

革命英雄主义精神通过十万复转官兵带有进取、献身的悲壮和崇高品格作为榜样带动北大荒社会群体投入到这场关乎国家民族生存发展的开发大业中，革命军人在这一特定历史时期将革命英雄主义精神演绎得淋漓尽致，他们成为伟大、高尚、最能代表北大荒人整体形象的一个群体，并以自己的实际行动号召、鼓舞所有参与开发实践的群体以革命英雄主义精神为指针，群策群力共同完成这一开发北大荒的任务。客观上说，英雄主义都带有浓郁的国家和民族特色，还具有强烈的历史和时代特征，更重要的是要有具体代表人物的人格感召力和震撼力，它成为某一时期社会群体整体思维的最高形式。韩乃寅对英雄主义精神的书写具有历史性和现实性，亚兰特在《论革命》一书中认为，革命的意义在随着哲学和政治潮流不断地演变着，而最重要的莫过于脱离过去"周而复始"的意义，衍生出了一种"奇特的唯新是求的情结"。"革命"被

① 安会茹，刘娜：《当祖国需要的时候——北大荒精神》，哈尔滨：黑龙江人民出版社2008年版，第261页。

喻为“洪流”“巨浪”等，标示了不可抗拒的历史前进方向。[①] 开发建设北大荒是中国社会历史进程中的一部分，是十万复转官兵们的革命历史使命，战场的转变同样需要他们的革命精神和优良作风，这就是韩乃寅北大荒小说中英雄主义精神的现实来源和依据。

复转官兵组成的第一批拓荒者有着革命英雄的胸怀和气度，他们开拔到北大荒已经完成了身份的艰难转换，重新走上另一个战场，艰难险阻，他们或住在马架子，或屈居于地窨子，以大无畏的革命英雄主义气概挺进荒原。“把北大荒变成共和国的大粮仓”的崇高理想使得韩乃寅北大荒小说中的英雄主义精神叙事得到了合理的阐释，开发建设北大荒是一场没有硝烟的战斗，其艰苦卓绝程度不亚于枪炮的战场，有时甚至更为壮烈。正如诗人郭沫若写给十万复转官兵壮行的诗那样：“现在你们有不少同志解甲归田，不！你们是转移阵地向地球开战……你们才不愧是不断的革命家！”[②] 最能代表拓荒者的情怀的是转业军官徐先国在《人民日报》1958 年 5 月 7 日发表的应答郭老的诗：“一颗红心交给党，英雄解甲重上战场。不是当年整装上舰艇，也不是当年横戈渡长江。儿女离队要北上，响应号令远征北大荒。”[③] 其豪迈的气度代表了第一批踏上这片荒凉地带的人民解放军战士的精神，他们是最先开赴北大荒的人民军队。他们用双手建立了新中国第一个机械化农场，带领一批批后来者大规模地开发建设北大荒，十万复转官兵始终作为中坚力量完成了发展北大荒农垦事业的艰巨任务。资料表明，参加黑龙江垦区开发建设的十四万复转官兵中，有六十多人是早期参加革命的老红军，有两千多人是抗日战争时期参加革命的老革命，有一万六千多人是解放战争时期参加革命的，有五万三千多人是抗美援朝时期参加革命的，这些人就至少占复转官兵中一半的比例，这支队伍的革命英雄主义精神铸就了北大荒精神的底色。小说《破天荒》开篇就展现了第一代北大荒人所具有的革命军队的特征 ：“虽然已经没有领章帽徽，但仍然是军官装束的吴新华在队列之前”[④]，小说接着介绍的军人有陆军打扮的，有身着空军装束的，也有海军制服的，还有上甘岭英雄团的革命者。这些都呈现出小说中人物的革命英雄主义精神气质，他们把北大荒当作又一战场。

韩乃寅的北大荒小说中具有鲜明的英雄主义特色，带有强烈的历史感、时代感和英雄主义精神震撼力，它是那个特定历史时期北大荒拓荒者群体思维的

① 陈建华：《“革命”的现代性——中国英雄主义精神考论》，上海：上海古籍出版社 2000 年版，第 7 页。

② 郭沫若：《向地球开战》，《人民日报》，1958 年 3 月 23 日。

③ 徐先国：《永不放下枪》，《人民日报》，1958 年 5 月 7 日。

④ 韩乃寅：《破天荒》（上）北京：作家出版社 2010 年版，第 1 页。

最高表现形式，是时代精神的最集中显现。小说中描写随处可见“会战”“大战”“进军”之类的词汇，如农忙时，农耕工作被称为“开荒大会战”“夏锄大会战”“麦收大会战”“抢收大会战”“冲刺战”“渠首大会战”“水田开发大会战”“大战草荒”“人机大会战”“向开荒五万亩进军”等等，这些词汇都表明曾经的革命军人把北大荒开发事业当作在战场争取胜利的革命任务，他们一定要响应国家“让全国人民每年吃上二十斤北大荒粮食的战略号召。”① 兑现自己作为军人的承诺。在投身这场关乎国家前途命运的攻坚战中，他们深切地感受到这与以往的抗日战争、国内革命战争和抗美援朝战争都不同，“这是一场硬仗，我们的敌人，就是周围这几百万亩荒地，要战胜北大荒，不是几年，是几十年。我们要对得起党和人民对我们的信任，战胜敌人，决不后退。”② 韩乃寅的小说展示出火热的开发北大荒事业，那些作为复转军人的开拓者，那些立志建功立业的优秀支边青年，还有响应“上山下乡”号召的知识青年，都被这种不怕牺牲的革命英雄主义精神所深深感染，他们组成了浩浩荡荡的垦荒大军，“北大荒这地呀，邪性，说不好。说它大吧，你撒欢跑没事，说它小吧，巴掌大的地方，就把你弄过没影了。”③ 面对变幻莫测的荒原，摘下徽章的复转军人们硬是用汗水甚至是生命创造了人间奇迹，很多人以拓荒者的身份永远长眠于北大荒，那铮铮铁骨感动了、吓退了魔王，开发北大荒的历史证明，这是一个必须用“英雄”命名的群体。小说《岁月》中的山东女支边青年黄瑛因为对复转官兵张爱宝称她们是“闯关东”的表示不满，他骄傲地说：“喂喂喂，我说队长，我们可不是闯关东，是来战关东、战北大荒的!”④ 黄瑛用挑战革命军人的语气恰恰表现出那个特定年代革命战斗精神已经植入支边女青年的灵魂深处。那种“巾帼不让须眉”的气势就是战争年代的英雄主义精神对女青年的影响，作为垦荒战士，她们践行着革命前辈大无畏的英雄主义精神，义无反顾地到北大荒艰苦创业。而革命英雄贾述生面对北大荒的开发建设也像当年在上甘岭战斗中一样，感受到自己这一历史性的转折：“我就有一种向地球开战的感觉”⑤。在渠首大会战时，贾述生的脸上洋溢着一种憧憬北大荒辉煌图景的兴奋，认为北大荒建设要比当年的上甘岭战役更有意义，战场上的胜利只是那一刻的喜悦，并不能让人持久满足，假如敌人自甘败阵，主动投降了，就更没有那种成就感。

① 韩乃寅：《破天荒》（上）北京：作家出版社 2010 年版，第 3 页。
② 韩乃寅：《岁月》北京：作家出版社 2010 年版，第 73 页。
③ 韩乃寅：《破天荒》（上）北京：作家出版社 2010 年版，第 14 页。
④ 韩乃寅：《岁月》北京：作家出版社 2010 年版，第 73 页。
⑤ 韩乃寅：《岁月》北京：作家出版社 2010 年版，第 176 页。

这北大荒有打不完的仗，有干不完的事业，只要你找，到处都有。……打这场战胜北大荒的仗，我们这些从枪林弹雨中闯过来的复转官兵最适合了，舍我其谁呀！①

贾述生骨子里的英雄主义情怀让他不仅对战争经历刻骨铭心，还把英雄主义精神、革命先烈的光荣传统带给北大荒拓荒大军，第一代北大荒人身上时刻保持的革命军人的英雄主义精神在后来的垦荒队伍传承下来。英雄主义精神也是韩乃寅深深被打动并用小说来传达的缘由。

韩乃寅的小说透射出北大荒人敢于直面死亡的英雄主义精神。他的小说最为常见的情节是展现革命英雄主义场面，典型地体现在《远离太阳的地方》《破天荒》《岁月》中，其中最为动人心魄的就是复转军人席皮为抢救国家财产而不幸牺牲的情节，在“渠首大会战”中，席皮自告奋勇地跳下去潜水，抢救陷进沼泽的拖拉机。小说是这样呈现的：

席皮向大家摆摆手，两只胳膊夹着两条有环扣的钢丝牵引绳，大步地趟进了鬼沼里，像英勇的解放军战士，夹着两根爆破筒冲向敌人的堡垒一样，无畏而豪迈。②

席皮坚决要求下鬼沼潜水挂钩，好让大家把拖拉机拉上来，这是革命战士关键时候的舍身赴命。此时的他绝对不是小说开篇时的“逃兵”，他不再想到自己是家中剩下的唯一的孩子，得为席家留个后代。为了革命事业，他的亲人已经献出生命。为了开发北大荒，席皮克服困难完成潜水挂钩任务后永远长眠在北大荒，作为英雄，他没有牺牲在炮火硝烟的战场上，却抛下唯一的亲人——年迈的老母亲，牺牲在北大荒的沼泽里。他是以军人的礼遇下葬的，在葬礼上，那洗得褪色的军装，那顶单军帽、那顶棉军帽，那十多枚勋章都分明显示了他曾经的革命英雄的身份。此时分场党委追授席皮为“向地球开战的北大荒英雄”。席皮既是战场上的英雄，也是开垦北大荒的英雄，他的这种英雄主义精神因为特定的历史情景而更加令人感佩，他的英雄壮举震撼了每一个拓荒者。

不可忽视的是，在艰苦的生存环境下，北大荒还有很多拓荒者因为和长期高强度的体力劳动中而去世的，那些长眠于黑土地的复转官兵，他们虽然壮志未酬，但他们的奋斗成就了北大荒开发建设事业。韩乃寅始终坚守的现实主义的创作，展现英雄战友的牺牲不但没有让拓荒者们退却，反而激励他们前赴后继，几代人共同坚守北大荒这片神奇的黑土地，他们凭借着革命英雄主义精神勇敢地向荒原要粮。

① 韩乃寅：《岁月》北京：作家出版社2010年版，第222页。

② 韩乃寅：《岁月》北京：作家出版社2010年版，第182页。

开发建设北大荒是一场异常艰苦的大会战，需要融入一代人的勠力同心、共同奋斗。其悲壮色彩不亚于当年的战场厮杀，有时甚至是面临更加残酷的抉择，在北大荒开发过程中，有一万二千九百多名建设者献出宝贵的生命。拓荒者的革命英雄主义精神是激励他们风雨无阻，争取垦荒胜利、建设中华大粮仓的制胜法宝。

二、英雄主义情结下的形象塑造

北大荒垦荒史上精英的集聚可以称得上是人类开荒史上的壮举，中国东北角由北大荒到北大仓的沧桑巨变凝聚了这一英雄群体的智慧和辛劳。意识形态组织动员优秀人才的集聚北大荒，从十四万复转官兵（1958 年）到二十多万大中专院校毕业生（1958-1966 年），从一千五百名“右派”（1958 年）再到五十四万城市知青（1968 年），北大荒先后接纳了近百万“知识密集型”的精英投入到开发建设中，这是世界垦荒史上的罕见的现象。因此，北大荒凝聚着一部英雄的壮丽史诗，北大荒博物馆里矗立着英雄的群雕。“北大荒的历史变迁，就是一部壮丽的史诗。每一寸土地上，都刻写着闪光的诗句，这部史诗的作者，正是那些千千万万的垦荒战士，他们用勤劳的双手，年年月月地刻写着，一代一代地刻写下去。”① 韩乃寅的英雄主义的情怀既来源于他成长的时代，也来源于北大荒的生活经历，尤其是他作为官员的视野和感悟为他的写作提供了丰富的素材，他将浓厚的英雄主义情怀倾注于笔下的英雄人物身上。小说《岁月》《破天荒》讲述的就是三代人历经四十多年的开发建设北大荒的艰辛历程。

韩乃寅的小说为读者塑造了北大荒英雄群体的雕像。北大荒伟大的建设事业呼唤着英雄群体的加盟，它是几代北大荒人共同奋斗换来的成果，北大荒的每一寸土地都留下北大荒人的辛劳，北大荒英雄群体创造了北大荒令人瞩目的辉煌业绩。“人类之所以不断地寻找各式各样的英雄，本质上就是在寻找理想生命的凝聚方式，寻找一种拯救自己生活困境与危机的途径，寻找一种生命的力度和人格的高度。”② 韩乃寅通过英雄群像的塑造一方面再现了北大荒的开发建设历史，另一方面弘扬了英雄主义的价值观，展现了作家的英雄主义情结和审美理想，这是具有时代意义和社会价值的存在。“英雄主义是一种精神价值观，是人类社会不断由野蛮向文明演进过程中逐渐形成的一种具有集体无意

① 《信仰是一种价值观念》，转引高占祥，王青青：《信仰力》北京：北京大学出版社 2012 年版，第 90 页。

② 北大荒文学作品选编委会，《北大荒文学作品选》（下册），上海：学林出版社 1987 年版，第 29 页。

识的精神价值观念。”[①] 韩乃寅在他的北大荒小说中塑造的英雄群像具有典型意义，他们是北大荒英雄群体的代表，小说《岁月》《破天荒》《龙抬头》等在社会上产生了深远的影响，这些源于生活而又高于生活的创作诠释着北大荒厚重的历史。

韩乃寅描写了十四万复转官兵、二十多万大中专院校毕业生、五十四万知识青年以及他们后代的整体风貌。在艰难的开发建设中，他们刚毅、勇敢、顽强地克服各种困难。这种百折不挠的英雄主义精神成就了北大荒人的品格，他们兑现着自己曾经立下的誓言，扎根北大荒，建设家园。初到北大荒，他们面临的困境是无房可住，无地可耕，伴随他们的是令人难以忍受的蚊虫，随时吞噬人生命的鬼沼，还有那铺天盖地席卷而来的大烟泡。他们与凶险的环境进行着持久的较量，靠着无坚不摧的勇气最终获得决定性胜利。开拓北大荒不仅要求人具有刚健的筋骨，还要有不折不扣持守的品性，始终保持着奋发向上的姿态和不怕牺牲的精神。拓荒者既要是适应环境，还要改造环境，尽管客观的自然环境不能以人的意志为转移，但“客观成分的一条规律是：环境并不排斥自我，与此相反，所有人的生活都是从他们各自的自我环境关系中获得了意义”[②]，第一代拓荒者用双手承担起开发建设北大荒的重任。他们面临的是来自肉身和意志力的双重考验。他们经历的创业时期也是国家处于动荡的时候，反右斗争、“大跃进”“文化大革命”也冲击到中国东北角，拓荒者的英雄主义精神使他们波澜不惊，怀着沧海横流必显英雄本色的信念，虽历经磨难却初衷不改，将一颗赤子之心交给北大荒的开发事业，在艰难境遇中忍辱负重创造了北大荒精神。“精神生命是人的本质的一部分，从而，它是确定人的本性的特征，没有这一部分，人的本性就不完满。它是真实自我的一部分，人本身的一部分，完满的人性的一部分”[③]。正是这种英雄主义精神支撑着拓荒者们扛过了艰难的岁月，他们虽然身陷泥淖，也能栉风沐雨保持崇高的气节。长篇小说《岁月》中的贾述生就是这类英雄形象典型，他是北大荒英雄人物的杰出代表。在动乱的岁月里，他坚定信念、不屈不挠、保持了革命英雄的优秀品格。虽然贾述生在工作中遭到魏晓兰、方春这类无耻之徒的中伤，又难以与相爱的人结合，在“反右”斗争中又遭到陷害被下放劳动，但这些磨难根本不能动摇他的革命意志，他瘦弱的身躯里贮藏着强大的精神力量，他作为共产党

---

① 康长福：《论知青文学的英雄主义精神》，《齐鲁学刊》，2000 年第 6 期，第 119-122 页。

② ［俄］尼古拉斯·别尔加耶夫：《精神与实在》，张百春译，北京：中国城市出版社 2002 年版，第 33 页。

③ ［美］马斯洛等：《人的潜能和价值》，林方主编，北京：华夏出版社 1987 年版，第 223—224 页。

员来说对党忠诚，对理想执着；他作为核心人物来说对战友钟情，对爱情坚贞，他的英雄主义精神在苦难岁月里熠熠生辉，鼓舞着身处困境中的战友战胜眼前的困难。最终，贾述生得到平反，恢复了场长的工作。他继续坚持发展扩大小江南水稻产区面积，成为造福了北大荒子孙后代的举措。他是北大荒开发建设中的英雄人物，韩乃寅对这类北大荒英雄的塑造更加具有生气，人物形象的生活原型就生活在他所管辖的农垦系统，因此韩乃寅刻画得特色鲜明，而又富有北大荒浓厚的生活气息。贾述生就成为不同于以往塑造的北大荒人的形象，也超越了一般英雄人物的刻画模式。他能够顶住巨大的压力，担起抵御极左做法的重任；任凭前路多么坎坷，他都坚守开发建设的大业。爱国主义的精神与集体主义的深情相融，坚守传统与改革创新结合，党性原则与人性魅力交相辉映，这就是贾述生形象的成功所在。

正面塑造英雄形象，展现北大荒人的英雄主义精神是韩乃寅的北大荒小说的主要方式，他还能从侧面烘托渲染英雄人物，传达北大荒人骨子里的英雄主义情结。小说《岁月》从爱情、婚姻生活的层面揭示了激情燃烧的岁月人们对英雄的渴慕，侧面描写了女性在崇拜英雄年代的“爱情”。从这一逻辑出发，就不难理解指导员姜苗苗，为了动员支边女青年与开垦的北大荒的复转官兵们恋爱，她在会上首先打破僵持的局面，宣布自己愿意和战斗英雄高大喜结婚。一个是年轻漂亮的舞蹈演员，一个是光会打仗的大老粗，姜苗苗的选择依据来自那个单纯的年代，而且那份感情只能属于那个年代——英雄崇拜的年代。姜苗苗主动嫁给五大三粗的高大喜，他们被人们称为一对“革命夫妻”，毕竟她在那个年代对婚姻的选择来自她的指导员带头的要求，但更多的是来自时代赋予的“择偶标准”。难怪后来，姜苗苗的女儿高小颖在读研究生时对父母的婚姻做了精辟的总结：母亲是和父亲这尊“青铜雕像”结婚，这谈不上是爱情，更不能说是幸福，她为母亲当年的抉择感到惋惜。高大喜这一英雄人物具有性格火暴而又重情重义，大男子主义而又不乏日常化、生活化的特质。与姜苗苗相比，山东支边女青年王俊俊响应国家号召来开发建设北大荒，她对革命英雄的仰慕真有点叶公好龙。她只因为在报纸上看到过上甘岭英雄连高大喜的英雄事迹，在连高大喜长什么模样的情况下，便狂热地爱上了高大喜，并下决心一定要嫁给他，这就是那个年代女青年对英雄的盲目追求。王俊俊给心目中的偶像高大喜写了无数封情书，来表达爱慕之情；她还不断搜集关于高大喜英雄事迹的报道，每次都小心翼翼地剪下收藏起来，到北大荒时也随身带来。可是当王俊俊面对面和高大喜谈恋爱时，她却被高大喜那只战争负伤失明后安装的假眼球吓得大哭，如避瘟神一样跑掉了。后来当她得知那个人就是自己一直仰慕的战斗英雄高大喜时，王俊俊又追悔莫及，高大喜已经和仰慕英雄的姜苗苗结婚了。这就是那个崇拜英雄年代的发生的看似荒唐但又真实的故事。曾经的出身非常重要，有人给王俊俊介绍李开夫时，她坚决反对和这个国民党投诚人员（自己眼里的国民党漏子）谈恋爱。当时开发北大荒的队伍构成比较复杂，不但有革命英雄，还有一些是曾经的国民党部队起义、投诚人员，也包括了被俘虏的官兵，他们被安排到北大荒开荒建设，这就成为他们的家园，但是在那个年代，他们即使是在北大荒，很多人都关注他们是国民党人员的“前科”，在追慕英雄的年代，与那些战斗英雄们相比，他们在解决婚姻问题上是有重重障碍的。《岁月》中也有不远千里使劲心机追慕英雄的魏晓兰，她是山东农村妇女干部，她为了得到贾述生偷偷扣押了贾述生写给恋人的信，因为自己投机的做法不得人心，魏晓兰受到冷落。她从扣留的信中得知一直暗地里追求贾述生——上甘岭英雄连指导员转业到北大荒，她独自一人来到北大荒。这种不择手段的疯狂举动，实际上是看中了贾述生的英雄身份，而不是贾述生本人。马春霞的到来打破了魏晓兰的如意算盘，她不得不为了政治前途选择与副厂长方春结婚。这是一对“政治夫妻”，原本就没有感情基础的婚姻最终以分道扬镳结束。魏晓兰的投机与钻营都折射出那个时代的婚姻状况。韩乃寅在小说《破天荒》中重点展现了北大荒的第一代拓荒者不但有刚刚走下战场的革命英雄，还有爱慕英雄的姑娘，他们“垦荒+恋爱”式的婚姻是对那个年代生产生活的真实概括。

通过再现北大荒半个多世纪的历史，韩乃寅的小说深刻地揭示一复转官兵为主体创造的英雄主义内涵，塑造了北大荒三代人的形象：以贾述生、高大喜为代表垦荒者（十万复转官兵），他们征尘未洗、刚刚从朝鲜战场返回，就听从祖国召唤，一身戎装进军北大荒；他们放弃了小我的诉求，发扬革命英雄主义精神，顽强地与严酷的自然抗争，硬是靠敢打敢拼的劲头唤醒了沉睡千年的黑土地，向荒原要粮以王大岭为代表的第二代北大荒人（五十四万知青），以激扬的青春为旗帜，屯垦戍边、建设北大荒，甚至献出最为宝贵的生命。以方连喜为代表的北大荒第三代人（复转官兵的后代）在北大荒陷入发展困境时锐意改革，使北大荒走上振兴之路，保持中华大粮仓的风貌。第一代军垦战士魂系北大荒，他们把青春年华和生命都献给了黑土地，还动员自己的后代也回来接续他们的事业。方连喜们把他们所学的知识、技能奉献给北大荒，在父辈建设的家园中继续开拓进取，这是他们对北大荒精神的继承与发展，他们用聪明才智诠释着新时代的英雄主义精神内涵。《岁月》中有描写知识青年刚到农场，本来是向参观机械作业的情景，没想到场长贾述生却带领知青们一起拉犁耕地，稍好一点的也是驾驭着马来拉犁，这个革命英雄还带着他们用原始的方式开荒——镐头刨地，很多知青都不理解这个古怪的老场长做法，认为是故意刁难他们。贾述生告诉知青说这是在发扬艰苦奋斗的北大荒精神，培养和锻炼知青们的革命意志，“机械干机械的，人干人的，有一分热发一分光，北大荒的开发就是靠这个起步的，这就叫北大荒精神。”① 在刚刚开垦北大荒时，由于机械严重不足，再加上大部分地段地势低洼，排水不利，根本不能进行机械化作业，转业官兵们硬是靠喊劳动号子，用人拉犁杖，排着队用最原始的生产方式改造荒原。所以得知贾场长的真实用意后，知青郑亮亮说道：“我们理解了你们这老一辈北大荒人的情怀，也服了，服了你们创造的北大荒精神，学到了北大荒精神。”② 这就是贾述生对知青们革命英雄主义精神的宣传和教育，是要让北大荒精神根植在年青一代心中。在贾述生为代表的复转官兵的引领下，北大荒知青们好不示弱、自力更生以老北大荒人的革命英雄主义精神为榜样，征服脚下的广阔天地，北大荒知青成为高扬在黑土地上的一面猎猎战旗。

英雄主义在韩乃寅的小说中首先体现了一种不惧艰险、勇敢向前的拼搏精神。小说《城府》（后改成电影《高天厚土》）中的罗冬青就具有这种精神，他在元宝县进行改革本来是要造福全县人民的，而市长计德嘉实行的“形象工程”改革并不是维护元宝县的集体利益，所以他觉得罗冬青是在和自己作对，处处刁难这个下级。可见，罗冬青的这场改革与市长的“形象工程”实际上是人民利益与个人私利的对立。由于被诬告，罗冬青陷入被整“下台”的困境，但他坚持正义、绝不向恶势力低头，他敢于抗争的英雄气魄成为作家极力讴歌的精神所在。而元宝县人民作罗冬青最坚强的后盾，是作家要显现的这场斗争的胜利实际上是集体主义精神胜利。小说《城府》无意去展览现代官场的世态生相，而是落墨于北大荒民间，挖掘淳朴的民风背后人民的力量，坚持改革、振兴北大荒经济是务实的基层领导坚持的，也是他们的民心所向。他们与改革者一道成为抵制官场腐败的力量。韩乃寅用生动的故事塑造出典型的人物，揭示了北大荒“官场沉浮跟民心、民意的关系，从而在共产党要代表人民的根本利益这点上留下了警示世人的丰富含义。”③ 罗冬青是锐意改革、敢闯敢拼的英雄，他看不惯市长计德嘉的唯利是图，不与他们一伙人同流合污，因此屡屡遭到算计。《城府》并没有简单地落入正义与邪恶较量，正义最终战胜邪恶的俗套窠臼，而是收笔于罗冬青对计德嘉腐败行为的新一轮抵制，进而深刻地揭示出“从根本上说，共产党员代表最广大人民的根本利益，官

---

① 韩乃寅：《破天荒》，北京：作家出版社 2010 年版，第 87 页。

② 韩乃寅：《岁月》，北京：作家出版社 2010 年版，第 321 页。

③ 黄万华：《沃土的新耕耘，宝藏的再开掘：论韩乃寅的长篇小说创作》，《文艺评论》，2002 年第 1 期，第 90 页。

场跟民间就该血脉相通、血肉相连。”①。小说体现了北大荒民间对于正义的呼唤，小说把人民设置为罗冬青改革和反抗腐败最有力的声援，相对而言，作为上级领导的市委书记的支持固然重要，但小说还是更有力地展示了人民是我们走向胜利的坚强保障。

韩乃寅用小说形象地揭示了北大荒精神的深刻内涵。他将北大荒精神所产生的巨大教育功能和广泛深远的影响展现出来，这是农垦事业发展的精神动力。北大荒人用执着的坚守、无私的付出和掷地有声的承诺，为国家粮食安全提供了保障。韩乃寅展现了北大荒人这一英雄群体的风貌，他们创造了奇迹，描画了北大荒壮丽的画卷。拓荒者们高扬着英雄主义精神旗帜，献了青春献终身，献了终身献子孙。英雄主义精神是北大荒精神的重要组成部分，北大荒人艰苦创业、勇往直前的精神动力。

三、永不言败：英雄主义精神传承

韩乃寅的北大荒小说大多张扬着了永不言败的英雄主义精神。在极其艰苦的条件下，北大荒人不仅让神奇的千古荒原为国家生产了数百亿斤粮食，有力支援了国家建设；北大荒三代人努力把千里荒原建设成为现代化的大农场。他们怀揣梦想、永不言败的英雄主义精神使得北大荒最初的小农场，发展成工农业并行发展的产业集团。革命英雄主义精神使人变得更加崇尚道义、自强不息，个体生命的英雄主义精神汇聚在北大荒，北大荒见证了英雄们的成长，北大荒后来人的英雄情怀会使个体生命更加达观，更加具有仁爱和牺牲精神。他们从“小我”成长为与北大荒人一道关注国家命运的垦荒英雄。北大荒成为他们实现现代化的大农业理想的平台，他们发扬革命英雄主义精神，战胜开发中的各种困难。小说《龙抬头》展现了我国在加入世贸组织后，面临着残酷的国际竞争，北大荒农业和工业的发展遇到前所未有的挑战。在最为艰难的时候，许诺临危受命，把即将倒闭的雁窝岛浸油厂救活，进而发展壮大家庭联产承包的小农场。许诺主动出击对抗美国的不正当的经济侵略风暴，在北大荒企业倒闭、市场风雨变幻的关键时刻，许诺勇敢担当大任，以永不言败的英雄气度加速北大荒农场改革，让燕窝岛浸油厂这个“龙头”产业腾飞。经过艰难的打拼，最终笑在风雨后，大大鼓舞了民族士气，弘扬了新时代英雄主义精神。

韩乃寅的小说叙述了北大荒人是如何白手起家的，他们从肩拉手刨开始，

① 韩乃寅：《岁月》，北京：作家出版社2010年版，第321页。

一直发展到驾着现代化的大机械驰骋在广袤的田野。北大荒经营方式不同于普通的农村，在体制改革的过程中，北大荒大农场人的身份使他们经历了失去“铁饭碗”的阵痛。正如韩乃寅的小说《天荒》（知青文学三部曲《远离太阳的地方》的第一部）中叙述的：

这国营农场，既像城里的工厂，又像县里的村庄。春播、夏锄、秋收三个大忙季节，人们没早没晚，没白没黑地忙碌，这就像农村。除了这些时候，人们按部就班地休星期天，工作节奏又像城里的机关和工厂。①

作为最早的计划经济体制建立的国营企业，北大荒农场的改革是体制上的改革。农场和其它企业一样，职工们是领着工资的，可是当时国家没有明确农垦系统的体制问题，因此，农场职工在财政、社保等方面都没享受到什么福利待遇，更没有什么社会保障。这是韩乃寅的小说《岁月》《破天荒》真实再现的历史，农垦家庭农场经营面临改革的艰难程度可想而知，经过多方反映、不断协调解决，农业部最终才把农垦纳入国家的社会保障系统中。在《岁月》中，第一代北大荒人经过长达十年的向上级表达诉求，直到1968年他们才被认定为持有城市户口的城镇职工。得到这个令人振奋的好消息后，副厂长方春一拍桌子站起来说：

有些城里人说咱们农垦人土不土洋不洋，归根结底还是土老帽儿，这回，咱们户口身份一变就成城市人了，再不说土老帽儿了，而是洋老帽儿了！咱们的子孙后代也是城市户口了，看那些知青一个个洋气的，我们新老北大荒也是城市人!②

方春得意地直拍胸脯，可见城市户口对他们这些垦荒者是何等重要。北大荒的开发有其特殊的背景：在没有人烟的荒原上，必须同时建立起与开发相配套的各种产业，也就是机构也要五脏俱全。这就大大增加了建设北大荒的工作量。北大荒不光建成了中华大粮仓，还建立了工业、服务业、教育等企事业单位一应俱全，这是特殊的地域、特定的环境决定的。拓荒者们经历了炮火硝烟的洗礼，以革命英雄主义精神克服各种困难，不但征服了被称为无人区的北大荒，建成了现代化大农业，还建立起了一套完整的服务业。在光荣农场六分场开荒建设十周年的庆典上，魏晓兰（《岁月》）说：

十年来，我们广大革命的复转官兵、支边青年和知识分子，在党的正确领导下，头顶蓝天，脚踏荒原，战酷暑，斗严寒，吃窝窝头，住小马架，手挥镐，肩拉犁，在这人烟稀少、条件十分恶劣的亘古荒原上安营扎寨，认真贯彻

---

① 韩乃寅：《天荒》，北京：作家出版社2010年版，第36页。

② 韩乃寅：《岁月》，北京：作家出版社2010年版，第293页。

“五边”的建场方针。十周年，整整十年的时间。十年，在历史的长河中不过是短暂的一瞬，我们是用热血和汗水建成了一个拥有二十万亩耕地的大分场，打破了自古以来北大荒难开发的神话，在创造人间奇迹的同时，也创造了举国闻名的北大荒精神。到现在为止，已经向国家上交大豆和小麦四百多万斤，还建成了制糖、米面加工、浸油等五个工厂，这是时代的骄傲，也是我们北大荒人的自豪!①

韩乃寅的北大荒小说叙述工业更加显得视野开阔，他不是局限于一个农场来展开故事。在《破天荒》《岁月》中，高大喜与贾述生领导的两个农场之间建立了密切的联系，这是北大荒精神的彰显，也是韩乃寅创作始终弘扬的精神，这是北大荒精神带给人们的强大推动力，这是第一代拓荒者的英雄主义精神传统的显现，也是北大荒精神的基底所在。小说展现了北大荒人在市场经济改革中所遇到的精神和意志力考验，加入 WTO 后，我国农业受到的前所未有的巨大挑战，作为农垦企业代表，北大荒面临的压力是最大，他们以永不服输的劲头千方百计迎接这场斗争，最终不但立在市场经济的大潮的潮头，还把北大荒的品牌打到国外市场。

韩乃寅用小说展现了北大荒人不但开垦了千里荒原，提高了粮食产量，还实现农业的现代化，发展粮食深加工，实现几代中国人的光荣梦想。始建之初，北大荒就不是停留在小农经济发展，而是建设现代化的大农业格局。现代化大农业发展需要建设粮油深加工企业，这也是我国加入世贸组织后北大荒农业迎战激烈的国际竞争的最有效的举措。小说《龙抬头》写美国这一转基因大豆生产强国不遵守竞争原则，把产量高、价格低、出油率高的转基因大豆，打入了中国市场。这使我国百分之八十以上的以自产大豆为原料的深加工企业面临着停产甚至是破产的困境，在这个生死存亡的紧要关头，敢于担当的中国农垦企业必然要承担起保护国内食用油市场安全的责任。韩乃寅的《龙抬头》中既有改革开放背景下浸油厂的工业发展主线索，又有北大荒家庭农场建设的副线索。小说重点展现的是在中国加入世界贸易组织后，以北大荒浸油厂为代表的工业企业所面临的外资企业的经济竞争威胁，在国企面临倒闭危机之时，以许诺为代表的北大荒人迎难而上、积极寻找出路，在雁窝岛实行大豆生产和销售一体化的营销模式，在农场和国家出台的政策帮扶下，经过奋斗，许诺们有力地回击了霸王集团的威胁，最终实现了北大荒豆业这一中国农垦企业昂首屹立，真正“龙抬头”。

作家韩乃寅“善于从广阔的历史视角中，从具有社会重大意义的政治事

① 韩乃寅：《岁月》，北京：作家出版社 2010 年版，第 99 页。

件和时代斗争的漩涡里来展示北大荒人的精神特质”[①]。他一直坚持现实主义创作方法，将重要的历史事件作为他北大荒小说的创作背景，展现中美之间的经济贸易战，《龙抬头》生动地体现了这一竞争的残酷性：美国霸王集团在中国临海市建立了年加工几百万吨的大豆深加工企业，这对原本就面临转型、不景气的中国大豆企业造成了严重威胁。更为紧迫的是，雁窝岛浸油厂这个当时号称中国最大的浸油企业却正面临着破产的困境。雁窝岛浸油厂厂长魏思来四处想办法大量收购大豆，为的就是保护民族工业不受外资的威胁，但是他又没有资金给大家兑付大豆款，处于被追债者围追堵截、四处躲藏的窘境。就在这时许诺临危受命，当上了雁窝岛浸油厂厂长，他三管齐下：一方面把浸油厂改制成股份制企业，全面凝聚北大荒人的集体力量；另一方面充分借助国家对企业的帮扶资金，大大更新厂里的生产设备；第三方面就是组织科技人员研究大豆的深加工技术，不断增加大豆产业的附加值。许诺忍辱负重、带领农场全体职工励精图治，使得中国最大的大豆加工企业——雁窝岛浸油厂不但重振威风，而且发展成为名副其实的中国龙头企业。在产品展销会上，雁窝岛浸油厂在与美国霸王集团对决，靠着优良的品质取得了最终的胜利，这大大鼓舞了中国人发展工业的士气。大豆深加工业的发展壮大，带动了大豆种植业的发展，让种植大豆的北大荒人从中受益。小说《龙抬头》的结尾是讨论中国大豆工业的发展前景，以应对未来的挑战，这昭示了共和国农业和工业共同发展的希望。

韩乃寅的北大荒小说实践着作家要“写出北大荒的骄傲”的创作理想，展现了北大荒从开荒到发展农业再到工农业齐头并进、共同发展，韩乃寅书写北大荒让中国骄傲的故事。北大荒在解决国人吃饭的问题上起了关键性作用，北大荒第一代拓荒者用自己的双手创造了奇迹，“自己动手，丰衣足食”成为世界垦荒史上的一座丰碑。

北大荒的沧桑巨变融入了北大荒人燃烧的青春、生命，作家韩乃寅也把自己的青春激情、北大荒人的责任与使命都投入到这片热土上，他将自己作为北大荒“土著”的深情化作一部又一部小说，而北大荒精神在这些文字中熠熠发光。半个世纪过去，经过了北大荒三代人艰苦卓绝的开拓，北大荒迎来了今天的辉煌与壮丽，建成了共和国最大的商品粮基地，一百多个小城镇也拔地而起，每年有一百八十亿斤粮食从黑土地奉献出来，可以满足京津沪渝和陆海空三军一年的粮食消费量，有力地保障了国家的粮食供应。与此同时，北大荒人用实际行动凝聚了宝贵的北大荒精神。北大荒人的艰苦奋斗历程印证着那熔铸

① 杨治经：《北大荒文学艺术》，哈尔滨：北方文艺出版社 1988 年版，第 666 页。

了三代人激情燃烧的岁月。《岁月》完稿后，韩乃寅在小说后记中写道："在这部小说创作已经搁笔的时候，我可以用业余时间的辛勤汗水作证，可以捧着热爱北大荒的赤子之心，把她献给参加北大荒开发建设的三代英雄集体。"① 韩乃寅能够写出视野宏阔，史诗般再现北大荒的作品，这一方面是源于他的官员经历，他能准确地把握北大荒的历史和未来发展，了解国家的政策，客观分析北大荒的农业和工业发展情况。另一方面是韩乃寅在仕途生涯中笔耕不辍，积累出业余创作的宝贵的经验，他的工作经历为小说创作提供了丰富的素材，他"是官员，更是作家"，韩乃寅用他的文字为北大荒代言。

第三节　集体主义精神

北大荒人的集体主义精神形成有着特定的人缘、地缘和时代因素：作为北大荒第一代拓荒者的军人们自身就有集体主义精神，而异常艰险的自然环境决定了开发北大荒是必须充分发挥集体的力量，凝心聚力完成某个个体和某些自发的群体都不能承担的任务。开发建设北大荒是建设初期国家交给复转军人的光荣而又艰巨的革命任务，在英雄主义强大的精神鼓舞下，革命军人们靠着集体的力量决战荒原，成为真正主宰北大荒的一代拓荒者。集体主义精神是北大荒精神的重要组成部分，作为一种强大的群体意识，北大荒精神具有无法估量的感召力。

韩乃寅的北大荒小说中的集体主义精神最早就体现在拓荒创业初期，垦荒者们以集体的劳作方式、集体的住宿方式、集体就餐方式，甚至是集体婚礼的形式，集体已经成为他们的生产和生活方式。第一代北大荒人在集体主义精神引领下用双手建设成了国营大农场，这是北大荒集体主义精神最外在的特征，这是北大荒集体主义精神的现代化的最初形态。韩乃寅的小说在展现北大荒集体主义精神的现代性演变过程时，突出在改革开放的大背景下，北大荒的国营大农场这一集体主义体制的艰难变革，北大荒人在打破旧有的集体主义制度的时所面临的艰难抉择，显现出他们对集体的依恋之深。作家通过文字对其进行多重审视，鲜明地塑造了保守型心态、主动型心态和被动型心态的三种人在改革这一关键性的历史时刻的复杂心态，集体主义精神在北大荒人心目中经历了解构与重构，因此具有新的内涵和意义。市场经济大潮的冲击触动着北大荒人

① 韩乃寅：《岁月 后记》，北京：作家出版社 2010 年版，第 778 页。

的心灵，但无论世界多么嘈杂，北大荒人始终选择坚守自己的道德标准。

一、集体主义精神的生成：自然和社会环境的规约

历史对人往往是公平的，北大荒在把肥沃的黑土地等宝贵的馈赠赐给北大荒人的时候，也把艰险困厄留在北大荒。在艰苦的自然条件下开荒种地绝不可能是哪个个体行为能够完成的，也不是松散的群体能够办得到的。严酷的自然条件和艰苦的生产生活环境让集体的智慧和力量变得更加宝贵，离开了集体，人们不仅难成大业，甚至是生存都成为奢望。在强大的集体主义精神凝聚下、众志成城的垦荒大军才逐步成为荒原的主宰者。集体主义精神在北大荒被演绎得淋漓尽致。"共同的理想、共同的目标，把北大荒人联结成一个团结一致的英雄群体。北大荒精神是一种群体精神。"[①] 独特的群体共同构成了北大荒人：在开发建设过程中，北大荒聚集了来自不同地域的复转官兵、"右派"、支边青年、大中专学生和知识青年，他们先后进军北大荒。在艰苦恶劣的条件下，以十万复转官兵为核心的垦荒大军凝聚在北大荒，形成了一个坚强有力、克服一切困难的英雄垦荒群体，他们继承发扬人民军队不怕牺牲、争取胜利的光荣传统，高扬着艰苦创业、乐于奉献、敢于牺牲的精神。北大荒是包容坦荡的，它接纳了军垦的威武之师，此后的落难"右派"、支边的青年、下乡的知青都汇聚于此。在特定的历史时期，几十万垦荒大军自觉地严格遵守组织纪律，改写了历代王朝的军垦、屯垦失败的历史，以新中国复转军人为主体的拓荒者胜利完成开发北大荒的历史。这表面看来似乎是一种历史的机缘巧合，其实质是历史的必然。由叱咤风云的将军，久经沙场的英雄，军事院校刚毕业的军官，戎装代发的士兵组成的垦荒大军，就这样整师、整团地奔赴荒原，掀开了北大荒开发的历史。这可以说是我国军垦、屯垦史上的最伟大的壮举。这些刚刚摘下肩章、帽徽的将士，用习惯握枪的手，举起了开荒的锄头，他们率先垂范，带领各路人员组成了一支声势浩大的垦荒大军，向荒原进军。凭借着集体的力量，最终在北大荒建立家园，站稳了脚跟。

小说《岁月》对最初的垦荒队伍有着细致的交代：光荣农场的第一代北大荒垦荒者是由复转军人、国民党起义投诚队伍和"右派"份子三支队伍共同构成的。后来的两百多名支边女青年是领导为解决男女比例严重失调的问题而组织动员的结果。她们到北大荒与男子汉们一道开发创建自己的家园。

贾述生不但善于调动农场职工的积极性，还充分发扬集体主义精神，动员

① 安会茹，刘娜：《当祖国需要的时候——北大荒精神》，哈尔滨：黑龙江人民出版社 2008 年版，第 233 页。

周边农村群体来共同完成开发任务，当他得知八家子村已经建立近二十年了，拥有丰富的开发建设经验，就决定将村子整编到农场，他对全体村民说："把你们这个八家子村收编，变成我们分场的一个生产队，就叫第四生产队。"①这是集体主义精神的显现，是开发北大荒的集体一盘棋考量，也是人民军队优良的革命传统。正是依靠集体的力量，到北大荒的第一年，拓荒者们就取得可喜的成绩，光荣农场的场高大喜对已有的战果兴奋不已：

光荣农场六分场的全体干部职工没有辜负党中央、毛主席对我们的关怀和希望，我们不但超额完成了开荒任务，还做到了当年开荒、当年生产、当年见效。事实在说话。我们这支队伍可以说是无往而不胜，能够在朝鲜战场上打胜仗，也能在北大荒这个新战场上打一场更漂亮的胜仗！人们都说北大荒第一可怕的就是"荒"，这荒让我们战胜了，荒野变良田，乖乖地给我们长庄稼了！②

这就是北大荒人的集体主义精神所起到的辐射力量的结果。也是复转军人的英雄主义精神在北大荒生根结出的硕果。在长篇小说《岁月》中，就写到拓荒者发挥集体主义精神，在大规模的渠首大会战中刚到二十天就已经挖通三公里多的主渠道，还疏通了五条废弃的支渠，最振奋人心的是，短短二十天，已经废弃二十多年的荒地居然被他们开发出来两千多亩。正是你追我赶、不甘落后的劲头和强大的集体力量创造了令人咋舌的战果。贾述生被平反后，继续奋战在水稻田的开发建设上，他坚决克服困难完成老部长交给的任务。

在平整好二十多万亩稻田后，急需在规定的时间内把稻秧插完，而且还要同时完成拔草、补苗等工作，而充其量就是半个月的时间，否则就会误了农时、影响到生产。副厂长姜苗苗认为农场根本不能在短时间内完成需要二三千人同时作业的工作量，贾述生乐观地说："当时不是考虑这水稻生产基地是全分场、全光荣农场的吗，要是都来支持一下，这点活儿算什么！别说对咱北大荒，对光荣农场来说，也不是什么大问题。"③贾述生多方努力积极解决困难，他先内部挖潜，组织在基建工地的农场工人全员参加夜晚大会战；然后求助于自己的老战友高大喜，让这个光荣农场场长到各个分场去寻求支持；还四处派人找周边各县县长出面，动员城镇居民、乡村农民来参加农场春播会战，而且承诺了他们每完成十亩的插秧任务秋后就赠送一亩地的收成。贾述生将阔大水稻种植面积带来的利益送给了周边的农场，还扩展到县城，利益送给了百姓，实现双赢。这种惊人的成果还有开荒大会战中，仅仅用了七天的时间拓荒者就

---

① 韩乃寅：《岁月》，北京：作家出版社 2010 年版，第 99 页。

② 韩乃寅：《岁月》，北京：作家出版社 2010 年版，第 158 页。

③ 韩乃寅：《岁月》，北京：作家出版社 2010 年版，第 289 页。

让一千多亩荒原变成了黑油油的稻田。看到这些光荣农场高大喜场长兴奋至极：“咱们把北大荒建成共和国大粮仓的同时，把咱光荣农场六分场建成北大荒的鱼米乡！”① 北大荒开发是一盘棋，这是社会主义集体主义的凝聚力量。要保持北大荒人奋发向上的精神状态，发挥集体的力量，才能争取更辉煌的业绩。

北大荒人的集体主义精神不仅在每一个农场得到有效的发扬，也不仅局限在北大荒这方沃土，更鲜明体现在他们心系国运、与国共荣，这是大写的集体主义精神。“集体就是大我，集体就是他人。离开每一个人，集体利益是没有价值的，没有集体利益，每一个个人利益的实现是没有保证的。党和国家之所以要强调坚持和发扬社会主义集体主义价值观，就是因为只有这种价值观才能保障国家集体和个人三者利益的兼顾、共同发展，才能保证每一个个人合理发展，因而对全体人民发挥最大的凝聚作用。”② 韩乃寅将这种社会主义集体主义精神展现得淋漓尽致，特别是在小说《破天荒》中更令人动容：靠着集体的智慧和力量，北大荒人不断取得了开荒种地、改造自然、向荒原要粮的胜利。北大荒有自身独特性的发展轨迹，从开始的国营农场就决定了北大荒人根深蒂固的集体主义精神，国营体制的农场也使得北大荒人安于这种体制，后来面临体制上的困境后，他们又依靠集体的力量去寻求变革图强。北大荒人的集体主义精神让他们时刻心系祖国，这是第一代北大荒人留下的光荣传统。小说《岁月》中写小江南农场副厂长姜苗苗要调到光荣农场工作了，在欢送她的宴会上，副厂长周德富非常真诚地对大家说：

北大荒精神誉满全国，我觉得应该给姜副厂长记上一大功。大家记得，五八、五九、六零年我国多数地区闹自然灾害时，全国人民都在饿肚子，南方有的地方出现饿死人的现象，北大荒却连年丰收。局党委提出，丰收的北大荒人不多吃一粒粮食，姜苗苗带领全场妇女上山捡橡子，提出每人每天从定量里节约二两粮，支援重灾区。在小江南农场的带领下，全垦区开展起了节约粮食支援重灾区的活动，姜副厂长不误正常工作，和职工家属一起捡橡子、采野菜充饥，几次饿的晕倒，吃野菜吃树皮双腿浮肿，都不让别人发现。全国媒体纷纷报道北大荒人的无私奉献和顾全大局的精神，表扬了很多人，姜副厂长却默默无闻……③

这就是第一代北大荒人集体主义精神的表现，他们为了全国人民宁肯自己

---

① 韩乃寅：《岁月》，北京：作家出版社 2010 年版，第 99 页。

② 刘林元：《集体主义是社会主义价值体系的灵魂》《江海学刊》，2008 年第 6 期，第 16-17 页。

③ 韩乃寅：《岁月》，北京：作家出版社 2010 年版，第 332 页。

饿着肚子、省出粮食支援受困灾区的精神，就是北大荒精神中无私奉献的一种体现。在三年自然灾害期间，曾是国民党起义人员的李开夫等人接受了给地方送粮食的任务，自己却被饥饿折磨得晕倒了。像李开夫这样的拓荒者曾因为国民党投诚人员的身份而受到过歧视，但他们初心不改、几十年坚持不懈地为北大荒开发建设事业而奉献。当年这样的现象在北大荒并不少见，北大荒人守着一座座满满的粮仓，自己却忍饥挨饿，他们从不去拿粮仓里的一粒粮食，为的就是支援全国各地的粮食短缺。有一位粮仓保管员，日夜守护着堆积如山的粮食，却终因长时间的饥饿，昏倒在粮堆旁边。他也是血肉之躯，是一个不起眼的保管员，但他知道有更急需粮食的人，因此能忍受住眼前饱食的诱惑，不拿国家的一粒粮食。小说《岁月》结尾写到处于“非典”时期，有人提出在全国各地缺粮的时候，遵循市场规律提高粮价的建议，以贾述生为首的场领导当即就否定了这一想法。北大荒人有为国分忧、为民解难的责任和义务，绝对不能发这种不义之财！农场仍然按照原来规定的价格大批量调出粮食，支援全国各地。北大荒人始终把国家和人民的利益放到第一位，放到北大荒人的理想和追求之上，他们放弃个人的利益，让“我”的利益服从“我们”的大利益，在个人利益实现过程中谋求着集体的利益。这种宝贵的精神在北大荒人中得到有效的传承，知青大批返城后，原来是知青担当要职的各个农场马上瘫痪。在这关键时刻，北大荒垦荒者动员自己的儿女们回来接替知青们的工作，他们不愧为北大荒人的后代，有放弃优越的工作和生活环境的，有放弃现有学业的，他们听从北大荒的呼唤，和父辈一道建设家园。当场长贾述生正在为知青返城，农场工作无法正常开战而发愁时，儿子贾小强放弃了复旦大学的学业带头返回北大荒加入建设大军，他的话表明了北大荒人崇高的精神：“没有北大荒，哪有我们这些在校的学生，哪有我们这些北大荒的新一代。北大荒需要我们的时候，我们就要挺身而出呀！”① 贾小强辍学回北大荒就是要带头缓解农场因缺少有知识、有文化的青年人的压力。他为了北大荒未来的事业，也像父辈那样放弃自己的追求，牺牲了个人前途，以不折不挠的英雄主义精神继续着北大荒的事业。老北大荒人崇高的精神境界影响带动了后来者。当然，北大荒知青中也有兑现当年扎根北大荒的誓言，继续北大荒建设的，他们用自己的科研成果造福北大荒。北大荒开发建设的历史也塑造着一代代北大荒人。北大荒人始终听从祖国和人民的召唤，将人生价值与北大荒建设紧紧联系在一起。从老一代北大荒人（以《岁月》中的贾述生、高大喜、姜苗苗为代表），到新一代建设者（贾小强、高小颖、方连喜为代表），他们都选择服从国家利益。这

① 韩乃寅：《岁月》，北京：作家出版社 2010 年版，第 332 页。

种巨大的精神力量裹挟着一代代北大荒人心系国家、立足北大荒发展而拼搏进取。他们为了维护集体的利益，不惜牺牲自己的前途。一个个个体融入北大荒群体开发中，就能够产生巨大的能量克服万难共铸辉煌。无论是在艰苦的垦荒初期，还是农场的改革遇到阻力的选择时期，还是新世纪建设现代化大农业阶段，北大荒人都凭借着集体主义精神团结协作的战胜了各种苦难，不仅把北大荒变成北大仓，还持续创造了新辉煌。集体主义精神成为北大荒精神的重要组成部分。

二、改革下的“集体主义”的坚守

改革对于每个北大荒人来说都是一种心灵的震动，尤其是他们要失去国营大农场的依靠，再一次去创业，他们内心不能没有顾虑。尽管面临着现实困境的北大荒人大多数是拥护和欢迎改革的，一旦涉及集体主义经济的变化，那些亲手开创北大荒的老一辈人心里像打翻了五味瓶一样，不知道究竟该怎样应对眼前的变动。韩乃寅的北大荒小说全面地展现了面对改革，北大荒人的复杂的反映。一种是积极投入型，这种人已经在长期的生产和生活实践中深切体会到集体主义大锅饭的弊端，最先意识到改革的是必然趋势。所以这类人率先垂范带领人们投入改革大潮中，韩乃寅小说中这类积极投入者往往是北大荒农场的领导。如：贾述生、方连喜（《岁月》）、许诺、魏思来（《龙抬头》）、罗冬青（《高天厚土》）等，他们作为基层领导，主动带领自己的群体投入到改革中。他们或者是有多年的基层管理经验、有思想境界、能力强的农场场长，或者是毗邻农场、了解北大荒农业发展历史和现状的县领导，他们以改革者的气度和超前的眼光，带头走在时代前沿；他们明知改革艰难却毫不退缩，不惜付出任何代价，在北大荒进行二次创业。贾述生作为北大荒第一代国营农场场长，他有着善于学习和思想的习惯，对国家和农场的形势有自己的判断。他始终是敢作敢当的领导者，在“反右”斗争扩大化时，他不仅想办法解决了出身好的复转官兵成家的困难，好主动做工作，给因为成分问题而无人敢嫁的人找媳妇。稳定了垦荒队伍，使大家全身心地建设家园。贾述生还不顾大家反对，坚持实施日本人没有进行下去的水稻开发种植计划，这些都成为他的“罪证”而被打成“右派”。后来贾述生被平反后，继续他的小江南农场水稻种植，最终他们的水稻种植经验在北大荒各农场推广。当改革之风刮起时，他又率先进行在农场进行改革，他有集体主义的荣誉感，更有长远的战略眼光，他首先认识到北大荒集体主义体制并不会在改革中消失或削弱，而是更增强了农场职工的集体主义荣誉感，因此会更加努力收获改革的红利。许诺是第二代北大荒农场管理者，他曾是大学教师，具有接受了先进思想的眼界和能力。在中国加入世贸组织后，北大荒的大豆产业受到美国的威胁，燕窝岛浸油厂面临着倒闭的危机。许诺放弃了优越的工作环境，临危受命、顶住各方压力，包括亲人的误解和阻挠，竞争对手的打击报复，他坚定改革图强的信念，不辜负组织的信任，挫败了美国的士气，扬北大荒人的威风，最终实现了中国大豆产业的"龙抬头"。方连喜是老北大荒人的后代，刚刚大学毕业就敢于挑战权威，不顾父亲方春等老一代人的反对，坚持在农场进行家庭联产承包制。他是站位高、目光远的新一代北大荒的管理者，韩乃寅用自己的管理经历书写着北大荒在改革发展中魄力与胆识，三代人将自己的命运与北大荒紧密联系在一起，集体主义精神凝聚着北大荒人在历史发展新阶段继续着二次创业。

在改革中处于被动地位的人并不是真正反对农场的变革，而是看着小辈们"折腾"不放心，怕自己辛辛苦苦创办的农场基业被折腾光了。《岁月》中方连喜的父亲方春就是这样的代表，方春坚持只有集体才能够给每个个体提供实现价值的平台，个体不能离开集体而另谋发展。创办家庭农场就是脱离集体单干，这是以牺牲集体利益为代价的危险举动。因此，方春不理解儿子坚持的改革，他只认准一个道理：农场只有由小变大才能加速农业向现代化发展的进程，现在实行的改革，农场经营机制改为家庭联产承包责任制是把国营大农场由大到小变成若干个家庭小农场，而且对于承包土地的肥瘠、农用机械的好坏、年终收益的多少等问题都没有现成的经验，需要在改革中不断地摸索着解决。在方春眼里，改革直接威胁了已经坚持了三十多年的集体主义体制，他不能不坚决反对，为了阻止儿子方连喜的改革，他威胁说："你们要是硬搞，翻地的时候，我就躺在垄沟里，让你毁国营农场的时候，也把我一起毁了……"① 方春的这种威胁绝不是倚老卖老，他担心儿子会把十万复转官兵流血流汗甚至是牺牲生命才开发出来的北大荒美好前程葬送了。这种被动接受改革的人在北大荒是绝大多数，他们有根深蒂固的求稳防变思想，面对改革这种新生事物首先想到的是怀疑，然后是观望的态度，根据事态的发展状况再决定自己的动向。这样，改革无论是成功，还是失败，自己都不会有多大的变动，也不会有什么冒险。但方春与这类人还是有本质上的区别，虽然他绝不会主动参与农场的改革，而是被动地接受，直到改革者取得了令他们信服的业绩时，再加上老战友们的思想开导、儿子的启发，方春才逐渐认清实行家庭农场这一体制改革的可行性，他迅速转变思想，跟随着儿子方连喜进行家庭农场的改革。方春这种被动心态的出发点是担心北大荒的集体主义被改革动摇，他没有认识到集体主义经营体制也需要在变革中寻求生机和活力。

① 韩乃寅：《岁月》，北京：作家出版社 2010 年版，第 399 页。

韩乃寅塑造的保守型的人物往往是第一代北大荒人，他们在开发北大荒时，完全是靠着革命英雄那种不怕牺牲、敢于决战的拼劲；随着时代的发展，满足于革命老资历和现有成就的心理又让他们落后、保守。这首先显现在高大喜（《岁月》）这个人物身上，因为他亲手创造了国营大农场，他伴随北大荒农场一起走了二十多年，他对北大荒集体有着深厚的感情，所以在改革大潮冲击之时，他本能地拒绝。他担心改革会冲垮北大荒的集体主义精神大堤，历尽千辛万苦建立起来的集体大农业要结束，他要保持自己的光荣农场完好无损，坚决反对改革，甚至还和生死战友贾述生反目，几年都不和他来往；高大喜又因为妻子姜苗苗支持贾述生改革，而猜忌二人由不正当的关系，就坚决要求姜苗苗调离贾述生的小江南农场，这种拆台的做法使力主改革的贾场长又少了一位助手。

被贾述生收编进国营农场的农民王继善也是坚决反对改革，他和原来的八家子村的农民成了光荣农场职工后，他们由原来的自给自足的小农经济生产者，一下子端起了“铁饭碗”，自然是掉进了福堆儿。王继善已经尝国营农场的好处，贾述生要办家庭农场，他真的气病住进了医院。王继善代表了原来八家子村民们的思想，他们原有的小农经济思想，带来的是狭隘的小农意识，即使是加入国营农场，由于国家接二连三地搞运动，北大荒又忙于生产建设，他们没有真正改造思想的条件，保守是很正常的。感受到了集体主义制度的优越性的大有人在，无论是农场领导，还是职工，他们都满足现状，改革对他们最大的威胁就是个人现有的奶酪很可能被“瓜分”，他们产生一种被集体抛弃的恐慌。韩乃寅用生动的形象再现了这一类狭隘的思想。但第一代北大荒人中也有因为怕集体主义精神被抛弃而反对改革的老革命英雄，杨坚石（《龙抬头》）作为雁窝岛的第一任场长，他开始坚决抵制许诺对雁窝岛浸油厂实行股份制改革，他担心许诺实行的股份制改革是把原有的大农场拆得支离破碎，化整为零的若干家庭农场不利于实施国家实行大豆产业化政策。可是事实表明北大荒的家庭农场开办得风生水起，女儿杨小雪的家庭农场能够一人承包了五百万亩耕地，而草根的家庭农场虽然刚刚建立也能承包三百万亩耕地，杨坚石思想开始转变。以杨小雪为代表的新一代农场主，不仅每年都能向国家大量交粮食，为农业做出巨大贡献；他们每年缴纳的税款，有力地支撑了北大荒农场的社会保障事业。老场长杨坚石虽然思想保守，但并不是顽固，他完全也接受了许诺在浸油厂进行的股份制改革。在小江南农场的试点改革成功后，高大喜也主动向贾述生学习改革经验，在光荣农场实行改革并迅速带动农场产业的发展。

老一代拓荒者身上保持着革命英雄的集体主义的优良作风，虽然他们有时会跟不上时代的发展，那也是短暂的思想落后，老复转军人，《岁月》中的高大喜、方春，《龙抬头》中的杨坚石都是因为热爱他们开垦的北大荒，才怕改革出现乱象，所以开了小差。但只要是理解改革了，他们就坚决站在支持的立场。韩乃寅出于对老北大荒人深刻了解和无限的敬重，才成功塑造出这类人物形象。改革对那些持有保守心态的人来说，不亚于经历一场灵魂的洗礼。

三、集体主义精神的嬗变

纵观韩乃寅的北大荒小说，我们可以清晰地看出他用忠实于现实主义的创作，形象地展现了北大荒人的集体主义精神的嬗变。三代北大荒人励精图治，不断开拓进取，开创了北大荒的远大前景。但发展也会遇到瓶颈期，即使要改革也是异常艰难的，韩乃寅以粗犷的格调与敏锐的感知展现北大荒人在困境中，尤其面对集体主义观念在改革进程中受到挑战的境况，他们经历了改革创新带来的阵痛，改革对北大荒旧有的集体主义产生了冲击，并为其注入变革时代赋予的生机和活力。韩乃寅表现着北大荒人集体主义精神的嬗变过程，这首先是主对以往集体主义观念的变革，还有商品意识觉醒后北大荒人在道德上遇到的困惑与对价值观念的坚守，他们的集体主义精神是对北大荒精神的现代性演进最为生动形象的阐释。

韩乃寅的小说精准地把握了北大荒人的集体主义嬗变，他的诠释首先体现在北大荒人对集体主义观念的深刻解读上。集体主义的要义是应该建立对个体生命的观照机制，充分尊重并肯定个体价值的合理性。“任何人类历史的第一个前提无疑是有生命的个人的存在。”① 韩乃寅小说精准地把握集体主义的深刻内涵，北大荒人的集体主义的观念经历了稳固、动荡、重新定型的发展过程，这也是历史发展的辩证法。集体主义形式的国营大农场历经三十多年，这让北大荒人尝到“大锅饭”的甜头。国营大农场作为国有企业，曾经在国家计划经济体制时期发挥过重要作用。但长期以来，这种干好干坏一个样的“大锅饭”并不能调动农场干部和职工的积极性，他们开始消极怠工，普遍是出工不出力，集体主义经营体制遇到了困境。韩乃寅就展现了北大荒人在这一历史过程中的艰难蜕变，小说《燃烧》“是第一部纵深反映北大荒从开发到改革开放，再到走向现代化的具有史诗性的长篇小说”②，讲述了已经建厂十年多的光荣农场，却有连续八年亏损的历史，光荣农场让国家背负着沉重的包袱。国企改革要推进了农场现代化发展进程，北大荒人要在时代的风口浪尖上

① 《马克思恩格斯全集》（第3卷），北京：人民出版社1965年版，第23页。
② 姜玉田，丛坤：《黑土文化》，北京：中央广播电视大学出版社，2012年版，第226页。

弄潮，就必须选择改革。他们以一种奋发进取的开拓精神，毅然打破“大锅饭”，参与到体制改革实践中。兴办家庭农场的几经变动，一些人的集体主义观念开始摇摆，甚至开始怀疑家庭农场还是不是集体主义，“办家庭农场的事儿在咱们北大荒已经反反复复两三次了，上两次反复的教训使我总觉得国营农场办家庭农场不是那么回事儿。”[①] 就连农场领导也对改革的成效产生了怀疑，这就加大了贾述生等人推行改革的难度。北大荒人已经安于三十年计划经济体制、习惯于农场安排生产和经营，他们很难接受“家庭农场”。因为他们不能理解国有土地分配给个人，国有机械设备转让给个人，他们没了工资，河东、河西三十年，瞬间的变化让他们忧虑、沮丧、困惑甚至是充满愤激之情。改革初期，吃惯三十年“大锅饭”的农场职工觉得社会主义的优越性没了，他们被抛弃了。但历史的车轮不会停下来，改革已成为必然。

小说《岁月》《龙抬头》是韩乃寅展现改革的艰难历程的代表作，在原有的集体主义经营体制已经不能适应时代的发展，而新的完整体系尚未形成，北大荒人如何选择自己的道路，如何建立自己的价值体系成为重中之重。改革的急先锋冒着危险、不怕失败，争取到试点的成功，北大荒的改革才最终全面铺开。实践证明，只有打破原有的体制，大胆进行改革才能够最大限度地调动北大荒人的主观能动性，而改革并没有影响到集体主义的地位，在现在的“大农场套小农场”双层经营体制下，农场经济迅速发展，体现了机制改革的活力，也总结了改革的成功经验。发展壮大个体经济也是对集体经济的有力支撑，是变革时代对集体主义观念的有效阐释。

其次，北大荒人的“集体主义”嬗变还体现在商品意识的觉醒。韩乃寅的北大荒小说让故事告诉读者商品意识的觉醒对北大荒人来说不能不说重要的转折。因为一方面是传统社会的重农轻商思想影响，另一方面北大荒是靠集体主义精神、奉献和牺牲精神开拓的大农场，他们本能地拒绝商品经济，再加上北大荒处于偏远的东北角，开发的又晚，大多靠国家调配和自产自销，人们的商品意识相对较弱。从最初的完成国家交给的任务，到国营大农场的集体化生产，这种体制没有充分调动起北大荒人的生产积极性。北大荒人在改革大潮中开创了集体主义经济发展新篇章，即不断研发农副产品精深加工技术，积极寻求与世界经济接轨的路径，实现生产、精加工、销售的一体化模式。在改革中，北大荒人打破坚冰、克服重重阻力加速经济发展。小说《岁月》中场长贾述生提出借助“一杯牛奶强壮一个民族”的口号，积极组织和引导农场职工大力发展奶牛养殖业，做大做强北大荒乳制品加工业，最终打造了全国乳制

① 韩乃寅：《岁月 续》，北京：作家出版社 2010 年版，第 417 页。

品龙头企业。贾述生还鼓励扶持农场职工创办个人的企业，努力发展地方经济产业，因为这是壮大整个北大荒集体经济的有效途径。农场集中力量改进大米加工产业链，实现北大荒生产、加工和销售的一体化，不断将北大荒品牌打入国内市场，提高北大荒大米在全国的知名度。同时，贾述生带领大家积极参与国际市场的竞争，打开了销售局面。小说《龙抬头》中许诺力排众议、敢于把股份制改革在雁窝岛这个国营农场推行，这无疑是大胆的，但也是促进农场集体经济向商品化经济发展的有力举措。许诺在雁窝岛农场进行的现代化股份制改革，让职工们获得了红利，国家的豆制品产业开始出现生机，开始扭转了国家背负农场债务的局面。许诺鼓励科技人员研发豆制品深加工、精加工技术，这些举措很快取得了成效，在国际豆制产品展销会上，北大荒的产品明显要更胜一筹，燕窝岛农场战胜美国霸王集团，大大振奋了民族精神。北大荒人在新的历史条件下发展了北大荒精神的新内涵。

再次，北大荒人对“集体主义”的理解表现在他们坚决维护集体利益，固守道德高地。韩乃寅的小说对北大荒人的集体主义精神有着深刻的认知：为了集体的利益不受侵犯，他们愿意放弃自己的追求，抵御各种诱惑，甚至是以牺牲自己的幸福，把人性中的大爱播撒到弱者身上。韩乃寅的长篇小说《特别的爱》就是这样的典范之作。小说是以真实的人物为原型：康金环是北大荒勤得利农场的妇女主任，哈尔滨知青李文魁曾经下乡到这个农场，当年因为经受不住女友的背叛等打击，他精神失常，后来家人也抛弃他，把他送到下乡的农场。经常发病的李文魁行为失控、危及社会安全，没有人愿意照顾他，确切地说是不敢接触他。农场领导为一筹莫展，专门开会研究此事，妇女主任康金环主动担当为集体解忧的重任。为了被遗弃在北大荒的知青不再遭受任何不幸，她顶着来自丈夫和儿女们的压力，把李文魁接到家中照顾。这一照顾就是二十九年！这二十九年，农场平静了，可是康金环家却被李文魁弄得寝食难安，但她硬是扛着这份重担，兑现自己对农场的承诺，也是北大荒人的承诺，二十九年如一日悉心照料不幸的李文魁，功夫不负苦心人，李文魁的病情有了明显的好转。康金环解决农场领导和职工们的后顾之忧。韩乃寅在小说《特别的爱》中用的主人公杨金环这一人物形象诠释了北大荒人无私的大爱。她用自己二十九年的坚守保障了农场的安宁，也拯救了无辜的知青李文魁。就是为了大家安宁，杨金环舍弃小家的幸福，这种以集体主义精神作为支撑的奉献精神，体现了她作为共产党员为组织分忧，为群众解难的牺牲精神。

客观上说，合理的个体利益是集体主义所认同的，集体主义就是建立在个体价值实现的基础上。忽视了个体的诉求，集体就不能称之为尊重并代表个体利益的集体。集体主义至上一直是北大荒人坚持的原则，他们不惜为之放弃自身利益。面对着商品经济大潮的猛烈冲击，北大荒人一直遵守的传统道德规范受到挑战，有些人浮躁不安开始变得唯利是图，为了一己之私开始急功近利地打起自己的如意算盘。牛红、高新潮、高新浪等人就是在拜金主义思想侵蚀下滑向深渊的。由台湾到北大荒考察的鲍老板想要获得最大的利益，这与北大荒人产生了分歧，鲍老板强硬地以放弃投资的杀手锏来迫使北大荒人就范。这非但没有吓倒北大荒全体，反倒激发了他们依靠集体智慧创办属于自己的企业的斗志。北大荒传统大农业在改革中逐步转变为真正意义上的现代农业，小说《龙抬头》中美国的霸王集团无孔不入，董事长艾尔兹就抓住了麦芒等人不了解期货的情况与其进行交易，这种资本主义经济做派让北大荒人吃了大亏，甚至一度萎靡不振。许诺用他的实际行动告诉外商：北大荒人也实行市场经济，但他们绝不把竞争当作核心，市场经济真正的核心是诚信，“市场讲的是道德竞争下的诚信，绝不是骗取”①。北大荒人就是在躁动的市场经济大潮中，坚守道德底线的北大荒人的价值观，在纷繁复杂的社会中，他们绝不是盲从，而是继承和发扬集体主义精神。在北大荒人开发建设进程中，他们紧紧依靠群体的力量，发扬集体精神才取得今天的成就，这就是北大荒精神的精髓所在。

结　语

韩乃寅如此钟情于北大荒精神的阐释，首先在于他生长于北大荒这片热土。韩乃寅在成长中经历了北大荒翻天覆地的变化，尤其是他在北大荒工作的几十年积累了丰厚的生命底蕴，拥有了宏观的视野，能够驾驭宏大叙事，精准展现北大荒沧桑巨变的历史过程，捕捉繁杂多变、精彩纷呈的现实生活，及时用故事探求并回应北大荒变为北大仓的原因。他的小说第一次在中国文学史上多方位地呈现了北大荒六十多年来的影像，勾画了北大荒人积极进取的精神图谱。坚持传统的现实主义创作，这无疑是韩乃寅小说创作的特点。虽然他的小说存在着叙述手法单一，故事情节的重要转折时矛盾或者危机转换有些简单，人物语言缺乏丰富性，有些小说情节描写、人物心理活动存在粗糙的痕迹，这使其叙述显得流于形式化等不足。但这些缺憾并不会掩盖韩乃寅北大荒小说在中国当代文坛的独特价值，他用创作成功地演绎了中国东北疆域翻天覆地的变化，他激情的文字燃烧在北大荒这片热土上。“韩乃寅用现代意识关照历史，

① 韩乃寅：《龙抬头》，北京：作家出版社 2010 年版，第 404 页。

审视人生，把北大荒现实生活放到整个中华民族发展的历史中思考，从这个意义上看，北大荒精神不仅仅属于地域，更属于整个中华民族”①，他的小说诠释着以艰苦创业和无私奉献为灵魂的北大荒精神，讲述了生命顽强与坚韧，几代人艰苦开拓创造了不朽的北大荒精神。从这一点来看，韩乃寅是北大荒历史和现实的书写者，是足以为北大荒代言的作家，他的小说为当代文坛注入一股生命力。

韩乃寅的北大荒小说为文坛提供了文学健康发展的经验，这种经验又是朴素的，但又具有永久的活力和感召力。文学创作需要韩乃寅这种投入生活、体验生活的成功经验，他书写了北大荒人昂扬向上、自强不息的奋斗精神，这在当下显得更加重要。韩乃寅有着用文学记录北大荒开发历史的强烈责任感，他以笔为旗，通过再现北大荒人六十年的创业史，自觉抵制着市场化带来的写作庸俗化、消费化的风气，以知识分子的良知和官员的高度使命感坚守北大荒小说创作的立场，展现北大荒人坚韧的生命意志和服从大局、无私奉献的伟大品格，韩乃寅的北大荒小说为当代文学创作注入一股强大的精神力量。

① 车红梅：《韩乃寅北大荒小说论》，《文艺理论与批评》，2012年第1期，第123—129页。

第五章　苦难叙事：张雅文纪实文学的选择

张雅文对于苦难的执著叙述是她纪实文学的一个重要特征，从最初的创作到目前为止，苦难叙述始终伴随着她走笔人生。张雅文的文学创作中所建构的独特苦难表达方式与她苦难的人生经历密切相关，她笔下密布的苦难叙事源于她苦难的人生经历驱动。讲述苦难本身不是她钟情于苦难，而是通过苦难叙事揭示人的内在本质——苦难中的不屈抗争与崇高追求。

客观来说，张雅文对于苦难叙事的执着的原因首先来自她最直接也是最刻骨铭心的生命体验。出生地和童年生活地域的偏僻荒凉已经使她接受了苦难最初的洗礼。求学时代的惊恐和辛劳，在孤独和迷茫中的求索。早期的苦难生活经历教育她坚强成长，生活在社会底层的经历孕育了她悲悯的情怀，关注生活在苦难中的人，不仅同情那些生活艰辛的最普通的劳动者，还揭示那些无法摆脱精神苦难的群体。“苦难”贯穿了张雅文早期生活，“苦难叙事”主导了张雅文的文学创作。

第一节　苦难叙事的坚守

自文学产生以来，苦难与文学就结下了不解之缘，并成为一个具有普遍意义的文学书写母题。正因为苦难叙事给人们带来的思考加深了文学表现的力度。作为人类本质困境之一，苦难不仅指向人类在物质层面上的困境，更指向精神层面的苦痛。而无论是物质的匮乏，还是精神的困顿都会造成生命主体的存在危机。张雅文的纪实文学创作不仅引发人们对苦难叙事的思考，还给文学创作带来独特的生机。从早期的《走过伤心地》到《百年钟声——香港沉思录》，张雅文的创作一直坚守对苦难的书写，“苦难可以使弱者颓唐和消沉，苦难却是强者和智者奋发进取的动力和财富"[1] 这是她在作品中一以贯之的思想，也是她用生命践行人生信念。她的纪实文学深入到底层社会中观照到现实中苦难是如何由生存之苦转化到精神之困的，通过物质性苦难和精神性苦难两种形式呈现，既探寻物质匮乏给人带来的生活上苦难，无钱医病给人带来的身体上的苦难，政治苦难给人带来的肉体上的折磨，还深入挖掘男权下女性的精神压抑，担当者的心灵煎熬和社会动荡带来的精神创伤。张雅文不局限于对苦难形而下的呈现，她通过书写人对苦难的精神超越，探寻苦难中的崇高美两个层面对苦难的价值进行阐释。

一讲述"苦难的肉身"

物质决定意识，在张雅文纪实文学创作中，苦难叙事首先是通过物质性苦难表现出来的。在她作品中，承受物质性苦难的主体有知识分子、生活在底层的农民、下岗职工、矿工，还有远离家乡到香港打工者，他们大多来自底层社会，因为物质匮乏，他们有的居无定所，有的为了生存而非法盗猎触犯法律，有的因为没有钱看病而错过被救治的最佳时间，这些生活在底层的人因物质的匮乏被抛出正常的生活轨道，"他们无法表述自己，他们必须被别人表述"[2]。出身于底层社会的张雅文在揭示出他们所遭受的苦难的同时，对其表现出一种浓厚的人文关怀。

物质匮乏带来的生活苦难成为张雅文苦难叙事的基础。物质的存在和衣、食、住、行等基本生活资料的满足是人类从事其他社会活动的先在基础，也是人们能够生存的先决条件。物质匮乏不仅仅指收入水平不足以维持基本的生存，还包括人的健康和居住环境等缺乏基本保障。张雅文的纪实文学作品中，很多人生活在最基本的生存需要都不能得到满足的境遇中，物质匮乏，为生存而挣扎成为他们生命的常态。因物质匮乏给人的生活带来的苦难，成为张雅文纪实文学中对苦难最直接的表现形式。

由物质的匮乏所引起的人生存的困境，成为张雅文对生存进行思考的重要视点。《放下你的猎枪，不仅仅为了一只东北虎》以三个愚昧无知、贫困潦倒的农民猎杀中国野生东北虎开始，阐发了在中国乃至世界各地，很多人为了一己私欲，对各种珍贵野生动物进行猎杀，从而导致很多珍贵物种灭绝的悲剧，作品引用大量翔实的资料和数据，令人触目惊心。面对这样的选题，一般作家通常会从批判猎盗者愚昧的角度，阐发热爱野生动物的环保主题，但张雅文除了对张国君、张国忠哥俩和宫锡良这三个杀害野生东北虎的盗猎者进行批判

① 张雅文：《走过伤心地》哈尔滨：北方文艺出版社，2011年版，第2页。
② 马克思：《马克思恩格斯选集》（第1卷），北京：人民出版社，1976年版，第629页。

外，还深入剖析他们偷猎背后的原因。三个偷猎者一个是和四弟从山东被骗到黑龙江的宫锡良，四弟死在了东北，他想赚点钱回家不再过这种盲流生活；张家两兄弟因旱田改种水稻，打机井误了插秧，欠下外债才选择进山打野兽，最终哥哥被野兽咬掉一只胳膊，三人还需要面对法律的制裁。物质的匮乏使他们的生存遭受到严重威胁，为了生存，三个狩猎者不得不铤而走险用生命与野兽相搏。面对这三个迫于生计，打野兽的愚昧村民，张雅文哀其不幸，她不忍心去鞭挞他们，因为他们偷猎的原因只是为了能活下去。《走过伤心地》中的许振中，自小跟着奶奶在大伯家长大，他唯一的兴趣就是读书，可是贫穷让他交不起学费，不得不辍学回家。《百年钟声——香港沉思录》中因贫穷生活在"笼屋"中的人，"一群大活人像动物一样，活活'囚'在铁丝网制成的、上下两层铺的笼子里"①，香港是有钱人的天堂，但那些底层的贫苦百姓，只能像动物一样在狭促的空间中勉强维持生计。张雅文毫无修饰地把底层民众身上的生活状态平铺出来，将沉重的社会现实通过纪实手法再现在读者面前，引发人们对底层民众生存境遇的同情与关注。

张雅文对底层民众生活苦难的关注，既出自一位作家的责任感又与她的亲身经历有关。她出生在东北一个只有一户人家的小山村中，为了糊口，全家七口人不得不两次背井离乡寻求生路，为了求学，张雅文只身奔走于比她还高的、野兽出没的荒草间，曾遭到野狼和"狗皮帽子"攻击差点送命。艰难的生存体验与恶劣自然环境考验，成为张雅文挥之不去的记忆，使她对底层人民所受的生活苦难格外关注。在《生命的呐喊》最后一章中，张雅文描述过她在构思书稿的时候看到过很多的报道，很多大学生都出生在生活环境不好的家庭里，他们在这样的环境下心理也慢慢扭曲，严重的甚至会做出危害自己和他人的行为。她也曾经历过生活的艰辛，熬过那些漫长的岁月，她给那些正在经历苦难的年轻人善意忠告，"每个人都无法决定成长的环境，但是贫困并不是放弃自己的理由。我们要向命运挑战！"② 张雅文对贫穷给底层百姓带来的苦难感同身受，她怀着悲悯之心去述记他们的苦难，并试图用亲身的经历鼓舞这些处于底层困境中的人们，给他们以向上的力量，表现出一种浓厚的人文关怀。

身体苦难和由物质匮乏带来的生活苦难都是形而下的苦难表现形式，张雅文纪实文学中书写的人们所承受的身体苦难，既有恶劣自然条件所导致的人身体的变异，也包括疾病对人的折磨，人身体上的缺陷以及由此引发的肉体上的

① 张雅文：《百年钟声：香港沉思录》，西安：陕西人民教育出版社，2013年版，第275页。

② 张雅文：《生命的呐喊》，北京：新华出版社，2007年版，第358页。

痛苦，它们以最感官的方式示人。在《走进伤心地》开篇有段场景描写：“冰天雪地的寒冬腊月，炕上蠕动着四个赤条条的生命，大的十来岁，小的一两岁，一个在吃鼻涕嘎儿，一个抓起屎块搓成条条，一个在撒尿。”[①] 一个正常的女人因水土问题生了一帮傻孩子，如同虫子一样蠕动，生不如死的活着。李木匠和哑巴女人盼了三十年得的“宝玉”儿子同样是个傻子，“无论冬夏浑身上下布丝都不挂，整天捅厕所，捡臭水沟里的死猫烂狗连毛一起吃掉，用碗碴儿划破自己的手脸，常常划得血流如注”[②]。恶劣的自然环境让生活在其中的人们身体异化，丧失掉基本的生活能力。因严重的水土问题，“傻子屯”中的每一户人家都是悲惨世界，活人身上长蛆，有手不会干活，有嘴不会说话，三十多岁的妇女穿开裆裤，二十多岁的青年赤身裸体满村走。人，本应靠劳动或思想来实现自身价值，但是“傻子屯”的村民却因水土问题沦落为最卑微的存在。然而地方政府为了追求经济效益，没有将“傻子屯”地方病整治的防疫资金专款专用，地方病防疫机构因缺少经费解散，“傻子屯”的地方病因缺少资金支持迟迟得不到根治，严重威胁着人们的身体健康。

肉体属于人存在的物质性层面，所有的苦难最后也都只能由身体去承担。如果说，“傻子屯”中的傻子是苦难的极端承受者，那么因贫穷给人身体带来的苦难则是无可避免的。整治“傻子屯”的许振中以殉道者的精神不断付出，他因为过度劳累身患严重的肝炎、肾小球炎等疾病，却因差一百元钱住不上医院，躺在佳木斯医院附近一家小店里，随时等待死神降临。《四万：四百万的牵挂》中那些“或因贫穷，或因昂贵的医疗费用，或因排不上号住不上院，或因庸医误诊”[③] 做手术比例仅为百分之一的四百多万需要做手术的心脏病患者，大多是那些没职没权没钱没关系的普通百姓，尤其是那些贫苦农民和下岗职工。鹤岗煤矿挖煤塌方断条腿都没掉过泪的矿工，抱着三岁的孩子，为自己患有心脏病的老婆在刘晓程面前放声大哭，请求刘晓程救治自己的妻子；穿着破旧、满脸沧桑的中年农民卖了房子，借了一万多元钱饥荒，带着十四岁儿子从黑龙江两次跑到北京，请求刘晓程给儿子做手术，发出“刘大夫，求你救救俺儿子，救救俺全家”的哀求。这些原本生活贫苦的百姓，因无钱医病身体遭受着巨大的折磨，他们的家人则为医治他们的疾病而陷入更加贫困潦倒的境遇中。在生命之重的本然性被确实，却又因为外有的种种阻碍而蒙受有意无意地利用、屈受和消解时，人的存在显得尤为边缘了。

① 张雅文：《走过伤心地》，哈尔滨：北方文艺出版社，2011 年版，第 60 页。
② 张雅文：《走过伤心地》，哈尔滨：北方文艺出版社，2011 年版，第 61 页。
③ 张雅文：《走过伤心地》，哈尔滨：北方文艺出版社，2011 年版，第 61 页。

疾病之于人是一种不正常的存在状态，张雅文所观照的不仅仅是人物所受的生理疾病的困苦，而是要通过疾病给人带来的苦痛，揭示出由物质匮乏而引发的社会问题。她写“傻子屯”中的傻子，指出为了经济效益，地方防疫经费短缺，地方病迟迟得不到根治严重威胁着中国人的素质；她写许振中以祭献的精神拯救“傻子屯”而自己身患重病无钱医治，是希望典型可以自我松绑，也需要社会松绑；她写心脏病患者生病得不到医治，揭露出医疗体制不完善问题。

战争等动荡带来的苦难，也是张雅文揭示的重点之一。她关注现实生活中的人生苦难，她笔下很多主人公是一系列重大事件的亲历者和承担者，如抗日战争、反右斗争、“文化大革命”等。无论是由战争引发的民族仇恨，还是由反右斗争、“文化大革命”带来的阶级打击，都以最直观的方式作用在人物身上，让他们轻则受之以拳脚，忍受炼狱般的劳动之苦，重则威胁人物的生命。一般来说，这种由政治事变或运动造成的肉体折磨或生命威胁是指向精神性苦难的，然而这种对于精神性的执着实际上是出自一种高傲的精英立场；张雅文纪实文学却从底层视角出发，着重强调了这种苦难首先是作用于人的身体的，首先是一种感同身受的物质性苦难。

战争给生命个体带来深重的社会苦难的痛楚体验。张雅文的《绿川英子》《盖世太保枪口下的中国女人》两部作品中的主人公绿川英子和钱秀玲分别经历了抗日战争和反法西斯战争。绿川英子在抗战期间一方面受到中国人民的误解，她曾在抗战游行的队伍中曾遭受过国人的误解，被揪出施之以拳脚；另一方面，绿川英子为了参加抗战，远离日本优渥的家庭生活环境，到中国抗战的过程中一度因为贫穷居无定所、食不果腹，最终因解放区医疗条件有限在生产过程中失去生命。钱秀玲为了解救处于危难的比利时人民，多次顶着寒风，赶到布鲁塞尔找法肯豪森将军，甚至在她怀孕期间，也挺着大肚子，连夜坐着一辆破旧的雪铁龙汽车，冒着受冷枪和流弹袭击的危险，去请法肯豪森将军帮忙。两位原本柔弱的女性，在战火纷飞的年代，为了崇高的革命事业而奔走呼号，忍受着由战争给身体带来的痛苦折磨。

“文革”中的右派是社会政治权利压制的对象，痛楚的肉体折磨，是张雅文笔下主人公对于社会苦难的强烈体验。《四万：四百万的牵挂》中刘晓程的父亲，“文革”期间被打成“日本特务”“反动学术权威”身陷囹圄，冒着可能因“陷害”革命群众被批判、被枪毙的风险，为一个罕见的患先天性中肠旋转不全，被医生放弃治疗的孩子医治，孩子得救后，刘晓程的父亲又回到牛棚继续清扫厕所。头戴“黑五类”狗崽子帽子的刘晓程（《四万：四百万的牵挂》），在宝清县建设兵团八五三农场改造期间，总是在外面零下四十二度，窑里零上五六十度，温差一百多度的情况第一个跳进窑里，忍受炼狱般的痛苦，拼力码石头，别人换班休息，他仍继续干活直到把窑平完，“黑棉袄肩头蒙上一层厚厚的、汗水浸透的白花花的盐卤，刚发下来的皮手套磨出了窟窿，露出冒着血丝儿的十个指尖儿，一碰就钻心般地疼痛。”① 即便忍受着如此巨大的肉体折磨，刘晓程仍旧无法改变在生产建设兵团中下等公民的命运，承担着烧石灰、打炮眼、掏粪、伐木头等脏活、累活。姜堪政在“文化大革命”期间曾有段铁窗生涯，在受批判前，他在初冬的傍晚“铁窗外雪花飘飘。他却单衣薄衫，没有棉衣，没有铺盖，躺在狱头制定的挨便桶的地板上，浑身抖成一团。”② 蹉跎的岁月，没有尊严的生活，超出承受力的体能透支，把“文革”中的右派抛到了人生的最底层，使他们成为逆境中的弱者，让他们饱尝了底层人的艰辛与困苦，也饱尝了一个弱者的渺小与渴望。

张雅文怀着悲悯之心，给予那些被漠视的遭受苦难的底层弱者以关注，不仅揭示出他们生活中所遭遇的物质性苦难，还试图探究产生这些物质性苦难的原因，她没有将视野停留在人们所遭受苦难的一个小点上，而是将其所引发的社会问题进行深入地挖掘，她正视时代所产生的矛盾和痛苦，以人道主义立场和悲情的情感基调，对中国当代现实生存状态进行理性审视，表现出作家宝贵的社会责任感和历史使命感。

二、遭遇“精神之困”

张雅文对苦难叙事的坚守，不仅强调物质上的匮乏与身体上的不适，更多地强调精神上的苦楚、心灵以及人性的被压抑。战争使人流离失所，贫穷让人忍受饥饿寒冷，疾病带来身体的痛苦，这些都是威胁生存的物质性外因，但是精神性的苦难往往直达情感深处，上升到哲思层面，对我们产生更大的影响，甚至超过了物质上的匮乏所带来的苦难，“苦难就是人的生命在现实秩序中无法获得正常的维持，由此而产生精神上的某种失衡状态。”③ 人内在如果无法保持平和，饱受精神之苦的煎熬，反而是比物质之苦更大的苦难，但是“中国文学却总是尝试用物质之苦来表现苦难，在描述悲剧的时候也经常停留在物质匮乏的层面上，造成对精神之苦的忽视。”④ 张雅文在描述苦难的时候，很难得的兼顾了精神和物质上的苦难，她深入人的心灵深处，直面人的精神苦

---

① 张雅文：《走过伤心地》，哈尔滨：北方文艺出版社，2011 年版，第 2 页。
② 张雅文：《走过伤心地》，哈尔滨：北方文艺出版社，2011 年版，第 34 页。
③ 张雅文：《走过伤心地》，哈尔滨：北方文艺出版社，2011 年版，第 34 页。
④ 张雅文：《走过伤心地》，哈尔滨：北方文艺出版社，2011 年版，第 34 页。

难，在张雅文的苦难书写中无论是男权语境下女性的精神压抑，还是担当者所承受的心灵煎熬，抑或是社会动荡带来的精神创伤都是沉重的。

（一）男权下的女性之困

张雅文作为一名女性作家，对女性的生存状态和人生经历尤为关注，在这里我们所论述的她笔下女性所遭受的苦难，特指因性别而遭受的不同待遇，而不是与男性同等地位上人的意义上的受难。在传统的男权思想下，女性不具有与男性同等的独立人格，她们成为男性的附属而存在，无法主宰自己的命运甚至是生死，生命如同草芥。从张雅文的自身经历来看，她自小就看到了那个年代众多身边女性的悲惨命运，她曾在《生命的呐喊》中写道："我大姨三十几岁就死了丈夫，一个人独守空房拉扯四个孩子。小姨出嫁后得了精神病，被她丈夫浇上汽油活活烧死了。"① 张雅文的母亲因她父亲赌钱输掉全部家当心情不好被打，全身被鸡毛掸子抽出血檩子，而她的三个姐姐都是"睁眼瞎子"，与不相爱的男人结婚，窝窝囊囊、愚昧无知地过一辈子。"一个人之为女人，与其说是'天生'的，不如说是'形成'的。"② 在男权思想充斥的社会里，女性的成长是以男性的需要，男人心里所设定的模式为基点建立起来的，文化在这样的环境里是无法健康成长的，女性的思想长期受到扭曲的文化熏染，自然而然的将其作为人生的信条，至此，女性的自我压抑将不再是原始社会加固在女性身上的枷锁，也不是男权社会对女性的要求，女性会主动选择这样的人生。

女性如果意识不到男权社会下的不平等压迫，至少在精神层面上不会感到过多的痛苦，因为在她们看来一切都是理所当然的，但是对于那些有自我意识的女性来说，往往要承受更大的精神折磨。为达到一种理想的生活状态而与男权社会作斗争，成为那些具有觉醒意识女性的一种选择。当她们以自己的理想、需求建立自己的生活时，就会与非理想的外部世界或非理想的生存状况产生冲突矛盾，与之进行搏斗抗争，最终取得胜利或是以失败告终，形成或喜或悲的命运。《绿川英子》中的主人公绿川英子，出生在日本那个男尊女卑意识很强的国度里，"清晨，男人刚刚起床，妻子就将一杯茶捧给他；男人在桌前用餐，妻子跪守桌边；男人起身上班，妻子毕恭毕敬举起大衣，送到门前。"③ 女人无时不在奉献，但却没有任何获取权，因为是女性绿川英子从小备受歧

① 张雅文：《生命的呐喊》，北京：新华出版社，2007 年版，第 80 页。
② ［德］波伏娃：《第二性》，陶铁柱译，北京：中国书籍出版社，1998 年版，第 36 页。
③ 张雅文：《绿川英子》，济南：山东文艺出版，1985 年，第 7 页。

视，而这种歧视不仅来自社会还来自她的家庭。父亲因为她是女孩总是用阴郁的目光看她，不管她在学校取得什么成绩父亲都视而不见，常常暗自嗟叹要是她是男孩就好了。家庭不再是安全的港湾，社会处处存在着不公，弱者总是在这样的苦难下一蹶不振，强者却能够找到新的生机，生活是最好的老师，现实的残酷会让人以最快的速度成长为大人的模样，绿川英子就是在这样的环境下展开了对人生的思考，衡量着命运的齿轮转向何方。于是她学习世界语，希望以此为动力，带她走向社会，走出自身的束缚。可是她的父亲再次挡在了她的面前，甚至不惜以断绝父女关系为威胁，不允许她学世界语。她要嫁给中国人，他的父亲就不给她交保险，彻底断绝她的一切经济支持，在种种的压迫威胁下，绿川英子历尽挫折而不悔，执著自己的追求，表现出了坚强的性格力量。除了绿川英子还有《盖世太保枪口下的中国女人》中与封建父权抗争，不惜违背婚约而出国留学的钱秀玲。作为女性，她们试图参与到社会中来，也参与到文化中来，努力在社会上建立女性自身独立身份，确立女性主体地位，这种女性的主体精神既是张雅文笔下主人公的真实写照，也是她自身经历的一种映射。张雅文一次次的人生选择是自我价值探寻的过程，她不断努力的过程可以说是对自我身份的努力求证过程。

（二）担当者的心灵之困

在张雅文纪实文学作品中，伟大而崇高的人物占了很大一部分，他们为了大义舍弃小我情感，在事业和家庭的平衡问题上心灵常被拉扯，忍受着煎熬。西班牙作家乌纳穆诺说：“生命的悲剧意识来自人类对不朽的渴望，是生命与理性、精神与实体的矛盾。”① 《走过伤心地》里的许振中就是个鲜明的例子。许振中几乎为傻子屯奉献了自己的一切，为傻子屯的傻子们带去学习资源，拖着自己的病体帮助他们摆脱贫穷，不仅将自己全身心投入到傻子屯的建设当中，妻子和女儿也在不遗余力地协助许振中的工作，但是他家并没有和傻子屯一起走向富裕的道路，他将傻子屯从贫穷当中拉了出来，自己甚至家庭却一直在贫穷里挣扎，他的努力和成绩并没有给家庭带来幸福，反而成为一家人厄运的开始，妻子孩子都曾以自杀结束生命，他也在奔波中耗尽了精力和身体，他赔上了一家人的幸福将傻子屯带出了泥潭，在面对自己和家庭的苦难时却显得无能为力。许振中不是特例，还有很多像他这样的人，将所有的一切奉献给事业和信仰，却无法保全自己和家人，张雅文的作品当中也出现过很多这样的

① ［西班牙］乌纳穆诺：《生命的悲剧意识》，段继承译，广州：花城出版社，2007 年版，第 46 页。

人。《四万：四百万的牵挂》中的心血管专家刘晓程，救治了千千万万个心脏病患者，却在患有心衰的母亲弥留之际，为建立新的双边关系东渡日本，没能及时抢救生养自己的母亲，因此在内心深处留下无法释怀的疚痛和遗憾。为了拯治更多患者，刘晓程曾放弃高官厚禄，与家人一起离开北京优渥的生活环境来到牡丹江，在牡丹江工作期间，他无暇照顾妻子和儿子，常夜半归来，在妻子加班的时候也不能陪在儿子身边，“他常常看到小手小脚黑糊糊的儿子手拿吃剩一半的面包，蜷缩在沙发上睡着了”①，作为父亲他内心常常充满自责，为了崇高事业，刘晓程为子不能尽孝，为父不能尽责，他怀着对家人无限愧疚，全身心投入到医疗事业中，心灵承受着巨大的煎熬而终不悔。同样为了心中崇高的理想，高级矫形医师秦泗河放弃优渥的生活条件和工作环境，带着一家三口从莱芜回到佳木斯。他的选择和牺牲是病人患者的福音，也都得到了社会的认可，可是在一个家庭中，他们的调动势必会影响到家人的生活水平，可谓牵一发而动全身。离开亲朋好友和熟悉的环境，到一个陌生的环境重新开始生活，无论是妻子还是孩子都是不得不做的无奈选择。张雅文笔下的这些主人公，怀着对家人的愧疚，在事业和家庭中选择了前者。在巨大的牺牲面前，人物所表现出的痛苦冲突与选择，显示出这些担当者的选择的艰难，也显示出他们牺牲精神的可贵。

张雅文对这些担当者没有局限于表象的书写，她在家庭和事业的矛盾冲突中展现人物所受的心灵煎熬，将主人公困难的抉择提升到崇高的奉献和牺牲的人生境界，让人们从他们的抉择中看到了具有永恒意义的人性魅力和生命本色。

（三）动荡之殇

现代以来中国社会一直身处不断革命和变革的现代性梦想和焦虑中，社会总是在变革中改变，无论是经济上，还是政治和思想文化上，都会发生重大的重组，这也是很多冲突产生的原因，很多矛盾在短期内无法得到调和，人们在困境中开始思考，也在这样的背景下经历着特殊的磨砺。

张雅文习惯通过小人物的人生经历来反映大时代的社会变迁，在社会动荡的背景下展现人物所遭受的精神创伤。《韩国总统的中国“御医”——打开中韩通道的秘密使者》中的主人公韩晟昊身上凝聚着一个时代的缩影。他的一生先后经历了逃亡、弃政、弃教几次转折，而每一次转折他都承受了巨大的精神苦难。当年他曾是被中共追捕的要犯，十九岁时因被诬陷以莫须有的罪名身

① 张雅文：《走过伤心地》，哈尔滨：北方文艺出版，2011 年，第 151 页。

陷囹圄，在刑场上陪过绑，体会到行将死亡的滋味，当他被带到村里面，即将被村民打死的时候，他突然燃起了反抗的火种，正是这股信念将他从枪口下拖了出来。为了生存，他曾经被迫躲在棺材里，面对白骨的恐惧，使他终生难忘，在野外躲躲藏藏像野人一样生活了四十多天，韩家这个小少爷在经历了阶下囚之后，又为了活命将自己变成了逃犯，为了生存将自己变成了一个需要不断逃亡的野人。这种经历让他受到严重的精神折磨。在国民党任职期间，他曾被视为“反共”第一高手，得到蒋家父子接见，多次获得国民党勋章。可国民党腐败严重，他觉得自己既没有力量打倒对手，又没能力改变国民党，这样的认知让他产生了严重的自我怀疑，进而对未来充满了迷茫，他不能去投靠大陆，也不想违背心意去投靠台湾，他就像游荡在世间的孤魂野鬼，无家可归，无岸可靠。他感到了一种从未有过的孤独感，好像被全世界抛弃了一样，所以他叫自己弃民，对他来说，如果弃政是明智的选择，是人生必然为之的转变，那么放弃校长的职位和职责，就是不得不做出的无奈之举。他在韩国创建学校，希望华人能受到好的教育，尽管校长在人们心中德高望重，但却是一个地地道道的精神上的富翁、经济上的乞丐。在金钱万能的社会里，自然会受到经济杠杆的制约，为此他曾受过冷遇和嘲笑。韩晟昊年少经历家破人亡的精神重创，青年时代从志得意满的台湾“反共”第一高手到对前途失去信心的“弃民”所遭受的巨大精神落差，以及后期为建学校、办报纸由生活富裕的上层人士变成负债百万的穷光蛋精神遭到的世俗挤压，在特殊的时代背景下，韩晟昊人生的众多阶段都遭受无法回避的精神上的伤害，这些精神上的创伤成为韩晟昊人生不可抹去的记忆，使之成为极具悲情色彩的人物。

人们无法选择生存的时代，社会动荡最先冲击的就是人们的生活，生活上的巨大变动常使人不知所措，在追求新生活的过程中产生难以磨灭的精神创伤。《玩命俄罗斯》这部作品集创作于苏联解体，中苏关系解冻这一特殊的社会背景下，张雅文通过十五篇报告文学作品着力揭示了玩命的主题，她在作品中记录了在异国他乡闯荡的中国人经历着孤独、痛苦、恐惧、绝望等心理体验和精神困境，中国人在俄罗斯的经历可以说是一个时代的真实写照，这些千奇百怪、触目惊心的事实使人们在痛苦中警醒。《苦恋》中处于特殊的政治背景下，瓦西里不得不与心爱的爱人分离，独自一人在贝加尔湖畔常年忍受孤独和相思之苦；《留学的骗局》中因被骗而失去原有工作和学习条件的留学生，在俄罗斯所表现出的绝望；《玩命俄罗斯》中为了挣六千多元钱差点丢掉命的国家干部，在挣钱过程中所表现出的恐惧；《魂断淘金路》中的朝族青年、《走向死亡》中的老金，在淘金路上丢掉生命所表现出的生命虚无，他们的经历说明在中苏关系解冻这一特殊的社会背景下，人们在追逐爱情、学业和金钱等的过程中所承受的身不由己的精神苦难，这种精神苦难是求而不得之苦，在追求某样东西的过程中不得不承受痛苦大于欢乐的经历。这些充满异域色彩的故事在一定程度上展示出了中国人在特定历史时期的生活面貌和追求，不同程度地表现出处于不同时期人们所遭遇的精神性苦难。

三、苦难叙事的文化旨趣

苦难，历来是文学表现的一大主题之一。作为人类社会的沉重底色，对苦难的书写成为文学对生活本质的一种呈现。张雅文从个体生命经验中汲取苦难意识，深入挖掘伟大而崇高者和底层弱者对苦难的精神超越，并探寻苦难中呈现出的崇高美，作品中蕴含了强大生命意识，显示出比一般作家更强的主体精神，形成极具特色的文化旨趣。

（一）对苦难的精神超越

人凭借主观力量是无法把握，也无力拒绝苦难的，因为它是物质和精神的客观存在。没有人会自愿选择苦难，因此，以怎样的方式接受苦难进而走出苦难，达到一种理想的生活状态，成为人们的一种选择。帕斯卡尔曾指出："人与物的异质性在于他对死的知晓"，[①] 其实人更强烈的渴望是对生的知晓。当人以自己的理想、需求建立自己的生活时，就会与非理想的外部世界或非理想的生存状况产生冲突矛盾，与之进行搏斗抗争，最终实现对苦难的精神超越。

张雅文从小就想出人头地，她不想平庸地度过一生，但生活的窘困与磨难让她一直找不到自己的准确定位，直到开始文学创作，她才找到了生命的出路，所以将整个生命投入到文学创作中。张雅文为了心中崇高的理想，不断向命运宣战，与命运抗争，而她笔下所选取的众多人物韩晟昊、姜堪政、刘晓程、绿川英子、钱秀玲等，或是在事业上的成功者，或是执着追求崇高理想者，或是与不平现实不屈抗争者。尽管经历不同，但他们传奇的经历与坚韧不拔的性格是一致的。像姜堪政、韩晟昊等在事业上是成功的，可是由于他们个性中的迂直、倔强、忠贞，在复杂的社会环境和人际关系中，处处碰壁，茫然失措。张雅文通过展示他们苦难的人生遭遇与巨大的事业成就产生的反差，显示出浓厚的悲情意味。张雅文无论是写悲情的人物还是写悲剧性的生活，都不仅仅是为了诉说苦难，而是"通过人物的悲惨生活来展现精神方面的追求，

---

① 张一兵：《阿多诺：奥斯维辛之后不再写诗》，《福建论坛》，2001年第1期，第51页。

找寻超越苦难的精神方面力量。”① 并将这种精神力量展现在读者面前，给人以战胜苦难的勇气和力量。在张雅文的纪实文学中，受难主体主要分为两类：一类是伟大而崇高者，另一类是底层弱者。第一种受难者因具有非凡的人生体验、智慧和意志力，他们所遭受的苦难通常是我们所难以想象的，如作者本人、韩晟昊、姜堪政所遭遇的生死考验，刘晓程、许振中、秦泗河、绿川英子、钱秀玲等为崇高的人性主义理想而忍受的现实苦难，这些伟大而崇高者以精神作为反抗的起点，在崇高理想的策动和烛照下，走向反抗，这种反抗是受难主体经过内心激烈的斗争后展开的一种与苦难的搏斗和抗争，是一种精神大于行动的精神性反抗，这种反抗是自发的主动介入苦难的反抗。底层弱者对苦难的反抗则更多地表现在行动上，是因自身的生命际遇处在逆境中，而不自觉的做出的一种本能抵抗，反抗更多是通过身体来进行的，表现出一种反抗性的精神，如《放下你的猎枪》中三个因贫困而打死野生东北虎的村民，《玩命俄罗斯》中不甘于平凡生活的淘金者，被生活现实所压，《美恶一瞬间——一位能文善画的死囚》主人公曲某以极端方式杀人抢劫被判处死刑，他们的反抗多是逆境中本能的心理反应，对苦难的反抗是不自觉的。不管作者及其笔下的人物以何种方式进行反抗，其实都是对隐藏在苦难背后的非自我力量的反抗，而不是对苦难本身的反抗。从这方面出发，人对苦难的反抗其实就源于人对非自我力量的抵抗，更确切地说就是人的生命意志及生存本能的反抗。

反抗苦难是人类生命力量的一种表现，对于那些与苦难作斗争，通过自己的不息奋斗和不懈的追求，实现崇高的人生价值的崇高者，张雅文以高昂的笔调对其进行歌颂，对于那些不具备与苦难进行抗争，而不得已为之的底层弱者，张雅文心怀悲悯。在张雅文的作品中，有一种生命的力量在涌动，不管是姜堪政、韩晟昊还是绿川英子、钱秀玲，他们实质上都与张雅文有着某种共通的契合点，成为她精神追求的一种载体。

（二）探寻苦难中的崇高

苦难叙事的价值在于通过对苦难的叙述，实现启蒙思想、担当历史责任、传递正面价值的作用，并达到人文关怀的目的，这也是张雅文纪实文学所追求的价值取向。这种价值追求使张雅文无论是在题材选取还是创作过程中都表现出一种崇高美。

美学范畴中的崇高，“更多地展示着主体和客体在现阶段相冲突和对立的

① 吴芮瑶：《论严歌苓小说的悲情主题中的苦难书写》，《佳木斯职业学院学报》，2017 年第 3 期，第 97 页。

状态，并且在这一对立冲突中，显示出客体和主体相统一的历史必然性。”①在张雅文纪实文学作品中，不管是英雄还是小人物，大多在生活中历尽坎坷和磨难，他们在不断地对抗和冲突中，展现出顽强的意志和与苦难不断抗争的勇气，显示出巨大的人格魅力，体现出一种忍受苦难、矢志不渝和苦难抗争的顽强性，使读者可以感受到他们身上所具有的崇高美。他们的浓重的悲情色彩主要表现在自身的理想与权威现实利益的冲突，而产生不可避免的悲剧性命运。《呐喊，不仅是为了一个人，一座山》中的陈建霖，为了制止武夷山乱砍滥伐的现象，不惜倾其所有保护一棵树，像“看山狗”一样保护着武夷山这片圣地，他不愿屈服，与破坏武夷山生态环境的邪恶分子针锋相对、斗智斗勇，这才有了“毁林之碑”的风波，有了正义与邪恶的较量。然而这位一心赤诚，把心血全部倾注在大自然中的平凡英雄却得不到公正待遇和尊重。为了保护武夷山，陈建霖曾被恨他的人调查，甚至被人告搞自由化，并以此为由不给他和他爱人涨工资、不让他参加先进评选。绿川英子同样因为追求正义与和平，背弃了原本富裕的家庭和自己的祖国，不惜背上“娇声卖国奴”的骂名，为抗日奔走呼号。无论是陈建霖还是绿川英子，他们作为真善美的实践主体，从正义出发为实现理想而与假恶丑进行不屈的抗争，用鲜血甚至是生命换取光明和真理的伟大精神，表现出震撼人心的人格的崇高美。张雅文笔下这些赋有悲情色彩的人物在真与假、善与恶、美与丑的悲剧冲突中遭到了打击和摧残，暴露出社会生活中存在的一些问题及不合理性，让人们在辨析这些问题时，产生强烈的道德震撼，并生成悲悯、畏惧进而达到惊赞和义愤的情感体验，产生悲剧美。

张雅文在纪实文学创作过程中不畏权贵，坚持正义，坚守良知，显示出特有的生命本色。她所选取的人物与她的亲身经历和精神追求相统一。从许振中、刘晓程、秦泗河到陈建霖、绿川英子，他们经受着来自生存环境和个体强权等方面的压力，不断从各式各样的囹圄中挣脱出来，通过对自身生命价值的实现来获取生命尊严，并影响和改变着其他人。从欣赏主体的审美出发，“崇高感的特点，是由恐惧转向愉悦，由惊赞转化为振奋。”② 这与悲剧艺术所产生的审美效果相同。这些代表着真善美、赋有悲情色彩的人物，都曾遭到过不公的对待，在肉体和精神上遭受过不同程度的摧残，而这种摧残不仅是针对个别人物，而是带有一种普遍性冲突的人生状态下所产生的挫折，这就会使审美主体产生悲悯之情，会对这种挫折产生心灵共鸣，同时使审美主体道德感强烈

① 王朝闻：《美学概论》北京：人民出版社，1980 年版，第 150 页。
② 刘叔成，夏之放，楼昔勇：《美学基本原理》，上海：上海人民出版社，1984 年版，第 194 页。

震撼，否定憎恨假恶丑，肯定追求真善美，审美主体潜移默化中陶冶了性情，净化了心灵，从而得到了愉悦这一审美快感。这些具有悲情色彩的主人公，面对假恶丑时表现出了临危不乱、至情至性；在与苦难斗争过程中表现出至死不渝的刚强性；他们对伟大人格的追求，对平庸人生的超越都会使审美主体惊赞，进而使审美主体从这些人物身上得到坚不可摧的勇气，对人生价值和目标有清晰的认识和追求，生发出不惧苦难、追求崇高、超越自己的心理欲望。

伯克曾指出："崇高是来自任何可以激起人的痛苦或恐惧或危险感及类似感情的事物。"[①] 张雅文通过苦难表现出对崇高美的肯定，在赞颂美好事物的同时，给人以启示，使人们变泪水为勇气，化悲痛为动力。她在纪实文学中对苦难的书写，可以说是一种现实生活和人生理想冲突与矛盾的反映，是张雅文痛苦而具有激情的写作追求的艺术呈现，她敢于直面现实、揭露现实的勇气和能力，使她的作品表现出民族悲剧意识的觉醒与复苏。如果说承受苦难是一种悲剧性，她认识到了这种苦难的不合理性并顽强与之抗争，并通过人物的悲剧性的直接表现，唤起人们对个体命运和生活的关注。她笔下的悲情书写，悲而畅快，悲而壮烈，悲而英勇，具有令人奋发向上的崇高美。

张雅文秉持着作家的责任与良知，直面现实、揭露社会问题，对底层社会和底层小人物的悲惨命运进行观照，以此唤起社会对底层弱者的关注，而对于那些富有传奇经历，为人类社会做出贡献的崇高者，她并非一味地歌颂他们的丰功伟绩，而是述记他们在社会历史境遇、个人运命带来的苦难面前不曾被各种势力所裹胁，失去自己的判断，而是听从内心良知的召唤，以自己独有的方式，遵从自己真实的情感与苦难进行抗争，从而展现出人性的伟大崇高。"张雅文崇尚的是阳刚之美，努力发掘的就是这种无坚不摧、不怕挫折、威武不屈的民族精魂的人格内涵。她张扬的是一种力，一种民族精神，构建的是一种力与美相结合的新型人格。"[②] 张雅文将这种自强不息的精神凝结到她所塑造的人物形象上，使她的作品蕴含了的强大生命意识，显示出了比一般作家更强的主体精神。

---

① ［英］爱德蒙·伯克：《关于我们的崇高和美的概念之起源的哲学考察》，《柏拉图以来的批评理论》（上），北京大学出版社，2006 年版，第 340 页。

② 徐文华，吴井泉：《张雅文的审美追求和人文关怀》《呼兰师专学报》，2002 年第 1 期，第 32 页。

第二节 现实题材的开拓

真实性或者说是“非虚构性”是纪实文学的生命，是读者审美期待之所在，更是其区别于小说、诗歌等文学体裁呈现独特魅力的根本因素。无论是写现实还是写历史，纪实文学都是事实的存在，作家如果不能在创作过程中准确把握真实性，不但会引起当事人或者知情者的不满，还会误导读者。这就要求纪实文学作家要以敢于负责的精神和严肃的态度来处理题材。张雅文在搜集创作素材、深入生活等方面付出了很多艰辛劳动，体现出一位纪实作家的主体庄严性。张雅文对现实题材的开拓，一方面表现在选取题材的方法上，另一方面表现在她对题材进行深入挖掘和开拓，使其作品内容更丰富深厚上。

一、切身诠释正义

纪实文学作家与小说作家不同，他需要有更严谨的创作态度，并且需要对自己所写内容的真实性负责，“如果没有这种精神，作家就不敢担当正义、直面现实、针砭时弊，就不会选择吃苦、自觉深入、扎实采访；而如果不态度严肃、艰苦深入，就掌握不了第一手材料，也保证不了题材的原创、新鲜与‘非虚构性’。”① 作为一名纪实文学作家，张雅文以严肃的创作态度和艰辛的采访实践来保证作品的真实性，表现出作为纪实文学作家的主体庄严性。

（一）严谨的创作态度

张雅文对现实题材的开拓，首先表现在严肃认真的创作态度。与小说家从生活中获取灵感和素材不同，纪实文学作家主要以采访的方式获得素材。张雅文为了获得好的素材保证作品的真实性，她克服经济窘迫、语言障碍、时间跨度长等困难，深入调查、细致梳理，最终完成了一部部优秀的纪实文学作品。

张雅文以一个文学爱好者的身份进入文坛，创作之初没有外界的资助，只能自费采访，经济上的窘迫成为她最先遇到的困难。为了掌握《绿川英子》的相关资料，她借钱出去采访，因为经济的窘迫，在整整两个月的采访过程中，她没吃过一顿像样的饭，没睡过一次安稳的觉，常常是一口馒头就一口水

① 章罗生：《中国报告文学新论——从新时期到新世纪》，长沙：湖南大学出版社，2012 年版，第 667 页。

地坚持，回家时兜里只剩了几元钱；在独闯俄罗斯过程中，为了搜集“淘金潮”中“倒爷”们的素材，她背着皮夹克和旅游鞋边走边卖，保证差旅开销有所出；在采访《盖世太保枪口下的中国女人》中的主人公钱秀玲老人时，张雅文揣着几千元美金赴比利时，住不起宾馆，吃不起正餐，在没钱，没吃，没住的情况下依旧执着于自己的事业，正是经过这些磨难，才使张雅文有了更加坚强的品格，有所成就。

除了经济上遇到的困难，漫长的采访过程可谓更加艰难。《与魔鬼博弈——留给未来的思考》这部作品，选取题材的时间跨度很大，早在 1984 年，张雅文为了获得有关绿川英子鲜为人知的第一手资料，保证作品的真实性，成功塑造出已故的人物形象，再现出历史真实风貌，她历时两个月，奔走于十四个省市十八个地区之间，采访了绿川英子的子女、亲属和她生前的朋友、同事等几十人，捕捉绿川英子当年在中国生活时遗留下的信息。1999 年，张雅文又多次前往欧洲，采访了年近百岁的钱秀玲老人，抢救性的留存了历史资料。2014 年，她再次赴欧洲四国采访，透过辛德贝格的外甥女掌握辛德贝格救助南京难民的感人事迹；通过拉贝的孙子了解其爷爷的真实故事；深入挖掘法肯豪森将军从未被公布过的传奇人生经历；追溯在维也纳的中国外交官何凤山冒着生命危险为犹太人签证的历史；采访了中国驻德大使、中国驻日高级外交官等数人，她通过大量采访和史料搜集确保了其作品的“非虚构性”，在尊重历史真实的同时，将人物事迹完善，力求创作出真实感人的作品。《韩国总统的中国御医》的线索，是张雅文从一个骗子口中获得的，同样为了确保素材的真实性，她历经三年，两次飞往韩国取材，最终获得第一手资料创作出《韩国总统的中国御医》。

张雅文严谨的创作态度不仅表现在为获取创作素材克服经济拮据、时间跨度长的困难方面，还表现在她为了创作，敢于冒着生命危险到国外取材方面。为了开拓一个全新的领域，张雅文孤身一人，在不会外语的情况下，历时四个多月，一连三次到刚刚解体的苏联，在错综复杂的环境中搜寻赴俄罗斯淘金的“中国倒爷”们的传奇故事，她甚至不顾个人安危在俄罗斯与车臣交战的前夜奔赴车臣采访。在动荡不安的俄罗斯，作者的人身安全常得不到保障，她在哈巴罗夫斯克遇到过心怀叵测的出租车司机；在经常发生暴力事件的列车上提心吊胆不能入眠。

在黑手党不时作乱的车臣，她常以斧子傍身以防不测。在这种岌岌可危的环境中，张雅文以玩命的精神去挖掘独特素材，采访了留学生、华人华侨、“国际倒爷”等各色人物。功夫不负有心人，张雅文开辟了一个独特而新奇的境外领域，报告文学集《玩命俄罗斯》一经出版就在读者中引起巨大反响。

《玩命俄罗斯》的成功为张雅文积累了宝贵的出国采访经验，此后，她又远赴韩国、比利时寻找素材，相继创作出《韩国总统的中国御医》《盖世太保枪口下的中国女人》等有影响的作品。

张雅文在创作的时候总是尽量保证作品的真实可信，尤其是在创作纪实文学作品时，要花费更多的时间和更大的精力去收集和整理素材，还要不断地核实素材的真实性，纪实文学的创作是一件严肃的事情，所以无论是前期准备还是之后的创作都是一个漫长的过程，这个过程也需要不断地克服困难，所以每一个创作主体都值得尊敬。

（二）亲历性体验

作为创作主体的张雅文，并不是一位单纯的旁观者、采访者，而是将自己整个身心都融进作品，是写作对象中的一分子，这使她的作品极具感染力。20世纪九十年代初，苏联刚刚解体，在冷冻多年的中俄边境掀起一股淘金热，很多“国际倒爷”奔赴俄罗斯淘金。张雅文以这些“国际倒爷”为创作蓝本，创作出《玩命俄罗斯》这部感人至深的作品。为了获得一手素材，张雅文亲自融入淘金者的大队伍中进行采访，她曾以冒牌经济师的身份，跟随中方贸易代表团到随时有不测发生的车臣，亲眼看见俄方商人如何狡诈诡辩，屡次欺骗中方代表团直到打到车臣总统府问题也没解决的经过；她也曾背着高档相机提心吊胆地蹲在市场上卖大衣，目睹一帮“俄国胖娘们”疯了一般扑向一个男同胞，转眼就抢走了他的老板包；她曾与留学生彻夜长谈，倾听他们在外留学的感受；也曾与昔日的叛逃者进行四天长谈，聆听他为了追求科学梦想苦斗四十年所遭遇的磨难。她为了获得鲜活素材，常设身处地于现实环境中，在采访和切身经历中感受主人公的心理状况，对其遭遇和经历进行感同身受地书写。根据其自身经历创作出的《过了一把出国瘾》《为了三百万人民币货款——对一笔中俄贸易的跟踪采访》等就是其中的典型代表。

张雅文的创作来源非常丰富，除了常规的采访之外还包含了自身的经历和体会，也是这些丰富的经历使她的作品更具吸引力。《过了一把出国瘾》这部作品中，作者为了增加作品的真实性，特地前往哈巴罗斯夫，对女儿和女婿进行采访，令人震惊的是女儿的生活环境如此惊险，那里每个人都生活在劫匪的威胁下，每天都必须提防劫匪的骚扰。夜已深，张雅文依然没有找到女儿，不禁产生了深深的担忧，此时遇到了一个心灵美好的俄罗斯青年，将张雅文送至宾馆，并于次日凌晨告知张雅文她的女儿还没有回家。在异国他乡，患难之时张雅文被这个善良的俄罗斯小伙子感动得热泪盈眶，真切地体验到无论在哪里也会有好人，哪里都有坏人。她不加掩饰的直抒胸臆，这是患难之中的真情流露，是经历极度恐惧和温暖相助后的有感而发。在《为了三百万人民币货款——对一笔中俄贸易的跟踪采访》中，张雅文再次通过亲身经历来揭示刚解体的俄罗斯社会混乱、偷抢横行等令人不安的社会问题。她曾经描述过，他们想要离开车臣，在路边等待公共汽车的到来，客车停在半路的时候，他们看到了令人震惊的画面，“很多武装人员站在窗外，他们全副武装的样子威风凛凛，水泥预制板就在他们的前方，呈蛇形排列着；装甲车随意地停在路边，墨绿色的车身在阳光下像饿虎一样，盯的人心里发毛……身在他乡异地，每个人都像悬浮在半空中一样。”①。在采访的过程中，张雅文和所要采访的对象一起经历了车臣的动乱，她笔下所书写出的担惊害怕，既是她自己真切的情感体验，也是对被采访者内心感同身受的情感共鸣。对于报告文学来说，真实性胜于一切，如果作者只是坐在书斋里凭借想象来创作，那么报告文学的质量将会大打折扣，张雅文根据自己的采访资料或者亲身经历进行创作，使其创作的报告文学的真实性有了保障。

在《四万：四百万的牵挂》中，张雅文既是一位采访者，也是被采访者刘晓程的重症病人，她将创作主体与客体（包括医生的高超医术与患者的感激之情等）有机融为了一体，一方面通过采访真实记录刘晓程的事迹，另一方面透过病患的身份讲述其在刘晓程刀下起死回生的亲身经历与感受，将自己手术前后心情与采访所得，尤其是生命与死神擦肩而过的真切生命体验，以及对医生的感激与虔敬之情全部写进作品，使作品既有真情又有意义与力量，现场感、真实性与感染力达到了无以复加的极致。

（三）坚守正义与良知

埃贡·艾尔温·基希从主体参与性和现实境况出发，将报告文学视为“一种危险的文学样式”②。他指出：“报告文学是一种严肃的文体，最重要的是保证文章的真实性，因此对作家提出了更高的要求，作家必须花费巨大的精力和时间去收集素材，让读者看到的文字必须是真实的，任何真实都可能伴随着一定的风险”[29]。在《生命的呐喊》这部作品中，张雅文明确表示过对鲁迅的尊敬，这种尊敬始于青年时代，鲁迅视国家和民族的发展为己任，不畏强权，用手中的笔为人民发声，这些都是值得她敬佩的。这种情感也在不知不觉中影响了张雅文的人生态度，她通过报告文学为那些弱势群体发声，打击社

① 张雅文：《玩命俄罗斯》北京：群众出版社，1994年版，第260页。

② 章罗生：《中国报告文学新论——从新时期到新世纪》，长沙：湖南大学出版社，2012年版，第667页。

会上的丑恶，履行自己对社会的责任。

在强烈的社会责任感的驱使下，张雅文的创作没有禁区。创作之初，张雅文更多的是关注自己身边的人和事。1986 年，佳木斯某大医院因一名血库主任的渎职，导致不能按常规进行输血，造成了重大的医疗事故，致使多人死亡。这个话题非常敏感，波及的范围非常大，同时又具有很深刻的现实意义，因此，即使市委领导不同意，她还是坚持进行采访，无法光明正大的收集材料就暗地里采访，当《血案》这篇文章发表之后立刻引起了很多人的关注。作者的报道没有得到当事人家属的谅解，也没有得到领导的认可，甚至受到很多人的指责，这使作者久久不能释怀。

作家创作主体的庄严需要作者的维护，在现实生活中表现于不畏强权，守护自己的底线和信仰。张雅文身上有种敢于碰硬的勇气，在创作过程中始终坚守着作家的正义与良知，保持着自己的生命本色。在创作《走过伤心地不仅为了一座村，一个人》过程中，她为正义发声，对先进人物许振中一家的悲惨遭遇进行了客观真实的报道，遭到县委的强烈不满，甚至阻止她发稿，但她不畏强权坚持发稿，最终县委告到市委，市委限令不给她提干。对于一名为了创作可以不顾个人生命安全独闯俄罗斯的作家来说，名利变得无足轻重，她的所写所呼皆是出于良知，是发端于心的呼唤。她到武夷山采访陈建霖，得知主人公所受的不公待遇，她甚至去找有关部门进行理论，渴望给主人公以公正待遇，虽然张雅文仍无力改变现实，但是当正义被践踏、美好被扭曲时，一个正直有良知的作家是无法沉默的。为了维护作家的合法权益，她历时三年，差点丢掉性命与侵犯她创作的人打官司，虽然最后成功胜诉但却为之付出惨重代价。

张雅文正直、刚烈的个性使她的作品拥有鲜活的生命力和强大的感召力，在第五届鲁迅文学奖获奖感言中，张雅文曾说“悲悯之心呼唤着我的良知，正义呼唤着我的责任。”① 而她不畏强权，为正义鼓与呼的创作态度正是她话语的最好例证。

二、“现实”与“传奇”观照

高尔基曾经说过：“文学作品题材的形成，要受两个条件的制约：一个是作家生活实践的制约；另一个是作家阶级立场和世界观的制约。”② 张雅文怀着对社会的良心，常选择那些能触动心灵的人物形象进行书写，而非以功利的

① 张雅文：《生命的呐喊》，北京：新华出版社，2007 年版，第 263 页。

② 陈进波，马永强：《报告文学探论》，兰州：兰州大学出版社，1997 年版，第 245 页。

目的去接触所要采访的对象，或是被动地接受指定性任务去创作。她曾在一次采访中表示："我所选定的人和事，是使我怦然心动的素材。"①

（一）"干预现实"的书写

报告文学和传记文学是接近社会现象和人精神生态的文学样式，因此在表现能度上极具优势。作为一名纪实文学作家，张雅文有一种忧国忧民的情愫，在她的众多作品中，有关注底层社会百姓生存状况的，有对事业无私奉献者的歌颂，还有揭露社会问题的。

刚开始创作的时候，张雅文善于观察生活当中的人和事，将其作为素材来源，这一时期创作了很多优秀的作品，其中就包括《金牌泪》《血案》两篇。在人们的印象中，医院是一个神圣的地方，人们在这里获取生的希望，但是在《血案》当中，张雅文揭露了佳木斯一家医院的医疗事故，暴露了现代医疗存在的一些弊端。这篇文章用六个部分详细地描述了整个事件的过程，每一部分都用一个词语来概括主要内容，开篇取名为"血谜"，描写医院出现的医疗事故，引出谜团，进而用"血霸"来形容管理血库的主任，指出他是整件事的罪魁祸首，确定真正的责任人并不代表能够将其绳之以法，血库主任在医院的地位很难动摇。因此，文章的后面为了真实地展示出事故调查的困难和面临的阻碍，使用了"雾障"，"较量"，"激战"和"进逼"等多个生动的词语。《金牌泪》这部作品主要是为了致敬一位速滑教练，多数人通常将金牌与获得冠军的体育明星联系在一起，然而，体育事业竞争性强，选择将体育事业作为一种职业是极其艰辛的，并且付出的努力和所取得的成绩并不一定成正比，通常运动员获得金牌取得好成绩后，才会被大家所熟知。运动员的成绩不是一个人的努力可以做到的，教练的付出也很重要，但是这种付出却总是被外界忽视，张雅文正是看到了这一点，因此她把报道的关注点放在了教练身上，一个为了速滑事业几乎付出了一切的人，包括他的健康和家庭，这个教练就是裘砚芳，张雅文通过报道，让人们对教练的职责有了更加清晰的认识，真正的了解到这些隐藏在冠军身后的人所付出的汗水以及创造的价值。张雅文也曾是一名速滑运动员，她将最宝贵的六年留在了体工队，正是这段难忘的岁月使她比一般人更加的清楚教练对于运动员的意义。

张雅文具有敏锐的题材捕捉能力。她能从一只濒临灭种的野生东北虎被杀的事件中，敏锐地感受到保护动物乃至生态环境的重要性，创作出《放下你

---

① 吴井泉，王秀臣：《张雅文. 以生命作抵押——张雅文访谈录》，《文艺评论》，2002 年第 3 期，第 58 页。

的猎枪——不仅为了一只东北虎》；她能从风光秀美的武夷山环境惨遭破坏的事件中，敏感地感受到保护大自然、保护人类文化遗产的重要性，创作出《呐喊：不仅为了一个人，一座山》；她能从“傻子屯”中人的生存困境中，敏锐地感受到科学和人文精神的重要性，创作出《走过伤心地——不仅为了一座村，一个人》。

文学不是单纯向社会报告事实的记录，而是要将社会材料转化、升华为艺术形象。张雅文的这些作品是真正的有形象、有感情、有思考的文学创作。在上述三部作品中，张雅文超越了事件外部表现出的问题，将人置于自然社会文化圈中，从自然、社会整体角度出发，融入自身的情感与理性，对人的生存现实和未来发展问题进行观照。在《呐喊：不仅为了一个人，一座山》中，张雅文不仅对武夷山树木遭到乱砍滥伐，大自然美好风光遭到破坏的问题进行揭露，还对不计较个人得失、倾注全部心血保护大自然的陈建霖表示出了崇敬之情。她满怀深情的去歌颂爱山爱树如爱命的护山人陈建霖，发出请理解他的呼唤，同时透过陈建霖这面镜子，深入思考中国社会主义改革的过程中出现的“溃疡严重地腐蚀着我们母亲的肌肤、血液，甚至骨髓”[①] 问题。在《走过伤心地——不仅为了一座村，一个人》中，张雅文引入大量触目惊心的数据对“傻子屯”的严重情况进行剖析，揭示出自然的缺陷给“傻子屯”的人带来生理上的缺陷这一问题，她怀着忧患意识和悲悯之心发出了“救救4亿中国人，救救孩子！”[②] 的深切呼唤。她通过实地调查，“进一步揭示出导致傻子屯形成的真正原因，揭示出人类的愚昧和社会的冷漠，以及先进人物的自我救赎、社会松绑等诸多深刻的社会问题”[③]，喊出关心劳模的吁请。她是“傻子屯”真实现状的记录者，通过讲述“傻子屯”民众因严重缺典而辛酸的生活，展示出许振中为了维护人的生命和尊严，以殉道者的方式对抗贫穷、愚昧和封闭的崇高精神。她不但看到了困境中被异化的群体性苦难，还看到了集体命运下的个体生存遭遇，发出保护劳模的正义之声。可以看出在同一个题材上，张雅文不是局限于单向的思考和对问题的揭示，她满怀激情到去反映客观事物，直接去评说自己所观照的对象，具有很强的主体参与意识。《放下你的猎枪——不仅为了一只东北虎》从一只濒临灭绝的野生东北虎被猎杀，引出了对中国和世界动物保护及生态环境问题的思索，她层层推进，拓展书写范围，对那些因欲望而偷猎、为虚荣之心而食用珍奇野兽的人进行批判。她探究因物质贫困而

---

① 张雅文：《走过伤心地》哈尔滨：北方文艺出版社，2011年版，第29页。

② 张雅文：《走过伤心地》，哈尔滨：北方文艺出版社，2011年版，第130页。

③ 何西来：《向命运宣战的奋进者》，《走过伤心地 序》，哈尔滨：北方文学出版社，2011年版，第3页。

非法狩猎者背后的原因，在对其非法狩猎行为感到痛恨外，也同情他们的生存状态。这三部作品中反映出了发端于底层社会的相应问题，身处底层的护林人陈建霖所遭遇的不公正待遇，贫困山村“傻子屯”中的人表现出的生存危机，愚昧山民为了糊口不得不猎杀野兽的经历，作者没有停留在对表象问题的表现上，而是深入挖掘深层次的原因。跟随作者的笔触，读者会发现，因为上层社会的某些需求，如对高档家具的追求、对山珍海味的追求、对社会典型的追求等，才会出现武夷山的伐木者不断，才会出现不断猎杀野生动物的狩猎者，才会有像许振中一样被社会绑架了的先优典型的出现，因此想要解决这些问题，最根本的是解决物质给人们带来的精神上的不平衡，这一深层次的社会问题。

每一个作家都必须肩负起自己的使命，无论在怎样的环境下都要持有、坚守、护佑良知。多元化是这个时代最鲜明的特征，人们包容更多的价值观，也有了更多的选择，但是同时也产生了很多的乱象，作为一名纪实作家，张雅文秉持着对真理和人理的信仰，将探索和求真作为终身追求的目标，也使自己的人生价值变得更加的厚重。

（二）“传奇性”讲述

纪实文学是一种特殊的文学体裁，它与小说和诗歌最大的区别是讲究真实性，“在很大程度上都依赖于作家对社会生活的敏锐感应和发现，不失时机地去捕捉那些连结着社会神经的题材人物。”①。所以选择有特色、有价值、独一无二的题材，是创造出优秀的纪实文学的基石，也是吸引读者的关键。张雅文题材独特的传奇性主要表现在她热衷于挖掘海外题材，通过书写在海外卓有建树的华侨骄子的传奇经历，那些超出读者日常经验外的真实故事，使作品具有传奇色彩，并通过独特的构思和巧妙的文章布局来增添作品的传奇性。

张雅文并不是一开始就写奇人奇事。《玩命俄罗斯》是一部对张雅文有特殊意义的作品，这部作品的成功使她开始挖掘纪实文学题材的传奇性，她将重点放在了海外华人身上，从他们身上挖掘独一无二的故事，在《为了揭开人类抗衰老之谜》这部作品中，张雅文用一个看似是天方夜谭般的故事作为这个叙述的起点。这样看起来像故弄玄虚，实际上是为下文埋下伏笔，认真的看完这个故事，会感叹那个时代的荒谬，会为姜堪政的传奇经历而惊叹。文章分为上下两篇。上篇以倒叙的方式开篇，用“偷越国境者”作为第一节的标题，将姜堪政偷越国境的惊险经历表现出来，讲述姜堪政在国内进行场导论研究时，因政治原因而遭受到的极为不公的对待。在这期间姜堪政先后经历了

① 李炳银：《当代报告文学流变论》，北京：人民文学出版社，1997 年版，第 46 页。

“血与泪，生与死，绝望与逢生，饥饿与贫穷……两次越境，四年监狱”① 的传奇经历；下篇讲述姜堪政逃亡苏联后，经历了“三次家庭破裂，无数的起死回生，二十年无国籍，二十年被监控”② 的传奇人生。张雅文没有通过戏剧性的尖锐的矛盾冲突和光怪陆离的传奇性的情节展现作品的传奇性，而是通过巧妙的结构布局和精湛的叙事技巧展现出人物的传奇人生经历。

在《韩国总统的中国御医》中，张雅文同样将海外华侨韩晟昊的传奇人生经历作为创作素材，并通过巧妙的结构设置使作品具有传奇性。在作品中，张雅文没有按照传记常用手法，从生到死一一讲述主人公韩晟昊的经历，而是选取了韩晟昊人生中一个有代表性的片段，以这个片段为切入口，这个片段就是帮助卢泰愚竞选。如果我们什么都不了解，那么韩晟昊只是一个再不普通不过的名字，但是就是这个看起来毫不起眼的人竟然可以和卢泰愚的竞选联系起来，光是这一点就足以吸引很多人的目光了。作家充分的抓住了人们的好奇心，以此为入口，通过环环相扣的情节将读者带到故事之中，无论是“总统深夜来电”，还是“朴正熙时代的御医”“卢泰愚夫人的恩人”，每一个情节都使读者无法移开目光。《韩国总统的中国御医》不仅具有吸引读者的情节，叙述手法也独具特色。韩晟昊的一生可以用跌宕起伏来形容，无数次跌入谷底又无数次爬起来，张雅文通过自己对文字的感悟，将他的故事一点点呈现在读者眼前，让读者看到了韩晟昊精彩的一生。从“长白县第一个大学骄子”开始，到“押赴刑场”并“目睹死亡”，得到“瞬间的安慰”后，有幸“从枪口下死里逃生”，却不得不“与白骨为伴”，经历过难忘的“野人生涯”，得到了“母亲的最后叮嘱”，每一个看似独立的章节又有其内在的联系，使读者在阅读的过程中好像看到了这个人变故重生、坎坷艰难的一生。在枪口下幸存，逃脱处死的危机，挨过枪子，做过野人，流落过异乡，韩晟昊的真实人生是我们难以想象的，作家用她的笔将韩晟昊一生中最精彩难忘的部分浓缩在了有限的文字当中，也让我们体验到了不一样的人生。

张雅文创作题材的独特与传奇，不仅表现在海外题材的选取上，还有一些纪实文学作品，因为作者本人的独特生命体验和特殊的采访角度而使作品具有传奇色彩。在《四万：四百万的牵挂——为了拯救生命》中，因作者在生死边缘进行采访创作的特殊经历与主人公刘晓程的传奇人生经历双线进行，同样使作品具有传奇性。一方面，作者对主人公刘晓程进行报道，作为作者的主刀医生，为了创办民营医院，刘晓程放弃了前途光明的试仕途，在病人的健康面

① 张雅文：《走过伤心地》，哈尔滨：北方文艺出版社，2011 年版，第 132 页。
② 张雅文：《走过伤心地》，哈尔滨：北方文艺出版社，2011 年版，第 201 页。

前，高官厚禄皆可抛的传奇人生经历令人叹服；另一方面，作者从自己的角度出发，写出了自己在进行心脏手术期间的生命感悟，在生死一线的瞬间，写出了对生命最深刻的体会，加上创作的角度新颖，使这个作品更具吸引力。

第四节　萃取生命激情：苦难叙事的升华

也许是受到北大荒文化的影响，也许是生命中涌动的激情所致，许多作家与生俱来带有流浪情结，甚至有的女作家都有着外表看来令人难以置信的情感。张雅文的生命激情更为外露，被媒体誉为“中国当代阿信”，是独异的“这一个”，创作彰显北大荒文化独特的审美品格。她有着传奇的人生经历，更有独特的人生宣言和生命阐释。她出生在辽宁一个只有一户人家的小山村、后来迁到仅有一户的小兴安岭深处。为了上学，十岁的她每天独自要在杂草丛生、野兽出没、风雪弥漫的山路上走三四个小时。十五岁的她不顾父母的强烈反对，从家里偷走了户口本，跑到佳木斯体工队当了专业速滑运动员。由于接连受到伤病的折磨，她不得不退役。后来又放弃银行会计的安稳但缺少创意的工作，1979 年，仅有小学五年学历、三十五岁的张雅文因丈夫偶然的一句话启迪，毅然投身文学创作；她就像一个穷途末路者把生命的最后一枚铜板全部押在文学的赌桌上开始玩命，她甚至不惜用生命做抵押来实现自身的价值，“我骨子里有一种与生俱来的特质，那就是只要认准一条道，不管遇到多少艰难、坎坷，我都会坚定不移地走下去，不达目的誓不罢休。说我执著也好，说我固执也罢，总之我天生就是这副个性。”① 张雅文置自己于死地而后生，以不服输的劲头，决绝地踏上了文学苦旅。作为黑龙江省作家协会副主席、国家一级作家的张雅文，写了将近 400 万字的作品，三十多年过去，她完成了《玩命俄罗斯》《韩国总统的中国御医》《为了揭开人类抗衰老之谜》《盖世太保枪口下的中国女人》《四万：四百万的牵挂》《生命的呐喊》等感人至深的报告文学和传记文学作品。她以韧性的追求和执著的坚守创造了奇迹：她的《生命的呐喊》获得第五届鲁迅文学奖、第三届徐迟报告文学奖、第三届女性文学奖；报告文学《四万：四百万的牵挂》《走过伤心地》，长篇传记《韩国总统的中国“御医”》，长篇小说《趟过男人河的女人》《盖世太保枪口下的中国女人》等多次获得黑龙江省文艺奖并改编成同名电视剧，其行为本身就

① 张雅文：《生命的呐喊》，新华出版社 2007 年版，第 166 页。

带有舍身一搏的悲壮。

一、沉潜底层的创作

张雅文的创作是以饱满的激情将自己投入到写作中，她只身一人到各地漂泊闯荡和全身心地采访，笔下的素材都是精心选择，让她怦然心动的。她不满足于在国内各地跋涉求索打捞真金，还曾孤身一人自费远赴俄罗斯、乌克兰、韩国、比利时、荷兰等国家采访，连战火纷飞的车臣都去过。经受了常人难以想象的没钱、没吃、没住、不会外语等困难，顽强地面对诸如侵权、排挤的打击。她把全部的生命激情都投入到报告文学和传记文学的写作中，主人公大都是高扬着理想的生命个体，没有世俗化的考量，虽遭各种苦难，仍不放弃有责任和道义感的担当。这是她精神的折射，也是北大荒文化塑造的结果。

张雅文关注底层人的生存，张扬生命的尊严，凸显她的人道主义情怀。无论是底层，还是伟人，都是张雅文个性的投射和外化，她崇尚在逆境中顽强不屈的抗争者，尤其是反映北大荒人的精神境界。《不仅为了一座村，一个人》中傻子屯的村长许振所在傻子屯这片上帝的弃地，是一片人人不愿走近的死海，因为水中缺碘，人得地甲病，严重地甲病人的后代，就患克汀病，就生聋哑傻子。因为是共产党员，许振中无条件地接受了傻子屯的大队书记这一职务，领导亮出了尚方宝剑："党章规定下级服从上级，个人服从集体，现在组织决定……"，于是许振中和傻子屯绑到了一起。"'痴茶呆傻满街走，哑巴说话比画手，大粗脖人人有，大气瘰像柳罐斗！'这就是许振中面对的全村生灵——一群活着的死魂灵。"① 为了给傻子屯改水，他不惜四处求告筹集资金；为了把那些傻子孩子教育成自食其力的劳动者，他又发动妻子女儿献身其中；为了带领乡亲们脱贫，他更是不顾身体健康辛苦劳作；在艰难的世道中，许振中的思想和行为闪烁着人性的光辉。张雅文集中笔墨刻画出人物人性的丰富性、立体性，尤其是献身精神得到充分的呈现：把一生精力投入到值得去做的事业中，其专注的精神让人感佩，这无疑是张雅文的志趣。她的生命因报告文学而激情四射，"就阅读文学来讲，报告文学更适合我的个性。报告文学是真人真事，它不需要更多的杜撰。我所选定的人和事，又是使我'怦然'心动的素材，所以每每写起来，就把整个身心都投入到主人公身上了，或激愤，或呐喊，或高扬，或讴歌，总之，我可以尽情地挥洒笔墨，尽情地直抒胸臆，而

① 张雅文：《不仅为了一座村，一个人》，见《走过伤心地》，北方文艺出版社 2011 年版，第 61 页。

不用顾及什么含蓄、隽永了。"[①] 这就是张雅文的独特所在。她钟爱那些不安于现状、富有创造力的生命，张扬人道主义情怀，肯定生命尊严。尽管北大荒寒冷，但张雅文的纪实文学却充满了人性的温度，在冷峻的理性思索中叩问生命的尊严，是对所有生命的关爱。作家在人道主义精神的大背景下，以朴素的文学信仰和追求为指针，展示人性的美好和善良。这是张雅文追求的精神境界。《四万：四百万的牵挂》中写了白衣圣手廉洁行医的心血管外科专家刘晓程，他不仅医术精湛、廉洁自律，还带动周围的同事，他的悲悯体现在他对搜刮病人的救命钱的徒弟斥责上。他要求"不能收受红包，让老百姓骂我们是毫无人性、毫无自尊的白眼狼!"[②] 拼命三郎的他高贵的品格激发人们心灵深处蕴藏的美好理想，激发人们干事业的热情。他有学识，有胆量，不媚上，不卑下，处处为老百姓着想。这是张雅文所颂扬的人物类型，也是她自身人格的写照。

来自底层的张雅文擅长写那些命运坎坷的小人物的个中甘苦，对那些被损害的弱者充满悲悯情怀。她关注小人物的悲欢离合，写他们与命运顽强抗争的精神。他们虽然饱受生活的击打，虽有些蒙昧，但依然顽强地生存。《放下你的猎枪》是以珍稀的东北虎被猎杀这一事件为素材，但张雅文不仅关注事件本身，还将视角伸到事件的背后，揭示那些因贫穷而去盗猎者的辛酸，她写三个异乡的偷猎者，不是为了发财而来，而是为了改变现在的处境：张家哥俩"1989 年春，全家承包了七亩稻田和一垧旱田。开春时，哥俩想把旱田改种水稻，借了一万元钱打机井，但遇到塌方，机井没打成，误了插秧，秋后颗粒未收，却欠下七八千元的外债。"[③] 宫锡良是山东乳山人，"哥兄弟八个，母亲是疯子，出走多年。家里一个老光棍领着一帮小光棍。四年前，他和四弟被一个包工头骗到东北，四弟去年死在黑龙江福利屯了。他打算赚点儿钱好回家，实在不愿过这种饥肠辘辘的盲流日子了。他身体不好，正在拉痢疾，一路上不知留下多少排泄物。"[④] 张雅文深入生活揭示出这样的真实：三个偷猎者生活在一个贫瘠而又狭小的巴掌大的天地，他们过的是面朝黄土背朝天的生活，穷得连饭都吃不饱，为了自己活命，他们根本不能顾及野兽的死活。本以为是要打黑熊，没想到竟是老虎。在得知他们为什么去盗猎之后，张雅文还到看守所里，见到被判处四年徒刑的偷猎者宫锡良，他衣裤单薄、穿着一双白胶鞋、坐

① 吴井泉、王秀臣：《以生命作抵押——张雅文论》，黑龙江人民出版社 2002 年版，第 153 页。
② 张雅文：《四万：四百万的牵挂》，见《走过伤心地》，北方文艺出版社 2011 年版，第 50 页。
③ 张雅文：《放下你的猎枪》，见《走过伤心地》，北方文艺出版社 2011 年版，第 204 页。
④ 张雅文：《放下你的猎枪》，见《走过伤心地》，北方文艺出版社 2011 年版，第 204 页。

在监舍里瑟瑟发抖。她对这个罪犯，更多的是同情。她赶到吉林蛟河县富岗村，盗猎者张国君兄弟东倒西歪的茅屋探访。得知哥俩跟小山东一起去完达山想打点儿野兽卖钱还债。结果他被虎咬断的两只胳膊没钱医治，已经化脓感染。弟弟从此不敢回家。临走，她年迈的母亲一句“嗨，一只老虎被打死了，你们这么多人都挂念着，可俺们这些人吃不上饭，娶不上媳妇，有谁挂念挂念俺们哪？俺们要有点儿活路，也不会让他哥俩去打野兽！他们连家雀都没打过……”①张雅文内心受到巨大的震动，从物以稀为贵的角度看，“人们关注东北虎的死亡，是因为标志着一个物种又进一步接近灭绝。从人类的发展角度来看，一个草民的生命远比不上一只东北虎，保护物种是人类共同的义务。可以说，一个微不足道的草民也是人，也有活下去的权利啊！”② 她对底层人的生存充满同情，他们在种种现实的制约下，会出现愚昧无知的举动，为了生存又体现出麻木甚至残忍。不深入实际而先入为主地断定他们卑琐和顽劣，批判他们野蛮和贪婪，作家是无知和可笑的，她带有悲悯情怀的叙事，让每个独断且自诩为环境保护主义者汗颜。

张雅文深入到人物心灵深处挖掘出潜隐的痛苦，准确地把脉人物。《趟过男人河的女人》中无名屯的孙大彪看似是个胡搅蛮缠的泼妇，但背后是千疮百孔的心灵。母亲为了自己的利益，坚决反对她和高鼻大眼的外村青年的爱情，硬把她嫁给了她根本不爱的人。“出嫁后，她把一切压抑和痛苦都集中到自己刀片似的嘴皮子上，用它去削掉别人的幸福，以此来平衡内心。她嫉妒别人的幸福，尤其是年轻女人的爱情。久而久之，制造他人的痛苦就成了她的一大乐事。一看见别人痛苦，她那颗痛苦的心就似乎寻到了一点儿平衡。”③ 这展示了张雅文对在别人眼中的“恶之花”融入生命的理解和同情，充分展示人复杂性的因素。最令人动容的是人性的纯美，羊倌深深地爱着山杏娘，但他深知自己配不上她，就一直以默默地关心和帮助她。当独居的他在马架窝棚里去世后，人们才发现他枕头下压着一条干净平整的女人的花裤衩。“入殓时，明白事理的徐半仙把这条裤衩也放进了那白木棺材”④。充满人性化的举动昭示着人们尊重和理解卑微的羊倌被压抑的性心理和淳朴的生命情怀，这是张雅文对弱小者的善良生命欲求的肯定。在人类视野里书写生命的尊严，是她一种大悲悯的情怀。对底层生命的悲悯和同情是她人生经历中所萃取的观念，进而展现底层人的生命尊严。《趟过男人河的女人》中的胡山杏就是一个涵养了张

① 张雅文：《放下你的猎枪》，见《走过伤心地》，北方文艺出版社 2011 年版，第 220 页。

② 张雅文：《放下你的猎枪》，见《走过伤心地》，北方文艺出版社 2011 年版，第 221 页。

③ 张雅文：《趟过男人河的女人》，人民文学出版社 1995 年，第 134 页。

④ 张雅文：《趟过男人河的女人》，人民文学出版社，1995 年版，第 48 页。

雅文的人格与命运抗争的典型形象。“我所以要把山杏设计成一个山里的女孩子，这源于我的出身。我出生只有一户人家的山沟里，亲眼看见了母亲和姐姐们那种劳累、痛苦，甚至悲惨的生活。她们日复一日、年复一年地操劳，到头来仍然穷得连件新衣都穿不上；我直到九岁才第一次吃到糖，才知道世界上还有糖。她们对山外世界那种望眼欲穿的向往与渴望，这其中也包括我自己，时常在我的脑海中激荡，成为我写作的一个重要因素。”① 山杏出生于小兴安岭深处的无名屯，她纯情朴实，鲜活漂亮，向往着美好的爱情。但是她却被迫嫁给大宝，饱受发疯了的大宝的性虐待。大胆的小木匠鼓励她逃出苦海私奔。最终山杏流落城市，从开始只能依附于男人们到最终独自坚强地面对风雨人生，获得了生命的尊严。张雅文说：“出身与经历决定着我的创作。我关注最底层的人，也愿意写他们，因为我觉得自己就是她们中的一员，只不过逃出来了罢了。”② 她笔下的小人物为改变他们的生存境遇在不断与命运抗争，她的长篇传记《生命的呐喊》就是一部底层人反抗强权、誓死维护尊严的历史巨著，是她的生命历程的一个整体性的精神折射，是她从人生完善到创作升华的双向建构。张雅文注重对人生价值实现过程中面临困境的观照，对生命超越凡俗，以及走出困境的称颂。创作使她走出人生低谷，也找到个体存在的生命意义。

二、玩命文坛的激情

张雅文有敢于冒险、追求自由、雷厉风行的人格精神，这是北大荒独特的历史、自然和人文环境长期的濡染后所造就的品格，是以崇尚自由，乐天豪放为内涵的地域文化精神。这是一种集体无意识，融入北大荒人的骨子里，渗透在他们的思想和生活方式中，体现了北大荒地域文化的特征。她对笔下人物的同情心来自一种感同身受的经历，亲历性的体验让她“遭受”到自己的人所遭受的苦难。“同情心，是属于悲剧的一种感情，需要你能够感受到某人某物对你生命的极端重要性，而你的这种感情正备受煎熬。悲剧情感需要你从内心真切地感受到痛苦的剧烈，不仅是那个水深火热之中的人正忍受痛苦煎熬，还有那个产生了同情心的人也感同身受”。③张雅文创作的报告文学就体现出这种“感同身受”，《玩命俄罗斯》是她的一部重要的报告文学集，“玩命”是张雅文拼搏抗争的性格最完美的阐释。北大荒人粗犷豪放的地域性格造就了张雅文

① 吴井泉、王秀臣：《以生命作抵押——张雅文论》，黑龙江人民出版社 2002 年版，第 153 页。

② 吴井泉、王秀臣：《以生命作抵押——张雅文论》，黑龙江人民出版社 2002 年版，第 153 页。

③ ［美］阿博特·格里森等编：《〈一九八四〉与我们的未来》，董晓洁、侯玮萍译，法律出版社 2013 年版，第 305 页。

不屈不挠的个性：“我常常很形象地形容自己：自己把自己从泪水里捞出来，自己把一颗破碎的心重新放回到心窝里，擦干泪水，拭干血迹，爬起来，继续连滚带爬地往前闯！这就是我最深切的感受，也是我战胜困难的态度。”[①]她那澎湃激情、豪迈刚烈、不屈奋斗等的生命元素是任何时代都应该珍视的精神。由于长时间的过度疲劳，也由于眼看着自己的劳动果实要被别人夺走，她玩命地抗争。因为屡遭侵权的伤害，她接连打了三起官司，亲身体验到那种长达数年投告无门、欲哭无泪的精神摧残和折磨，她被剥夺的不仅仅是千辛万苦创作的作品，还有她一直视为生命的尊严，除此之外是她当时没有意识到的最为宝贵的健康，她最终得了严重的心脏病。这从张雅文的自传《生命的呐喊》中可以看到。张雅文玩命维护生命的尊严，她的作品的境界也随之提升到人类意识的高度。

对于纪实文学创作来说，其中的价值的是拥有鲜活的灵魂，有作家对于社会和人生的评价，包括创作的美学追求等。经历过刻骨铭心的苦难，张雅文通过纪实文学的创作建构出独特的风骨，展现复杂的现实世界，揭露社会的痼疾，发出尊重、关注底层生活的呼吁。在“我们只能在更小的尺度和方向上，去描述这种人类的正面力量，和这些正面情感有细小的相遇。我们无法庄严，无法宏阔，无法秩序井然”[②] 的时代在张雅文那里，纪实文学的价值正在被放大，在世俗社会观念充斥之下，作为一个时代文学精神高度，这种真实的叙述才更有力量。

张雅文生长在东北一个只有一户人家的山沟里，为了上学两次与死神擦肩，可以说自幼与苦难相伴。她书写苦难，写历经苦难而实现人生理想的崇高人物，也写挣扎在苦难中的底层人民，无论是崇高者还是底层百姓，她都以人道主义精神去寻觅他们的内在尊严，深入挖掘伟大而崇高者和底层弱者对苦难的精神超越，并探寻苦难中呈现出的崇高美。她以庄严虔敬、严肃认真的精神，选择那些令其怦然心动的题材，并坚持辩证看待问题的方法，勇于指出社会中存在的不公平现象。她坚守作家的社会良知与责任感，呕心沥血的去挖掘寻找素材，塑造了刘晓程、陈建霖、许振中、秦泗河等一系列在平凡的职业中创造伟大精神的时代楷模，写就了韩晟昊、钱秀玲、绿川英子、姜堪政等一批民族历史英雄的光辉事迹。张雅文从不吝啬对崇高人物的赞美，他们勇敢执着的精神，无私奉献的品质，都通过她的文字展现在读者眼前，但是她也没有忽视那些需要帮助的底层弱者，反而通过自己的力量让他们感受到更多的温暖。

---

① 吴井泉、王秀臣：《以生命作抵押——张雅文论》，黑龙江人民出版社 2002 年版，第 147 页。

② 张清华：《中国当代作家海外演讲》，北京大学出版社 2012 年版，第 185 页。

张雅文是一个不断追求自我突破的作家，从早前创作小说、剧本到创作纪实文学，每一次创作过程，她都寻求新的突破，这种突破体现在题材的选取上，也体现在作品的表现形式和方法上，她融合了多种文体的优点，巧妙地运用虚构文学的手法，丰富纪实文学的内容和展现形式，在保证作品真实性的前提下，增强作品的文学性与审美效果。

虽然张雅文不是唯一一个以这种方式写作纪实文学的作家，也不是创作水平最高的作家，但是张雅文也有她不可取代的地方，她向人们展示那些崇高者的事迹不只是源于对英雄的崇敬，也不仅仅是为了弘扬他们的精神，融入自己的思考，探索其中蕴含的精神力量。张雅文坚守苦难叙事，实现对读者和自我的双重救赎。不过，我们也应清醒地看到，张雅文的创作也有不尽人意的地方。首先，她的创作多以单一的人物或事件为中心，主要以写人为主，对重大事件、历史题材深层次把握不够，缺少立体化、全景式的描写。其次，在历史题材创作中，她通常只把握住历史的一个侧面或一些人为主对历史进行观照，作品缺少厚重感。第三，一些作品仍存在囿于某种既定意识束缚，激情有余而略显理性把握不足。

第六章　本土叙事中的地母书写

无论到何时，土地与人类的生存密切相关，而且是不可缺少的条件。先民对土地作为自然神一样崇拜。“对于那些开始以农业生产为主要生活来源的原始部落来说，除了天上的神灵之外，土地就成为最重要的崇拜对象。他们不但要求风调雨顺，而且把活人当牺牲，将人血流在田地上，把烧化的骨灰撒在田地里，这样做了以后，如果多长出庄稼，就认为是神灵的力量”①。在中国的传统文化中，地母就是滋养万物生长的大地，母亲是万物之母。地母成为中国农耕民族在原始宗教中对土地的崇拜的载体，凝结着中华民族信仰的大地女神是创造世间万物的神灵。她的仁慈、悲悯，她的包容、宽厚永远承载着人类寻求庇护的愿望。地母是弱者，她无法抗拒地承受着任何外力的侵袭，但她又不是弱者，她是使万物生生不息的天地间的强者。在人类文学中出现的守候生灵的地母形象各有不同，但她们经历和性格有着共同的特征：生活在社会的底层，命运中的苦难相伴相生，面对磨难，她们没有发出痛苦的呼号，没有沉沦屈服，她们选择了默默承受，以苦难的磨砺滋养高贵的灵魂。在她们身上体现的是朴实善良、宽厚仁爱的品质，她们身上焕发着一种人类之初的母性的创造力和顽强的生命力。

第一节　地母形象溯源

集体无意识的母神崇拜在人类文明发展史中有着重要影响，人作为大地之子，有着强烈的地母崇拜意识，因为在永恒的变幻莫测、异常严酷恶劣的自然面前，个体生命渺小而脆弱。于是在强大的自然面前，人们产生对死亡的恐惧，在生活中产生对代表护佑、养育的地母崇拜的意识。正如《周易》中所

---

① ［英］卡纳：《性崇拜》，长沙：湖南人民出版社 1988 年版，第 30 页。

说的“坤为地，为母”“乾，天也，故称乎父；坤，地也，故称乎母”。这就是上古时代先民们对“以地为母”思想的真实体现。地母能生养万物，尊地为母的这种思维方式就是人们现实生存需求的体现，人类正是在借助各种自然物和自然力的基础上繁衍生息的，他们对养育自身的土地更加崇拜，这种宗教般虔诚是在对自然崇拜的基础上发展起来的，大自然（以土地为代表）成为地母给予、成全、牺牲的形象。由此可见，随着农业生产的出现，人们产生的地母崇拜是把自己赖以生存发展的土地作为对象赋予其人格化的尊崇。

虽然地母崇拜遭到以男性神灵为代表的父权文化的冲击和压制，但地母崇拜作为人类的集体无意识始终扎根于人们的思想中。这种文化影响了文学创作，将文学置于其中考察，不难发现中国当代文学中的女性形象塑造是具有象征性的原型母题，地母原型表现为大地、森林等意象。“母性原则不仅永远是生的性的原则，而且永远地是关怀的原则，保护的原则，抚养的原则，没有这些行为，世界就将灭亡。”① 这表现出地母意象代表包容和接纳，象征着人与大自然的高度和谐，另外她又孕育和庇护着无数的人，这是其最根本特征。中国当代作家创作的作品是特定时代的产物，真正走进了乡土的作家们，真正了解了底层社会的生活。中国当代小说塑造了一批丰满、立体的地母形象，丰富了中国文学的创作。而作为“外来者”的作家对于乡土中国的再现，又完善了当代小说中的地母想象，寄托着知青作家的精神追求和审美理想。

一、成长的“断乳”与对母亲的眷念

地母作为最原始的具有女性特质的土地神，几乎涵盖了整个世界各民族中都曾出现过的神祇，揭示出在人类发展过程中作为万物的负载者的土地具有地母般的厚德载物特征。“地母观念的出现，是人类在早期土地有灵意识基础上的人格化”②。对地母的崇拜不仅是对妇女地位的尊敬，还有对如土地般养育的象征的母爱的渴望。母爱是人成长的守护和滋养，是温暖、美好、幸福的记忆。母亲赋予了孩子深厚、博大的爱。知青一代成长离不开人类文化记忆的中神话故事，他们对代表着包容与恩惠的母爱有着本能的渴求。“地母”原型便成为他们日后书写的重要母题之一。地母是由大地母亲形象转换来的，是提供生养、庇护的大地之母的替代。神话中的地母神是具有强大的生殖力，象征着母性的伟力。地母们在神话中代表着生命强力，为寻求安全庇佑的落难者提供栖息地。在世人心目中，地母们善良博爱，拯救生灵于水火之中，他们是生命

① ［俄］别尔嘉夫：《美是自由的呼吸》方珊编，济南：山东友谊出社 2005 年版，第 143 页。
② 杜正乾：《论史前时期“地母”观念的形成及其信仰》，《农业考古》，2006 年第 4 期。

顽强和神圣的象征，孕育出充满生机与希望的生命，也蓬勃地孕育出精神意义上的人类意志。地母昭示着勃勃生机往往蕴含在广袤的大地中，她们以默默无闻的姿态体现出来自民间的接纳和养育。地母们带着民间的蒙昧，带着原始的生气，传达着天地间长存的博爱，虽然这里有浑然不觉的藏污纳垢的包容，但正是这种民间浑朴的力量，昭示了宇宙中的异乎寻常的伟力。

作为十多岁的城市青年人，他们对乡村生活完全是陌生的，远离城市和父母的一群年轻人处于急性“断乳期”，而此时出现在他们生活中的乡村女性，尤其是作为“地母”原型意义的女性，以她们博大的胸怀、接纳并包容了人类和万物。联系在一起这群离家下放的孩子，这些女性和知青脚下的土地一样用爱的养分滋养着知青，她们地母般的品格深深影响了知青一代，也成为知青小说中书写积淀着他们灵魂深处潜藏着的集体无意识的重要形象。由此带来的是知青对乡村土地、河流等同一性意象的吟唱。知青小说文本中的女性形象具有地母神的特点，不可否认，这源于知青作家鲜明的“母性崇拜”意识，也是他们“恋母情结”使然，更是乡村生活的情感体验。

知青在“上山下乡”的过程中，经历了十年的乡村生活。而知青作家在或在荒蛮之地，或在落后的地区，种种的不适应和落后生活，使他们慢慢退下了激情，开始面对现实。而在乡村生活中，具有“地母”般宽厚仁爱的女性成为他们成长中的避风港和潜意识中寻求母爱的温馨记忆。因此，知青中出现了一批塑造地母形象的小说，如：张承志的《黑骏马》《骑手为什么歌唱母亲》《金牧场》，铁凝的《麦秸垛》，梁晓声的《阿伊吉伦》《知青》，姜戎的《狼图腾》等，具有地母情怀的乡村女性对于知青成长扮演着重要的抚慰、引导甚至是救赎作用。难怪张承志曾说：“一个知识青年插队的往事，到头来是该珍贵还是该诅咒、他的青春是失落了还是值得的，依我看只取决于他能否遇上一位母亲般的女性。”① 知识青年在社会底层经历艰苦的磨炼，他们遭受打击失望时，是善良“地母”给了他们支撑下去的信心和勇气，饱含着知青们对母爱的眷念。

知青小说中之所以出现了朴实宽厚、忍辱负重的地母形象，是因为她们身上拥有的一些高贵的精神品质恰恰是吸引寻求庇护的外来者的人格魅力，这不是来自权力的威压或者利益的诱惑，而是外来者能够借助地母的保护来确立自己的身份，进而产生存在感。地母也因为有护佑生命、尊重生命的品质而深受外来者的崇敬。这类女性形象虽然带有超越世俗的算计，但她们身上体现出的

---

① 张承志：《北方女人的印象》《张承志文学作品选集 散文卷》，海口：海南出版社，1995年版，第3页。

来自民间世界的善良、包容等美好品德却与生活在乡土中的外来者渴望在地母的护佑下得到安定、幸福生活的是相同的。他们憧憬、渴望地母的关爱是一种现实的反映：这些地母身上寄托着作家对保护人们，尤其是落魄者安定生活的追求。塑造地母形象成了一种生活需求、心理需求。她们成了作家心目中的伟大女性，成为落魄者人生的引路者，生命的守护人。

在张承志笔下，草原和生活在草原上的女性成为养育知青的“我”的母亲。他对落后、生活艰苦的草原如此眷恋是因为草原上以善良而又苦难的额吉为代表的地母般的女性。她们有着地母神尊重一切生命的伦理逻辑，世俗眼光根本无法理解和接受，在额吉那里就是天道，体现了对世间所有生命无私的爱与包容。这是年轻无知的“我”根本无法理解的，我爱她和索米娅，也深爱着草原，但“我”最终仍选择离开爱我的一切。同样在张承志的小说《金牧场》里，白发苍苍的老额吉也和别的作品中的地母般的女性一样，经过生活磨砺过的外表传递着她们的无私的大爱、与生俱来的坚强，这些都是掩盖在沉默的外表下的。可以说，张承志作品中反复出现的草原额吉的形象已经成了作家灵魂的寄托之所。

二、“恋乡情结”：地母的馈赠

纵观人类历史，我们不难发现：人类信仰由“土地”向“地母”迈进的过程中既体现出人类社会的发展过程，即从采集渔猎生产方式转化为农业种植和牧业畜养相结合生产的阶段。这也表征了人类从以血缘关系、土地公有制为基础的母系氏族社会开始建立、发展变化过程。在远古时代，地母崇拜源于女性象征着孕育生命的大地，象征着生生不息的生命强力，象征着无穷无尽的收获，这些既是一个民族生命力的体现，也是民族希望和福祉的所在。地母崇拜反映了人类对大地母亲生养万物恩泽的感念之情。而“地母”形象的产生和“地母崇拜”恰恰是母系氏族社会的生产方式在对土地神信仰上的集中反映。文学中地母形象的塑造，主要的原因是女性在人类社会特定阶段中的重要地位决定的，中国出现的众多女神雕像就表明女神产生正是女性在社会中重要地位在文化上的体现。因此，文学艺术反映了先民的信仰。另外的原因是原初人类对女性的崇拜所致，对地母的崇拜是希望人类能够像大地繁衍万物那样生育后代，多子多福一直以来是民间的朴素信仰。先民们所重视和崇拜的往往是代表自然界的顽强的生命力量，这恰恰符合那一阶段人们的思想认识，即在生殖方面的旺盛的创造力。因为最初人类单纯地仰仗着大地繁殖万物生灵而过活，后来这种依赖渐渐地减少，所以人类将大地命名人格化，进而演化成地母。要维持长久的生存发展，人类不仅需要更多、更稳定的生产和生活资料，人就成为最主要的劳动力。于是，地母即幻化成为人格化的土地，地母把土地神的自然属性和先祖神的社会属性这两重属性合二为一。

在农耕文明之前，人类主要是以采集、狩猎作为基本的生活方式，女性在采集劳动中的地位决定了世界各地盛行着地母崇拜意识。地母崇拜在中国传统文化，特别是在周易中表现为坤卦的形态和属性，即坤德载物的理念。作为养育土地上一切生命的女神，“母性”的力量是使其永不枯竭的动力源。在当代作家的创作中，地母往往是集给予者、牺牲者、庇护者、承担者等角色于一身。地母形象的塑造包含着作家对吃苦耐劳、隐忍顺从、无私无畏的品质的颂扬。这也可以说是具有地母特征的女性形象所呈现出来的最显著的美德。她们不仅仅为了家庭、亲友默默地奉献，承受着各种常人难以忍受的苦难。她们甚至为了那些与自己没有任何亲缘关系的外乡人和孤苦无依、无家可归的流浪者做出牺牲，她们从不会计较得失，不求任何回报。因为地母们心存大爱超越世俗的算计和衡量，她们往往无视现世的利益，仅仅依靠自己的辛苦劳作来换取生活物资，养活家人。她们像大地一样胸怀广博，无私抚育生灵。

“地母”孕育了万物，创造了世界，容纳了一切生命体和一切残留物。正因为如此，地母才拥有了一切智慧和力量。具有地母胸襟的女性用她们无限的耐心，日复一日、年复一年地养育生命，用行动默默教化着生命，她们具有化腐朽为神奇的创造力，她们以忘我的无私美德，催生、哺育着真善美的种子，作家在作品中塑造无私伟大的地母形象，一方面是他们生命中的体验，另一方面也包含着作家们对人间大爱的礼赞与渴望，还有他们对美好善良人性的呼唤与追求，他们在书写母爱时往往在传达对生活在乡土的母亲的敬重，包括对地母生活的那片土地的深沉思恋。这就包含着他们对和谐美好的乡村生活景象的无限眷念。

那些生活在乡土的具有地母般伟大的女性往往生活坎坷、命运多舛、一生苦难不断。要么作为童养媳她很早就独守空房，要么面对生育之难，要么就是不得不担负起养家糊口的重任……但无论面对何种生活的苦难，她们都没有失去活下去的勇气。她们自尊而高贵、从不奢求什么，依靠自己的艰辛劳作扛起生活的重担。如果说生活的艰难体现出地母们吃苦耐劳、不惧艰难的坚强品质和承受苦难的坚韧意志力；那么，她们处处为他人着想，这不仅包括了亲人，还有初到乡村的陌生人。她们的奉献、牺牲不但表现在对同类的态度上，也表现在对待其他事物的态度上。她们倾其所能地满足外乡人的生活要求，也观照到所有的生命。这种善良、仁慈的内在品质，高贵人格和牺牲精神深深打动了外来者。从而领悟到了人生的可敬与活着的尊严。

在一些小说中，作家充分表达了自己对地母神的崇拜，这可以说是源于知青作家的“恋乡情结”，也是深藏在知青心中的对包括草原在内的乡土的深厚情感，还有对乡土的难舍之情。在下乡的十年知青生活中，知青这一特殊的群体只不过是乡村的匆匆过客而已，但乡土文化，包括农耕、游牧文化在他们的人生中却留下了深深的印迹，也成为他们生命底蕴中最厚重底色。

知青们从城市来到远离社会政治运动的乡村，独特的乡村生活也给知青们带来新奇的感受，知青与农民长期相处，他们开始走进农民和乡土文化，农民身上的淳朴善良、坚韧顽强，特别是表现“慈父”“地母”般的农民给他们的知青岁月带来了温暖的光亮。那些乡土社会的人情美、人性美成为他们日后回想的重要资源，抚平了他们少小离家的精神创伤。许多知青对曾经庇护、接纳了他们的土地及农民无限留恋。

在张承志、姜戎等那些有着男性知青雄风和知青主人公苍凉命运的作品中，作者常以善良的地母神来彰显出自己的精神信仰和人生追求，具有地母般情怀的母亲和艰苦生活带给他们人格的滋养和意志品格的锤炼。他们对地母给予知青生活无私的厚爱有一种感恩的情感和由衷的赞美。张承志的《黑骏马》中的额吉、姜戎的《狼图腾》中的嘎斯迈，还包括铁凝的《麦秸垛》中的大芝娘等在内的地母有着健壮、丰满的身体，她们身上处处洋溢着母性的光彩。知青们对乡土的怀恋情结就是源于这些女性的无私付出所凝结的朴素情感。张承志“终生认为导师，哪怕时事逝去几十年后，仍然认定她是导师的我家额吉，也是汉乌拉草原创造了她不朽的人生。”① 处于初高中生阶段的知青（有的甚至更小）在乡村处于无父无母照顾的状态，他们被席卷到陌生环境得到淳朴的农民如父如母般的关爱，《黑骏马》中的索米娅不仅仅是白音宝力格的昔日恋人，她身上有额吉一样博大的母爱，闪耀着光辉的母性力量。铁凝的小说《麦秸垛》中的大芝娘身上处处洋溢着成熟母性的光彩，在女知青眼里这个四十多岁的农村女浑身上下都散发着一种健壮的气息，不知疲倦的劳作在土地上，这使得城市里长大的知青杨青在应对田间劳作时也因大芝娘的存在而感到了一种无形的力量。姜戎的小说《狼图腾》中虽然有蒙古草原上最后一位最懂草原的毕利格老人充当陈阵“父亲”的角色，作为他的启蒙老师，传授陈阵草原文化、狼图腾文化，狼怎样捕猎等知识。但作为“地母”的嘎斯迈是一个大嫂、母亲，照顾了知青们的生活、抚慰了他们的情感。这是让陈阵等知青怀念草原生活、多年以后重返草原的一个很重要的原因。

对于作家来说，那段苦难的青春岁月留下太多的美好记忆，宽厚的地母在这群孩子远离父母时用母爱温暖着苦涩的灵魂。尽管她们清楚这些并不是真正

---

① 张成志：《张成志自选集．草原》广州：花城出版社，2007年版，第229页。

意义上的大地之子，但她们的爱并没有丝毫的折扣。所以，多年后那群有着真正赤子情怀的作家拿起笔将永远停留在这代人的记忆深处的乡土情结传达出来，将永远的地母构筑在集体记忆的最深处，这是属于一代人的纯美记忆。

第二节 在苦难中升华的地母

知青在“上山下乡”运动中遇到了人生中的困境，在完全陌生的现实环境中，激情逐渐逐渐消逝，面对乡村生活的锻炼，尤其是在艰苦的劳动中所遭遇的挫折和伤悲，自身无法抚平之时，是那些乡村女性以地母般的厚爱给他们现实的关爱和呵护。

一、苦难中隐忍的母性魅力

当代作家笔下的具有母性魅力的人物大都出自那些来自乡间的不识字的农村女性，虽然不识字，但她们身上有一种在苦难中的坚忍、善良、宽容，这是女性自修的教养，她们有着丰富的内心世界，她们有着自己朴素的认知，这让受过教育的城市知青们动容，大芝娘面对丈夫的背叛没有丝毫的怨恨，离婚后，她唯一的要求就是与他生一个孩子，在当时这她生活下去的唯一希望。面对艰难的生活，大芝娘独自养育着大芝，无论生活有多么苦、多么累，她都没有不满意的地方。女儿成为她的全部生命意义。但大芝的生命在一场意外中戛然而止，大芝娘没有变成祥林嫂，她把自己所有的悲痛都深深埋在心里。后来，她自愿担负起收养村里被娘抛弃孩子的五星，给予因“犯”有作风问题而被边缘化的知青沈小凤深沉的母爱，大芝娘在苦难中坚忍地支撑，她身上散发着地母般的女性魅力。她没有任何诉求地照顾知青们，用她那宽厚的母爱呵护孩童。这就是作家铁凝所肯定的“我在她和大芝娘身上强调更多的是母性的一面。土地，庄稼和女人之间的紧密联系在于亘古不变的母性，她滋养着我们，哺育着我们，我们在最危难、脚步不稳的时候感到她们的踏实和可靠。”①地母身上有一种原初而朴素的母性，大芝娘身上这种最原始的特征并没有因苦难的人生境遇而消逝掉，这是在她身上保留的不涉及功利的母性的博爱。

在作家笔下，那些具有地母情怀的农村女性，在面对苦难时所表现出来的坚韧与顽强、甚至有一种不为所动的从容，让人真正感受到地母身上所投射出

① 赵艳：《对人类的体贴和爱——铁凝访谈录》，《小说评论》2004年第1期，第26页。

来的无形的力量。严歌苓的小说《第九个寡妇》叙述了独特的故事：王葡萄作为童养媳逐渐长大承认，先是经历了丈夫被错杀的打击，接着在镇压反革命期间，勤劳、善良、正义的公公孙怀清被错划为恶霸地主，被执行死刑时侥幸未死，王葡萄将公公从死刑场上背回，偷偷将他藏在了干红薯窖中。就这样二十多年过去了，直到改革开放后，老迈无力、奄奄一息的孙怀清才走出地窖，须发皆白，奄奄一息了。但这一息尚存的背后是一个地母般坚强隐忍的王葡萄的牺牲：凭借着女性保护生命的勇敢，她让这个家一次次渡过饥饿和动荡等灾难，30 年来，她顽强地靠女性的身体和无尽的忍耐力，战胜了各种外来的强暴和侮辱。同时，她正视自身的欲望，作为寡妇的王葡萄以强烈情欲与不同男人偷欢，这既出于生命的本能，也出自地母保护生命和仁爱的本能，她要在暗地里保护和供养自己的公公，那个在别人眼里已经死了的、无法见到天日的“死刑者”。这无关革命、正义，而是生命至上的原则，王葡萄地母般的大爱和自我牺牲精神，本能地体现了民间大地的真正的力量。表面看来，地母是一个弱者，遭受着外在的力量的侵袭；实际上，地母才是真正的强者，她有用大慈大爱包容一切、承载一切的宽厚力量，永远成为人类的保护神。小说对 20 世纪 50 年代的历史进行了重述，王葡萄忍辱负重，她有着朴素的道德和仁爱，有着地母般的包容一切的宽厚和直面各种打击和攫取的勇气，她身上凝聚了人类的诸多传统美德，也容纳了污垢和蛮性的生存。

莫言的一些小说塑造了地母形象，被广为关注的是《丰乳肥臀》，但短篇小说《司令的女人》较为独特，其中的“司令”娘在丈夫撑死后，面对着独自一人拉扯着儿子的苦难没有任何怨言。在知青唐丽娟怀孕落难时，为了保住她和腹中无辜的孩子，“司令”娘急中生智、大义凛然地逼着唯一的儿子承认自己是孩子的父亲，她当然知道这样做的后果就是眼看着无辜儿子被抓走坐牢，但这总比眼看着另一个生命受到威胁要让她心安些。由此可见，地母们不是对苦难的顺从和无奈，而是在苦难中不断寻求着生存下去的理由，也就是自身存在的价值。从这一点上看，她们对苦难的承受和忍耐不是消极和被动的，而是一种积极的探询。她们身上迸发出的那种创造性精神力量的足以感召到离家的知青，给他们的主体意识中植入一种无形的支撑力。

就像莫言对他的小说《丰乳肥臀》的阐释一样“大地乃至宇宙中最美丽、最神圣、最庄严当然也是最朴素的物质形态，她产生于大地，又象征着大地。”① 象征着生养和哺育的地母的，她骨子里的生命意识，使她超越了血缘关系而成为一种保护生命的本能。从本质上看，“司令”的娘，与张承志笔下

① 莫言：《<丰乳肥臀>解》，《光明日报》，1995 年 12 月 22 日。

的老额吉等女性形象没有区别，她们用博大的胸襟，全身心地呵护着身边的每一个生命，包括弱小的动物。应该说，这是以生命为重的地母们的一个共同特征。她们的爱犹如澎湃的长江、黄河与广阔的大地一样，贯穿于人类生命历程。地母的生命中包含着无私奉献的精神，散发着泥土的气息，她们不但顽强地生活着，而且在她们眼中，无论是人还是动物，生命是一样的珍贵，值得她们无条件地去保护。

藏污纳垢的地母是根植于大地生长起来的形象，体现着生活本身的复杂与真实。过于完美的女性则趋于神化，而过于恶毒的女性又妖魔化，这些都离世俗生活较远，而肮脏、污浊本身就存在于生活中，并为万物生长提供养料。从这个意义上说，藏污纳垢的地母也是其包容一切的博大精神的体现。生活在社会底层的女性选择隐忍往往是为了生存，这就注定了她们“藏污纳垢”的生命状态。但这丝毫不会削减她们地母式的人格魅力，反而会使得地母形象更加具有生活的真实性。池莉的小说《你是一条河》中的辣辣就是这样一个真实的、不幸的地母形象。艰难岁月，她为了米和包菜背着丈夫和粮店的老李发生关系；年纪轻轻的辣辣在丈夫猝然死去，“那时她有七个孩子，最大的儿子得屋十三岁，最小的是一对花生双胞胎，男孩福子和女孩贵子，刚刚满了两周岁，而她肚子里还怀着四个半月的身孕。”① 七张哭哭啼啼嗷嗷待哺的小嘴并没有使她接受老李送来的60斤米，她以野蛮的举动捍卫了自己和孩子们的尊严。她粗俗没有文化，每天打骂孩子，孩子中“福子的夭折，得屋身无分文的出走，贵子的孤僻，艳春的缺少家教，社员的偷东西”的习惯都与她的教育确是有关，“孩子们褴褛而肮脏的衣服，头发里的虱子，满地的痰和渣滓，家具上随意擦上的鼻涕……”这些现实又与她作为母亲的疏于管教的陋习有关。可以看出，辣辣不是那种传统意义上的慈母，她养大的孩子有偷窃、放纵自己的儿女。而对于清醒地看到并指出家中存在问题的女儿冬儿则是讽刺、谩骂甚至是殴打。但我们不能否认，带着八个孩子的辣辣，以她的淳朴和惊人的忍耐力给了孩子们原始的母爱，她带着儿女以顽强的抗争精神换来了生活物资，撑起了这个家。她的全部注意力都集中到孩子们的生存问题。不管生存多么艰难，她都坚决拒绝另一个男人的加入，只为自己的孩子们吃饱穿暖的基本需求，她带着孩子们搓猪毛、剥莲子，干着繁重的苦活。“长年卖血严重地损害了她的肌体，虚胖浮肿使她难以步行，极度的贫血使她每个重要器官的功能都衰竭了。”辣辣年仅五十五岁就结束了她苦难的一生，为了八个孩子，她拼尽了全力。小说中的辣辣“是一条河”，但这条河裹挟着她的八个儿女在乱

① 池莉：《池莉文集》（第三卷），南京：江苏文艺出版社，1998年版，第10页。

石、泥沙中奔去，历史风云变幻、苦难的现实打击下，悲苦的女性坚强、狡黠底面对生活所有的境遇。这个女人在与自己儿女们的爱恨情感纠葛中慢慢被生活抽干了，冬儿是在自己做了母亲之后才真正理解并在内心与母亲和解，辣辣的直接死因也是惦念儿子四清的死活。她一生为了儿女而活，牵肠挂肚，临走前带走了无法放下疯狂的长子，完成了母亲对儿女们最后的呵护。

辣辣这一形象精准地诠释了张爱玲的观点“女人纵有千般的不是，女人的精神里面却有一点‘地母’的根芽。”[①] 辣辣的“千般不是”都是在苦难的生活中被催生的，为了儿女们的生存，她得忍受一切打击，在无可把握的世界中争得活下去的资本，她无法顾及更多。但不可否认的是，无论生死，辣辣作为母性的爱终将延续下去，她的灵魂将永远存在，陪伴她的儿女。正是多舛的命运锻造，正是那“千般的不是”，辣辣才是池莉塑造的具有永久魅力的地母形象。毕竟，世上的母亲，无论她是怎样的形象，她都不是生来就是坚强的，也不是生而为魔做鬼的。只不过是在残酷的现实的磨难中，母性本能的爱、保护使她们变得坚韧不屈。母性的善良、包容演变成残忍的恶，这其中的畸变必然包含了世间无法逾越的局限，但这并不影响地母般的女性博爱、宽容的藏纳，独自带着儿女们在社会底层苦苦挣扎着活下去的女性本身就诠释了母爱的伟大。地母在艰难中播下了真善美的种子。这是地母形象的魅力所在，也是作家主体意识烛照下的艺术创造。

二、生生不已的勇气

在作家的笔下，无论地母是怎样的一种生活形态，她们都成为一种符号，是一部关于人类生存寓言的载体，是一个关于生命顽强不息的昭示，也是人类赖以生存的根基。这里体现的是女性原初的旺盛的生殖力。因此，一些小说凸显了地母般的女性生育几个甚至十几个孩子，莫言的《丰乳肥臀》写了上官鲁氏生了九个孩子，而且是不生儿子不罢休的架势；池莉的《你是一条河》中则写了辣辣生了八个孩子，“当身强力壮的王贤木在世时，辣辣从来没有想过节育的问题，她认为只有做婊子的才不愿生孩子”[②] 可见，如果不是因为丈夫去世，她还会继续生下去。而《女娲》中的李玉儿则一口气生了十一个孩子。如果说上官鲁氏、辣辣、李玉儿是创造生命的女娲，那么毕淑敏的小说《生生不已》《血玲珑》则塑造了另一类地母的形象，体现人类生生不息的生

① 张爱玲：《谈女人》，《张爱玲文集》（第四卷），合肥：安徽文艺出版社，1992 年版，第 71 页。

② 池莉：《池莉文集》（第三卷），南京：江苏文艺出版社，1998 年版，第 10 页。

存源于母性的牺牲。《生生不已》中，女工乔先竹在女儿患脑肿瘤后，就和丈夫与死神展开了搏斗，但最后还是没有挽救女儿的生命。经历了丧女之痛，她骨瘦如柴、神志不清、濒临死亡，医生建议其再生一个孩子，听到这个建议后，乔先竹立刻恢复了生气，她对丈夫说“我不是个下贱的女人，可我想要个孩子。我是个女人，我不能没有孩子，你要可怜我，你就按医生的话救我。有了孩子就有了我……”新生命的孕育是建立在乔先竹的生命一天天枯萎的基础上的，但母亲丝毫没有后悔，她以无私的牺牲和生命的滋养换来了新生命，自己却带着欢欣和慰藉离开这个世界。

在毕淑敏的小说中，地母们成了具有创造力的象征，为了生命，她们可以做出任何牺牲。商场上的女强人卜绣文（《血玲珑》）在十二岁女儿患上绝症时，挽救女儿生命的唯一方式就是她再生一个基因相同的孩子，抽取其相同基因中的

骨髓来救治。为了女儿，她再次怀孕。历经孕育的艰辛，结果却因胎儿因与女儿同母异父无法实施血玲珑计划。绝望之余，卜绣文为了女儿不得不放下尊严，找到那个曾经强暴过她的男人，隐忍着撕裂的伤痛，怀着拯救生命的愿望，她最终卑微地怀上了与女儿基因相同的孩子。为了生命而生育，为了生命而选择忍辱负重。毕淑敏塑造了为拯救生命而不惜牺牲自尊甚至生命的女性形象。她们这种创造生命的方式凸显了地母身上所具有的那种生命至上、一切让位于生命的品质。

再大的苦难、再多的打击都不能阻挡地母们对生命施以的爱，她们生而为滋养生命、拯救生灵而来。

地母们也为人提供了可以安放心灵的栖息之所。土地成了一个希望的象征，地母承载人类希望、颐养万物的生命体，是结束“无家可归的漂泊感和无可附着的悬浮感”[①] 的所在，为漂泊者提供了一个抚慰受伤心灵的温暖港湾和归属地。漂泊、流浪的人在地母这一形象上找到可以安放灵魂的栖息地，代表着浓浓母爱意味的地母形象和与之密切相连的土地意象就成为流寓作家创作的主要源泉，知青作家们在这里获得了暂时性的心灵栖息地。渴望精神上的拯救和回归，在民间乡土确认中寻求自己的理想，作家们在民间地母的形象塑造中，获得一种坚韧顽强生命力的感召，他们在塑造地母并挖掘深层意蕴中寻求救赎的道路。不可否认，文学中对地母形象的塑造源于沉积在意识中的民族文化意识，那份原初的母性崇拜意识逐渐演化为对人类生生不已的生命强力的歌颂。中国文学中反复出现的地母原型是一种潜在的生命力量，驱动着作家们进

① 钱理群：《现代文学30年》，北京：北京大学出版社1998年版，第43页。

行创作，并赋予具有鲜明的时代色彩。

张承志的小说《骑手为什么歌唱母亲》《黑骏马》《金牧场》《绿夜》等塑造了作家心目中的地母形象。在他的笔下，草原是他崇拜的地母神，正如他自己说的“草原是我全部文学生涯的诱因和温床，草原是养育了我一切特征的一种母亲。”[①] 他对文明的不正常状态常常充满了怀疑，对草原却深怀着眷恋和痴迷，这种眷恋在他的很多小说中凝聚成一个共同的形象——母亲，张承志在《老桥》中抒发了对母亲的深情：“我特别铭记着，在我年轻时给予过我关键的扶助、温暖和影响的几位老母亲……那蒙古族的额吉、哈萨克族的切夏，回族的妈妈……我是他们的儿子，现在已经轮到我去攀登着长长的上坡，再苦我也能忍受的，因为我脚踏着母亲的人生。”[②] 额吉是一个长相平凡却冷峻善良而坚韧的老妇人。虽然瘫痪了，却依然乐观地生活着，她把所有离开妈妈的知青当成自己亲生儿子来爱护。这位草原地母有宽大的胸怀，给予所有人以慈爱和宽厚。如果是《黑骏马》中那位的白发苍苍的奶奶善良、豁达，是一位周身散发出那种对生命由衷的爱。虽历经过苦难的洗礼，却始终保持着超越凡俗的伦理观念——敬重一切有生命的存在，包括为人役使的牲畜。地母们习惯了在苦难的生活中，热度不减地生活，经过了生活的磨砺，也将生活打磨出光彩。地母形象成了作家们的一种心灵的寄托，大地是母亲，生活中大地上善良宽厚的女性是地母。在作家们的世界里，即使世事变迁，地母们的毫不张扬的博爱精神，宽厚刚强的意志品质也不会褪色，反而会逐渐生根，她们会使作家们产生一种恋乡情结，因具有地母般博大的女性而对那片乡土产生深深的依恋。他们对地母的崇拜源于对母亲的深深的眷恋和爱，也是深藏在乡土中对待厚重土地和民族的一种难以割舍的情感，在上山下乡过程中，他们不过是乡土的匆匆过客而已，从思想上和情感上并没有认同自己就是其中的一员，但是回城后遭遇到城市的冷漠让他们对那片深沉、厚重的土地，特别是具有地母光辉的女性产生深深的眷恋。

这种特质使得地母形象的内涵得以深化和延展，不仅停留在善与爱的层面，也不仅具有藏污纳垢的一面，地母“‘包容一切’隐喻了一种自我完善的力量，能凭着生命的自身能力，吸收各种外来的营养，转腐朽为神奇。我将这种奇异的能力称之为藏污纳垢的能力，能将天下污垢转化为营养和生命的再生能力，是生命立于不死的状态。”[③] 知青文学这出现的地母形象具有生生不已的

① 张承志：《无援的思想》，北京：华艺出版社 1995 年版，第 121 页。

② 张承志：《老桥·后记》，北京：北京十月文艺出版社，1984 年版。

③ 陈思和：《自己的书架：严歌苓的第九个寡妇》，《名作欣赏》2008 年第 3 期。

勇气，这源于地母具有土地般生命强力。同时，土地又像胸怀宽广的母亲，为少小离家的知青们提供暂居之地、生存之资，也成为知青灵魂皈依之所，因而地母与土地一样成为知青吟咏和歌颂的对象。母亲庇护子女，就像大地滋养万物一样不求回报，知青对他们下乡时遇到的具有地母情怀的农村女性有一种对母亲般的感恩戴，也像对大地母亲一样顶礼膜拜。是地母般的女性和生活的土地给知青们增强了面对广阔天地的信心和勇气。

在知青小说中，地母形象因为与土地密切相连，因此具有了生生不已的力量和勇气。这是来自民间的文化濡染。“民间文化形态是指在国家权力中心控制范围的边缘区域形成的文化空间”① 地母形象反映着底层人民的价值观念和行为方式，更能代表朴素的文化形态。张承志的《黑骏马》写知青在无垠的大草原上感受到如草原般宽厚的地母的爱；在《骑手为什么歌唱母亲》里，他已经把大草原和草原上的老额吉融为一体；在《绿夜》中，白发苍苍的老奶奶将“我”搂在怀里，嫂子给“我”做拳头般大小的饺子，奥云娜夜晚拿着手电筒在毡包外等“我”回来。草原上的女性以她们的慈爱、包容，给予知青“我”心灵的慰藉。

相比那曾经熟悉而又陌生的城市，地母和地母生活的那方土地让知青们有一种油然而生的亲切感，地母们爱的博大给了他们一种安全感，这是他们无论走到哪里，回想起来都会有温暖的回忆的女性。地母们以其博大、宽厚的胸怀接纳了被城市放逐的孩子们，她们身上闪耀着温暖的、强大的、人性的光辉。而那广阔无边的土地以其承载一切、孕育万物的包容性给了知青以青春生命的痕迹。地母是王安忆在《地母的精神》一文中写的：“人世中最难亦最好的品质，其实不在争取，而在争取之后再让。这让不是博爱主义者施舍与自美的德行，而是充分的大度和明理，还有真正的乐观。就像地母能生育，亦能容得下死亡，懂得夏天，秋天，死亡，又是和平！”② 尽管遭遇了生活的磨难，地母们并没有屈服与命运，她们依然坚强地有尊严地活着，将那些苦难变成生活中的滋养，提亮生活的色彩，温暖人生旅程，培植出了“地母的根芽”，传递着生活的韧性和希望。地母连同她们生活的土地成为一个充满活力和生命力的母性载体，这是一个生生不已的生命力量，令人敬畏的一种信仰存在，给那些离家的年轻人以生命的庇护、教育和引领。

① 陈思和：《鸡鸣风雨》，上海：学林出版社，1994年版，第26页。

② 王安忆：《地母的精神》，《文汇报》，2003年02月17日。

第三节　文化诗学视阈下的地母书写

北大荒文学塑造的地母形象反映出作家最原始最深层的集体无意识——对天荒之地的地母创世的艰辛，生存繁衍的敬畏和对具有献身精神母爱的歌颂，凝聚着“人类精神和人类命运的碎片”① 知青文学中的地母是真实的存在，见证了政治风浪带给放逐者的痛苦，生命的崇高在她们身上得到完美的阐释。她们兼具创世、生殖、庇佑、救赎的特征，更是具有反抗性格的地母。知青作家对于地母神的崇拜，源于对这片土地上的母性爱的深深眷恋，也是深藏在这方水土的难以割舍的情怀。北大荒神圣的地母成为他们永远的怀想，这段生活成为他生命的根。

一、创世生殖：地母的本质特征

知青文学中的地母带有鲜明的地域性特征，女性成为北大荒的创造者和象征。由于地处边远，北大荒成为历朝历代流放犯人之地，开发较晚，北大荒的女性少，直到20个世纪五六十年代还是这种状况。北大荒的女人和男人一样成为创世的主力。她们与男人一起拓荒，从事着繁重的劳动，成为家庭的支柱，在经济和精神方面都具有独立性，把握人生和命运的终审权。荒原变成村庄，印证着拓荒者们超人的才干和魄力，尤其是女性地母般非凡的创造力。她们相貌并不出众，还打上了历史的烙印，杨宝琛的代表作《北京往北是北大荒》中窦婶就是这样的典型。她是窦尔顿的后代，窦尔顿因盗御马而被流放到北大荒，为了繁衍下去，他和亲妹妹拜堂成亲。窦婶只有一米来高，像个土豆似的，身上印证着北大荒蛮荒文化的特征。她有五个丈夫，生过十个孩子。有时和两三个男人一起过日子。这类似于拉帮套的生活方式在荒凉的北大荒随处可见，这种独特的婚姻昭示出北大荒地域的特殊历史和经济状况，是别处所少见或没有的一种婚姻形态，也是北大荒的繁衍生息方式。在传统社会，女性在两性关系中处于劣势，但在男多女少的北大荒却没有明显的表现，女性在创业中与男性同等重要，甚至比男性承担的更多。她们对男性如母亲般慈悲，周身散发着生命的强力。而北大荒女性又有泼辣野性、放纵情欲、顽强抗争的一面。男人闯关东都九死一生，何况女人呢？在早，闯关东来的小脚女人，春天

① ［瑞士］荣格：《心理学与文学》，冯川，苏克译，译林出版社2014年版，第85页。

开荒都脱了鞋下地拉犁杖，那小脚扎的像血葫芦似的！北大荒的村村屯屯都这么趟出来的！[①]她们与男性一起肩负起开创性的工作，这是北大荒独特的地域特征决定的。窦婶和两个男人一起创建了三人屯，她的创造力令男人们汗颜。她在蛮荒之地、智慧地生存着，伪满时期，她就敢违抗“小鬼子”的禁令，在火车上倒腾大米；在极“左”路线横行的年代，她不顾农场的禁令，偷着秋天下地捡粮，冬天下湖打鱼，并到自由市场卖高价。她自家日子过得滋润，大饥荒时，她借五十斤全国粮票给小柳儿，还帮助勤子等北京劳改青年和家人渡难关。从生存上看，窦婶具有创造力和胆识，对于北京来的孩子们来说，她是她们的再生之母。她非凡的举动显示出神祇的风采。

与窦婶相比，杨宝琛塑造的马莲玉（《大江在这拐了一个弯》）更具地母的悲壮色彩，她是深陷俗世中的光彩动人的女神。由于先祖蒙冤被流放到北大荒，她是俄罗斯人与汉族人的混血土著村姑。她是有点白人血统的大美人，有着健壮、丰满的身子，目不识丁的她浑身充满着民间粗犷的气息：“高大丰满结实的身板，高鼻梁深眼窝大脸盘，有点俄罗斯玛达姆的味道，穿个肥大的上下一色的大布衫子”[②]，她总是蓬头垢面，像是不洗脸，身上处处洋溢着母性的神韵。特殊的地域文化和遗传基因，多灾多难的历史和个人多舛的命运，造就了马莲玉坚毅果敢、高贵善良、豁达而深情的性格气质。在动乱时期的一个冬天，劳改军人善涛拉着爬犁走了一天来到这，坐在爬犁上的孩子已经冻僵了，她救了父女俩，还嫁给了带着5岁孩子劳改的善涛。她把善婕当作自己的女儿，理由很简单“畜生都这么护崽儿，何况人呢？天性啊！哪个当娘的都会这么干！”[③]，这就是地母的阐释，她以平常人的生命逻辑，体现了对所有生灵的宽厚与包容。她的善良则是基于母性最纯真的悲悯情怀。她秉持了民间最为朴素的生存伦理，在危难时刻总是舍己为人，使人再生。在善涛进劳教大队生死未卜的煎熬中，她完成了丈夫的许诺，给难友、孤苦伶仃的杜恒留个后。她开导杜恒说：“有啥见不得人的！这叫情分！不信你叫那帮造反派来沾沾老娘的身子，我敢把他剁了！杜大哥，这事俺同意了，就这么定了：……如果你们都没回来，我就把你们俩的后代全给抚养大，将来每逢清明好有人给你们烧烧纸，到坟上添把土，好有人叫你们几声，哭你们几声，你们在九泉之下也能闭眼了！”[④]她这种崇高而庄严的情感颇具象征意义，地母不仅具有生殖力，还给苦难中的男人以生命的教育，她就是拯救善涛和杜恒两家的地母，担当起照

① 杨宝琛：《北京往北是北大荒》北京：中国戏剧出版社2001年版，第165-166页。
② 杨宝琛：《北京往北是北大荒》，北京：中国戏剧出版社2001年版，第252页。
③ 杨宝琛：《北京往北是北大荒》，北京：中国戏剧出版社2001年版，第302页。
④ 杨宝琛：《北京往北是北大荒》，北京：中国戏剧出版社2001年版，第268页。

顾两个男人和三个孩子的重任。她对杜恒是母性的怜爱，对善婕，对儿子善林，对与杜恒生的儿子杜小荒都献出了无私的母爱。母亲的繁衍方式，打上了惟有地母才有的珍视生命、创造生命和自觉奉献的色彩。

北大荒地母带有明显的地域色彩，处于边塞的苦寒之地，处于社会的边缘，从主流意识价值观来衡量，她们或是地地道道的土著，或是被放逐者的后代，甚至是罪人，但作家们尊重甚至是仰视她们，尤其尊崇她们面对逆境而依然坦荡地创造生活的那份泰然自得，她们是集女人和女神于一体的，既有女人凡俗性的一面，追求物质上的存在，但更多的是女神的一面，具有孕育生命的包容性和对外界打压的承受力。她们具有顽强的生命力，创造了生活的希望。

二、庇佑救赎：地母的崇高所在

在翻云覆雨的政治运动中，右派、知青、流放人员在北大荒的生存充满艰辛，他们在极度崇拜父权文化之时却如逐子弃儿般被抛到北大荒，真正触摸到底层生活。无论是作为母亲的母性，还是纯情的少女，北大荒女性成为庇佑知青的地母。梁晓声的《阿伊吉伦》中的“我”被别有用心的人迫害，在押解的路上，鄂伦春姑娘阿伊吉伦横枪立马“抢劫”了“我”，此后，陪伴“我”生活在大森林中多年。尽管“我”因为有女友而拒绝了她的爱，阿伊吉伦仍然冒险帮“我”和女友见面。她的关爱使“我”度过了一生中最黑暗的时期，救赎了被极左风浪冲击，几近死亡边缘的知青。鄂伦春姑娘的地母情怀不仅体现在对知青的宽厚与仁爱，更体现在以牺牲自身利益来救赎受难者。王治普的剧作《勇敢的乌娜姬》中鄂伦春姑娘乌娜姬戈兰救助并陪被陷害定为“现行反革命分子”的上海知青李文焕在深山老林中生活了五年，两人相爱并结婚生子。他后来为了返城决意离婚。戈兰同意并坚持将儿子留在身边。他回上海后走投无路，迫不得已又回到大兴安岭躲进从前的树洞里，戈兰救了冻僵的他，并再次接纳了他。鄂伦春姑娘以她们的胆识和胸襟护佑了遭难的知青。

荒寒、偏远的，因为有了庇佑落难者的地母而更富有魅力。韩乃寅的长篇小说《特别的爱》，以真实人物为原型，写杨丽环用 28 年的艰辛付出庇佑了一个知青陈文魁。他把自己上大学的名额让给了女友，进入大学的女友无情地抛弃了他。陈文魁因不堪被打击而精神失常，医治无效，家人将他扔到了北大荒。农场没有人愿意照看陈文魁，妇女主任杨丽环把他接到家中照料。陈文奎的到来给杨丽环一家带来了一系列的打击：母亲的死、儿子婚变、儿媳流产，老伴的离家，女儿也要出走。她顶着来自家庭和社会的各种压力，以地母般的爱照顾着被遗弃的知青，终于使他的病情日益好转。这是来自民间的感天动地的大爱。《今夜有暴风雪》中的秀梅用母亲般的爱将顽劣的知青刘迈克改造成真正的男子汉，在暴风雪之夜，他为保护国家财产献出生命。北大荒地母没有遭遇到现代文明理性化的压抑，她们的生命意志在荒原上疯长，她们对苦难的化解能力给流放者一种庇护，一种母性的养育。

窦婶母亲般庇护着北京来的劳教女青年们。她们集体逃跑，要离开北大荒，窦婶担心孩子们不熟悉变化莫测的北大荒，会闹出人命。她权威性的调遣男人们立即四处寻找；她对没娘的孩儿延河倾注了母爱，冒着被劳改的危险把自己偷偷捡来的稻种给她做高寒水稻的科学试验；她关爱小柳儿，劝绰号“国际大破鞋”的生产队长与小柳儿正式结婚。窦婶以朴素的方式影响了那小勤，使她对生存价值和责任进行重新反思，认识到人的本质在于自由选择，自主地把握自由命运，在任何时候不至于因心灵迷失而无所归依。窦婶的母性意识使她在两性关系中本能地充当保护、给予的角色，显示其独有的庇佑作用。她是北大荒的女神，用母性衍生的善良大度抚慰被损害者们的内心世界。满族姑娘那小勤拜她为干娘，意味着窦婶是她的重生之母。窦婶具有顽强乐观的生命活力，有吃苦耐劳、韧性的生存技巧。她向勤子传授制服男人的招数，教会她怎样对付企图强奸她的老淫棍李经理；她教勤子们如何把“左”得出奇的管教干部狠狠地整治了一顿。在兴凯湖劳改农场艰苦的生存条件下，那小勤学会了种地、打渔等本领，学会了斗智斗勇地拓荒，饥荒年代拼命开展生产自救，三九天下湖打鱼；为保护全场几万亩稻田，她敢于利用“毛主席的最新指示”与兵团对抗。窦婶的地母特质在无所不在的救赎中闪光，那小勤由一位天真少女成长为敢闯敢拼的企业家是她的培养，她有着深明事理，同情弱者的母亲般庇护本性，对违背人情人性的事坚决抵制。地母这种顽强的生命意识，让她具有一种超越血缘关系的亲情般的对生命本能的保护。

女性具有坚忍无私的母性，又具有自觉的拯救意识和自我牺牲精神。北大荒的女神马莲玉善良豁达，具有地母般救赎的高贵品质。她是“一束具有礼赞和祭奠意义的野百合花，她是疏野的又是清芬的，是悲壮的又是柔美的。”[①]在是非颠倒、黑白难辨的特殊时期，她秉持终极意义的博爱境界，穿越人生苦难和生死的境界，摒弃了世俗意义上的伦理道德观念和现实利益，用母性的生命力滋养了受难者。马莲玉为保护两个男人和18岁的善婕不受凌辱，冒着生命危险，借酒壮胆毒死了恶棍大憨，失声痛哭安葬了他；一直善待以盲流身份到此，被大憨先奸后娶的膘子，为她和杜恒牵线。为了善涛与前妻破镜重圆，儿女也能回到北京，她选择了自首而赎罪。两次生死抉择彰显她圣母般大爱无私的坚毅品格，马莲玉身上的利他性与无私性、果敢高贵的圣洁彰显生命的尊

① 孙天彪：《北疆戏剧论集》，北京：中国戏剧出版社2001年版，第207页。

严。她对被政治风浪淹没、沉到生活的最底层、接受了几十年劳动改造的知识分子的拯救过程，折射了地母对人类命运的深切关注，暗含着知青作家对生命力的关怀意味与救赎心境。梁晓声的小说《为了收获》中的知青肖淑芸，在满盖荒原出血热流行的时候，毅然决然地同贪生怕死当逃兵的男友分手，留下来抢救战友。她的爱不局限于某个男性，而是面向荒原所有的知青，她虽没有强壮的体魄，却有顽强的生命意识，她身上带有拯救众生的神圣性和地母济世的光辉。

地母崇拜是世界文化的元意识，而对崇母意识的认同就源于地母崇拜的潜意识，作家塑造地母形象源于地母崇拜的潜意识。地母周身散发着温暖、包容和无私的爱，对应的是生命的激情与热度，执着的付出，苦难中的坚强与果敢等。窦婶不仅对那小勤们，对现在的丈夫，包括对拉帮套的男人都有着母性的关爱与怜惜；还同情、帮助形形色色的外乡人。她那句“见死不救那还叫人？”[①] 足见她善良、宽厚的处世态度，庇护生灵又不乏豁达的天性。地母为漂泊者营造了身心的栖息地，他们对地母的崇拜成为一种生命体验，更是一种精神信仰，在他们看来，地母就是北大荒，认同自己是北大荒人，融入这方水土，就是回到母亲怀抱。

三、反叛与回归：北大荒地母的神采

知青文学中塑造了反叛传统伦理道德的地母，这是来自地缘极地而又深具标签性的地母孤本，是历史风浪中被放逐者灵魂与肉体拯救的真实。边塞之地蔑视传统封建伦理道德观念的社会心理和缺少历史文化积淀的现实，孕育了地母顽强生存、热情豪爽、泼辣野俗的性格。反抗男权社会的打压，反抗世俗的生活，争取女性自由的生存空间；她们蔑视世俗、崇尚自由无羁的生存方式，她们在天荒之地救赎了一大批无奈的绝望者，彻骨的疼痛、无私的爱都透视地母痴情的极致，具有洞彻人性深处的震撼力。

知青文字中跳荡汉语写作的本真性回归的精神品性，流淌着地域写作的精神血脉。地母看似粗俗实质是大胆泼辣而又有心计，地母的世界是自然性的，生命力旺盛，带有俚俗气的野性美。窦婶那句“北大荒不像你们北京，没那么多讲究。”[②] 在这个藏污纳垢的民间世界，她们无视伦理的规范，抛弃了世俗的贞操观念，不受功利的限制，她追求自由敞开的生存意境，蔑视传统礼教对女性的规范，追求男女平等的权利，她对勤子说：“你们京都的女人一让男

---

① 杨宝琛：《北京往北是北大荒》，北京：中国戏剧出版社 2001 年版，第 153 页。

② 杨宝琛：《北京往北是北大荒》，北京：中国戏剧出版社 2001 年版，第 153 页。

人沾身就上吊跳河的，干啥总想死呢，得想法好好活着。人都是一个老祖宗，谁也不比谁低一头，凭啥受他窝囊气！”① 这段话至少提出一个几千年来道德家们都不愿面对更无法解答的问题：为什么男人可以妻妾成群，女人不可以爱其所爱？这是以女性的立场，女性的话语来诘问和阐释人生的。这种诘问方式在本质上赋予地母以独特性，对传统道德的叛逆，对传统行为规范的不屈抗争精神，这体现北大荒人享乐主义的生命意识和活在当下的及时行乐心态，显示她泼辣粗俗的性格特征，她是由生活的环境和文化层次所打造的地母，她拥有一个女人的精明而不乏狡黠，体现了边塞之地人们独特的文化生态和思维方式。这里不乏野性和粗俗，也内蕴着生存的达观和智慧。窦婶有北大荒文化透射出的生命张力，充满女性的欲望和带有野性的情爱。面对残酷的生存压力，面对荒凉的北大荒，窦婶自然以“乐和”来化解男性的生存苦难，以精神和肉体的尽情宣泄，来减轻寂寞和孤独。她主动向邢队长投怀送抱，固然出于对他的爱慕，也是想解除其与妻子两地分居的苦痛，这绝不是出于恶俗的肉欲需要，而是一种追求平等的自由意志带来的悲悯。窦婶是真实的、鲜活的、充满世俗欲望的地母，客观上说，她不是人们心目中的美好的女性的形象，但却是作家倾力塑造的生动的、有生活质感的女性形象。在这漠漠大荒之中，封建礼教等传统观念已经失去其统治的威力，这种男女间的宣泄背后所蕴含的是北大荒人自由洒脱、敞开生命见性见情的生存形态。这是人之所以合乎人性、人情的内在本质，也是作家对女性反叛精神的欣赏。

北大荒地母形象描画了来自荒野的底层女性跳荡的生命轨迹。她们野性的激情，带有原始神祇神秘的光辉，隐喻地表达作家崇拜北大荒这片土地的情怀。她们身上有从历史中打捞出的没有被打上任何意识形态价值观烙印的纯净的母爱，渗透着凡俗民间的价值观念和悲悯俯视人间的情怀。她们张扬自由意志，在北大荒创造自己的生活。她们在蛮荒世界欲望的冲突碰撞，是符合以生存为指针的合目性的，展现女性地母般的滋养与救赎的特质，这是构成这类题材的文化意向。北大荒地母有坚强的精神世界，彰显了作家的生活环境、精神立场和审美理想。一方面张扬的是忠实于自我、追求个体生命价值的自主性；另一方面又展现反抗强暴、庇护弱小的利他性，这就构成了中国当代文学中别具一格的勇敢坚强、粗俗博爱的地母形象。她们有毫不掩饰、敢爱敢恨的外倾性格和火一样的热情。这是作家对一种特定时代、特定地域的文化写实，以一种任何政治伦理甚至道德说教都无法涵盖自由自在的生命形态与生命意志，给人们的审美文化心理带来巨大的冲击力、震撼力；更是一种具有象征意义的符

① 杨宝琛：《北京往北是北大荒》，北京：中国戏剧出版社2001年版，第154页。

号。在她们生存行为方式背后所高扬的是以个人为本位的主体意识，这既传承了文学的人本传统和人文精神，又寄寓着作家的审美诉求，显现出在北大荒这一独特的地域颠覆男性中心话语霸权，消解纲常伦理、重绘历史发展的图景的可能性。女性与男性同样重要，甚至是救赎男性的存在，传达出处于生存困境中的人最为本质的元素。

作家的地母崇拜心理与北大荒人烟稀少，尤其是缺少女性的现实相关，也是对女神创世的文化崇拜，更是知青在荒寒之地对母性关爱庇佑的心理渴望，寄托着作家的审美理想和现实感受。这种塑造有着浓郁的生活气息和鲜明的北大荒特色，呈现出凝重的历史感和鲜活的时代气息，同时也显示出某种具有崇高感和悲剧性的思想意蕴。北大荒文学中的地母形象虽不乏自在自为状态，但没有可怖的一面。事实上，地母原型心理潜结构仿佛是一个遗传密码，在一代代作家中遗传，并有着惊人的内在沟通之处。他们对大多数地母形象仍然没有摆脱传统女性的认知模式，这种局限体现出即使是社会真正实现了男女平等，地母形象的基本特征依旧会以变体的形式存在于文本中。这是因为，人类的生存和繁衍离不开地母型的女性，人类的幸福离不开“赋予生命、营养、温暖和保护，女性从一开始便具有‘伟大’的特征。女性之所以表现为伟大，是因为那些被容纳、被庇护、被滋养者依赖于它，并且完全处于它的仁慈中”。[①]北大荒土著女性以拯救者的身份出现在知青文学中，有着极为重要的特殊意义。一方面，作家基于现实的创造昭示着荒无人烟的北大荒是如何升起袅袅炊烟，如何成为受政治风浪冲击者的避难港，又是如何塑造一代北大荒人的。地母形象的核心是牺牲精神，是道德、伦理和创造力所能达到的最高境界，体现拯救与牺牲的精神特质，另一方面作家凸显地母的强烈反叛的性格特征，张扬的是女性自由的生命意志，是女性生命尊严的隐喻性表达，激荡着诗意的力量。

在地母那里，任何苦难遭遇，任何丑恶的事物在生命面前都不值得一提，生命是最可宝贵的。只要是生命，她们都以一颗博大、仁慈的心去养育，去呵护。地母们秉持着生命至上的朴素观念，这使她们超越了对人对事评价时只限于美丑、好坏的层面。为了生命，她们可以忍受打击，她们可以原谅一切罪恶。就像索米亚为了腹中幼小的生命而不惜失去恋人白音宝力格，永远失去纯真美好的爱情。她如额吉一样坚强，默默地忍受、迎接一切打击，坚强地生活下去。地母们成为失意人心灵的慰藉，成为落难者的避风港。在作家笔下，经

① ［德］埃利希·诺伊曼：《大母神：原型分析》，李以洪译，北京：东方出版社1998年版，第41-42页。

历苦难的女性身上散发着地母的光辉，坚强、包容、奉献成了她们身上美好的品质。她们以包容一切的宽大胸襟涵养了生活带给她们的巨大苦难。她们是地母形象的生命延续和拓展，女性被赋予了传统的母性和神话色彩，成为受人尊重的、大地母亲的共名。当代作家自觉担负起塑造人类美好灵魂的使命，真切地展现女性的美好质素，凸显了他们身上的地母色彩。

第七章　重述与颠覆——“重述神话·中国卷”

“重述神话”项目始于2005年，是由英国坎农格特出版公司在全球范围内推动的首个跨国出版合作项目，邀请著名作家以神话题材进行小说创作，要求在创作中融入作家个性和时代精神。英美中法德日韩等三十多个国家和地区的知名出版社参与了这一项目，迄今为止已有多位作家参与并出版作品，其中不乏玛格丽特·阿特伍德、大江健三郎、若·泽萨拉马戈等知名作家，中国作家也参与到了写作项目中，目前已经出版的系列作品有2006年出版的苏童所作《碧奴》，2007年出版的叶兆言所作《后羿》、李锐所作《人间》，以及2009年出版的阿来所著《格萨尔王》，实际上这应当视作是“一种类似命题作文式的跨国组织的文学写作运动”。[①]

一、中国神话的叙事特征

正如西方原型理论批评家弗莱所指出的，神话是一切文学作品的典范，希腊神话和《圣经》故事构成了西方文学创作的重要母题，而相较于西方文学历史发展过程中兴盛不衰的“重述神话”传统，中国古代神话传说的历史演变则呈现出迥然相异的发展路向。

我国的第一部诗歌总集《诗经》以抒情诗为主体，承继其后的楚辞进一步将抒情传统与个体遭际相结合，诗经和楚辞被后世学者纳入经典阐释的范畴之后，由抒情诗所构建起的诗意世界成为中国古典文化的表征，抒情作为一种独特的审美理想影响了中国文学的发展形态，“以字的音乐做组织和内心自白做意旨是抒情诗的两大要素。以中国抒情道统的发源，《楚辞》和《诗经》把那两大要素结合起来，时而以形式见长，时而以内容显现。此后，中国文学创作的主流便在这个大道统的拓展中定型。所以，发展下去，中国文学被注定会

① 叶舒宪：《神话如何重述》，长江大学学报（社会科学版）2006年版，第16-18页。

有强劲的抒情成分。在这个文学里面，抒情诗成了它的光荣，但是也成了它的限制”，[①] 可以说，在中国文学发展过程中抒情传统长期占据着主流地位。

抒情传统对于中国神话的发展变化产生了深远的影响，鲁迅先生在《中国小说史略》中就说，“惟神话虽生文章，而诗人则为神话之仇敌，盖当歌颂记叙之际，每不免有所粉饰，失其本来，是以神话虽托诗歌以光大，以存留，然亦因之而改易，而销歇也”。[②] 抒情文学以情感为中心，与注重时间秩序和结构完整的叙事文学具有本质的区别，在抒情文学传统的影响下，中国神话的叙事方式是静态的、空间化的，如《史记·河渠书》所引《夏书》中所载大禹治水传说，《淮南子·览冥训》所录女娲造人神话，以及《史记·五帝本纪》中记载的黄帝与炎帝之间的阪泉之战等，都是中国历史上著名的神话传说，然而从其记述来看，其叙述过程只呈现出简单的故事框架，注重故事神韵和情感层面的表达，以黄帝与蚩尤之战的传说为例：

蚩尤作兵伐黄帝，黄帝乃令应龙攻之冀州之野。应龙蓄水，蚩尤请风伯、雨师纵大风雨。黄帝乃下天女曰魃，雨止，遂杀蚩尤。[③]

黄帝与蚩尤战于涿鹿之野。蚩尤作大雾弥三日，军人皆惑，黄帝乃令风后法斗机作指南车，以别四方，遂擒蚩尤。[④]

作为最早的叙事文学的神话，其记述呈现出碎片化的形态，单则神话内容也较为简略，仅叙述事情大略经过，不做渲染和展开，只能称之为描述而并非是讲述，而且对比以上两则描述同一事件的神话，《山海经·大荒北经》中尚叙及风伯雨师具有操纵风雨的神异力量，到了《太平御览》时神话色彩进一步减弱，只是对战争过程的简单叙述。即使在神话色彩较浓的共工怒触不周山、夸父逐日、刑天舞戚等故事中，也更多地将叙述重点放在故事所传达出的精神层面之上，缺乏对于人物个性和事件经过的细致刻画，如同样描写神之怒，《伊利亚特》中描写阿喀琉斯的愤怒用了多达数十页的长篇歌咏，而中国神话中描写共工仅有寥寥几句：“昔者共工与颛顼争为帝，怒而触不周之山，天柱折，地维绝，天倾西北，故日月星辰移焉；地不满东南，故水潦尘埃归焉。”[⑤]

按照浦安迪在《中国叙事学》一书中的说法，区别于系统化和重视细节的希腊神话，中国神话应称之为“非叙述性”原型的神话，“在西方文学理论

---

① 陈世骧：《陈世骧文存》，沈阳：辽宁教育出版社 1998 年版，第 2 页。

② 鲁迅：《中国小说史略》，北京：人民文学出版社 1973 年版，第 7 页。

③ 周明初校注：《山海经》，杭州：浙江古籍出版社 2000 年版，第 233 页。

④ 李昉等：《太平御览》，北京：中华书局 1960 年版，卷十五引。

⑤ 刘安：《淮南子》陈惟直译注，重庆：重庆出版社 2007 年版，第 43 页。

中，‘事件’是一种‘实体’，人们通过观察它在时间之流中的运动，可以认识到人生的存在。与西方文学理论把‘事’作为实体的时间化设计相反，中国的叙事传统习惯于把重点或者是放在事与事的交叠处之上，或者是放在‘事隙’之上，或者是放在‘无事之事’之上。”① 这实际上为神话的扩充和改写提供了充分的想象空间。“重述神话”不仅在故事情节和内涵上实现了对神话传说的颠覆，其叙事方式也是对传统神话空间化的叙事方式的颠覆，其文本具有更为复杂的构成，叙事形式也由于不同作家的创作个性呈现出多样化的面貌。

神话作为重要的文化资源，一直存在于人们的文化视野之中，对于神话的重述和改编从未停歇，只是不及西方发达而已，被列入“重述神话”项目的四则神话传说孟姜女哭长城、后羿射日和嫦娥奔月、白蛇传、格萨尔王传等都经历了长时期的流传和重编，对比原初的故事形态已经有了很大的丰富和拓展。神话的现代重述兴起于20世纪20年代，以鲁迅的《不周山》（即《补天》）为发端，曾虚白、谭正璧、沈从文、吴祖光等作家对传统神话故事进行了重述和演绎，在既定的母题与原型变异中融入时代因素和个人情感，试图在现代语境中重新激活神话，实现古今对话。

二、作为出版事件的“重述神话”

“重述神话”项目的主要推动者石涛，是曾经策划出版《晃晃悠悠》、《十八岁给我一个姑娘》、《马燕日记》等畅销书的知名出版人，单就这一点，就足以让人对“重述神话”项目所宣称的向传统文化致敬的说法产生怀疑，部分评论者从消费文化的角度对“重述神话”的性质提出质疑。

不容否认的是，“重述神话”首先是一个出版事件，因此其与一般的文学创作活动至少有三个方面的区别。首先，故事取材限制于认知度高，以及具有深厚情感积淀的神话传说，作为出版商而言，这样的选择有利于利用经典文本自身的社会影响力。孟姜女的传说、牛郎织女的传说、白蛇传，以及梁山伯与祝英台被称为中国古代四大民间故事，在“重述神话”所出版的四部作品中，就有两部取材于中国四大民间故事，阿来所著的《格萨尔王》，其故事原型是被称为“东方荷马史诗”的说唱体英雄史诗《格萨尔王传》，《格萨尔王传》是目前所知的世界上最长的史诗，也是我国三大史诗之一，嫦娥奔月的传说更是已经融入中国民间习俗文化之中。从产生的年代来看，孟姜女的故事最早见于记载春秋史事的史籍，后羿射日和嫦娥奔月的故事产生于遥远的神话时代，

① 浦安迪：《中国叙事学》，北京：北京大学出版社1996年版，第46页。

白蛇传形成时间较晚，但早在唐代文献中已有相关的传说，史诗《格萨尔王传》约产生于公元七世纪或更早的藏族社会部落纷争时代，经过长时期的流传和演变，这些故事传说的影响已经深植于民族的文化心理之中。现代以来，孟姜女的故事、白蛇传、格萨尔王传等被多次改编成影视动漫作品，搬上银幕，中国民众对于这些故事传说可以说是耳熟能详。

其次，在作家的选择上，一方面选择苏童、叶兆言、李锐、阿来等具有高知名度和市场感召力的作家作为宣传，另一方面无论是对作家原有创作风格的承继还是颠覆，都构成了“重述”引起的文学期待。正如李锐在《人间》序言中写道：“一个在千百年的传说中早已经定型的神话，一个千锤百炼的故事，怎样重述？如何再现？对于我们更是绝大的挑战。从某种意义上说，凭空杜撰，完全虚构也许更容易一些。因为‘我说故我在’，不需要，也没有任何参照物。但是像这样，在一个千百年的传说之后去‘重述’，你会被笼罩在一个巨大无比的阴影下面，你很容易就会跌进阅读习惯造成的期待陷阱之中。”①在对于文学作品市场的掌控力上，四位作家也是表现得长袖善舞，如苏童《碧奴》场景描写的奇观化，以及叶兆言《后羿》中对性和暴力的渲染，实际上都应当视作对于消费文化审美趣味的迎合。

再次，“重述神话”呼应了新神话主义的思潮，“重述神话”选择在全球范围内征集作家，构成了一种跨文化的对话方式。《魔戒三部曲》、《冰与火之歌》、《西游记》等以神话史诗为题材的影视作品在商业和艺术上所取得的巨大成功，刺激了文化生产者向古代神话传说去寻求思想资源，此为“重述神话”项目发起的一个重要背景。但这并不表示我们只能用功利性和商业化的眼光去看待“重述神话”项目，“重述神话”项目选择的苏童、李锐、叶兆言、阿来等作家长期以来都是从事严肃文学创作，这实际上也表明了“重述神话”项目力图与娱乐化、商业化的改编剧和畅销书之间拉开距离的用意。“重述神话”项目的主旨之一，即通过对涉及各个国家和地区的远古神话的现代重述，以此寄托深刻的文化内涵，从而试图疗救在物质丰富时代中的人们的精神匮乏，以神话来填补精神家园的缺失，实际上是强化了神话作为人类精神源头的意义，通过神话重述，使人们产生文化认同和民族意识。

三、“重述神话”的意义阐释

在这里，我们探讨“重述神话”合法性的成立主要取决于两个条件，首先是“神话”的概念是否成立，其次是重述的价值何在。

---

① 李锐 蒋韵：《人间》，武汉：长江文艺出版社2011年版，第6页。

严格的神话概念至少应当具有以下几个因素：首先神话是一种神圣叙事，其次神话具有观念性的内容，并具有解释功能，再次神话与宗教之间关系至为紧密，最后宗教与特定的仪式相关联。然而这个神话的概念无疑过于严苛，特别是考虑到中国是一个理性主义精神过早萌芽的国度，以此为标准来衡量中国古代的神话传说是不合适的，在这里，马克思所提出的神话概念是最被普遍接受的，即“（神话是）通过人民的幻想用一种不自觉的艺术方式加工过的自然和社会形式本身。”①

然而即使是按照这个概念，神话的范围也是较为狭小的。严格来说，“重述神话”项目所取材的四个故事原型，只有叶兆言的《后羿》所涉及的“后羿射日”和“嫦娥奔月”故事属于神话范畴，孟姜女的故事和白蛇传只能算是民间传说，而格萨尔王传则是少数民族的英雄史诗。

我们被告知，神话是属于远古时代的文化产物，意味着一去不复返的天真和朴拙，按照列维-布劳尔的论断，在初民和现代人的心智之间存在着一条不可逾越的鸿沟，二者是不可比较、相互冲突的，非同质的事物。然而如果我们将神话仅视为过去的残存物，是原始心智的产物，那么今天我们就不可能理解和使用神话，所以我们说神话即使在人类文化发展到高级阶段的时候仍然具有特定的地位，对于神话的否认和取消，意味着精神的贫瘠，而将神话精神进行庸俗和虚无的处理，同样有悖于神话所应具有的精神向度，在现代性思维的笼罩之下，这种“原始”形式得以复活，并被认为能够对我们的现代文化起到关键性作用，是基于这样的一个事实，即在人们对人性普遍失望的时候，需要借助神圣事物对碎片化和平庸化的精神生活进行统摄和引领，二十世纪的神话书写应当视作对现行思想原则的反拨。

因此更多的研究者倾向于使用广义的神话定义，“广义神话的中心思想，就是认为不仅最初产生神话的原始社会有神话，就是进入阶级社会以后的各个历史时期也有神话。旧有的神话在发展，在演变；新的神话也随着历史的进展在不断地产生。直到今天，旧的神话没有消失，新的神话还在产生。”②

如何判断“重述神话”的价值和意义，“重述神话”项目的参与者之一，英国作家凯伦·阿姆斯特朗在其所著的《神话简史》中提出，“重述神话”的意义在于以此实现对现代社会理性主义精神的纠偏，神话所代表的信仰的缺失造成了现代人的精神危机，因此需要通过神话复兴来疗救和再造人们的精神生活，现代社会与神话时代的疏离是导致人们心灵空虚的重要原因，而以机器和

① ［德］马克思 恩格斯：《马克思恩格斯选集》，北京：人民文学出版社1972年版，第113页。

② 袁珂：《中国神话史·序》，上海：上海文艺出版社1988年版，第12页。

消费为代表的现代工业文明给出的价值观是可疑的，由此阿姆斯特朗认为，二十世纪以来，西方叙事文学中对于神话资源的利用达到了一个高潮，正在于神话能够弥补现代文明的缺憾。

在中国，“重述神话”实际上是对传统文化资源的利用和整合。作家对古代神话故事进行现代性的阐释和再创作，体现了时代语境制约下神话话语的变异，作家通过其个性化理解，实现对传统神话传说资源的更新，使神话中原本蕴含的集体意识得以“重现”，甚至于通过进行戏仿和解构，赋予其新的时代精神。无论何者，实际上都是延续了神话传说自身的生命力，使其更适应于当代人思想观念的发展，从而塑造出新的民族文化和时代精神。

第一节　神话原型与神话的历史化

一、孟姜女故事的历史演变

孟姜女的传说有一个历史演变的过程。最早在《左传・襄公二十三年》一书中，出现了孟姜女的原型齐将杞梁妻的形象：

齐侯还自晋，不入，遂袭莒，门于且于，伤股而退。明日将复战. 期于寿舒。杞殖、华还载甲夜入且于之隧，宿于莒郊。明日先遇莒子于蒲侯氏。莒子重赂之，使元死，曰：“请有盟。”华周对曰：“贪货弃命，亦君所恶也。昏而受命，日未中而弃之，何以事君？”莒子亲鼓之，从而伐之，获杞梁。莒人行成。齐侯归，遇杞梁之妻于郊，使吊之。辞曰：“殖之有罪，何辱命焉？若免于罪，犹有先人之敝庐在，下妾不得与郊吊。”齐侯吊诸其室。①

这一则故事实际上是对于礼法观念的讨论，与后来的孟姜女传说有较大距离，真正使孟姜女形象发生转变的描述见于《礼记・檀弓》中的记载，通过曾子之口对此事进行议论：“齐庄公袭莒于夺，杞梁死焉。其妻迎其柩于路而哭之哀”②，杞梁妻“哭之哀”场景的出现，为故事的演绎发展提供了多种可能性，此后《孟子・告子下》、《淮南子・览冥训》、《列子・汤问》等文中进一步敷演杞梁妻哭泣的情节，以《孟子・告子下》为例，出现了这样的表述，“昔者王豹处于淇而河西善讴，绵驹处于高唐而齐右善歌，华周杞梁之妻善哭

① 左丘明：《左传》蒋冀骋标点，长沙：岳麓书社 1988 年版，第 221 页。
② 崔高维校点：《礼记》，沈阳：辽宁教育出版社 2000 年版，第 15 页。

其夫而变国俗”[①]，说明当时孟姜女的传说在齐国一带已经有了一定程度的流传，而“善哭”成为孟姜女传说的核心意象。

汉代以后，孟姜女的故事出现了新的变化。一方面杞梁妻作为典故进入到诗文之中，如枚乘的《西北有高楼》：“上有弦歌声，音响一何悲？谁能为此曲，无乃杞梁妻”[②]，王褒《洞箫赋》中则将杞梁妻的哀歌予以审美化处理，“钟期、牙、旷怅然而愕立兮，杞梁之妻不能为其气”[③]。西汉后期，受天人感应思想的影响，刘向《说苑·善说》中发展了杞梁妻“悲歌哀哭”的情节，出现了城墙崩塌的描述，“昔华舟、杞梁战而死。其妻悲之向城而哭，隅为之崩，城为之阤”[④]，对杞梁妻哭泣力量的描写已出现了神异色彩。更为详细的记载见于《列女传·齐杞梁妻》：

齐杞梁殖之妻也。庄公袭莒，殖战而死。庄公归，遇其妻，使使者吊之于路。杞梁妻曰：“今殖有罪，君何辱命焉。若令殖免于罪，则贱妾有先人之敝庐在下，妾不得与郊吊。”于是庄公乃还车诣其室，成礼然后去。杞梁之妻无子，内外皆无五属之亲。既无所归，乃就其夫之尸于城下而哭之，内捺动人，道路过者莫不为之挥涕，十日，而城为之崩。既葬，曰：“吾何归矣？夫妇人必有所倚者也。父在则倚父，夫在则倚夫，子在则倚子。今吾上则无父，中则无夫，下则无子。内无所依，以见吾诚。外无所倚，以立吾节。吾岂能更二哉！亦死而已。”遂赴淄水而死。君子谓杞梁之妻贞而知礼。诗云：“我心伤悲，聊与子同归。”此之谓也。颂曰：杞梁战死，其妻收丧。齐庄道吊，避不敢当。哭夫于城，城为之崩。自以无亲，赴淄而薨。[⑤]

这时故事已经具有较为完整的结构，特别是突出了杞梁妻忠贞知礼的品性，爱情主题也初见轮廓。三国曹植所作《黄初六年令》中将城置换为山，所谓“杞哭妻梁，山为之崩”，随城崩山情节的出现，覆盖了原先的郊吊主题，叙述的重点转移到了杞梁妻哭泣的神性力量上。

唐代孟姜女的传说进入了一个新的发展阶段，故事的传奇性和世俗性色彩进一步加强，人物身份也发生了变化，出现了较为复杂的故事情节，特别是将孟姜女传说与秦始皇修筑长城的史事进行关联，加重了故事的悲剧性色彩。成书于天宝年间的《琱玉集》所引《同贤集》中记载最为关键，故事叙述“燕

---

① 孟轲：《孟子》王常则译注，太原：山西古籍出版社 2003 年版，第 189 页。

② 徐凌：《玉台新咏笺注》吴兆宜注 程琰删补，长春：吉林人民出版社 1999 年版，第 15 页。

③ 李建龙：《中国金榜百家经典 第 8 部 赋百家》，长春：北方妇女儿童出版社 2002 年版，第 64 页。

④ 刘向：《说苑·善说》。

⑤ 刘向：《列女传·齐杞梁妻》。

人杞良避始皇筑长城之役，逃入孟超后园；孟超女仲姿浴于池中，仰见之，请为其妻。……夫妻礼毕，良回作所，主典怒其逃走，打杀之，筑城内，仲姿既知，往向城哭。死人白骨交横，不能辨别，乃刺指血滴白骨，云：'若是杞良骨者，血可流入'。沥至良骸，血迳流入，便收归葬之。"[①] 在孟姜女故事的发展变化过程中，可以清楚地看到民间思想观念对于传说故事的改造。联系唐末诗僧贯休所作《杞梁妻》诗："秦之无道兮四海枯，筑成成兮遮北胡。筑城筑土一万里，杞梁贞妇啼呜呜。上无父兮下无夫，下无子兮孤复孤。一号城崩塞色蒙，再号杞梁骨出土。疲魂饥魄相逐归，陌上少年莫相非。"[②] 孟姜女故事发展到唐代，已经具有较强的社会批判意识。

其后对于孟姜女传说的重述和改编基本上都是在《同贤集》所建构的故事框架内进行，主要是增加了"千里送寒衣"的情节，唐宋年间人所撰的敦煌民间词，其中有一首《捣练子》中写道："孟姜女，杞梁妻，一去燕山更不归。造得寒衣无人送，不免自家送征衣。长城路，实难行，乳酪山下雪纷纷。吃酒则为隔饭病，愿身强健早还归。"[③] 民间传说对孟姜女哭倒长城之后的故事还做了进一步的推演，如河南地区流行的孟姜女唱本中讲述，许孟姜是江宁县富翁许员外的女儿，十六岁时许配给城南同庚的范希郎，过门后不足一月，范希郎被征调做民夫远赴修边墙，忽一夜，许孟姜得丈夫托梦哭诉边疆苦寒，因此起意千里送寒衣，途中经历千难万阻，到达目的地时却得知丈夫已死，葬于边墙之中，许孟姜望城痛哭，墙崩塌后滴血认亲，才得以收敛丈夫尸骨。然而秦始皇见其貌美，起了霸占之心，许孟姜提出要求厚殓丈夫，秦始皇全部依从，条件达成之后许孟姜跳海殉节而死。秦始皇形象的出现深化了孟姜女传说"贞节"的主旨。

二、嫦娥奔月故事的历史演变

叶兆言所著以《后羿》为题，实际上是结合了后羿射日和嫦娥奔月两个神话故事。相较之下后羿射日的神话产生较早，从产生到定型经历了从史前时代到文明时代的漫长过程，商代之前，羿的原型是东夷有穷氏的首领，是帝俊神系的英雄，受帝俊之命降至人间，据《山海经·海内经》中记载："少昊生般，般是始为弓矢。帝俊赐彤弓素矰以扶下国，羿是始去恤下地之百艰"[④]，

① 顾颉刚等：《孟姜女故事论文集》，北京：中国民间文艺出版社 1983 年版，第 57 页。

② 贯休：《杞梁妻》。

③ 高国藩：《敦煌曲子词欣赏》，南京：南京大学出版社 2001 年版，第 93 页。

④ 周明初校注：《山海经》，杭州：浙江古籍出版社 2000 年版，第 242 页。

与羿相关的记载大多数表现其“善射”的能力，如《史记·。[①] 羿凭借其高明的箭术诛除人间恶物，实际上是以此反映先民对残酷自然环境的恐惧，以及对能够领导民众抵御自然灾害的英雄的向往，如《山海经·海外南经》：“羿与凿齿战于寿华之野，羿射杀之在昆仑虚东。羿持弓矢，凿尺持盾，一曰戈”[②]，又《淮南子·本经训》中有“（羿）杀九婴于凶水之上”[③]，《路史·后纪十》罗注引《江源记》：“羿屠巴蛇于洞庭”[④]。能够集中体现羿形象神性光辉的是有关其射日的传说，后羿射日神话较早出现于春秋战国时期，据《庄子·齐物论》“昔者十日并出”，又屈原在《天问》中有“羿焉彃日，乌焉解羽”，在汉代成书的《淮南子》中后羿射日的神话达到基本定型，文叙：

尧之时，十日并出，焦禾稼，杀草木，而民无所食，猰貐、凿齿、九婴、大风、封豨、修蛇，皆为民害。尧乃使羿诛凿齿于畴华之野，杀九婴于凶水之上，缴大风于青丘之泽，上射十日而下杀猰貐，断修蛇于洞庭，禽封豨于桑林。万民皆喜，置尧以为天子。[⑤]

在后羿射日神话发展过程中，羿的形象与东方有穷氏之君因为同名之故相互融合。有穷氏后羿同样以善射著称，然而在以有穷氏后羿为核心的传说故事中，带有更多的政治斗争色彩，这也使得后羿的形象从解民危困的神话英雄，变为一个背负“不道”“淫逸”恶名的亡国之君，增强了这一人物身上的悲剧性，其事见《左传·襄公四年》：

昔有夏之方衰也，后羿自鉏迁于穷石，因夏民以代夏政。恃其射也，不修民事而淫于原兽，弃武罗、伯因、熊髡、龙圉而用寒浞。寒浞，伯明氏之谗子弟也。伯明后寒弃之，夷羿收之，信而使之，以为己相。浞行媚于内，而施赂于外，愚弄其民而虞羿于田，树之诈慝以取其国家，外内咸服。羿犹不悛。将归自田，家众杀而亨之，以食其子。其子不忍食诸，死于穷门。靡奔有鬲氏，浞因羿室，生浇及豷。恃其谗慝作伪而不德于民。使浇用师，灭斟灌及斟寻氏。处浇于过，处豷于戈。靡自有鬲氏，收二国之烬，以灭浞而立少康，少康灭浇于过，后杼灭豷于戈。有穷由是遂亡，失人故也。[⑥]

嫦娥奔月的神话本是一个独立的故事系统，在原初的神话中，嫦娥又名常羲、常仪、尚仪等，是帝喾（俊）之妻，《山海经·大荒西经》中记载：“有

① 《帝王纪》。

② 周明初校注：《山海经》，杭州：浙江古籍出版社 2000 年版，第 174 页。

③ 刘安：《淮南子》陈惟直译注，重庆：重庆出版社 2007 年版，第 119 页。

④ 罗泌：《路史·后纪十》。

⑤ 刘安：《淮南子》陈惟直译注，重庆：重庆出版社 2007 年版，第 119 页。

⑥ 左丘明：《左传》蒋冀骋标点，长沙：岳麓书社 1988 年版，第 182 页。

女子方浴月。帝俊妻常羲，生月十有二，此始浴之”[①]，常羲即嫦娥的原型，据《史记·天官书》索隐引《世本》：“黄帝使羲和占日，常仪占月。”[②] 由此可知，常羲为帝喾之妃，应与东夷部族的月亮崇拜之间有密切联系。最初嫦娥奔月的传说与后羿没有关联，在萧统《文选》注引《归藏》中记载为“昔嫦以不死药奔月”[③]，又有“昔嫦以西王母不死之药服之，遂奔月为月精”[④]，其奔月举动主要是从常羲“占月”“浴月”的说法上进行引申。《淮南子·览冥训》中开始将嫦娥与后羿的传说结合起来：“羿请不死之药于西王母，姮娥盗食之，得仙，奔入月中为月精。”[⑤] 汉儒以封建伦理的道德标准对嫦娥窃药奔月的行为予以谴责，张衡《灵宪》中就有这样一段表述：“羿请不死药于西王母，嫦娥窃以奔月。将往，枚筮之于有黄，有黄占之，曰：‘吉，翩翩归妹，独将西行，逢天晦芒，毋惊毋恐，后且大昌’。嫦娥遂托身于月，是为蟾蜍。”[⑥] 嫦娥奔月之后变身为蟾蜍，被视作背叛丈夫的一种惩罚。

然而这样的故事结局固然可供诗人们寄托文情，[⑦] 却不甚符合普通民众的审美理想，因此民间传说对嫦娥奔月的故事进行了改造，给了嫦娥和后羿一个“大团圆”的结局，元代伊士珍《瑯嬛记》引《三余帖》中记载了一则故事：“嫦娥奔月之后，羿昼夜思惟成疾。正月十四夜忽有童子诣宫求见，曰：‘臣，夫人之使也，夫人知君怀思，无从得降。明日乃月圆之候，君宜用米粉作丸，团团如月，置室西北方，呼夫人之名，三夕可降耳。’如期果降，复为夫妇如初。”[⑧]

三、白蛇传故事的历史演变

白蛇传故事据考最早见于收录在《太平广记》卷四五中的无名氏所撰《白蛇记》，题为《李黄》，故事叙述唐元和年间，陇西盐铁使李逊之子李黄，在长安市中遇到一位姿容绝美的袁姓白衣女子，李黄主动借予金钱购买绫罗绸

① 周明初校注：《山海经》，杭州：浙江古籍出版社2000年版，第221页。

② 司马迁：《史记·天官书》。

③ 萧统：《文选》。

④ 同上。

⑤ 刘安：《淮南子》陈惟直译注，重庆：重庆出版社2007年版，第89页。

⑥ 张衡：《灵宪》。

⑦ 后世诗人歌咏嫦娥奔月传说者众多，较早者如南朝宋谢庄《月赋》：“婺女俪经星，姮娥栖飞月”，唐代李白《把酒问月》：“白兔捣药秋复春，姮娥孤栖与谁邻”，杜甫的《月》：“兔应疑鹤发，蟾亦恋貂裘。斟酌姮娥寡，天寒奈九秋”，多用以抒发嫦娥广寒寂寞之情，其中最为著名者当为唐代诗人李商隐所作《嫦娥》：“云母屏风烛影深，长河渐落晓星沉。嫦娥应悔偷灵药，碧海青天夜夜心。”

⑧ 伊世珍：《琅嬛记三卷》，济南：齐鲁书社2007年版，第80页。

缎，又以此为借口到女子所居的远郊宅院中借宿，后李黄以帮忙偿还外债三万钱为条件得娶袁女为外室，文叙李黄“一住三日，饮乐无所不至”，第四日李黄辞别归家，仆人惊异于其身上有异常的腥臊气味，到家后李黄只觉身重头旋，被褥内“身渐消尽”，最终“空注水而已，唯有头存”，其家人前往李黄曾留宿的宅邸察看，只余一座空园，“彼处人云，往日有巨白蛇在树下，便无别物。”《李黄》文后另附有一则与之主题相似的故事。

与白蛇传故事相关的还有南宋洪迈《夷坚志》中“孙知县妻”条，记述丹阳县孙知县所娶同邑某氏女，“颜色绝艳，性好梅妆，不以寒暑，着素衫，衣红直系，容仪意态，全如图画中人”①，一次孙知县醉酒后窥视其妻入浴，所见“大白蛇堆盘于盆内”，孙妻恢复人形后告知并无加害之意，然而孙知县终究还是“心中疑惮，若负芒刺，辗转不能安席，怏怏成疾，未逾岁而亡”②，这应当就是白蛇传“端阳化形”“昆仑盗仙草”等情节的出处，可见白蛇传的故事在发展过程中还融合了与之相关的其他传说故事。

宋代《清平山堂话本》中的《西湖三塔记》将白蛇传的故事与地方风物传说相结合，扩大了白蛇传故事的影响。《西湖三塔记》故事叙述南宋淳熙年间，临安城青年男子奚宣赞途中搭救少女卯奴，却险些为白蛇害死，其故事主旨仍然是表现异物幻化为人形害人，从而警示世人勿要贪恋女色。到了明代冯梦龙《警世通言》中著录的《白娘子永镇雷峰塔》，白蛇传的故事已经具有了较为丰富的内容，虽然其主旨仍不离佛家宣教的范畴，但白素贞这一人物身上的人性色彩得到了强化。对于白蛇传的改编在明清时期达到高潮，如明代陈六龙所编《雷峰塔传奇》，清代黄图珌所撰《雷峰塔传奇》，方成培的《雷峰塔》，陈遇乾的《义妖传》等都是对白蛇传故事的重述，其中黄图珌的《雷峰塔传奇》发展了冯梦龙之作中已萌芽的对白素贞的同情意识，开始有意塑造白蛇的正面形象，许宣与白素贞之间的爱情主题也相应得到凸显，佛教训诫性色彩大为削弱。

在白蛇传故事的演变过程中，值得注意的是佛教思想的渗透和影响，法海是白蛇传故事中的主要人物，根据对法海这一人物形象褒贬不一的评价，改编重述白蛇传传说所秉持的思想观念也呈现出两极化的发展倾向，一者以《白娘子永镇雷峰塔》为代表，将白蛇视为色欲的化身，故事结尾通过法海向世人赠诗表明主旨：“奉劝世人休爱色，爱色之人被色迷。心正自然邪不扰，身端勿有恶来欺。但看许宣因爱色，带累官司惹是非。不是老僧来救护，白蛇吞

① 洪迈：《夷坚志》杨名标点，重庆：重庆出版社 1996 年版，第 135 页。
② 同上。

了不留生。”[①] 法海作为理性精神的象征，否定了许宣和白蛇间的孽情，藉由许宣最终对佛门的皈依，阐发人性在面临诱惑时经由宗教救赎得以归正的主题；二者以方成培所作《雷峰塔》为代表，在《雷峰塔》第一出“开宗”中，以一阕“沁园春”词对故事内容梗概做了介绍：

再世菩提，白蛇妖孽，素有根缘。恰附舟巧合，两相心许；赠金陡起，官事颠连，逃避姑苏，娥眉俯就，旅邸花筵遂宿缘。神仙庙，笑书符相赠，道者迍邅，原形醉露床前，急惊死良人实可怜。觅嵩山仙草，艰难救转，宝巾遗祸，遭捕谁愆。铁瓮仳离，金山水斗，一钵妖光不复燃。雷峰祭，感佛恩超度，千古永留传。[②]

方本被视作白蛇传故事的集大成和定型之作，已经涵括了白蛇报恩、断桥相会、盗金结祸、端阳化形、昆仑求草、水漫金山、白蛇产子、永镇雷峰、状元祭塔等重要的故事关目。方本对许宣与白素贞之间的爱情予以肯定，成为后世白蛇传重述的主流方向，故事主题也相应地从对许宣的度化，转向了对白蛇的救赎，从而肯定以至强化了白蛇身上所具有的人性色彩，而法海作为许白爱情的破坏者，本是掌握最高准则的降妖人，其身上的道德意味却逐渐变得暧昧模糊，甚至狭隘卑琐，成为白蛇形象的对立面遭到民间趣味的否定和嘲讽。[③]

四、格萨尔王传故事的历史演变

藏族英雄史诗《格萨尔》是现今已知的世界上最长的英雄史诗，根据学者曼秀·仁青道吉的统计，目前搜集整理出的史诗《格萨尔》共有120余部，100多万余诗行，逾2000万字，而且《格萨尔》至今仍然保持着蓬勃的生命力，正如藏族的古谚语“岭国每人嘴里都有一部《格萨尔》”所显示的，在藏族文化区域内史诗的创作和流传还在继续，其故事容量仍在不断增长。一般认为，格萨尔王传的故事产生于古代藏族社会由氏族社会向奴隶社会转变的历史时期，这一时期尽管还没有形成确切的文字记录，但已经显露出发达的文化思维。公元七世纪吐蕃王朝建立以后，受到佛教思想的影响，格萨尔王的故事获得了更进一步的发展。

---

① 萧欣桥选注：《宋元明话本小说选》，南昌：江西人民出版社1980年版，第98页。

② 方成培：《雷峰塔》李玫注，北京：华夏出版社2000年版，第1页。

③ 鲁迅先生在其杂文《论雷峰塔的倒掉》中有一段对于民间观念的叙述：“试到吴越的山间海滨，探听民意去。凡有田夫野老，蚕妇村氓，除了几个脑髓里有点贵恙的之外，可有谁不为白娘娘抱不平，不怪法海太多事的。……和尚本应该只管自己念经。白蛇自迷许仙，许仙自娶妖怪，和别人有什么相干呢？他偏要放下经卷，横来招是搬非，大约是怀着嫉妒罢，——那简直是一定的”，可作为佐证。

史诗《格萨尔》的故事主要分为三个部分，首先是神子降生，故事讲述当时的人间妖魔肆虐横行，为害百姓，天上诸神为了拯救人间疾苦，占卜打卦之后，决定派遣白梵天王之子格萨尔降临人间，除魔卫道，弘扬佛旨，其后又叙述了格萨尔秉承天意降临岭国的成长经历，包括其童年生活、赛马称王，纳珠牡为妃等重要情节。这一部分故事在长期流传过程中，内容不断丰富拓展，部分情节逐渐形成独立的故事段落，比较重要的，如《贵德分章本》中诸神商议遣使之事，独立出来成为“天界卜筮”的内容，用以交代格萨尔的出身、到人间的缘由等，是整部史诗的引子或楔子。与此相关的重要异文还包括“仙界遣使”“贾察诞生史”“戎察诞生史”“赛马称王”等，其中《仙界遣使》出现了两个对格萨尔经历产生重要影响的人物，莲花生大师和汤东杰布。

其次是降服魔王，格萨尔所征讨的魔王起初只有霍尔国的白帐王和北方魔国国王禄赞，后来变成四大魔王，由此产生被通称为“四部降魔史”的《降服妖魔之部》、《霍岭大战》、《姜岭大战》和《门岭大战》，这是由代表空间的“四方”概念发展而来，格萨尔在向父母陈说降魔志向时说道：“现在我要投生人间，去降服四方四魔王，叫他们给我做奴隶，让人类世界享太平”①，“四部降魔史”的异文较多，如《门岭大战》的异文就有三种以上。在此基础上又发展出除包括四部降魔史在内的所谓“十八大宗”，即《大食财宗》、《杰日珊瑚宗》、《卡契松石宗》、《雪山水晶宗》、《亭格铁宗》等。“宗”翻译过来是城堡的意思，可以引申为治域或国家，讲述格萨尔王征讨十八个国家的故事。征战和降魔是整部史诗的核心部分，集中塑造了格萨尔王的英雄形象，在降魔主题下史诗还发展出了枝蔓横生的“十八中宗”“十八小宗”等故事情节。

最后是地狱之部，这一部分主要讲述格萨尔在地狱大闹阎王殿，救回死去的母亲和妻子，完成其在人间的使命之后，格萨尔又回到了天界。长期以来人们相信格萨尔王的故事具有神圣性，第三部分讲述完之后，讲唱人的生命也会随着故事的结束而结束，因此地狱之部的故事流传和发展的范围都十分有限，其故事内容也较为单薄。

在超过三分之一的史诗篇幅中，主要描写了格萨尔领导下的对外战争，特别是对作为邪恶象征的“魔国”的征服。史诗中大量的战争描写，实际上是九世纪以后，长期处于分裂和战乱状态的藏族社会的反映，邦国之间连绵不绝的战争和侵掠，不仅难以形成统一稳固的国家形态，而且对传统宗教信仰产生了极大的破坏性，史诗《格萨尔》的创作意义正在于对宗教信仰和精神秩序

① 王沂暖 华甲译：《格萨尔王传 贵德分章本》，兰州：甘肃人民出版社1981年版，第6页。

的重建。

史诗《格萨尔》分为散文和唱词两部分，唱词以韵文的形式，由说唱艺人按照故事人物角色进行演唱和表演，散文部分则采用叙述性语言，交代故事的过程和情节发展，以及连接各段唱词，使得史诗《格萨尔》呈现为系列歌剧的形式。《格萨尔》的说唱者在藏族民众中具有较高的社会地位，其讲唱史诗既带有表演的形式，又带有某种仪式文化的遗留，如其说唱者在讲唱过程中往往戴着插有鸟羽的八角高帽，用以象征说唱艺人如同山鹰一般，飞越广阔天宇和四方山川，在某些演唱场合中还有向神灵祷告和等待神降的仪式过程。

第二节　“重述”——世俗理想的胜利

在经典文本的重述过程中，如何应对影响的焦虑成为对每个作家的挑战，重述神话在原有神话的故事框架内展开，或者运用叙事策略拓展叙事空间，或者增加新质实现故事文本的再造，成为作家重述神话的两条重要途径，本论文主要探讨的是后者。

然而原有的故事构架实际上留给作家的个人发挥空间是十分有限的，在叶兆言所作的《后羿》中，可以明显看到作家在处理后羿这一人物形象时所做的挣扎和屈服。原型神话大多结构简单，情节单一，特别是产生时代较早的孟姜女和嫦娥奔月的传说故事，尽管在历史发展演变过程中，后人对故事内容进行了尽可能的扩充，增添进大量带有不同时代社会历史状况特点的人物和故事，故事情节趋于复杂丰富，人物形象也更为丰满立体，但仅凭一两个人物以及一个简单的故事，要支撑起一个长达十万甚至数十万字的长篇故事显然仍是十分困难的。

作家在原有故事框架的基础上，各选择了一个易于扩容的节点予以尽可能地发挥，并以此为基础构架小说情节，苏童的《碧奴》选择了“千里送寒衣”的情节，将孟姜女寻夫的路程予以延展和拉伸，使得原型故事中被概念化的“千里”得以具体化；叶兆言的《后羿》则选择了对人物关系的复杂化处理，在以宫廷斗争为核心的政治活动中，表现人物之间错综复杂的关系；白蛇传的传说本身已具有足够丰富的故事含量，因此李锐的《人间》更致力于将其转化为一种精英叙事，从叙事策略的采用到形而上思维的统领，李锐主要扩展的是原有故事的思想层面。阿来的小说《格萨尔王》延续了史诗《格萨尔》的基本叙事构架，包括重要的故事情节如神子降生，赛马称王，征讨魔国等，除了将说唱结合的语言体式改造为更适于叙述的散文化的小说语言，阿来通过增添一个新的叙述者“说唱人晋美”，实现对原型人物格萨尔的镜像化塑造。

重述神话以一种主题先行的写作方式进行，然而作家对于改写对象的有意识的选择，或是为表达关注和干预现实的意愿，或是诉诸民族情感认同的需求，或是个体现实体验和人生哲学的倾诉，也就是说，作家选择何种神话题材进行改写，实际上与作家的知识结构以及创作风格之间是有着密切关系的，“重述”本身不仅不会消解反而会强化作家创作主体的特性，“重述神话”同样构成了作家创作活动的重要组成部分。

一、《碧奴》——碧奴“千里送寒衣”的冒险

在原始的故事框架内如何能够讲一个新的故事，苏童采取的方式是以“重塑”代替“重述”。苏童曾经在接受访谈时表示，自己创作《碧奴》并不以颠覆为能事，而是旨在恢复文化传统，在对孟姜女形象的重塑过程中，实则蕴含了他塑造传统女性形象的用意，基于这种文化认知，苏童实际上是排斥“颠覆”一词的使用的。将神话视为传统文化资源的组成部分，表明了苏童对于神话传说原型的尊重，对中国传统神话中所具有的道德感和历史感的尊重，这种尊重使得苏童在处理人物形象时也带了温婉柔和的意味。以“碧奴”的称呼取代孟姜女的原名，既是受到苏童唯美创作风格的影响，又表明了对人物形象从外在形貌到内在性格上的一种审美期待，可以说，苏童从各个方面致力于将碧奴塑造成一个柔弱而纯洁的底层女性形象。

苏童以沉郁的笔调刻画出身为底层女子的碧奴，在途中所必然遇到的种种艰险和危难，同时小说也通过碧奴的眼睛，去描写社会中的芸芸众生相。碧奴在路上所遇到的行人、车夫、小偷、孩童、农妇等为代表的普通人群，因为贴合现代人的生存经验而显得无比真实，相较之下，与孟姜女传说原型相联系的特定历史概念“秦朝”反而模糊了，真正产生意义和发生作用的，是存在于任何历史时期的最普遍也是最真实的人性善恶。碧奴所接触的形形色色的人，以及他们在与她发生联系时，所表露出的人性的美好和丑恶，构成了碧奴千里送寒衣的路上的温情和阻隔。

苏童的笔下是一个极为典型的乱世：“初秋的洪水还奇迹般地滞留在鹿林县的土地上，太阳朗朗高照，照着鹿林县寂寥而寒伧的官道。路上杂草丛生，泥泞不堪，密布着来历不明的水流和土坑”①，这种凄怆而落寞的氛围贯穿了整部小说，碧奴如同命不由己的飘蓬，辗转无依的浮萍，被抛落在混乱而污浊

① 苏童：《碧奴》，重庆：重庆出版社 2006 年版，第 133 页。

的乱世人群中。

在苏童的故事设计中，碧奴所处的是一个半荒蛮半文明的时代，在这样的时代人们还相信神性的力量，更重要的是，在这样的时代人的自我认识和社会认知是被动的甚至是蒙昧的，人可以单纯地按照自我的情感去行动，而在这种情况下，“思念”的自然属性就取代“贞节”的社会属性，构成了支撑碧奴完成“千里送寒衣”壮举唯一也是最为强大的动机。

由此“千里送寒衣”的故事成为小说叙事的重点，这也方便了苏童对原有故事进行延展。通过对游记小说的借鉴，苏童在孟姜女的路途中可以无限制地增加人物和奇遇，却不会影响到原有的故事线索和框架，在苏童创造的故事新的结构中，旅途奇遇与千里送寒衣二者之间是类似于并联线路的关系，在千里送寒衣的主线之外，可以随时分出新的故事线索，由于其旅途的终点是预先设置好的，因此分岔出的故事实际上仍然是有所附丽的，无论其支线如何芜杂蔓延，都可以在人物重新踏上旅途的时候将一切支线断绝，而回到原故事或重新开始新的故事。

碧奴在离开桃村踏上“千里”寻夫之路时曾经说过，“有马骑马，有驴骑驴，没有马没有驴就走着去，牲畜能走那么远的路，人不比牲畜强？怎么就不能走一千里路呢？”[①] 实际上“千里”是一个含义模糊的概念，在古代诗人的思维中，可以通过明月、飞鸿、游鱼等自然意象来填补“千里”所代表的抽象的空间阻隔，强化思念对于有形空间的超越，而当跨越“千里”还原为实在的生活情境，需要以人的脚步去丈量这段实际的距离时，我们看到了《碧奴》中由“蓝草涧”“百春台”“河湾”“青云关”“芳草驿”“七里洞”“五谷城”等众多的地名构成的从北山到大燕岭之间漫长的路程。这些具体的地理名称复原和补充了传说的语境。

苏童所要表现的就是隐藏在神话背后的这样一个艰难时世。小说叙述碧奴“千里送寒衣”的旅程，还描述了鹿人少年卑微的愿望、衡明君和钦差大使之间的争斗、五谷城门口的流民、刺客少器的失败，对于城镇生活各个层面人物活动的描写，使《碧奴》具有一种写实的风格，而为百春台门客送葬、遭遇“鹿人”“马人”、寻找泪人入药等等离奇的情节，则同样具有一种荒诞之下的社会真实。小说《碧奴》将神话中人和物、人与神无间的状态，转变为一种由民间与庙堂构成的二元社会结构，可以说，通过拉长碧奴的旅途历程，苏童将一则神话故事变成了一段人间传奇。《碧奴》在环境和人物的设置上充分彰显了苏童“重述”神话的企图心，因此在古代神话传说中被一笔带过的送衣

---

① 苏童：《碧奴》，重庆：重庆出版社 2006 年版，第 12–13 页。

之路，充满了各种显然是刻意为之的困难，作家在对碧奴的“刁难”中，也升华了其跋涉千里的意义。由此苏童向我们展示了孟姜女故事的深层内涵，即一个普通的民间女子碧奴，如何通过旅途的历练，最终成为一个兼具有神性力量和人性光辉的神的形象。

传说原型中“千里送寒衣”的过程是高度概括和浓缩的，已经融化在古往今来那些捣衣、凭栏、怀归的思妇意象之中，强调的是“千里”所代表的时空的远隔，却忽视了“送”本身所具有的行动力量，而苏童以其人生感悟和丰满想象充实了碧奴的旅程，使得碧奴的人生历程更为具体和真实。

二、《后羿》——嫦娥的后宫生活

原型神话中作为君主的有穷氏后羿与作为英雄的羿的形象的叠合，使得后羿这一人物身上的不道德成分愈加浓重，最终使得“后帝不若”，导致后羿沦为凡人，被逐出神界。而对于后羿的指责，最初只是指斥其耽于游猎，宠信奸邪，荒疏国事，如《左传·襄公四年》引魏绛言：“恃其射也，不修民事，而淫于原兽”[①]，屈原《天问》中则进一步将对后羿的批评引向对其私德的指责，所谓“帝降夷羿，革孽夏民，胡射夫河伯，妻彼雒嫔?”[②] 王逸注中解释为后羿为抢夺雒嫔射伤了河伯的左眼，二者实际上都应当视作只是对后羿“善射”核心意象的引申。

而从现代人的眼光来看，宫闱秽乱，政治权谋的传闻无疑是更具有吸引力的，其隐秘性和伦理色彩留给人们更为广阔的想象空间。根据屈原《离骚》和曹植《洛神赋》的描绘，雒嫔是一个美艳风流的女神形象，在原型神话中实则已隐晦地暗示了后羿与甄宓之间的性关系，王逸《天问》注云：“羿又梦与雒水神宓妃交接”[③]，是典型的高唐神女神话变型，从故事的情感逻辑而言，作为“羿妻”的嫦娥由此产生妒忌和愤恨心理则顺理成章，而屈原在《天问》中发出的质疑“安得夫良药不能固藏”，也就有了合理的解释。

叶兆言在《后羿》中对原型神话进行了“拆解”，重置了故事的人物关系和叙事结构，不仅是嫦娥和后羿的“神”的身份被改造，故事中的其他人物造父、吴刚等除了名姓与原型神话中一致，其身份和性格也都发生了较大的变化。一方面，小说中嫦娥与后羿之间的关系是较为固定的，由原型神话所决定，二人之间是夫妻关系，只反映为情感性质的变化，经历了从母子、兄妹到

① 左丘明：《左传》蒋冀骋标点，长沙：岳麓书社 1988 年版，第 183 页。
② 朱熹 王逸：《古典名著普及文库 楚辞章句》，长沙：岳麓书社 1989 年版，第 82 页。
③ 同上。

夫妻的情感关系转换，与此交织的是后羿从懵懂孩童到射日英雄再到亡国之君的整个成长历程；另一方面，小说讲述了嫦娥从部落首领之女到亡国俘虏再到有戎国皇后的人生起伏，通过她与众多人物主要是男性的关系，编织建构起以嫦娥为中心的复杂的社会关系。在成为后羿的正式妻子之前，嫦娥先是为主人吴刚强占为其第七任妻子，其后为了后羿能获得神弓和学习箭术，又接连与末嬉的丈夫造父和有戎国的神射手布发生关系，如果说嫦娥与吴刚和造父的关系带有强迫的性质，与布的关系则对于嫦娥来说则带有一举两得的意味。与之对应的是后羿与末嬉、玄妻等女性之间的纠缠，由此在原型神话中后羿与嫦娥单纯的夫妻关系，在小说中被演绎成了更为复杂的以皇权为中心的权力斗争和后宫政治。

在复仇、情欲、妒忌等与后宫生活相关的主题之外，叶兆言着重描写的是人的权力欲望，在叶兆言的笔下，后羿的英雄身份被极大弱化。按照叶兆言的说法，他是按照独裁者的形象来塑造后羿这一人物，在小说中叶兆言以拆字法来解释后羿的“后”字：“它是表示有一个人坐在这里。坐在这干什么呢？你们看，他正张开了嘴说话，说什么，别人就得乖乖地听什么。为什么呢？因为这个坐着的人，他不是人，他是神，是首领，他正在发布号令，有事要诏谕天下四方”①，对于权力的迷恋成为后羿悲剧命运的重要诱因，这是对神话中后羿失国情节的引申，而嫦娥奔月也被解释为宫廷政治失败的结果，由此宫廷争斗成为整个故事矛盾激化和导向悲剧结局的关键环节。

显然，叶兆言的《后羿》是选择了将原有神话故事进行历史化处理。小说关于嫦娥和后羿的成长历程的描写是平庸以至于流俗的，阉割、性交易、乱伦、通奸充斥于字里行间，如果说故事的《上卷·射日》部分还偶尔流露出人性的温暖，《下卷·奔月》中对于宫廷生活的描写，则进一步暴露出人性的卑琐和无耻。通过对以后羿为中心的后宫生活的描写，特别是嫦娥、末嬉、玄妻等人物之间的利益纠葛和爱恨情仇，叶兆言创造了一个实际上不属于神话时代的历史情境，尽管在某种意义上而言，神话传说实际上也应当视作是广义的历史题材。受到商业文化的影响，对于历史的书写不可避免地出现了娱乐化、通俗化的倾向，历代帝王和后妃们的故事不断地被人们所“演义”和“消费”，叶兆言将叙述重点放在对嫦娥后宫生活的描写，即采取了戏说历史的套路，这也是当代作家在处理历史题材时常用的手法。

人们乐于接受演义式、戏说式的历史呈现，也追捧在现代爱情观笼罩下的古代帝王生活。值得注意的是，在故事的结尾，后羿和嫦娥的关系仍然进入了

① 叶兆言：《后羿》，重庆：重庆出版社2007年版，第161页。

现代人以专偶婚姻制为基础的爱情模式之中。尽管《后羿》对于情欲的描写具有无节制的倾向，但小说以嫦娥和后羿的感情为主线，仍然凸显了爱情的主题，因此有评论家认为，叶兆言是以通俗文学的创作手法来实现对神话的重述。在笔者看来，实际上四部重述作品都不约而同地涉及爱情这一主题，作家们对故事原型中的爱情元素进行了尽可能地发挥，对于爱情的颂扬与重述神话的主旨是相贴合的，人的情感欲望代表了非理性的力量，神话复兴的主旨即在于以此实现对走到极端的理性精神的反拨。苏童、李锐、阿来在这一主题的描写上主要还是凸显了爱情的美好，而叶兆言则以悲观的笔调刻画了后羿和嫦娥之间的爱情，这应当视作是现代女权观念对于传统历史题材的改造。在充斥着背叛、妒忌、欲望、诡计、复仇、纠葛的后宫生活中，嫦娥的女性意识得到激发。联系有穷氏后羿的传说，后羿亡国之后，其妻子的命运只有“靡奔有鬲氏，浞因羿室，生浇及豷”[①] 的简单描述，《后羿》以嫦娥为核心人物，与传统历史书写中的男性视角不同，以嫦娥的经历和心态变化，揭露出被男权社会所边缘化了的女性历史，特别是以造父、吴刚等人将嫦娥当作财产和工具作为对照，女性的独立只有在后羿和嫦娥的爱情关系中才能得到真正的体现。

三、《人间》——白蛇“做人”的修行

神话和传说都是民间文学资源的组成部分，与传统的作家文学之间具有较大的距离和隔阂，李锐以精英文学作家的视角对神话进行观照，使得《人间》带有现代性启蒙的立场，甚至形成了对传统民间思维的批判。故事内容的叙说是服务于其哲学诠释的，对于传说的重构服务于作品的批判性，这使得《人间》的故事文本具有一种形而上的意味。

为了能充分地呈现作者对故事内涵的形而上的求解，李锐在《人间》中采用了复调式的多重叙事。在白蛇传的经典故事框架内，李锐又增加了两个叙述者——法海，以及代表白蛇分身的“我”，法海的自述以及来自“我”的不完整的回忆，不同的叙述声音相互穿插又各自独立，使小说的叙述陷入变幻诡谲的时空幻境中。

《人间》故事集中表现白蛇做人的修行，因此原有故事中的除妖降魔、灵兽报恩、僧魔斗法等主题都被予以淡化，特别是水漫金山作为故事原型的重要情节，也被大幅度地删减，而是以情感欲望和物类繁华来凸显人世的美好，反衬神仙世界的虚无缥缈和凄冷寂静，从而形成对成仙得道主题的反拨。为了凸显作家对于人性复杂性的探索，《人间》中还写了多组爱情，除了许宣和白素

① 左丘明：《左传》蒋冀骋标点，长沙：岳麓书社 1988 年版，第 184 页。

贞的爱情故事外，作家还增添了多组爱情故事线索，包括粉孩儿和香柳娘，法海，小青和范巨卿，秋白等。

白蛇传故事的基础是宋代话本，宋代通俗文学创作的成熟使得白蛇传故事从一开始就具备了足够的故事含量，如果作家做过度的发挥，如苏童的《碧奴》和叶兆言的《后羿》一样，将之导向传奇化、通俗化的叙事，反而破坏了白蛇传本身的故事结构，也弱化了重述神话本身所预设的现代人思维的引入。实际上，白蛇传并不能算是一个严格意义上的神话故事，但白蛇传中所体现出的佛教思想观念，使得白蛇传的故事意旨涉及人神之间的冲突和矛盾。在中国这样一个缺乏神话叙事的国度中，类似白蛇传这样的故事必然会引起现代作家的兴趣，这也是为什么李锐在阐释创作《人间》的思想动机时，尽可能开掘故事本身的思想内涵，在故事叙述中也体现出鲜明的作家意识，通过大量的议论和戏剧化冲突，传递出作家的创作意图。由此《人间》的叙事重点自然放在了能够表现人神冲突的故事节点上，对应于凡人成仙的历练，白蛇做人的修行过程中所遇到的来自人间的阻挠、误解和拒斥就成为故事情节展开的关键。

白蛇从一个被人类群体所排斥，乃至被驱逐的异类，到为了爱情尽力去完成做人的修行，直到最后在经历由蛇变成人的仪式之后，幻化成人的蛇妖的最后一个愿望却是："法师，让我变回蛇身，让我……走得安心、干净"①，这种正反合的三段论，在故事中表现为白素贞人生经历的三个阶段，最后通过白素贞向本性的复归完成了其自身的升华和解脱，这显然是受到哲学思维的影响。

此外，我们还应该注意到小说《人间》文本所传递出的历史反思意义以及对于人性的批判。李锐对于《人间》的文本寄予了在故事"重述"之外的一种冀望："人类历史上被政治、宗教操纵的大众和今天完全被商业化操纵的大众，是一样的，正是被神化的大众造成了无数历史悲剧，想想世界大战中的狂热的'爱国'大众，想想几百年殖民历史当中那些无数自以为'进步、文明'的'上帝的选民'们，浩劫之所以能够成为浩劫，就是因为大多数人成为浩劫的参与者、支持者。而且，古今中外反复上演乐此不疲。不然，哪来的浩劫？因此，我们无法对'人性'保有一种天真完美的信任。"②

四、《格萨尔王》——现代人晋美的心理状态

在由史诗《格萨尔》衍生出的众多分章体故事中，格萨尔的形象已经具

① 李锐 蒋韵：《人间》，重庆：重庆出版社 2007 年版，第 55 页。

② 摘自新浪读书 李锐、蒋韵夫妇谈新作《人间》，链接：http：//book. sina. com. cn

有了较强的人性色彩，如在扎巴老人演唱的《仙界遣使》版本中出现了这样一个情节，诸神决定派遣格萨尔到人间除妖降魔，可是遭到了格萨尔的拒绝，故事叙述格萨尔为了躲避去人间的任务，一共躲了九次，都被天神找到，其到人间有不得已的意味。阿来的《格萨尔王》则借由“背叛”的主题，来表现一个现代人的生存处境，借用古代神话传说的外壳，探讨的仍然是现代人所面临的问题。

与神话传说一样，英雄史诗同样被视为民族集体记忆的产物，史诗“是人类文化记忆的根本，其文化资源价值只是到了反思现代性弊端的后现代思潮的时代才逐渐为人们所认识、所珍惜。”①《格萨尔王传》浓缩的是藏族的民族发展史，传递出的是对先祖英雄事迹的追慕之情。阿来选择史诗《格萨尔王传》进行重述，其字里行间充溢着民族历史的荣誉感和对于民族文化的深厚情感。

在接到“重述神话”的项目之前，阿来曾经下大力气搜集与格萨尔王传相关的文献和历史资料，还做了大量的田野调查和民间艺人的访谈记录。对于包括作家阿来在内的广大藏族民众而言，史诗被看作是历史的组成部分，但这与传统意义上的历史概念有着本质的区别，传统历史概念意味着以理性精神面对过去，以真实和反思作为写作的标的，编年史历史观的形成赋予历史事件以严格的时间意义，而神话记录的是超越历史时间之外的世界，喻示着神祇世界中时间的永恒性。

在阿来的《格萨尔王》中呈现出来的是一种民族的历史观。阿来所构建的“重述”旨在展现民族独特的“历史心性”，也就是“在此文化概念或心理构图下，人们循一固定模式去回忆与建构‘历史’起源（历史记忆与历史叙事）；基于此心性，并透过各种文类而作的历史文本，成为一种流动历史记忆，塑造人们的各层次、层面的社会认同，也因此影响人们个别与集体之行为。”② 民族史诗又被人们称为“流动的历史记忆”，对于英雄史诗的重述，是再现民族历史的一种方式。因此在小说《格萨尔王》中基本延续了原有的故事框架，即讲述格萨尔王的降生、赛马称王、征战魔国和雄狮归天的整个人生历程，在对原有故事进行提炼之后，小说最终呈现为主线清晰的英雄成长故事。

但作为一个现代作家，阿来必然会在重述过程中留下个人化的印记，故事

① 叶舒宪：《神话意象》，北京：北京大学出版社 2007 年版，第 91 页。

② 王明珂：《族群历史之文本与情境——兼论历史心性、文类与范式化情节》，陕西师范大学学报（哲学社会科学版）2005 年第 6 期，第 5-13 页。

设置中出现了一个新的人物角色即牧羊人晋美，他具有现代人的知识范围和文化心态，晋美的故事构成了故事的次要线索，通过对晋美心态变化历程的展现，构成了现代性眼光对民族历史的审视。如小说中描写了科学技术对西藏前现代社会的冲击，以及由此造成的人们灵魂的堕落。故事叙述晋美在叔父的农耕村庄，受到堂弟堂妹们的排斥。除此之外，阿来还极力刻画了现代文明对于一个小村镇的侵入和占领，机动车的喧嚣、琳琅满目的家用电器、被流行文化侵染的男人和女人们、酒精和流行歌曲，显示出物质的丰富和多样，同时也映衬出现代人在精神上的虚无，面对这一切，晋美的困惑是具有普遍性的。

晋美与格萨尔王的联系，接连起了被现代文明和理性精神所隔断的民族历史记忆，而在故事的叙述过程中，两条线索的相互交叉，呈现出神性和人性的矛盾。格萨尔王困惑于人性的价值何在，而晋美反思的是现代性对于人性的腐蚀，从这个角度而言，格萨尔王和牧羊人晋美的形象是叠合的，区别仅在于，存在于英雄时代的格萨尔王凭借神力降妖伏魔，而生活在现实社会的牧羊人晋美凭借神启的力量实现对精神之魂的追寻，从而“表达出对蕴聚其中的人性和神性等人类朴实情怀和价值的独到见识”。①

第三节　“颠覆”——人性与神性的冲突与和解

“神话”，顾名思义就是“神”的故事，作家以神话作为重述的对象，首先需要理解塑造“神”与塑造“人”的区别，以及在原本神话中完全按照神性原则所塑造的“神”，如何在历史化叙述中逐渐具有了人间的思想情感。在这里，作家作为文化个体的作用至关重要，在“重述神话”作品的分析中，我们能更清楚地感受到作家对于人物命运的操纵，在作家的笔下，“神”不仅具有了人的情感，更具有人的弱点，如果说“神”自身的力量和智慧是故事情节发展的动力，那么“神”的情感观念的“人化”处理则推动了人物命运的起伏和转折。

在对于古代神话的重述过程中，四个作家无一例外地对世俗生活进行大篇幅的描写，在处理神性人物时则刻意突出其“平凡”特性，世俗生活的逼仄和无聊极大地挤压了原型人物身上的神性光辉，作家也放弃了传统叙事文学对

① 黄健 叶佩琪：《“重述神话”与“中国形象”的重塑》，福建论坛（人文社会科学版）2011年第12期，第139-144页。

神话改造过程中对于神奇力量的过度渲染，而将叙述的重点放在了人物琐屑平庸的日常生活中。在这里我们有必要将之与日常生活审美化的理论进行区别，日常生活审美化同样是对于神圣性的消解，但其旨在打破日常生活和文艺之间的界限，是对于传统精英文学的反弹，日常生活审美化的理论基础是后现代主义和消费文化，金元浦先生曾形象地将精英文学所崇奉的“美”的原则比喻为“蛋糕上的酥皮”，实际上就是否定了美与文学创作的必然联系，在日常生活审美化理论的影响下，作家不再避讳对于审丑的展示，甚至尽可能用夸张和戏谑的笔法将丑放大，日常生活审美化作为一种新的美学原则，在文学创作中掀起了一阵对于平庸化的写实手法的追捧，更有甚者导向对以消费文化为主导的感官享受的膜拜之中。而“重述神话”对于世俗庸常的展现，则是提供神性，以及其对立面人性得以展现的空间，神性无所作为之处人性凸显其力量，而在人性堕落之时又以神性予以拯救，反映的是人类在远离神话时代之后，人性与神性之间的冲突与和解。

从片段式的描述扩充为具有丰富人物情节的长篇小说，作家至少在情节内容的丰富、故事内涵的深化、主要人物心理世界的延展等三个方面完成了对神话的“重述”。值得注意的是，“眼泪”“人世”“身份”“心魔”作为解读《碧奴》、《后羿》、《人间》、《格萨尔王》四部文学作品的关键词，融会了作家对于所重述神话对象的个人化理解，以及小说中关于“人性”观念的集中表述。

一、碧奴的“眼泪”

苏童的《碧奴》对“眼泪”这一意象的集中表现，传递了最软弱的东西可以摧毁最坚固的东西这一理念，小说的主体部分是碧奴千里送寒衣的历险过程，在这一阶段，碧奴身上人性的力量得到了充分的展现，对于丈夫的挂牵转化成为执着的信念，在小说的高潮即故事结尾处的“哭倒长城”部分，象征女性意识的眼泪充分展现了神性的力量，最终摧毁了长城。

“眼泪”的力量作为神性的象征，是对神话原型的继承和发展。小说中有多处对眼泪神性力量的描写，随着碧奴旅程的延伸，眼泪的力量也在不断地加强。小说的开篇描写了作为禁忌的眼泪，在苏童的隐喻结构中，对眼泪的恐惧既是对原始思维的夸张，又代表了现代文明对于人的本能的抑制，眼泪成为碧奴隐秘而独特的标志，文中对碧奴的哭泣形态进行了接近于纤毫必至的描写，以雨云飘过形容碧奴的哭态，带有唯美婉约的色彩。小说叙述人们学习用各种方式哭泣以对抗禁令，在此哭泣还象征着隐蔽而异常强大的民间反抗力量，呼应了神话原型中孟姜女哭倒长城的社会蕴意，意味着对于统治阶层压迫力量的消解。民间观念对神话思维的改造，将想象力附着于对于社会现实的批判上，使得孟姜女这一人物身上的神性色彩具有更强的社会指向性。

在漫长而艰辛的路途中，眼泪又多次发挥了作用。如小说中描写羊倌在碧奴独行僻野而孤苦无依时，意图对其进行轻薄和侮辱，这时碧奴的眼泪产生了神奇的效果，遏制住了羊倌猥亵的笑容和他伸向碧奴身体的手。可以说，眼泪成为碧奴"千里之行"的神性护持。如同初民在面对神秘而强大的自然力量时感到恐惧一样，人们在社会现实中同样会感到软弱和无望，需要通过想象力进行纾解，由此神话在社会生活中扮演了现实理想的角色，人们通过神话的奇思妙想和无所不能解决现实困难，疏导人生苦难，成为神话接受和重述的心理基础。

然而孟姜女在神话中只是作为"贞节"的符号存在，苏童通过对故事内容的填充，使得碧奴身上的人性色彩得到凸显，也就是说，在苏童的故事中碧奴更像一个"人"，而眼泪在孟姜女故事结构中也有了更丰富的表现。小说中对碧奴感化鹿人的一段情节描写值得注意，在"鹿王坟"章节中，四个鹿人少年抓住碧奴，要将她作为祭品，碧奴的眼泪唤醒了鹿人少年对家乡的记忆，唤醒了他们被驯化过程中泯灭的人性，唤醒了他们原初的情感记忆，最后鹿人少年在碧奴眼泪的感召力量下，找到了回家的路。联系碧奴面对鹿人少年时的心理活动，小说中颇有意味的提到了碧奴的害怕和担心，她所害怕的并不是鹿，意即纯粹的天然的野兽状态，碧奴所真正害怕的是他们被异化之后的"鹿的心"，这是因为人心可以被人心所打动，然而面对的是一群拥有"鹿的心"时，碧奴的感觉是她对如何说服他们产生了犹疑和恐惧。最后由碧奴眼泪所代表的神性，唤醒了他们掩藏于兽性之下的人性，带有强烈的宗教净化意味，而兽性是由于社会压迫形成的，百春台统治者衡明君爱好骑射，由于战事纷繁马匹奇缺，百春台门人出计策以人为马、以人为鹿，以供衡明君骑射需要，而鹿人少年对这种戕害人性的作为不仅没有反抗，反而产生了认同，显然是暗喻专制压迫对人性的压抑，在这个意义上，碧奴以纯真人性实现对鹿人的救赎，具有强烈的社会现实意义。

在接下去的故事中，眼泪不仅解决了碧奴个体的困境，还进一步显示出了不可思议的宗教性力量。在五谷城城门，身陷囹圄的碧奴以眼泪唤醒了围观者的善恶廉耻之心，由于受到了碧奴眼泪的感召，胖屠夫、红杏出墙的妇人、狱卒等人无法抑制地对着囚禁碧奴的铁笼跪倒在地，对自己曾经犯下的罪行进行忏悔，在这里，眼泪的力量超越了人所制定的法制禁令，以感化而非辖制的方式激活了集体社会内的道德感，实际上眼泪喻示了通过原始宗教信仰所实现的自我净化和救赎。由此我们可以说，碧奴所代表的是未被社会锈蚀或污染过的纯洁人性，是宗教对于人性境界的构建，是无限接近于神性的人性，在这个意义上而言，碧奴这一人物身上，寄托了作家对神性和人性融合的理解。而此时的碧奴也是以一种近乎圣灵降世临凡的姿态出现在众人的面前，碧奴被恍若白银般的光华所笼罩，以凸显其圣洁的形象。

碧奴的神性显现在抵达长城时达到顶点，小说在这里呈现了一个接近宗教奇观式的场景，碧奴在最后时刻迸发出的眼泪如同一道闪电，散发出宝石般的光芒，长城在碧奴的眼泪的震撼下抽搐和颤动，最终塌崩了。这里苏童是借助宗教性的仪式来展现碧奴由人到神的转变，正如苏童自己所说的，他是要写一个哭泣的仪式，仪式的结局是无法改变的，但本应是最重要的仪式过程却是面目模糊的，而苏童所要做的就是将过程尽其可能地予以完整呈现。[①] 宗教仪式与神话有着极为密切的联系，马林诺夫斯基通过对仪式与神话关系的分析，得出结论：“没有重要的巫术、仪式或礼教是没有信仰的；信仰都是编在具体的有利可援的故事上。这期间的结合是密切的，因为神话不只是多使我们知道一点东西的评论，乃是关于实际活动的保证书，而且常是向导的。另一方面，仪式、风俗、社会组织等有时直接引证神话。”[②] 至此碧奴通过哭泣，完成了向原型神话中以神的形象出现的孟姜女的复归。

二、嫦娥的“人世”

叶兆言的《后羿》对于神话人物嫦娥和后羿的命运做了创造性的改编，小说通过制造无数的麻烦和苦难，以绝大部分篇幅展现出嫦娥与后羿纠缠其间的“人世”的种种情形，而对爱情主题的表现模糊了神性和人性的差别，在后羿和嫦娥的爱恨纠葛中，爱情不仅仅使得后羿从神灵堕落成为凡人，还使得本是凡人的嫦娥却成为神。

实际上，在重述的四个神话故事中，后羿射日和嫦娥奔月的故事元素是最为古老的，其中涉及的日月运行的自然规律是神话思维的产物，“以己观物，以己感物”的万物有灵的观念是神话思维的重要特征，后羿和嫦娥分别是日和月的象征，将自然现象加以神性的演绎是后羿和嫦娥人物形象产生的心理基础。对于带有较多神话思维特征的意象的处理，是叶兆言所面临的主要问题。而从《后羿》实际的成书来看，叶兆言对后羿射日和嫦娥奔月神话的重述反而是四部作品中世俗化色彩最为浓重的，神话思维向现代叙事观念的转化，叶

---

① 苏童 李建周：《纸上的海市蜃楼——与苏童对话》南方文坛 2008 年第 4 期，第 6 页。

② ［英］马林诺夫斯基：《巫术科学宗教与神话》李安宅译，北京：中国民间文艺出版社 1986 年版，第 92 页。

兆言是通过对于爱情主题的呈现予以实现的。

嫦娥奔月的故事从表层含义而言，意味着人对于永生的渴慕，而从其深层内涵而言，则象征着人对于自身有限性的超越。最初的神话中人神无间，可以自由往来，随着社会文明的发展，巫觋垄断了人神之间沟通的渠道，正如重黎隔地天通神话所喻示的一般，人与神之间变得不可接近，断绝了超越性的维度之后，人陷入无法超脱现世、到达彼岸的绝望之中，这不仅导致了神圣性的迅速消解，也造成了神仙思想的难以为继，为此需要在人与天、神界和人间之间重新搭建沟通的平台，因此在脱离了神话时代之后，人神之间的转换需要借助一定的技术或者仪式，道教的羽化、尸解等成仙方式就是这种神仙观念的反映，这也解释了为何嫦娥奔月神话的历史演变受到秦汉时期神仙思想的影响较大。

如果对嫦娥奔月的心理动机进行探讨，我们会发现在其原型故事中，已经在一定程度上蕴涵了人性色彩和现代思维，在神话中保持永恒的生命是神的显在标识，无论在中国神话中，还是在古希腊神话中都是如此，嫦娥奔月从其观念形态而言，实际上是人对于死亡的恐惧和永生的向往，受到仙化主题的影响，增加了嫦娥在人世历练的艰辛过程。我们说嫦娥奔月传说演变与秦汉时期流行的神仙思想有关，从西王母在奔月故事中所具分量的比重增加也可以看出，嫦娥服下丹药而奔月作为获取永生能力的途径，实际上与道教的修炼方式有着显而易见的关联，而嫦娥背负后羿妻子的世俗身份，则是嫦娥奔月故事世俗化的关键。

《后羿》中的嫦娥和后羿起初都是普通人，后羿刚出场的时候不仅没有表现出超凡的能力，反而作家还用戏谑和刻薄的笔触将其刻画成一个智力低下，不通世务的孩童，嫦娥也没有惊艳绝伦的外貌，只是一个相貌在中上水平的平凡女子，故事用绝大部分的篇幅叙述了二人在有戎国所遭遇的磨难，对比道教成仙故事中，为了劝导世人求仙访道，往往对于人世的无常和苦难进行渲染，同时对作为人世对立面的神仙世界则赋予美好的想象，由此激发世人摒绝世俗趋慕仙道的欲望，然而作家叶兆言渲染后羿和嫦娥所遭受的苦难，并非是以宣道宏教为主旨，而是以此凸显后羿和嫦娥身上所具有的人性化色彩。

在《后羿》中，叶兆言通过创设一个特殊的故事情节，完成对人性颠覆神性主题的显现，即嫦娥身上的人性成为开启后羿身上神性的钥匙。嫦娥与后羿在共同患难之中建立了深厚的情感，当嫦娥所在的部落沦陷于有戎国的侵略战争之后，嫦娥成为敌人的俘虏，遭受到来自吴刚、造父等贵族人物的欺凌，嫦娥以自己的屈辱换取了造父打造的，具有神力的弓箭，从而促进了后羿从懵懂状态到恢复神性的跨越，后羿获得神力，射下危害人间的九个太阳以及众多凶禽猛兽，被国人推举成为有戎国的帝王，然而登上王位的后羿因为宠爱其他妃子而冷落了嫦娥，嫦娥伤心之下服药奔月离去，也带走了后羿身上的神性力量，失去嫦娥的后羿连神弓的弦都无法拉开，由此导致了有戎国的覆亡。最终后羿甚至连凡人的生命也无法拥有，也就永远无法再恢复神的身份。

作家在嫦娥的世俗活动与后羿的神力获取之间建立起联系，意在说明神性在人性面前的从属地位。《后羿》对于人性的凸显和对于神性的弱化，甚至可以说是以人性消解神性，具体而言，嫦娥所具有的美好的人性开启了后羿的神力，而嫦娥身上代表恶的人性则腐蚀了成为神的后羿。由此小说将嫦娥塑造了一个具有复杂性格的女性形象，她一方面是个有情有义，有所担当的女子，能够无私和热忱地对待一个为世人所轻视和遗弃的孩童后羿，另一方面在与后羿的私人关系发展中，她又显现出自私和狭隘的复仇心理，可以说在嫦娥身上具有神性的色彩，却也不能摆脱人性的丑恶。

小说的另一个主要人物后羿的形象被彻底地颠覆。后羿之死在史籍中有两种截然不同的记载，一者以《淮南子·氾论训》为代表，“羿除天下之害，死而为宗布”，从其英雄的身份出发，后羿死后成为统领万鬼的首领，具有降伏妖鬼的能力，从而享受世人敬祀；二者以《左传》和《帝王世纪》为代表，作为昏君的后羿在政治斗争中落败，为臣属寒浞陷害身死。小说《后羿》为了凸显后羿的悲剧性命运，选择了第二个结局，被卷入政治斗争的后羿不仅失去了神的力量，还被人性欲望所吞噬，最终死于非命。而对于后羿射日的场景描写是小说中最具神性色彩的描写，其浓墨重彩和光华流动，形成了与嫦娥奔月场景凄清色彩的对比，也映衬了其后后羿因为世俗欲望，由神堕落为人的可悲。

三、白素贞的“身份”

李锐、蒋韵的《人间》通过白蛇的“身份”困境，表达了对人性评判的困难。神本是人世的唯一裁决者，法海作为神意的象征具有天然的合法性，而白蛇作为异类，不为世俗所容也是理所应当，然而小说《人间》发展了白蛇传的原型故事，进一步强化了白蛇身上的人性化色彩，甚至安排其救了法海的性命，由此打破了原初故事中正邪对立的二元格局。一方面，由于表现出人性，而遭遇认同危机的白蛇需要面对以除妖为使命的法海，另一方面，法海秉承着除妖的神圣使命，同时又为白蛇比人更具有人性而苦恼，《人间》以白素贞放弃了由妖变成人的愿望，以蛇妖的身份自杀转世为结局，本质上是对于人性的深层否定。

尽管白蛇传的故事形成的历史时间较为晚近，然而其蕴含的图腾意识是原始思维的产物。早期图腾被当做氏族的标志，如《山海经》中大量人兽同形的人物形象，实际上就是其时以图腾为标识的氏族，包括被视为中华民族象征的龙凤文化图腾。然而脱离了宗教信仰体系，理性主义精神实现对原始宗教文化的祛魅，人们逐渐意识到人与动物间存在根本差异，图腾从一种文化原型向文学意象转化，并由此获得了新的文化蕴意。

原始图腾意识在汉族神话中的改造以“历史化”为主要倾向，特别是从汉高祖刘邦开始，利用人兽婚姻的母题神化帝王出身成为普遍现象，如《诗经》、《史记》中后稷的诞生即是类似的人兽交合母题的产物，图腾思维的遗存成为政治文化的组成部分。不同于《诗经》中原始图腾尚是作为族源的解释，在理性主义精神的影响下，图腾成为神化帝王来历的佐证，服务于证明封建政权合法性的目的。反而是在部分神话片段中还保存着图腾文化的遗存，《诗经·生民》中的后稷因为降生时违常而被视为不祥，因而见弃，然而后稷在被弃置荒野时却受到了牛羊飞鸟等由灵性的动物的护佑，其受到图腾思维的影响是显而易见的，但后稷都是帝王身份，显然是经过后代文人的加工，而图腾与氏族之间的亲缘关系被英雄的个体形象遮蔽了。

中国的上古神话中有大量人蛇同体的人物形象，如“庖羲氏，女娲氏，神农氏，蛇身人面，牛首虎鼻，此有非人之状，而有大圣之德”①。人兽同形的图腾意识在叙事文学中转变为异物变形的母题，尤其是禽兽幻化为害人的美女形貌，增添了故事的传奇色彩，而图腾所具有的道德色彩和神圣观念则被消解了。相较之下，传奇作家更关注人兽变形的神异色彩，白蛇传原型故事“端午变形”即由此而来。又如杜甫诗歌《太平寺泉眼》提及“石间见海眼，天畔萦水府。广深丈尺间，宴息敢轻侮。青白二小蛇，幽姿可时睹。如丝气或上，烂熳为云雨”②，仇兆鳌引朱鹤龄注“二蛇乃龙类”，白蛇传故事原型中“水漫金山”的情节段落，即是对蛇与水的关系的引申。

列维·布留尔曾指出：“这些表象的情感力量很难想象有多么大。它们的客体不是简单地以映象或心象的形式为意识所感知。恐惧、希望、宗教的恐怖、与共同的本质汇为一体的热烈盼望和迫切要求、对保护神的狂热呼吁——这一切构成了这些表象的灵魂”③ 白蛇传的神话尽管产生年代较晚，但其中所蕴涵的原始思维和图腾意识却是古老文化的产物，万物有灵的观念在远古神话中留下深刻的烙印，除了大禹和舜的传说，卵生神话、铜头铁额的蚩尤部族等

① 来可泓译：《列子》，上海：上海辞书出版社 2003 年版，第 42 页。
② 马重奇：《杜甫古诗韵读》，北京：中国展望出版社 1985 年版，第 242 页。
③ ［法］列维·布留尔：《原始思维》丁由译，北京：商务印书馆 1997 年版，第 27 页。

神话传说都是如此，图腾观念与宗族意识的结合，为封建皇权所利用，将动物图腾作为宗族的象征延续了较长的历史时间，在这个过程中，动物变形的神话因素在叙事文学中获得了更大的发展，如在远古神话中精卫填海的故事实际上就是动物变形。在李锐的构想之中，对于白蛇传故事的重述，旨在以白素贞为核心，塑造一个身份存在疑问的异类，叙述其在人间被人类所排斥、误解的必然性，以此反思人世中的规则与神话宇宙秩序之间的冲突。

身份认同危机对个体精神的压抑感，是现代人最为强烈的心理感受，《人间》中选择“身份”作为关键词来表现白素贞所面临的精神困境，是用现代性精神反思来实现对传统题材的改造。为了使这个主题更为厚重，表明身份认同危机并不是作为异类的白素贞才需要面对的，在《人间》中法海作为白素贞的对立面，同样也面临着身份认同的问题，由此加深了对于白蛇传故事所代表的传统观念的质疑和反思。在这里我们可以将李锐的《人间》与李碧华的《青蛇》进行对比，同样是对于传统故事题材的改编，在李碧华的《青蛇》中是用小青的角色作为白素贞的对立面，强烈的女性意识使得李碧华在这个问题的探讨上，更注重现代人在情感层面上所面对的困局，李锐则从创作开始就将之上升到哲学的层面，因此在李锐的《白蛇》中这种对于身份的困惑成为一个更普泛化的问题。

李锐借小说人物之口有过这样一段慨叹：“当迫害依靠了神圣的正义之名，当屠杀演变成大众的狂热，当自私和怯懦成为逃生的木筏，当仇恨和残忍变成照明的火炬的时候，在这人世间，生而为人到底为了什么？”① 白素贞对于人间秩序无条件地接受和遵守，甚至为了救人包括救下意图伤害自己的敌人，能够作出自我牺牲，李锐通过故事中最具人性色彩的形象——白蛇白素贞的塑造，提出了作家对人性的质疑。在《人间》中佛性、人性、妖性三者的纠缠，彻底打破了传统文学中的二元化思维，使得故事呈现出一个开放式的结构，让读者对于一个“旧”的故事产生“新”的思考。在李锐的笔下，相较于佛性和妖性而言人性是最为丑恶的，“人间”承载了所有的否定意义，由此白素贞执着追求的人的身份，其做人的修行也因为人的愚蠢和残忍而化为意义的虚无，不仅白素贞最后放弃了人的身份，即便是曾经坚信“众生皆有佛性”的法海，也对自己的信仰产生了怀疑，在以所谓正义的名义除妖之后，法海也选择了对人间的逃离。

---

① 李锐 蒋韵：《人间》，重庆：重庆出版社 2007 年版，第 186 页。

四、格萨尔王的“心魔”

阿来的《格萨尔王》塑造了兼具人的品性和神的力量的格萨尔的形象。格萨尔是上天派到凡间解救疾苦的神子，他收复妖魔的事迹以及属于神的“智慧”充分说明了其“神子”的身份，然而“心魔”的存在，则凸显了他人性中妒忌的弱点。

英雄形象的构建是力避庸俗和琐屑的，他们身上所具有的感发人心的特质，在于其行为的超凡和自由，夸父追日、精卫填海、共工怒触不周山等等，都是以作为整体的自然界的壮美奇观作为背景，其人物具有最大的行动力和无限可能性，不仅表现为对人类能力的超越，也表现对人类世界有限性的超越。有趣的是，四位中国作家所选择的神话人物都有完整的情感生活和家庭结构，家庭或者更确切地说是婚姻，使神话传说的重述具有强烈的世俗性色彩，神祇或英雄藉由婚姻和家庭介入到人的生活世界之中，实际上是接受了社会关系以及与之相关的社会秩序和伦理道德，这也相当于摒弃了神祇身份所天赋的自由和超自然生命，尽管不一定因此会失去原有的神力，但在人类世界中却显示出神力在社会规则前的无奈和虚无。

绝大多数的远古神话传说是缺乏情感以及情绪的，即便是精卫填海、夸父追日这样具有悲剧色彩的神话，也是摒弃人间情感的，这是因为神话关注的是宇宙的普遍性，其情感基础是初民的集体意识和宗教体验，而非关乎个人化的情感。

阿来在塑造格萨尔这一人物形象时融入了自身的理解，其中有源自原著经典中对于格萨尔“神子”身份的发挥，格萨尔是神界为了拯救岭噶众生疾苦而派遣到人间的使者，小说中用奇异的笔法描写了格萨尔降生时的种种神迹和异象，格萨尔刚出生就拥有三岁孩子的身量，其降生在冬季，当时天空异常地响起惊雷，降下花雨，都是神兆的显示。由于格萨尔具有天赋的神力以及神灵的庇佑，因此小说中多次描写了格萨尔的神通，特别是收服妖魔的能力。除此之外，在格萨尔这一人物身上，阿来更多地注入了他对于人性的理解，在面对人性的丑恶时，格萨尔有显示出他作为“神子”的孤高的一面，鄙视甚至以恶作剧的态度对之，然而即使是格萨尔也免不了人性的弱点，拥有妒忌心即是他人性特点的显现，在解救他被拐走的妻子珠牡时，格萨尔残忍地将珠牡与白帐王的生子杀害，由此构成了格萨尔人物形象的复杂性。格萨尔的情感世界是复杂的，这与传统神灵形象仅具有悲悯之情全然不同，他有愤怒有感伤，这是属于人类的情怀，就如他的妻子珠牡对于他的评价一样：“你的智慧和力量是神的。既然你来到了人世，你的心就该是人的，所以，也会为了人间的生老病死而感到痛苦”[1]。

作家可以按照其意志将神话人物做庸俗化的处理，甚至将人物描写得尽可能卑琐愚蠢，阿来在小说《格萨尔王》中就多次使用了反讽和戏仿的艺术手法，如乌鸦因为发现珠牡被白帐王封为众鸟之王，而这只乌鸦的形象被描写为“它飞得比过去慢多了。作为百鸟之王，它脖子上戴着宝石串，爪子上戴着金指套，这些东西都太过沉重了”[2]。但我们应该清楚地认识到，神话时代的神祇与在历史时间中生活的人们有很大不同，神的国度没有死亡，缺乏社会组织以及对应的规则律令对个体的约束和限制。而阿来的《格萨尔王》索性连这一点也打破了，格萨尔的个体化感情使其认同于丈夫的世俗身份和占有欲，岭国国王的政治身份和使命感，由此他也失去了神的自由，纵使拥有强大的神力，在面对妻子的背叛时他也只能表现出“人”的软弱。

第四节　“重述神话”的当代意义

一、信仰·社会·人性——从神话到《故事新编》到“重述神话”

“重述神话”系列的作家在不同程度上表达了人性的观念。神话在产生之初是作为宗教信仰的观念载体和解释原则，在长期的历史发展过程中，由于受到史家“实录”精神以及儒家思想的影响，神话又经历了一个历史化和哲学化的过程，通过历代文人不断地改写和“重述”，不同历史阶段的社会观念和社会理想逐渐实现对神话文本的渗透甚至是颠覆性的改造。20 世纪 20、30 年代鲁迅所作《故事新编》中以神话为题材的《补天》、《奔月》、《理水》等篇章，则具有更为明确的社会批判意义指向，而“重述神话”的作家突破了宗教和社会的拘囿，以人性的观念对原本的神话传说进行了重新发现，“神”的身份与“人”的情感之间，古代故事与当代意识之间构成了强烈的叙事冲突，也深化了“重述”的主题，即人性与神性的冲突与和解。

最早的神话其根底为巫术，包括大量的神话原型，周以后理性精神觉醒，巫术尽管仍然在社会政治生活中占据重要地位，然而鬼神观念的兴起，宗族思

---

① 阿来：《格萨尔王》，重庆：重庆出版社 2009 年版，第 81 页。

② 阿来：《格萨尔王》，重庆：重庆出版社 2009 年版，第 90 页。

想的影响，使得神话世俗化的趋势加强，同时秦汉时期方士对神话的改造使其向仙化的方向发展，六朝之后神仙思想占据主流，神话的原型意味基本上已消解殆尽。叙事文学的发展突破了诗教传统，神话成为“小说之渊薮”，对于神话资源的利用，突出表现为从神话中的人物转变成为不负载宗教功能和意涵的文学意象。

袁珂先生对于神话与现实生活的关系有一段十分贴切的表述：“神话既然也反映现实生活，那么随着人类历史的进展，现实生活的中心内容发生了变化，必然也会曲折地反映到神话中而构成不同的中心内容。……神话的发展过程总是和现实生活的发展过程基本上一致的。”① 神话与现实生活的紧密联系，使其始终处于不断变化的状态，相较于原型，意象剥除了更多原始思维的成分，因此获得了更大的独立性，历代抒情诗人可以按照自己的理解和意愿对其进行意义的赋加和转换。

农耕文明赋予中国神话以重实际、轻幻想的品质，对于超自然能力的想象也是应用于现实功利的目的，最为典型的就是洪水神话。洪水神话为代表的自然神话，是深受水患灾害，而又依赖农耕生产的初民幻想的产物，因此中国神话中具有浓重的道德和理性成分，周文明兴起之后，受到血缘宗法观念和礼乐文化的影响，中国神话中更为抽象的天命观念获得了空前的发展，使之成为庙堂文化的组成部分，史官们对神话传说材料进行了加工和整理，将其历史化、理性化，对古代神话传说的“重述”，将其纳入历史的范畴之中，神祇的身份也就转化成为古代帝王和历史人物。专制主义的日渐成熟，儒家文化中大一统思想的发展，更加速了中国神话的改造过程，使其更适应于政治需要和道德教化的要求。现代文明对于神话传说的追寻，则突破了政治和社会批判的维度，将对人类童年时期对自然力量的想象，转换为对于神奇世界的描绘和渲染。

在神话传说中神祇世界和人类世界的关系一直是重要的主题，这种人神之间的交往和联络感构成了神话世界观的基础。以嫦娥奔月神话原型为例，“奔月”在四则神话中形成年代最为久远，其所蕴涵的宗教意味也最为浓厚，奔月实际上是人们对于神性概念最早的认知，寥远而无边际的天空与卑小而柔弱的人类形成了鲜明的对比，在对天空的仰望中所获得的是一种宗教体验，自然地，初民由此生发出对天空所象征的超验世界的企慕，奔月代表的是脱离人世所代表的有限性。在神话的历史发展过程中，神话人物形象逐渐向“人”接近，首先是外在形态的变化，最典型的莫过于西王母形象的变化，从人兽同形向雍容华贵的帝王形象转变；继而是神祇身上的人性因素的增强，人性化倾向

① 袁珂：《神话文集》上海：上海古籍出版社1982年版，第61页。

赋予神话以更为浓厚的文学性，神话的情节内容也因此得到扩充，而神话原本对于自然和历史的解释功能趋于消解，进入到文学范畴之后，神话传说的世俗化色彩得到大大增强，诗学原则弱化了神话的神圣性，叙事文学发展起来以后，神话仅被利用作为故事的内容构成要素。

此外，社会生活对于神话的影响，还反映在其削弱了神话所具有的解释功能，而强化了神话变形特点在现实生活中的应用，人在自然面前感到自己的渺小和脆弱，在强大的社会关系面前也会产生同样的心理感受，人们借助神性力量可以轻而易举地解决现实中的困难，孟姜女哭长城是如此，白蛇助许宣一夜暴富是如此，愚公移山、大禹治水更为明显。从这个意义上来说，神话人物的塑造本就是基于人们对于有限的超越，而人们对于神性的理解也更多地着落于对神秘力量的推崇上。

二、古人身份与当代意识

从原型和意象与情感的关系来看，原型中所包含的更多是一种宗教和宗族的思想，是原始宗教文化的历史积淀，因此具有了原型巨大的文化力量，正如荣格所论述的，原型作为一种原始心理的积淀，是群体性情感、心理，集体无意识在文学中的体现，而意象则几乎完全是个人化的情感，只要我们看一下陶渊明的《读山海经》中英雄刑天的形象就可以明白，陶渊明的“刑天舞干戚，猛志固常在”① 运用了刑天争帝的神话，刑天作为一个意象，固然也有民族精神和民族心理的积淀，作为一个勇于抗争决不放弃的神话形象，他是中国传统民族精神的象征，这其中是有着群体性情感存在的，这也是陶渊明这一诗句为古往今来诗人所喜爱，引起共鸣的原因，但我们还注意到，在陶渊明的诗中，刑天的形象又是作为诗人的形象出现，是一种纯个体性的思想情感，刑天是陶渊明对英勇抗争的英雄人格的向往和追求的具象化产物。

从我国的第一位抒情诗人屈原开始，神话就被剥离出其故事形态，而抽象为一种文化精神和文化意象，服务于诗人情感和思想的表达，神话也因此从一种蕴含着多元观念信仰的综合性艺术形式，在历史化的同时又逐渐走向了寓言化。寓言化的另一位重要人物是庄子，庄子的作品中也大量运用了古代神话，甚至不乏其自我的创造，但与屈原为代表的抒情诗人一样，都是将神话从宗教的形式中剥离出来，而抽象出一种集中化、固定化的文化意义，以文字的信息迅速传播的神话，其意义在人们的反复阅读和经学家们的教条化理解中逐渐凝固，而其真实的文化含义却被理性精神摒弃了。原始的故事框架与故事叙述者

① 袁行霈评注：《陶渊明诗》，北京：中华书局 2014 年版，第 296 页。

声音之间的关系，受到现代思维的支配和规范，能够检测作家对于当下社会状况的把握能力，以及对于历史的感悟力。

重述神话的四部作品具有鲜明的古今对照的意识色彩，无论是用现代思维去阐释人物的思想行为，还是用现代人际关系来改造人物的生活形态，抑或是将现实社会的丑恶直接投射到古人所处的社会环境中，都带给人强烈的古今互渗的奇幻感受，实际上作家所描写的既不是纯粹的神话世界，也不是遥远的古代社会，而是一个笼罩着现代思维和现代意识的“拟现代社会”，四部作品所构建的世界都体现出向现代社会靠拢的企图。作品中的人物保持了古人的身份，其思想行动却带有强烈的现实指向，这种漂浮荒诞的现实感与神话的古朴拙重共存并置，形成了故事的艺术张力，从而促使人们在反思历史的同时思考当下的生存处境，神话所内蕴的人类的文化基因，不仅以其诗性智慧勾勒了理想化的世界图景，而且也提醒了人们在琐碎和平庸的日常生活中仍然应当坚持的精神向度，这也是重述神话的意义所在。

三、“重述”何为——神圣叙事的消解

顾名思义，神话就是指神的故事，神话的本质就是一种神圣叙事。神话的神圣性表现在神话与宗教的导源关系上，宗教信仰的产生与神话有着紧密联系，鲁迅先生曾经对于中国古代神话的产生原因及发展演变进行了解释：“昔者初民，见天地万物，变异不常，其诸现象，又出于人力所能以上，则自选众说以解释之：凡所解释，今谓之神话。神话大抵以一‘神格’为中枢，又推演为叙说，而于所叙说之神，之事，又从而信仰敬畏之，于是歌颂其威灵，致美于坛庙，久而愈进，文物遂繁。故神话不特为宗教之萌芽，美术所由起，且实为文章之渊源。”① 鲁迅先生在此为我们大致勾勒出了“自然——神——神话——宗教信仰——文学艺术”② 的发展进程。宗教信仰既是从神话中产生，又以神话中所描述的神作为共同的核心内容。

理性精神觉醒之后，人们对于神话中关于世界起源的自然力量的解释已经不再迷信，然而神话瑰丽的想象，丰富神奇的人物形象仍然以其特有的魅力吸引着古往今来的文学家对其进行加工和创造。神话的动人魅力就来自于这种儿童似的天真和开天辟地的恢弘景象，那些表现人与自然搏斗的神话，还有一种英雄主义和理想主义的情怀。也就是说，现实生活中为理性精神所抑制的，在神话中则得到了自由的发展。神话奇特的想象为现实生活注入一种原始神秘的

① 鲁迅：《中国小说史略》，北京：人民文学出版社 1973 年版，第 7 页。

② 同上。

力量，这与宗教赋予神话的神圣性有直接联系。

无论何种宗教，都试图对未知事物作出解释，特别是对世界本原和超凡力量的解释。而这些解释又是神秘化的，并且在宗教的语境下很容易转化为一种神圣性。反之，在理性精神的观照下，神话瑰丽的想象则更容易走向神奇。如《山海经》中那些神奇的国度和奇特的人群，本是记录海内外山川神祇异物及祭祀的，鲁迅先生说《山海经》“与巫术合，盖古之巫书也”①，在后世文人笔下，却成了塑造仙境的素材。

在宗教意识逐渐让位于理性精神之后，那些对未知世界和事物的神奇描述，不再引起人们心中敬畏的情感，相反却引发了世人追求成仙、长生的想法，历史上的秦始皇、汉武帝等帝王如此，魏晋时期创作游仙诗的孙绰、郭璞等人亦是如此。在他们的想象之中，神仙并非是令人畏惧的，西王母也并非高高在上，凌驾于世间的帝王之上，相反，她与人主举觞共饮，甚至神女们还会委身于贫寒士人，以钱财、权势、美色服务于人的现实要求。奇妙神秘的蓬莱仙境激起了人们探访的好奇心，并且凡人成仙的故事也进一步刺激了这种向往，并被认为通过一定的修炼或者机缘巧合是完全可以做到的。

中外学者都有对中国本土宗教的批评，认为包括道教在内的本土宗教大多过于功利，实用目的明显，缺乏宗教的神圣情感。梁漱溟先生在《中国文化要义》中归之为中国文化精神的“早熟”。这实际上是理性精神的过早觉醒。20世纪早期，茅盾先生率先指出，中国神话“过早消亡”的一个主要原因，是神话历史化、哲学化的结果。而理性精神的觉醒直接导致了宗教神圣性的消亡。“不语怪力乱神”的提出者孔子，他所推崇的周代礼乐文化，建立在对宗教色彩浓厚的殷商文化的反动的基础之上，从西周开始文化开始逐渐走向理性化，以人伦为核心的社会代替了以神为核心的社会，人们更为注重世俗生活，神话也逐渐走向了历史化和哲学化的方向，作为宗教合法基础的神圣性遭到了破坏。

有学者认为，实际上神话内容所反映的是通过神话得以传递和表达的宗教观念或思想，是对宗教思想观念的集中化、形象化的表述。然而神话观念意旨与神话本身的内容一样，同样与理性精神之间存在着不可调和的矛盾，只是因为神话作为人类童年时期想象力的产物，或者说是源自西方人类学家所称之为的“集体无意识”，显得天真甚至是幼稚。而我们今天所理解的神话思想是人类在经历过蒙昧混沌的“童年”阶段，产生自觉意识之后的结果，虽然其仍然以虚构成分为主，然而已具有了现实的目的性。因此神话在长期的历史发展

① 鲁迅：《中国小说史略》，北京：人民文学出版社1973年版，第5页。

过程中并没有趋于消亡，而是经历了从宗教领域转向文学艺术领域，从实用性极强的解释原则转变为艺术而艺术的审美原则，由神圣真实而虚幻缥缈的发展历程。这其中最为关键的原因就在于神话在发展演变的过程中已然远离了其所依托产生和存在的宗教语境。① 现代中国学者以列维·布留尔的《原始思维》为参照系展开对中国传统神话的复原式构拟，如果离开了原始宗教的语境，是无法真正达到目的的。因此在试图还原汉族神话体系的原貌时，许多学者都迷惑于这样一个问题：中国历史的演进到底抹掉了多少神话资料。

从上面论述我们知道，神话与原始宗教有着极为密切的关系，二者互为因果互相依存。在原始人的思维中，神话就是关于神的故事，而他们对宗教的信仰就来自于对神的故事和法力的深信不疑，神话中描写的神也是宗教中享受香火供奉的神，而神话中对于神的个性和行为的描述，是宗教仪式中采取不同献祭形式的依据。可以这么说，原始宗教信仰的神与神话中描述的神是相同的。

四、批评与反思

西方作家"重述神话"的举动与浪漫主义思潮之间存在着千丝万缕的关系，神话是人类文化发展过程中的必经阶段，也由此成为传统思想资源的组成部分，浪漫主义不仅从神话中获取文化资源，更对与神话因素相联系的想象力推崇备至。神话的艺术魅力来自想象力的自由，没有受到伦理道德和社会规则的规整和组织，即使是解释自然，也不是运用理性的力量，而是受到原始信仰以及质朴的实用精神的影响。在现代人书写的神话之中，神所具有的超凡和神圣的力量受到现实力量的限制，越晚出的神话中这种情况愈加明显。神力来源从自然力量的人格化转为社会力量的人格化，换言之是集体愿望的人格化，神秘感转向现代人生存感受的荒诞性，同样是超现实的和具幻想性的，我们应当使之转化为一种建构性的力量。

神话所具有的非理性因素，并非指与人性相关的世俗性情感，而是指现代人所面临的荒诞性的生存感受，与初民面对自然时所感受到的神秘、强大、难以抵抗、无法逃避的神秘力量具有相似之处，初民用神话和禁忌的形式抒写对神秘力量的恐惧和焦虑，在这一点上实现了初民与现代人生存体验沟通的前提。

神话是先民对自然现象和宇宙生成的解释，储存着丰富的文化信息，然而在理性精神的影响下，神话已然偏离了其产生之初的内在逻辑，被加以利用的只是那些奇妙想象的人物素材，以及其中蕴含的包含人类本质的文化精神，而

① 黄泽：《20世纪中国神话学研究述评》，思想战线2007年第5期，第105-110页。

神话的思维方式和艺术特征则在一定程度上被摒弃了。依靠神话复兴就想达到信仰重建的目的无异于痴人说梦，重述神话只是期冀于以此强化现代人的精神生活，不至于被低俗文化和消费文化取消了现代文明所应葆有的精神向度。反过来，部分评论者以神话思维和信仰缺失否定重述神话项目的价值和意义，同样是不可取的，神话如果被置于高台之上，只可仰观不可亲近，那么神话自然会逐渐失去其生命力，成为速朽之物，如同那些已经消失在历史长河中的众多神话传说一般，屈原的《天问》中罗列的众多神话故事，有的仅留下故事梗概，有的则湮没于历史烟尘之中，将神话原始思维奉为圭臬的做法，其破坏力实际上远超过戏拟、颠覆、恶搞、重述对于神话资源的破坏。

应该看到的是，苏童、叶兆言等作家的“重述”确实赋予了神话传说以新的质素，这些古老的故事被现代作家以其独特的气韵和奇异的想象所改造，演绎出了属于这个时代的传奇，正如学者潜明兹所谈及的神话在为自然科学迅猛发展裹挟之下的前景：“由于神话本身所具有的混沌性与综合性，已成为现代人文科学，以至某些自然科学的原点，也是文学艺术之母。越是文化发达的国家和民族，对人类幼年时期的实践活动和心理活动，越表现出强烈的兴趣。这种探讨，并非什么猎奇，而是企图找到现代文明与远古文明之间的联系，以及一个民族潜在的动力和惰性，并找出本民族文化在整个人类文化起源中的恰当位置，以增强民族自信和应有的反思心理，以更为冷静的科学态度去规划未来。”①

从整体上来看，“重述神话”项目所取得的社会效果与其所制定的宏伟的蓝图之间，显然存在着相当大的差距，这自然不是作家的问题，也不是“原始思维”的问题，在一定意义上而言也不是出版商的问题。西方魔幻史诗题材创作在艺术和商业上都获得了成功，说明了重述并不意味着创造能力的下降，借助神话因素进行文学创作是值得借鉴的，中国的神话传说以其丰富的故事内容和复杂的思想内涵，以及一系列鲜明生动的人物形象，给历代文学创作提供了宝贵的资源，对于神话的重述工作需要一直进行下去，而粗糙的艺术创作和娱乐化的创作态度才是真正值得我们反省的。

① 潜明兹：《中国神话学》，银川：宁夏人民出版社 1994 年版，第 1 页。

后　记

本书是笔者多年来关注本土叙事、专注文学研究的成果。2007 年以来，笔者所在的中国现当代文学学科就将地方文学作为一个研究方向。2012 年开始，笔者指导的硕士研究生多以本土叙事作为选题来做毕业论文，为研究本土故事讲述提供了一些有益的探索。笔者以课题带动研究生进行硕士毕业论文的写作，2010 年申请国家社科基金项目《北大荒文学研究》，2014 年结项后，笔者又带着研究生选取有代表性的本土叙事现象和作家展开研究，对相关话题进行积极的探讨和回应。

关注本土叙事是本书研究的宗旨，持续的探索成就了这一著作。本书力图深入研究本土叙事，发掘作家们在本土创作中所具有的人类视野和民族特征，探究形成本土叙事的历史、现实、文化的原因；作家的文学创作需要本土优秀的文化滋养，深入研究本土文学，彰显优秀民族文学，具有强烈的现实意义；本书阐释、建构本土作家创作的地域文学观念，对探询本土文学与世界文学发展的相互影响具有一定的现实意义。著者地处东北一隅，通过带领并指导研究生对本土文学进行深入研究，十年的探索证明了这一实践的意义：进一步提升了中国语言文学学科的整体实力；为培养学生进行艰辛的尝试并总结了一些可资借鉴的经验，为培养的人才后续持续发力，更好地服务于文化建设做出贡献。

本书由笔者确立选题、设计确定总体框架，撰写并修改 2015 年以来指导学生的硕士论文的相关章节。

各章节分工如下：

绪论、第六章、结语由车红梅撰写，第一章由车红梅指导李馨竹撰写，第二章由车红梅指导刘冰杰撰写，第三章由车红梅指导熊韦撰写，第四章由车红梅指导梁艳撰写，第五章由车红梅指导孙佳撰写，第七章由车红梅指导张为强撰写。

本书在写作过程中，得到了中国现当代文学学科同事们的指导，衷心感谢与我情深义重的师友，时间见证了我们的付出和收获。本书的其他撰写者都是我指导过的硕士研究生，今年，我在牡丹江师范学院指导的最后一名学生已毕业。感谢他们在写作中所付出的努力！他们都已经参加工作，经过良好的学术训练，在各自的岗位上发挥着作用。更令笔者欣慰的是，由于多年的研究积淀，2018 年，我所在的单位“地方语言文学”获批黑龙江省优势特色学科，本土叙事研究在文学学科全面展开。

车红梅

2020 年 5 月 10 日